NIKOLAS KUHL
STEFAN SANDROCK

DAS
DICKICHT

Juha und Lux
vom LKA Hamburg
ermitteln

Kriminalroman

Rowohlt Taschenbuch Verlag

2. Aflage September 2024
Originalausgabe
Veröffentlicht im Rowohlt Taschenbuch Verlag,
Hamburg, September 2024
Copyright © 2024 by Rowohlt Verlag GmbH, Hamburg
Die Nutzung unserer Werke für Text- und Data-Mining
im Sinne von § 44b UrhG behalten wir uns explizit vor.
Covergestaltung semper smile, München
Coverabbildung Alexander Schönberg/Ulrike Piringer/
plainpicture; Shutterstock
Satz aus der Lyon Text
bei Pinkuin Satz und Datentechnik, Berlin
Druck und Bindung GGP Media GmbH, Pößneck
ISBN 978-3-499-01428-4

FÜR ANNETTE

0

E r fährt für gewöhnlich immer selbst. Aber heute kann er nicht fahren, weswegen er den jungen Kriminalassistenten von seinem Schreibtisch aufgescheucht und ihn veranlasst hat, ihn zu kutschieren.

«Kannst du schnell fahren?», hat er den blonden jungen Mann gefragt. Der hat gesagt: «Ja.»

Er wollte auch deshalb nicht fahren, weil ihn der Blick auf die Straße in den Wahnsinn treiben würde. Die vor ihnen liegende Strecke würde sich in seinem Kopf mit jeder verstreichenden Sekunde verlängern, als liefe die Zeit verkehrt herum. Er, der alte Polizist, im Wettrennen gegen die Zeit, das Unvermeidliche am Ende der Straße. Er hätte Angst, nie anzukommen, wenn er selbst am Steuer säße. Obwohl ihm natürlich klar ist, dass es eigentlich nur die Angst davor ist, zu spät zu kommen.

Der junge Polizist fährt wirklich schnell. Gut.

Er schaut aus dem Seitenfenster und raucht. «Was haben Sie vorher gemacht?»

«Was meinen Sie?»

Jetzt wedelt er fahrig mit seiner Zigarette durch die Kabine, als würde die Geste die Frage konkretisieren, und schaut kurz zu dem jungen Mann hinüber. «Vorher. Vor der Polizei. Sie sind ja schon ... dreißig oder so.» Dann wieder raus aus dem Fenster. Er zieht an der Zigarette und bläst den Rauch aus, wie eine abfallende Last.

«Ich war bei der Bundeswehr. Fernspäher, Präzisionsschütze.»

Jetzt nickt er heftig aus dem Fenster, Augen gegen den Qualm zusammengekniffen, als hätte das mit der Bundeswehr lediglich der Bestätigung bedurft. Im Seitenspiegel bemerkt er, dass die anderen Einsatzfahrzeuge kaum mithalten können. Er wirft einen kurzen Blick auf den jungen Polizisten neben ihm, der fährt, als wäre der Teufel hinter ihm her, dann wieder aus dem Fenster.

«Fernspäher, was macht man da?»

«Man begibt sich unbemerkt hinter feindliche Linien, sammelt Informationen und verschwindet wieder, ohne dass es jemand mitbekommt.»

Er nickt, langsam, nachdenklich: «Wozu braucht man da einen Präzisionsschützen?», und schiebt dann ganz schnell, wie in einem Anflug von Trotz, nach: «Musst nicht antworten.» Da hat er das «Sie» wieder vergessen, jetzt wird er einfach beim «Du» bleiben. Er wendet sich sofort wieder der vorbeiziehenden Landschaft zu, als würde die Antwort ihn gar nicht interessieren.

Der junge Polizist antwortet trotzdem. «Weil man sich nie ganz sicher sein kann, dass man wirklich unbemerkt bleibt.»

«Und? Nur Kaserne, saufen, rumrennen, Rucksack tragen, saufen, jaja. Was? Krieg?»

«In den 90ern wurden zwei von drei Fernspähkompanien aufgelöst, und viele von uns wurden ins neu gegründete Kommando Spezialkräfte versetzt.»

«Ach ja, Festnahmen von jugoslawischen Kriegsverbrechern und so, ne?»

«Ja, das waren die ersten bekannten Einsätze», präzisiert der junge Polizist trocken.

«Verstehe», sagt er, wieder in dieser leicht trotzigen Art, als ginge ihn die Sache nicht das Geringste an. «Warum dann nicht mehr Soldat?»

«Irgendwann fiel mir auf, dass ich eigentlich zu wenig Soldat bin, als dass die mich da gebrauchen könnten.»

«Zu wenig Soldat?» Jetzt schaut er den jungen Polizisten wieder an.

«Ich hatte damals die Verweigerung verbaselt und wurde eingezogen. Dann habe ich gemerkt, dass ich eigentlich ganz gerne draußen unterwegs bin, und gut schießen kann ich seit frühsten Kindertagen. Das reichte mir als Grund, erst mal zu bleiben, aber nicht, um in Afghanistan Menschen zu töten.»

«Wieso kannst du schießen, seit du ein Kind bist?»

«Ich bin in Finnland geboren und aufgewachsen, bis meine Mutter mit mir nach Deutschland gezogen ist. Und habe später meine Sommerferien dort verbracht. Mein Großvater ...»

«Ach so, deswegen der ungewöhnliche Name», unterbricht er ihn ruppig und erstickt damit den autobiografischen Exkurs im Keim. So genau hat er das nicht wissen wollen.

Der junge Polizist fährt den Wagen so nah an den Waldrand wie möglich. Der alte Polizist hat seinen Gurt schon gelöst und springt aus dem Auto, noch bevor es ganz steht. Aus dem hinteren Fußraum holt er den Bolzenschneider, der dort schon seit dem Tag der Entführung bereitliegt. Für den Fall, dass; und jetzt ist es der Fall, dass er in seinem hellgrauen Anzug mit dem Bolzenschneider durch den Wald rennt. Die Sträucher reißen am Jackett, die hellen Schuhe versinken im nassen Laub, und die Feuchtigkeit kriecht die Hosenbeine hinauf und färbt sie dunkel.

Der junge Polizist ist hinter ihm und kann, obwohl er geübt darin sein müsste, sich in unwegsamem Gelände zu bewegen, kaum mithalten, während er selbst durch das Unterholz pflügt, als wäre es nichts.

Kurz bleibt er stehen, sein Atem geht schwer, aber er spürt, dass der Sauerstoff reicht, um ihn, wenn nötig, bis ans Ende des Waldes zu tragen. Sein Sauerstoff. Aber was ist mit dem Sauerstoff in der Kiste? Zwei Tage. Zwei Tage ist Daniel schon unter der Erde. Zwei verdammte Tage, in denen sie nicht wussten, ob genug Sauerstoff in seinem Gefängnis vorhanden ist, um ihn am Leben zu halten. Zwei Tage, deren letzte Minuten jetzt angebrochen sind.

Auf dem GPS-Gerät überprüft er die Position: nach links. Es sind nur noch 150, vielleicht 200 Meter. Er macht eine große Geste, um dem jungen Polizisten, der ihn jetzt fast eingeholt hat, die Richtung zu weisen. Dann stürmt er weiter. In der Ferne hört er die Hunde. Suchhunde. Keine Leichenspürhunde. Die brauchen sie nicht; nicht heute.

Er ist angekommen, hier muss es sein. Fieberhaft blickt er sich um, jede Sekunde, die verstreicht, ist ein schmerzender Stich. Überall Laub, eine dicke Schicht feuchter gelber Blätter bedeckt den Waldboden wie eine schwere Decke. Er geht auf und ab, dreht sich im Kreis, sucht, schaut den jungen Polizisten mit einem vorwurfsvollen Blick an, als könne der etwas dafür. Der junge Polizist läuft ebenfalls auf und ab und tritt Laub in die Luft, das in Explosionen auffliegt und in makabrer Gelassenheit auf den Waldboden zurückfällt.

Dann stolpert der alte Polizist, sein Fuß stößt gegen etwas Hartes. Er lässt den Bolzenschneider fallen und fegt mit den Händen das Laub von der Holzplatte, aus der das schmale Rohr wie ein Periskop ragt. Die zwei Riegel sind mit Vorhängeschlössern gesichert, er nimmt den Bolzenschneider und setzt an.

Nachdem er das Eisen durchschnitten hat, wuchtet er die Klappe auf, und es ist die letzte Kraft, die er aufbringen kann, und in gewisser Weise auch die letzte große Kraftanstrengung seines Lebens.

Hunderte Male hat er sich den Moment vorgestellt, wenn er die Kiste öffnet. Sich Hunderte Male vorgestellt, wie die Klappe aufgeht, der Junge nach oben schaut, die Augen vom

Licht geblendet zusammenkneift, ihn ansieht. Er hat gebetet, dass es so sein würde. Und dann ist es nicht so.

Er macht die Klappe auf, und der Albtraum ist da. Keine Augen, kein Aufblicken, nur Grabesstille. Sein eigener Schrei ist ihm fremd, als käme er aus einem anderen Körper. Ein unmenschlicher Schrei, mehr das Brüllen eines großen Tieres, hallt durch den Wald. Er springt in die Kiste, durch seine Knie fährt ein stechender Schmerz. Jetzt ist sein Gesicht ganz nah vor dem des Jungen, so nah, dass er seinen Atem spüren würde, wenn da Atem wäre. Jemand schreit immer noch, aber er weiß nicht, ob er selbst es ist oder der junge Polizist, der oben am Loch steht. Er nimmt das Kind hoch, drückt es an sich und steigt die Sprossen empor, wankt. Er weiß, der Junge kann nicht viel wiegen, doch es kommt ihm vor, als hielte er die Last der ganzen Welt in seinen Armen. Das Gewicht lässt nach, als der junge Polizist den schmächtigen Jungen auf den Waldboden zieht. Ihre Blicke treffen sich, und er sieht seinen eigenen Schmerz im Gesicht von Juha Korhonen.

1

JUHA

Juha erwachte aus einem Traum, den er, als er die Augen öffnete, vergessen hatte. Für einen Moment wusste er nicht, wo er war, spürte nur den kalten, harten Boden, auf dem er lag. Dann kam die Erinnerung an den vergangenen Abend zurück. Maria, der Streit, den sie gehabt hatten, die Fahrt aus der Stadt nach Overwerder. Auf dem dunklen, unwegsamen Gelände zwischen Parkplatz und Pfahlhaus war er nur mit Glück nicht gestolpert. Am Ende hatte er vor verschlossener Tür gestanden – während der Schlüssel zu Hause am Brett neben der Tür hing.

Sein Blick fiel auf die halb leere Flasche, das Fenster, die darunterliegenden Scherben und die scheußliche Keramik-Katze oder vielmehr das, was von ihr übrig war. Sicher, er hätte die Scheibe auch mit einem Stein oder dem Spaten einschlagen können. Aber nachdem er zweimal entnervt das Haus umrundet hatte, hatte sich seine Wut eben auf die Keramik-Katze neben der Tür entladen, unter der eigentlich der Zweitschlüssel hätte liegen sollen.

Im Frühjahr hatten sie das leer stehende Haus bei einer Radtour entdeckt und ein paar Tage später gekauft. Juha hatte sich immer gegen einen Schrebergarten gewehrt, aber mit dem Haus war er einverstanden gewesen. Mehr als das, er hatte sich bald regelrecht darin verliebt, nannte es ihr «mökki» – nach den urtypischen finnischen Ferienhäusern –, was schlicht und einfach «Hütte» bedeutete. Beim Kauf hatten sie sich fest vorgenommen, es zu renovieren und wohnlicher zu gestalten.

12

Stattdessen hatten sie den heißen Sommer im schattigen Garten und am Ufer der Elbe verbracht und faul in ihren Liegestühlen gelegen. Nun war es bereits Herbst und das Haus noch im selben Zustand.

Juha versuchte, sich aufzurichten, doch sein Nacken war wie Beton. Er hatte das Gefühl, kaum geschlafen zu haben, und bereute, dass er gestern nicht doch die halbe Flasche Whisky geleert hatte, die von ihrer Einweihungsparty übrig geblieben war. War Alkohol zwar eigentlich kein probates Mittel für erholsamen Nachtschlaf, konnte er einem zumindest eine subjektive Unempfindlichkeit gegen Kälte und einen harten Boden vorgaukeln. So hatte er ständig an den Enden des zu kurzen Schlafsacks herumzupfen müssen, um entweder die rechte oder linke ausgekühlte Schulter wieder aufzuwärmen, hatte sich von der einen auf die andere Seite gerollt, um die in den kalten Boden abgegebene Körperwärme wenigstens gleichmäßig zu verschwenden. Jetzt fühlte er sich, als seien gleich mehrere Pferde letzte Nacht über ihn hinweggaloppiert.

Er wollte auf sein Handy sehen, doch der Akku war über Nacht zur Neige gegangen. Er würde ihn während der Autofahrt aufladen müssen, wenn er ins Präsidium fuhr. Die rosige Färbung jenseits der Fichten verriet ihm, dass es etwa halb sieben sein musste. Er überlegte kurz, ob er versuchen sollte, noch einmal einzuschlafen, entschied sich dann aber, die Müdigkeit mit einem morgendlichen Bad in der Elbe auszutreiben, der Kälte mit Überkompensation zu trotzen. Einen gebürtigen Finnen schreckte so leicht kein herbstliches Gewässer.

Sein Kopf fühlte sich immer noch matt an, seine Glieder taub, als er nach dem Schwimmen seinen Wagen über den Deich lenkte, der die kleine Gruppe Pfahlhäuser von der Straße trennte. Den Geruch herabgefallener Äpfel, die auf dem benachbarten Grundstück im Gras vor sich hin gärten, hatte Juha mit ins Auto genommen. Er öffnete das Fenster, der Geruch verflog, und der Fahrtwind tat gut.

Eine Handvoll Optimisten trieb auf dem Hohendeicher See. In den winzigen Übungsbooten und mit ihren Schwimmwesten sahen die Kinder aus wie eine Gruppe verschlafener Enten. Es waren Herbstferien.

Hundert Meter weiter die Straße runter lenkte Juha seinen Wagen auf den Parkplatz der Tankstelle und kaufte sich einen Kaffee und eine BiFi. Den Kaffee trank er im Stehen gegen die Motorhaube gelehnt, und er genoss eine ganze Weile die wohltuende Wärme der Sonne, die gerade über die Baumwipfel kroch. Ein Tag ohne Frühnebel, wie schön, dachte er. Frühnebel war auch schön, aber nicht heute. Waldgeruch hing in der Luft, und es kam wieder Leben in seinen Körper. Juha spürte sich im Licht der Sonne wachsen und atmete tief ein. Er würde gemächlich ins Präsidium nach Alsterdorf fahren – gemächlich, nicht trantütig – und sich mit einer positiven Aura umgeben, sodass die anderen dachten: Wow, was für ein ausgeglichener Typ. So wäre ich auch gern.

An der Sicherheitsschleuse in der Lobby des Präsidiums kam ihm Uwe entgegen und hob schon von Weitem vorwurfsvoll die Arme. Uwe war sein Chef und trug Bauch und Schnauzer mit Stolz vor sich her. Juha nahm gern Uwe als Maßstab, um sich mit seinem eigenen aufkommenden Bäuchlein besser arrangieren zu können. Die Sicherheitstür klickte und schwang auf. Noch bevor Juha zu einem «Guten Morgen» ansetzen konnte, rauschte Uwe schon an ihm vorbei.

Juha versuchte es dennoch. «Guten Morgen, Uwe?»

Uwe blieb stehen und drehte sich um. «Kannst du vielleicht mal dein Handy anmachen, Juha? Das geht nicht, dass ich dich nicht erreiche.»

Reflexartig griff sich Juha an die Brusttasche. Sein Handy war zwar mittlerweile geladen, aber noch immer abgeschaltet. Augenblicklich war es mit der Gemächlichkeit, die er sich vorgenommen hatte, dahin. «Scheiße, tut mir leid. Ich habe die Nacht in der Wildnis verbracht und hatte keine Steckdose.»

Uwe schien kurz zu überlegen, ob Juha einen Witz machte, und vergaß darüber seine Verärgerung. «Wir haben eine Kindesentführung.»

Juhas Magen zog sich zusammen. «Oh, Kacke.»

«Mechthild und die Neue, Selma Burg, sind jetzt an dem Fall dran; du warst ja nicht ...»

«... zu erreichen; es tut mir wirklich leid. Aber die beiden werden das Kind schon schaukeln, was?»

«Ich sag dir was, wir fahren da jetzt hin.» Er drehte sich um und ging voraus, ohne Juhas Widerspruch Beachtung zu schenken.

2

Weißt du, wer Hideo Kobayashi ist?», fragte Uwe, überfuhr bereits die dritte Ampel bei Tomatengelb und entschied sich dann endlich, das Blaulicht einzuschalten. Der schwarze Audi glitt über die zweispurige Straße, die nach Süden zur Elbe führte. Die Autos vor ihnen wechselten, sofern es ihnen möglich war, auf die rechte Spur. Ab und an zog Uwe kurz auf die Gegenfahrbahn.

«Kobayashi? Nee, sagt mir nichts.» Juha drehte die Sitzheizung auf fünf, nicht weil ihm kalt war, sondern aus Wellness-Gründen.

«Ich sag dir was, der Kerl ist ein Stararchitekt. Hat mehrere Glasklötze in der Hafencity verbrochen. Seine Tochter wurde entführt. Charlotte Kobayashi.»

«Ach, der.» Juha wusste trotzdem nicht, weshalb Uwe es für nötig hielt, dass er einem anderen Team des gleichen LKA auf die Füße treten sollte. Man mischte sich nicht ungebeten in die Ermittlung der Kollegen ein. Für den Fall, dass eine Soko gebildet würde, könnte er sich immer noch einklinken. Außerdem gefiel es ihm gar nicht, ohne seinen Partner Lux zu einem Einsatz hinzugezogen zu werden.

Er schaltete sein Handy ein. Augenblicklich poppten die entgangenen Anrufe vom Präsidium und mehrere Nachrichten auf dem Display auf. Maria schrieb: *Wo warst du? Etwa im mökki?* Die anderen waren von Uwe. Juha schaute kurz zerknirscht zu ihm hinüber, der konterte mit einem strengen Seitenblick.

Dann rief er Google auf und gab «Charlotte Kobayashi» in die Suchmaske ein. Es gab ein paar Treffer, und Juha tippte auf ein Foto, das eine junge Asiatin von vielleicht fünfzehn Jahren zeigte. Das Bild war professionell ausgeleuchtet und vor einem dieser typischen, grau marmorierten Studiohintergründe aufgenommen. Juha musste an ein Jahrbuch von der Schule denken. Wenn der Fotograf kommt, will man sich schließlich wohlfühlen und so zeigen, wie die Mitschüler und Lehrer einen wahrnehmen sollen. Charlotte hatte lange, schwarze, glatte Haare und trug ein Make-up, das in Richtung Punk oder Gothic ging oder irgendwas dazwischen. Doch obwohl sie sich offenbar bemüht hatte, ernst und etwas düster zu wirken, konnten ihre Augen einen gewissen Schalk nicht verbergen. Das Mädchen war Juha auf Anhieb sympathisch.

Uwe schaute kurz auf das Foto, nickte und fuhr fort: «Hideo Kobayashi hat eine Lösegeldforderung über 100 000 Euro erhalten. Die Anweisungen waren klar. Keine Polizei, keine Medien, Geldübergabe persönlich. Kobayashi hat sich sofort bereit erklärt, zu zahlen.»

«Kann man ihm nicht verübeln, trotzdem ärgerlich. Hat die Geldübergabe schon stattgefunden?» Juha registrierte die wohlige Wärme der Sitzheizung, die langsam durch sein Sakko drang. Erst jetzt fiel ihm auf, wie verkrampft er war, seit er im Auto saß. Er entspannte die Hand, mit der er seit Minuten den Türgriff umklammerte.

«Kobayashi sollte den Regionalzug nach Bremen nehmen und auf ein Lichtsignal hin das Geld in einer Sporttasche aus dem Zug werfen.»

Ein Gedanke huschte durch Juhas Kopf. Als er ihn nicht greifen konnte, tat er ihn als Déjà-vu ab und stellte stattdessen die naheliegendste Frage. «Die Metronomzüge haben doch nur diese winzigen Kippfenster, oder? Da kann man doch keine Sporttasche durchquetschen.»

Uwe nickte bereits seit dem Wort «Metronomzüge». «Ich sag dir was, die haben überhaupt keine Fenster mehr zum Aufmachen. Darum ist die Übergabe auch gescheitert. Aber das wurde Kobayashi erst klar, als er da im Zug stand.»

Uwe lenkte den Wagen auf die Gegenfahrbahn, überholte ein Dutzend Autos, die an einer roten Ampel warteten, bremste nur leicht ab, um sicherzugehen, dass die Kreuzung frei war, und gab wieder Gas.

Juha schüttelte argwöhnisch den Kopf. «Das ist doch komisch, oder? Wenn ich die Tochter eines Stararchitekten entführe, dann plane ich alles genauestens durch. Gerade die Geldübergabe, das ist doch der riskanteste Teil. Und ausgerechnet dabei passiert mir so ein Fehler? Diese alten Zugfenster zum Aufschieben gibt es doch schon ewig nicht mehr. Warum macht der das?»

«Schlecht kopiert?»

«Hä, was meinst du?»

Uwe atmete tief ein. «Ich dachte, du bist schon draufgekommen, warum ich gerade dich für den Fall haben wollte.»

Da war der Gedanke wieder, und diesmal hielt Juha ihn fest, von wegen Déjà-vu.

«Gleiche Zugstrecke, gleiche Lösegeldsumme, Lichtsignal», Uwe schnipste mit dem Finger, «Sporttasche aus dem Fenster werfen. Das erinnert doch auffällig an den Fall ...»

«... Boysen.» Der Name löste bei Juha nach all den Jahren immer noch Unbehagen aus. Die Vorstellung, dass der vierzehnjährige Daniel Boysen in der Kiste hilflos erstickt war, hatte Juha für ein paar Wochen mit einer fast kindlichen Nachtangst erfüllt. Ein kleiner Junge – die ganze Zeit in der Hoffnung, man würde ihn retten, er würde es wieder nach Hause schaffen, bis zu dem Moment, in dem er begriffen haben musste, dass es eben nicht passieren würde. Welche Angst musste er gehabt haben ...

Zu spüren, wie die Luft, die man einatmet, keinen Sauerstoff mehr beinhaltet und das Gehirn langsam aufhört zu arbeiten. Juha konnte sich gar nicht vorstellen, wie sich das anfühlte, und hatte sich, wenn er nachts wach lag, immer eingeredet, man würde einfach müde werden, irgendwann einschlafen und dann sanft, in Abwesenheit des eigenen Bewusstseins, in den Tod hinübergleiten. Er hatte sich nie getraut, den Rechtsmediziner zu fragen, wie es wirklich war, ob es sich nicht doch nach Ersticken anfühlte, wie beim Luftanhalten, wenn der Drang zu atmen übermächtig wurde.

Ob der Junge in den letzten Momenten seines Lebens gedacht hatte: Vielleicht geht jetzt doch noch die Klappe auf. Vielleicht jetzt. Vielleicht doch noch. Jetzt. Bitte.

«Uwe, hast du dich eigentlich mal gefragt, wie es sich anfühlt, in so einer Kiste zu ersticken?»

«Ja. Aber ich hab mir immer eingeredet, dass man einfach müde wird und irgendwann weg ist», sagte Uwe.

«So wird es wohl sein.»

Einen Moment schwiegen sie.

Dann ergriff Juha das Wort, weil er das Gefühl hatte, dass Uwe mehr in den Gedanken an Daniel festhing als er selbst. «Okay, wahrscheinlich hat sich da jemand inspirieren lassen.»

«Wahrscheinlich, ja. Aber es gibt auch noch die andere Möglichkeit.»

«Wir haben aber einen Täter im Boysen-Fall. Solange wir das Mädchen nicht in einer Kiste im Wald finden, bin ich vorsichtig, da einen Zusammenhang zu sehen.» Sofort fiel ihm auf, wie unpassend seine Aussage war. «Fuck, so meinte ich das nicht, ich meinte ...»

«Ist schon klar, Juha.»

«Sorry.»

«Aber so daneben liegst du gar nicht.»

Juha sah Uwe gespannt von der Seite an, dessen Blick konzentriert auf der Straße lag.

«Bei dem Anruf sagte der Entführer, Charlotte befände sich unter der Erde.»

Juhas Körper sendete einen Adrenalinstoß aus, der von kurz unter dem Zwerchfell wie heißer Dampf in die Brust auffuhr und im Nacken zu Eis erstarrte.

«Jedenfalls, für den unwahrscheinlichen Fall, dass wir damals den falschen Täter ermittelt haben – fragen konnten wir ihn ja schließlich nicht mehr – und das hier eine Fortsetzung ist: Du warst von allen damals am nächsten dran. Auch wenn es fast zwanzig Jahre zurückliegt.»

Juha nahm sein Handy und begann zu tippen. «Ich schreibe meinem Partner, der hat zwar heute noch frei, aber hier sollte er dabei sein.»

«Wie lange seid ihr jetzt zusammen? Vier Monate? Wie läuft es bei euch beiden?»

Juha tippte die Nachricht an Lux zu Ende, bevor er Uwe abwesend antwortete: «Gut.» Er drückte auf Senden und setzte zu einer erneuten Antwort an: «Doch, es läuft wirklich gut. Er ist schlau. Und ziemlich ambitioniert. Wenn Lux hiervon hört, ist er fünfzehn Minuten später im Archiv und nimmt sich die Boysen-Akte vor.»

Uwe grinste zufrieden: «Ich dachte mir schon, dass ihr ein gutes Team werdet.»

3

LUX

Als Lucas sich an seinen Schreibtisch setzte, zog ihm der Muskelkater durch die Oberschenkel. Vorgestern war er, von unerwarteter Energie ergriffen, dreimal um die Außenalster gelaufen, anstatt wie sonst zweimal. Der leichte Schmerz verlieh ihm immer noch ein Hochgefühl, aber schon als er nach dem Laufen unter der Dusche gestanden hatte, war ihm klar geworden, dass er aufpassen musste. Derartige Hochgefühle und Energieschübe waren Anzeichen dafür, dass möglicherweise eine Phase bevorstand, die seine Therapeutin als hypomanisch bezeichnen würde und die es im Keim zu ersticken galt. Rechtzeitig, bevor sie ihn fortreißen und vergessen lassen würde, wie destruktiv diese Phasen trotz Energie, Tatendrang und Euphorie sein konnten. So weit hatte er es, seit er im aktiven Polizeidienst war, nicht mehr kommen lassen, und auch die sich unweigerlich anschließenden, depressiven Episoden hatte er gut im Griff. Die festen Strukturen im Alltag, die er sich in den letzten Jahren geschaffen, und die Aufmerksamkeit, die er sich in Bezug auf sich selbst angewöhnt hatte, bewahrten ihn vor den extremen Gemütszuständen, die sein junges Erwachsenenalter bestimmt hatten. Dennoch durfte er sich nicht zu sicher fühlen, das wusste Lucas.

Juhas Nachricht hatte ihn auf dem Weg zum Einkaufen erreicht, und obwohl Juha wie immer kurz angebunden war, schwang in seinen Worten eine gewisse Dringlichkeit mit. Lucas war umgekehrt, ins Präsidium gefahren und hatte sich sofort die Akte zum Fall Daniel Boysen besorgt.

Er war mit seiner Beförderung zum Kriminaloberkommissar Juha Korhonens neuer Partner geworden und hatte sich vorgenommen, ihn zu beeindrucken. Juha war einer der wenigen Polizisten, die sich offenbar nie um eine Versetzung bemüht hatten. Die meisten Kollegen durchwanderten im Laufe ihrer Karriere mehrere Dezernate, doch Juha Korhonen war seit Beginn seiner Laufbahn im LKA 46 gewesen und galt damit als eine Art Urgestein. Im Flurgespräch hatte Lucas nebenbei fallen lassen, dass der Kollege Korhonen «ja schon recht lange hier» sei. Er hatte wissendes Kopfnicken als Antwort erhalten: «Juha? Hat Reliktstatus.» Doch alles in allem lief es ganz gut mit dem Kollegen.

Lucas schlug die Akte auf, und was anfangs nur eine Ahnung war, verfestigte sich, während er las, zur Gewissheit. Er erinnerte sich an den Fall, der 2006 für großes Aufsehen gesorgt hatte. Was man damals aus den Nachrichten erfahren hatte, war natürlich nur die dramatische Fassade eines schier undurchdringlichen kriminalistischen Komplexes. Um seine Erinnerung aufzufrischen, las Lucas die Abläufe der Tat quer.

Der vierzehnjährige Daniel Boysen war mutmaßlich am Vormittag des 16. Oktober 2006 im Wald nahe seines Elternhauses entführt worden, die Eltern riefen am Abend die Polizei, nachdem ihr Sohn nicht nach Hause gekommen war. Noch in der Nacht wurde der nahe Wald von Suchmannschaften durchkämmt, und sogar Hubschrauber der Bundeswehr mit Wärmebildkameras hatten das Gebiet überflogen. Der örtliche Feuerwehrverein stellte Verpflegung und beheizte Container für die Helfer zur Verfügung. Am nächsten Morgen ging bei Familie Boysen eine Lösegeldforderung per Telefon ein. Der Anruf konnte nicht zurückverfolgt werden, der Anrufer nutzte einen Stimmverzerrer. Er gab an, Daniel in einer Kiste im Wald eingesperrt zu haben, die zwar Sicherheit biete, ohne seine

Hilfe aber nicht gefunden werden könne. Den Standort der Kiste werde er nur im Austausch gegen 100 000 Euro preisgeben. Harm Boysen, der Vater von Daniel, führte die Übergabe persönlich durch, zwei Polizisten in Zivil hielten Sichtkontakt. Er hatte zunächst die Anweisung erhalten, das Geld am Abend in einem Regionalzug zu deponieren. Während die Polizei einen Zugriff im nächsten Bahnhof vorbereitete, erhielt Boysen jedoch einen weiteren Anruf mit der Aufforderung, die Tasche mit dem Geld auf ein Lichtsignal hin aus dem Zug zu werfen. Der Täter konnte mit dem Geld entkommen. Am folgenden Tag bekam der leitende Ermittler Werner Swoboda den Hinweis auf den Standort der Kiste. Er war als Erster am Tatort, konnte Daniel Boysen aber nur noch tot bergen.

Der Täter hatte eine unterirdische Holzkiste im Wald gebaut, 120 mal 120 mal 190 Zentimeter. Er hatte Licht und eine Art Abwassereinrichtung installiert, den Raum gegen Feuchtigkeit und Kälte gedämmt, ihn mit Wasser und Nahrung für mehrere Tage bestückt und sogar ein paar Bücher und einen MP3-Player mit Hörspielen hineingelegt. Die Belüftung bestand aus einem Rohrsystem, das einen permanenten Luftaustausch garantieren sollte. Er wollte dem Kind anscheinend so wenig Schaden zufügen wie möglich. Offenbar hatte das Belüftungssystem jedoch versagt, als feuchte Blätter die Rohre verstopften. Laut Obduktionsbericht hatte der Junge höchstens einige Stunden in der Kiste überlebt. Neben Hämatomen an Händen und Unterarmen, die wahrscheinlich daher rührten, dass der Junge an die Decke der Kiste geschlagen hatte, um sich zu befreien oder wenigstens bemerkbar zu machen, wurden bei dem Leichnam auch zwei gebrochene Rippen festgestellt, die post mortem zugefügt wurden.

Aus den folgenden Protokollen ging deutlich hervor, wie frustrierend ergebnislos die folgenden Wochen verstrichen waren, bevor sich plötzlich der Zufall lautstark zu Wort meldete. Penelope Johannsen, die Mutter des siebenunddreißigjährigen Christoph Johannsen, der zu Hause, mutmaßlich in suizidaler Absicht, an einer Gasvergiftung gestorben war, fand in den Habseligkeiten ihres Sohnes einen Kinderrucksack. Und Geld. Keine Unmengen, aber doch so viel, dass die Mutter stutzig wurde und es zur Polizei brachte. Dort konnte man es schnell dem Lösegeld im Fall Boysen zuordnen. Daraufhin stellte die Spurensicherung die ganze Wohnung auf den Kopf und fand auf einer Packdecke Haare von Daniel Boysen. Damit schloss man die Fallakte. Die Beweise waren eindeutig, der Tathergang schlüssig.

Lucas sog die wesentlichen Informationen im Eiltempo auf. Die Nüchternheit des Berichts lag in der Natur der Sache und verursachte trotzdem oder gerade deswegen einen anschwellenden Druck in Lucas' Magen, den er erst registrierte, als er fertig war. Er atmete laut aus und schob die Akte von sich weg. Vierzehn Jahre. Er selbst war damals kaum älter gewesen und hatte von Polizeiautos noch nicht mehr als die Rückbank gekannt. Hätte Daniel Boysen überlebt, wären sie heute im gleichen Alter und würden sich vielleicht in einer Bar oder beim Sport begegnen. Stattdessen hatte Daniels Leben damals gewaltsam geendet, und Lucas war mit seinem umgegangen, als verstünde er nicht, welchen Wert es hatte.

Einen Moment blieb er so sitzen, dann nahm er den Ersatzschlüssel von Juhas Wagen aus dessen Schreibtisch und machte sich auf den Weg. Die Akte ließ er auf dem Tisch liegen.

4

JUHA

Die Kollegen hatten ihr Equipment in dem mit Panorama-
fenstern gesäumten Wohnzimmer der Kobayashi-Villa
bereits aufgebaut.

Mechthild wirkte angespannt. Sie schaute kurz auf, als Juha
und Uwe eintraten, wandte sich dann aber wieder Selma Burg
zu, die gerade dabei war, Hideo Kobayashi auf das erwartete
Telefonat mit dem Entführer vorzubereiten. Scheinbar unwillkürlich fasste Mechthild nach ihrem deutlich lichter gewor-
denen Haaransatz. Ein kleiner Tick, den Juha häufiger bei ihr
beobachtete, seit sie die wesentlich jüngere Selma Burg unter
ihre Fittiche genommen hatte.

Kobayashi trug eine antiquierte Jogginghose, ein St.-Pauli-
Shirt von anno dazumal und grüne Laufschuhe. Trotz des
lässigen Outfits strahlten seine Gestalt und Haltung eine be-
merkenswerte Autorität aus. In einem Anzug hätte man ihn unweigerlich für den Chef der ganzen Aktion gehalten.

Selma Burg beendete das Briefing und suchte unauffällig
Mechthilds Blick, die nickte in mentoraler Bestätigung. Zufrieden zog Selma Burg ihren üppigen Pferdeschwanz fester,
wodurch ihre Augenbrauen noch ein Stück weiter die Stirn
hinaufrutschten und ihrer ohnehin schon hellwachen Aura zusätzlich den Ausdruck permanenter Überraschung verliehen.
Selma Burg. Pah! Juha hatte sie bereits bei ihrer ersten Begegnung als Streberin vorverurteilt, als sie sich beflissen jedem
Einzelnen im LKA persönlich vorgestellt hatte.

Kobayashi wandte sich von den beiden Frauen ab und trat

ans Panoramafenster. Er sah hinaus, während er seine Finger hinter seinem Rücken verknotete, beugte sich dann vor und hauchte gegen die Scheibe. In den trüben Fleck malte er ein Dreieck und beobachtete, wie es sich auflöste. Jetzt sah man ihm die Erschöpfung an. Aber als er Uwe und Juha bemerkte, kam er mit ausgestreckter Hand auf sie zu und stellte sich mit einer leichten Verbeugung vor.

Uwe nannte ebenfalls seinen Namen, Juha tat es ihm gleich. «Korhonen, Kriminalhauptkommissar LKA Hamburg.»

Kobayashi nickte.

Plötzlich stand Selma Burg vor Juha und grinste breit. «Na, haben sie dich doch noch gefunden? Uwe hätte heute Morgen ja fast 'ne Suchmeldung rausgegeben.»

Juha täuschte ein Lachen vor. «Sehr witzig, Selma Burg.»

«Was machst du hier eigentlich, wollt ihr uns das Ding abnehmen, oder was?» Ihr war die Aufregung, die so eine Situation mit sich brachte, zwar anzumerken, aber für ihr Alter war sie ziemlich cool, fand Juha.

«Nein, nein, keine Sorge. Sag mir einfach Bescheid, sobald ich helfen kann.» Er schaute zu Uwe und Mechthild, die gerade offensichtlich das gleiche Thema besprachen. Mechthild wirkte inzwischen wesentlich weniger irritiert. Sie nickte Juha zu, als sie bemerkte, dass er sie ansah. Er erwiderte den Gruß.

«Okay, Juha. Holt euch erst mal Kopfhörer», sagte Selma Burg.

«Alles klar, danke, Selma Burg.»

Ein Handy klingelte, und für wenige Sekunden geriet alles in Bewegung, und ein murmelndes Stimmengewirr schwoll an. Kobayashi nahm Platz, und jemand reichte ihm ein Headset. Wenige Augenblicke später war es totenstill im Zimmer, und der Aufruhr war gespannter Starre gewichen. Ein Beamter an einem Laptop vergewisserte sich mit einem Blick in die Runde, dass alle bereit waren, und drückte eine Taste.

«Hier spricht Kobayashi.» Seiner Sprachmelodie wohnte ein zarter japanischer Akzent inne, der die lange Zeit in Deutschland überdauert hatte.

Eine offenbar künstlich verfremdete Stimme antwortete. «Herr Kobayashi, Sie haben mich sehr enttäuscht.»

«Mich trifft keine Schuld. Der Zug hatte keine Fenster.»

«Was?»

«Der Zug hatte keine Fenster», wiederholte Kobayashi stoisch.

Stille.

«Sind Sie noch dran?», fragte Kobayashi. «Ich wollte Sie nicht ...»

«Hat aufgelegt», sagte der Beamte am Laptop.

Kobayashi schaute erschrocken zu Mechthild. Die hob beschwichtigend die Hände und sagte: «Cool bleiben. Der ruft wieder an», während sie den Blick durch die Runde schweifen ließ. Bei Uwe blieb er hängen und verriet Juha, dass sie überraschter war, als sie tat. War der Typ wirklich so ein Amateur? War ihm tatsächlich nicht bewusst gewesen, dass der Zug keine Fenster hatte und die Lösegeldübergabe deswegen scheitern musste? Oder war er einfach unzurechnungsfähig? Dann mussten sie besonders vorsichtig sein.

Das erneute Klingeln erlöste alle aus ihrer Starre. Die Beamten setzten ihre Kopfhörer wieder auf, rückten näher an ihre Laptops. Einvernehmliches Nicken.

Diesmal meldete sich Kobayashi mit einem schlichten: «Ja.»

«Der Preis hat sich erhöht. 300 000 Euro.»

«Bedeutung hat für mich nur das Wohl meiner Tochter. Aber wenn Sie sagen, der Preis erhöht sich, meinen Sie dann *auf* 300 000 Euro oder *um* 300 000 Euro?»

Juha schlug sich innerlich gegen die Stirn. Am Ende der Leitung blieb es einen Moment still. Dann kam erneut die blecherne Stimme: «Ich rufe wieder an.»

«Aufgelegt.» Kobayashi ließ den Hörer sinken.

Kollektives Stirnrunzeln machte sich breit.

Selma Burg ergriff das Wort. «Kommt es euch nicht auch komisch vor, dass er offenbar unschlüssig ist, ob er nun 300 000 oder 400 000 Euro will?»

Mechthild nickte. «Ja, das ist tatsächlich auffällig. Wie interpretierst du das?»

«Eine Möglichkeit: Er ist nicht alleine. Vielleicht muss er sich mit einem Partner abstimmen.»

«Okay, das ist möglich.»

Das Telefon klingelte.

«Sie machen das wirklich gut», ermutigte Mechthild Kobayashi, bevor das Gespräch angenommen wurde.

«Die 300 000 kommen obendrauf.»

«Sie bekommen das Geld. Ich habe mich an Ihre Regeln gehalten. Kann ich jetzt bitte mit meiner Tochter sprechen?»

«Du hast dich an die Regeln gehalten? Denkst du, ich weiß nicht, dass die Bullen längst mithören?»

Juha fiel auf, dass der Entführer zum «Du» übergegangen war.

«Ich verstehe nicht, was Sie meinen.» Stille. «Bitte legen Sie nicht wieder auf. Lassen Sie uns das in Ruhe klären.»

«In Ruhe? Meinst du, damit die Bullen mich in Ruhe tracken können, oder was? Denkst du, ich bin behindert?»

Kobayashi sah Hilfe suchend zu Mechthild, die ihm nickend eine Hand entgegenstreckte.

«Ich gebe Sie weiter», sagte Kobayashi stockend, bevor er Mechthild das Headset gab.

«Kriminalhauptkommissarin Schön, LKA Hamburg.»

«Ach was, 'ne Bullenschlampe.»

Mechthild überging die Beleidigung. «Haben Sie einen Namen? Wie soll ich Sie nennen?»

«Hieronymus.» Das kam wie aus der Pistole geschossen.

«Also, Hieronymus: Wir sind mit einem weiteren Übergabeversuch einverstanden. Allerdings können wir der Summe nicht zustimmen. Wir schlagen Ihnen 150 000 Euro vor, unter der Bedingung, dass wir einen Lebensbeweis erhalten. Wir müssen sichergehen, dass es Charlotte gut geht.»

«Was haltet ihr davon: Ich schicke euch einen Finger von der, und das Lösegeld erhöht sich auf eine Million.»

«Ich bitte Sie, Charlotte nichts anzutun. Wenn Sie uns einen Beweis übermitteln, dass es Charlotte gut geht, überdenken wir unser Angebot. Können wir mit Charlotte sprechen? Ist sie in diesem Moment bei Ihnen?»

Plötzlich war durch die summende Trägerfrequenz etwas zu hören, das wie ein leidendes Seufzen klang.

«Hat der gerade geseufzt?», flüsterte Juha.

«Klang irgendwie so, ne?», sagte Uwe leise.

«Ist das ein Problem, Hieronymus? Wo ist Charlotte?»

«Sie ist nicht hier.»

In dem Moment reckte einer der Techniker den Arm hoch, Selma Burg huschte zu ihm hinüber. Mechthild hatte es aus dem Augenwinkel wahrgenommen, blieb jedoch vollkommen konzentriert und ließ sich nichts anmerken.

Selma Burg malte eine Markierung auf eine Karte. Dann noch eine zweite darüber und eine dritte. Daneben schrieb sie jeweils die Zahlen eins bis drei.

«Die sind ja alle in einer Linie», murmelte Juha.

Uwe schwieg einen Moment und sagte dann: «Er bewegt sich. Das ist die Bahnstrecke. Darum ändert sich der Funkmast dauernd.»

«Aber dann ist er ja gleich am Hauptbahnhof.»

Uwe nickte. Den gleichen Dialog führten der Techniker, Mechthild und Selma Burg, nur mit Blicken.

Selma Burg kam zu Uwe und Juha herüber, um nicht zu laut sprechen zu müssen. «Was meint ihr? Schicken wir vier Einheiten hin, die sich in der Nähe befinden, plus die, die ohnehin am Bahnhof unterwegs sind.»

Uwe nickte. «Aber kein Blaulicht, kein Einsatzgehabe. Einfach Routinestreife am Bahnhof. Er soll nicht denken, dass wir wissen, wo er ist. Die sollen aufmerksam sein und nach Personen suchen, die grob ins Profil passen: männlich, über achtzehn, allein unterwegs, kein Reisegepäck. Wenn einer wegrennt, können sie ja hinterherrennen. Ansonsten Füße stillhalten.»

Selma Burg nickte, zückte ihr Telefon und ging nach nebenan.

Juha gefiel die Strategie. Jetzt mit zwei MEKs den Bahnsteig besetzen – was sollte das bringen, falls sie überhaupt rechtzeitig dort waren? Man konnte schließlich nicht Hunderte Fahrgäste fragen, ob sie der Entführer waren.

Gar nicht so blöd, die Idee mit dem Zug, fand Juha. In gewissen Punkten bewies der Kerl wirklich Köpfchen, doch diese ganze Aktion schwankte auffällig zwischen clever und naiv, zwischen geplantem Vorgehen und unbedarfter Improvisation. Was war das nur für ein Typ?

«Wo ist Charlotte, wenn sie nicht bei Ihnen ist, Hieronymus?», fragte Mechthild.

«An einem sicheren Ort.»

«Gut. Was können Sie uns als Lebensbeweis liefern?»

Hieronymus überlegte offenbar am anderen Ende der Leitung. «Ich kann Ihnen ein Video schicken.»

«Das reicht uns leider nicht. Das Video könnte ja auch von gestern sein. Sie verstehen, was ich meine.»

Wieder dieses Seufzen. Da stimmt doch irgendwas nicht, dachte Juha. Was für eine Farce war das hier? Wenn man so wenig Ahnung von Entführungen hatte, sollte man es gefälligst lassen. Selbst Juha fielen auf Anhieb drei Möglichkeiten ein, einen sicheren Lebensbeweis zu liefern.

«Okay, ich habe eine Idee. Sie machen das mit dem Video, und Charlotte soll sagen: ‹Ein grünes Auto fährt nach Sylt.›»

Hieronymus brauchte einen Moment, um zu verstehen. «Okay.»

«Wie lange brauchen Sie ungefähr für das Video?»

Seufzen. «Halbe Stunde oder so.»

«Alles klar. Ich finde, das läuft doch gut mit uns beiden, oder?»

Hieronymus legte wortlos auf.

Nun wurde es hektisch im Raum, eine halbe Stunde war zwar viel Zeit, um nachzudenken und die nächsten Schritte vorzubereiten, doch zu wenig, um wirklich aktiv zu werden und zum Beispiel eine Suchaktion zu starten.

Juha bemerkte, dass Kobayashi nicht wusste, wohin mit sich, und befand, dass dies der richtige Zeitpunkt war, ihn zu einem Gespräch zu bitten.

«Wollen wir kurz nach nebenan gehen und uns unterhalten? Ich glaube, hier können wir gerade nicht viel tun.»

«Sicher», antwortete Kobayashi dankbar und dirigierte Juha zur Tür, die ins Arbeitszimmer führte.

5

Drei der Wände waren bis unter die hohe Decke mit Büchern gefüllt, ein für einen Architekten überraschend kleiner Schreibtisch stand am Fenster. Schöner Ausblick beim Arbeiten, dachte Juha. Im Garten standen zwei große Buchen, an einer hing eine Schaukel. Ein Trampolin, auf dem sich die Blätter mindestens eines vergangenen Herbstes angesammelt hatten, lugte halb hinter einem der Stämme hervor.

Als Kobayashi die Tür schloss, wurde der Raum von einer meditativen Stille erfüllt, als wären die Wände schallgedämmt. Nur durch das geschlossene Fenster drang hin und wieder ein Geräusch von einem vorbeifahrenden Auto, einem Vogel, einem Windstoß, der durch die Blätter fuhr. Geräusche, die jedoch augenblicklich wieder verstummten, wie Juha es aus den winterlichen Wäldern in Finnland kannte, wo der Schnee jeden Laut verschluckte und eine Stille hinterließ, die unwirklich, ja, unirdisch anmutete. Es roch nach Holz und Büchern, und der Boden knarrte, als Kobayashi sich erschöpft auf einen Stuhl neben den Regalen sinken ließ.

Mit einem kurzen Nicken bat er Juha, ebenfalls Platz zu nehmen. Es fiel Juha nicht leicht, die Ruhe, die dieser Raum ausstrahlte, mit Worten zu füllen.

«Ich bin sicher, Sie haben meinen Kollegen bereits alles gesagt, was wichtig ist. Jede Information, die dabei helfen kann, Ihre Tochter gesund nach Hause zu holen, haben meine Kollegen von Ihnen bekommen, Herr Kobayashi.»

«Wenn es hilft, erzähle ich es sehr gern noch einmal.»

Juha war sich nicht sicher, wie er beginnen sollte, dann redete er einfach drauflos. «Ich bin nur indirekt mit dem Fall

Ihrer Tochter beschäftigt, der bei meinen beiden Kolleginnen in den besten Händen ist. Ich befinde mich, so könnte man es sagen, auf alternativen Ermittlungspfaden. Mir geht es um einen älteren Fall. Und bitte erschrecken Sie nicht, denn es gibt wahrscheinlich keinen Zusammenhang. Bei dem Fall starb ein entführtes Kind. Der Entführer hatte das nicht geplant. Es war, wenn Sie so wollen, ein Unfall. Vielleicht haben Sie davon gehört, es ist schon eine Weile her. Daniel Boysen hieß der Junge.»

Kobayashi nickte. «Ich erinnere mich daran. Der Fall hat viel Aufmerksamkeit erlangt. Ich war damals gerade nach Deutschland gekommen. Eine sehr traurige Geschichte.»

«Wir ziehen die Möglichkeit in Betracht, dass der Entführer Ihrer Tochter sich in gewissen Details von dem Fall Boysen hat inspirieren lassen.» Juha zögerte, und es missfiel ihm, um den heißen Brei herumzureden. «Wenn dem so ist, können wir vielleicht Schritte des Entführers vorausahnen, ihn besser einschätzen.»

Kobayashi sah Juha streng in die Augen. «Inspirieren lassen? Oder meinen Sie, dass es derselbe Täter ist?»

Juha war um eine Antwort bemüht, die die Bedrohlichkeit dieser These mildern könnte. «Wir würden das gerne ausschließen.»

Kobayashi nickte. «Wie kann ich helfen?»

«Erzählen Sie mir, was passiert ist, bevor Sie die Polizei alarmiert haben. Die Kollegen haben mich ins Bild gesetzt, aber ich würde es gerne noch einmal von Ihnen hören.»

Wieder nickte der Japaner und richtete sich auf. «Ich kam am Freitag müde nach Hause. Meine Frau ist zurzeit in Lissabon.»

Juha fragte sich, weshalb er sich über die Abwesenheit von Kobayashis Frau noch nicht gewundert hatte. Er hatte einfach nicht daran gedacht. «Wann wird sie hier sein?»

Kobayashis Blick flackerte kurz durch den Raum, und er wirkte beschämt. «Ich habe sie erst heute Morgen angerufen. Ich muss zugeben, dass ich den Ernst der Lage erst so richtig begriffen habe, als plötzlich das ganze Haus voller Polizei war.»

«Ich verstehe», sagte Juha, obwohl er das nicht tat. «Also, Sie kamen nach Hause, waren müde.»

«Meine Tochter ist sechzehn und oft unterwegs, hat viele Freunde. Freitagabends sitzen sie häufiger am Elbstrand, trinken Bier, rauchen Gras.»

«Das beunruhigt sie nicht?»

«Würde es Sie beunruhigen, Herr Korhonen?»

«Eigentlich nicht.»

«Ihre schulischen Leistungen sind gut, sie interessiert sich für Musik, übt E-Bass und schreibt an einem eigenen Theaterstück. Recht finster, glaube ich.»

«Haben Sie es gelesen?»

«Es geht wohl um Selbstmord.»

«Und auch das beunruhigt Sie nicht?»

«Ich denke, das sind jugendlich melancholische Fantasiespiele. Sicherlich ganz normal in dem Alter.»

Juha nickte. Zwar hatte Kobayashi damit irgendwie recht, allerdings fand Juha, dass die besorgte Reaktion der Eltern ebenso normal gewesen wäre.

«Sie meinen, als Sie am Freitagabend nach Hause kamen, war Charlotte nicht hier. Aber Sie haben sich keine Sorgen gemacht.»

«So war es. Ich habe mir einen Film angesehen.»

«Welchen Film?»

«Spielt das eine Rolle?»

«Nein.»

«*Lethal Weapon 2*. Dann war es elf, und ich bin zu Bett gegangen. Normalerweise kommt Charlotte gegen ein Uhr nach

Hause – so ist die Abmachung. Ich werde dann meistens kurz wach. Als ich gegen zwei Uhr wach wurde, merkte ich, dass sie immer noch nicht da war. Ich versuchte es auf ihrem Handy. Es war abgeschaltet. Also zog ich mich an und ging zum Strand hinunter. Da waren ein paar Jugendliche, die ich schon einmal gesehen hatte. Ich erfuhr, dass Charlotte den ganzen Abend nicht dort gewesen war. Sie sei wahrscheinlich mit Boschi unterwegs.»

«Boschi? Sagt Ihnen das etwas?»

«Ich weiß, dass es einen Jungen gibt, mit dem sie häufiger zusammen ist. Meine Frau hat eine gute Gesprächsbasis gefunden, um mit Charlotte über so etwas zu sprechen, Verhütung, solche Dinge. Ich habe mich da eher zurückgehalten, traue Charlotte aber ein verantwortungsvolles Handeln zu. Ich hoffte, wir würden den jungen Mann – Boschi – bald kennenlernen.»

So wie Kobayashi es aussprach, klang Boschi wie der Name eines Samurai. Dabei hieß Boschi vermutlich einfach Bosch mit Nachnamen.

«So wie ich das verstanden habe, versuchen Ihre Kollegen bereits den jungen Mann zu finden.»

«Okay», fuhr Juha fort. «Was haben Sie dann gemacht?»

«Ich habe es natürlich weiter auf Charlottes Handy probiert, aber das war aus. Wirklich Sorgen habe ich mir nicht gemacht, ich habe fest damit gerechnet, dass ich spätestens am nächsten Tag von ihr hören würde.»

«Haben Sie aber nicht.»

«Nein, stattdessen bekam ich den Anruf. Die gleiche Roboterstimme, die Sie eben gehört haben. Der Anrufer habe Charlotte entführt, und sie befinde sich an einem Ort unter der Erde. Mit Wasser für ein paar Tage. Es sei unmöglich, sie ohne seine Hilfe zu finden. Keine Polizei, 100 000 Euro in kleinen

Scheinen. Andernfalls würde er untertauchen und Charlotte in ihrem Verlies lassen.»

Juha rückte etwas weiter in Richtung Sesselkante. «Der genaue Wortlaut ist wichtig, Herr Kobayashi. Unter der Erde? Verlies? Hat er das so gesagt?»

Kobayashi überlegte kurz, obwohl er sich ganz offensichtlich bereits sicher war. «Ja, das waren seine Worte.» Er stützte die Ellenbogen auf die Knie. «Natürlich dachte ich daran, die Polizei zu verständigen, aber ...» Zum ersten Mal stockte Kobayashi, seine ansteckende Ruhe bekam Risse, und sein Blick wurde glasig, suchte nach irgendeinem Fixpunkt. Er bekam eine kleine Vase auf dem Tisch zu fassen und wog sie prüfend in seinen Händen. Atmete tief ein. «Ich dachte, ich kann das bezahlen, und dann ist sie in Sicherheit. Wenn der Mann bekommt, was er will, ist die Sache schnell vorbei. Ich dachte, die Polizei kann ich danach immer noch involvieren. Oder auch nicht. Ich wollte mich selbst darum kümmern. Auch meine Frau nicht beunruhigen.»

Kobayashi stellte die Vase kopfüber wieder an ihren Platz, und die kleine Spielerei schien ihm einen Hauch von Freude zu bereiten.

«Haben Sie sich gefragt, warum der Erpresser nur 100 000 Euro verlangt hat? Sie hätten auch mehr bezahlen können, oder?»

«Ja, hätte ich. Vielleicht nicht sofort in bar, aber prinzipiell, ja, hätte ich auch mehr bezahlt. Jeden Preis. Aber darüber habe ich nicht nachgedacht, in dem Moment.»

«Natürlich nicht, blöde Frage.»

Es klopfte an der Tür, und Uwe steckte den Kopf herein. «Wir haben das Video bekommen.»

Hideo Kobayashi sprang auf und eilte Richtung Tür, schien Juha von einem Moment auf den anderen vergessen zu haben.

Ganz so stoisch war er dann doch nicht, dachte Juha und folgte ihm.

Der Bildschirm von Kobayashis Handy wurde auf einen Monitor gespiegelt, sodass alle mitschauen konnten. Juha sah zu Kobayashi und bemerkte, dass er Angst hatte.

Der Bildschirm zeigte das Gesicht einer jungen Frau, die nach oben blickte, als würde sich die Kamera über ihr befinden. Wie in einer Kiste, dachte Juha. Die Qualität war schlecht, aber es handelte sich eindeutig um Charlotte, soweit Juha das anhand des Fotos beurteilen konnte, das er während der Fahrt im Internet gefunden hatte. Die Kamera, vermutlich eine Handykamera, war dicht vor ihrem Gesicht, vielleicht in einem halben Meter Abstand. Das Blitzlicht war eingeschaltet und blendete sie. Ihr Gesicht war schneeweiß, hinter ihr nur Dunkelheit – keine Hinweise auf den Raum, in dem sie sich befand. Ihr Kajal, der jugendlich inflationär die Augen umrahmte, war verlaufen und verlieh ihrem Gesicht die morbide Anmutung eines Totenschädels. Zwischen Nase und Mund war ein glänzender Film zu erkennen, in dem sich das Licht der Kameralampe spiegelte.

«Ein ... grünes Auto fährt ... nach Sylt», stammelte Charlotte mit gebrochener Stimme. Dann verzog sich ihr Gesicht. «Hideo, hilf mir. Bit...!»

Mitten im letzten Wort brach das Video ab und fror ihr geisterhaftes Gesicht ein.

Juha atmete scharf, als wollte er etwas sagen. Uwe bemerkte es. «Hm?»

«Ach, nichts. Hab nur kurz was gedacht.»

Juha drehte sich zu Kobayashi, der immer noch auf den Bildschirm starrte, die Hand auf den Mund gepresst. Der Japaner wandte sich ab und ging zu dem großen Panoramafenster.

Juha trat neben ihn. «Beängstigend.»

«Allerdings.»

«Aber sie wirkte unversehrt.»

Kobayashi nickte. «Körperlich. Ja.»

«Ich möchte Ihnen eine Frage stellen, und ich hoffe, ich hab da nichts missverstanden. Sie haben vorhin angedeutet, dass das Verhältnis zwischen Charlotte und ihrer Mutter, sagen wir mal, etwas inniger ist als zwischen Ihnen beiden.»

«Ja, das könnte man so sagen», antwortete Kobayashi, und Juha war sich nicht sicher, ob in dem Satz Bedauern oder Gleichgültigkeit mitschwang.

«Redet Charlotte Sie immer mit Vornamen an?»

«Seit jeher.»

«Was ich mich frage», fuhr Juha fort, «und es tut mir leid, wenn ich Ihnen damit zu nahe trete: Hätte Charlotte in dieser Situation nicht eher ihre Mutter angesprochen als Sie?»

Kobayashi wendete seinen Blick vom Fenster ab und schaute Juha verständnislos an. «Charlotte weiß doch, dass ihre Mutter auf Geschäftsreise ist.»

Juha nickte leicht und presste die Lippen zusammen. «Alles klar, Herr Kobayashi.» Er überlegte kurz, ob er noch irgendetwas Ermutigendes sagen sollte. Etwa: Die Kollegen haben das im Griff. Aber jetzt hatte er nicht mehr den Eindruck, dass Kobayashi ermutigender Worte bedurfte. Er hatte sich erstaunlich schnell wieder gefangen. Also fragte er stattdessen, ob er sich ein wenig im Haus und in Charlottes Zimmer umsehen dürfe. Kobayashi stimmte zu.

Juha schlenderte durch das Haus und öffnete schließlich eine Tür, an der ein Nine-Inch-Nails-Poster hing. Die Gemächer eines Teenagers, keine Überraschung. Und doch hatte Juha erwartet, dass Zimmer von Rich Kids irgendwie anders aussahen als die Zimmer von Kindern aus gewöhnlichen Verhältnissen.

Er schloss die Tür hinter sich. An den Wänden hingen weitere Poster von Musikern, eher aus der alternativen Ecke. *The Cure*, *Misfits* und viele, von denen er noch nie gehört hatte. Ein schwarzes Metallbett, ein verschlissener, möglicherweise antiker Ohrensessel, auf dem sich Wäsche türmte. Es roch nach Räucherstäbchen, Patschuli und dezent nach Tabak. Die Krümel auf der Fensterbank ließen Juha vermuten, dass Charlotte heimlich am Fenster rauchte. Ein Marmeladenglas voller Zigarettenstummel außen auf dem Sims gab ihm recht.

Dann fiel sein Blick auf den Kunstdruck, der an der Innenseite der Tür hing. Ein finsteres Gemälde, im Zentrum eine knochenweiße Gestalt, die den Betrachter direkt ansah. Der Körper bestand nur aus baumartig verwachsenen Armen und dem Rumpf, der wie eine halbe Eierschale hohl war und in dem kleine menschliche Gestalten auszumachen waren. Auf einer Art Hutkrempe auf dem Kopf des Wesens lag ein Gebilde irgendwo zwischen menschlichem Herz und Dudelsack. Drumherum scharten sich gegeißelte Menschen und albtraumhafte Fabelwesen um groteske Objekte, riesenhafte Ohren, Tierschädel, Messerklingen. Im Hintergrund loderten Feuer, marschierte eine Armee über den Horizont, türmten sich Leichenberge auf. Als hätte sich der Maler vorgestellt, wie es wohl in der Hölle zugehen musste. Juha war tief in die Betrachtung des apokalyptischen Wirrwarrs versunken, als es plötzlich mit der aufgehenden Tür zur Seite schwang und Lux vor ihm stand.

6

LUX

Hey, Lux. Gut, dass du da bist. Schau dich ruhig um», empfing ihn sein Kollege. Juha war sich vermutlich kollegial und gewitzt vorgekommen, als er Lucas kurz nach ihrem Kennenlernen den Spitznamen «Lux» gegeben hatte. Als Lucas am selben Abend seine Runden um die Alster gelaufen war, war ihm jedoch aufgegangen, dass es vielmehr väterlich und eitel rübergekommen war. Er hatte beschlossen, sich den Spitznamen gleich am nächsten Morgen zu verbitten, und sich bereits die Worte zurechtgelegt, doch als es so weit war, hatte er die Tür zum Büro geöffnet und stattdessen strahlend gerufen: «Lux meldet sich zum Dienst.» Juha Korhonen hatte etwas gequält dreingeschaut, dann aber lächelnd genickt. Womöglich war es ihm selbst im Nachhinein peinlich gewesen, doch nun war es besiegelt.

«Wenn das ein Test sein soll: Ich habe unten kurz mit Mechthild gesprochen, die haben alles im Griff. Was machen wir hier also?»

Da war es wieder, das etwas gequälte Lächeln auf dem Gesicht des Kommissars. Er schüttelte entschuldigend den Kopf. «Nein, Quatsch. Sorry. Ich wollte mich nur mal umsehen. Lieblingsband dabei?» Juha wies auf die vielen Poster.

«Jazz ist mir lieber, wenn ich ehrlich bin.» Lucas ließ seinen Blick über die Wand streifen. Dann wies er auf das höllische Gemälde an der Tür, die langsam wieder in den Rahmen zurückschwang.

«Kennst du das Bild?»

«Ja, natürlich. Meine Mutter ist Künstlerin», sagte Lucas und fragte sich, ob das jetzt der Test war, bis ihm klar wurde, dass Juha das Bild selbst nicht kannte. «Das ist eine äußere Tafel, ich weiß nicht, ob rechts oder links, aus dem Triptychon *Der Garten der Lüste* und zeigt die Hölle. Vermutlich das bekannteste Bild des niederländischen Malers Hieronymus Bosch.»

Juha zog die Augenbrauen zusammen, und sein Gesichtsausdruck verriet, dass es dahinter ratterte. Dann drehte er sich in bedeutungsschwangerer Langsamkeit zu ihm. «Wie heißt der bitte?» Juha sah aus, als müsste er sich bemühen, nicht zu lachen, und Lucas antwortete entsprechend irritiert.

«Hieronymus Bosch. Ziemlich bekannt eigentlich.»

Wortlos verließ Juha das Zimmer. Lucas hob fragend die Arme und ließ sie wieder fallen, dann folgte er ihm. Juha ging ins Wohnzimmer, wo man noch darauf wartete, dass der Entführer sich wieder meldete.

«Mechthild?» Juha wirkte mit einem Mal erstaunlich gut gelaunt.

«Na? Hat dein Gespräch mit Kobayashi was ergeben?»

«Ja und nein.» Juha sah sich kurz um, um festzustellen, ob ihnen außer Lucas jemand zuhörte. «Sag mal, diesen Boschi, den Freund von Charlotte, habt ihr den gefunden?»

Mechthild musste sich kurz sammeln. «Ja, der heißt anscheinend Sebastian Bosch. Er wohnt bei seiner Mutter. Die meinte aber, er sei so gut wie nie zu Hause. Würde meistens mit Punks abhängen. In irgendeinem kulturellen Zentrum, Duplo oder so.»

«*Pluto*?», fragte Juha, und Lucas grub einen Moment vergeblich in seinem Kopf, ob ihm das etwas sagte.

«Ja, genau. Wir schicken da jemanden hin. Ich hab's delegiert, keine Ahnung, ob schon wer unterwegs ist, geht ja alles etwas drunter und drüber gerade.»

Juha nahm sich augenscheinlich zusammen. «Können wir das übernehmen?»

Lucas fragte sich, was das jetzt wieder sollte.

Auch Mechthild wirkte skeptisch, sagte aber: «Klar», was mehr nach einer Frage als nach einer Antwort klang. «Sag mal, Juha, du brütest doch was aus.»

Juha zögerte, deswegen schaute Mechthild nun Lucas an.

«Ich habe keine Ahnung, sorry.»

Dann sagte Juha: «Okay, ich will hier jetzt nicht einen auf Lone Wolf machen, der auf eigene Faust ermittelt, um später das Kaninchen aus dem Hut zu zaubern. Ich habe eine zarte Ahnung, jedoch so zart, dass es mir falsch vorkäme, Entwarnung zu geben. Außerdem ist es wichtig, dass ihr Hieronymus bei der Stange haltet, während wir unterwegs sind.» Mechthild wollte noch etwas sagen, doch Juha war schon auf dem Weg nach draußen. Lucas hob etwas hilflos die Arme, und Mechthild entließ ihn mit einem Kopfschütteln, das davon zeugte, dass sie an Juhas Art gewöhnt war. Lucas holte ihn im Foyer ein.

Am Hauseingang versteckte Selma gerade ihre Zigarette. «Juha?» Sie tippelte von einem Fuß auf den anderen.

«Selma Burg!»

«Warum nennst du mich immer Selma Burg, Juha?»

«Das klingt einfach gut. Okay, wir sind dann mal weg, viel Erfolg noch, Selma Burg.» Selma wollte offenbar noch was, aber Juha kam ihr zuvor. «So ein Fall kann einen nervös machen, ich weiß. Aber ich habe ein ziemlich gutes Gefühl.»

Selma schüttelte den Kopf. «Ihr seid doch wegen des Boysen-Falles hier, oder?»

Juha schaute offensichtlich überrascht zu Lucas, dann wieder zu Selma. «Wie kommst du darauf?»

«Ich habe ziemlich viel dazu recherchiert, im Zuge meines Kriminologie-Studiums. Rollt ihr den Fall wieder auf?»

Wieder schaute Juha zu Lucas, diesmal eindeutig verdutzt. «Nein, wir rollen überhaupt nichts wieder auf. Wieso sollten wir?»

«Wie dem auch sei. Falls ihr Unterstützung braucht: Ich würde wirklich sehr gerne helfen. Der Fall ist ein Mythos.»

«Das ist wirklich nett, Selma Burg, aber ich denke, das wird nicht nötig sein.»

Sie ließen die enttäuschte Selma stehen und gingen zum Auto. Lucas stieg auf der Fahrerseite ein, und Juha nahm kommentarlos auf dem Beifahrerplatz seines Dienstwagens Platz.

«Und hast du schon reinlesen können?», fragte Juha, nachdem er die Route ins Navi eingegeben hatte.

Lucas zögerte einen Moment, da er sich gerade etwas waghalsig durch den dichten Verkehr schlängelte. «Ich hatte ja jetzt nur wenig Zeit, aber ich konnte mir ein grobes Bild machen.» Als Juha nicht weiter fragte, nutzte Lucas den Moment seinerseits und fragte: «Dieser Ermittler damals, Swoboda ...»

«Werner, ja.»

«Ihr kanntet euch also?»

«Ja.» Juha schaute aus dem Fenster, sodass Lucas sein Gesicht nicht sehen konnte.

«Du warst doch damals schon im LKA 46, oder? Was hast du mitbekommen?»

Juha atmete aus und legte die Hände in den Schoß. «Ich bin dabei gewesen, als Werner den Jungen gefunden hat.»

Lucas erschrak, bemühte sich jedoch, keine Regung zu zeigen. Das hatte nicht in der Akte gestanden, lediglich, dass Werner Swoboda als Erster am Ort des Geschehens gewesen war.

«Das war sicher heftig.»

Juha nickte. «Ich war noch ziemlich frisch dabei, habe vor allem Innendienst geschoben. Dieser Fall war meine Feuerprobe.» Er stieß verächtlich die Luft aus. «Das ist der Horror jedes Polizisten, *das tote Kind*.» Wieder schaute er nach draußen, die Wange auf der Faust abgestützt. «Aber es war zum Glück nicht ‹mein› totes Kind, als Polizist, meine ich. Wer weiß, vielleicht hätte ich den Job an den Nagel gehängt. Ich bin da nur so mitgeschlittert, weißt du? Aber Werner, ein Gigant von einem Polizisten, den hat es seine Seele gekostet, glaube ich.»

«Aber er hat den Täter immerhin erwischt.»

«Nur zu spät. Und er sah es nicht als sein Verdienst an, war es letztlich doch einem Zufall geschuldet, dass wir den Täter damals gefunden haben. Drei Monate nach Daniels Tod hatte kaum noch jemand darauf gehofft. Die Soko arbeitete jede noch so vage Spur ab. Seit ich mit Werner zusammen im Wald war, hat er mich stärker involviert. Ich glaube, er hatte Sorge, dass ich durch das Ganze ebenfalls einen Schaden erleide; als Polizist, als Mensch. Zu sagen, er wäre mein Mentor geworden, ginge zu weit, aber es war offensichtlich, dass er sich kümmerte. Wir haben in der Zeit eine Art Freundschaft geschlossen, könnte man sagen. Darum konnte ich sehen, dass da bereits ein Riss in ihm war, aber noch hat er funktioniert, war noch ganz Polizist und sah es als seine heilige Aufgabe, den Mann zu finden, der den Jungen auf dem Gewissen hatte. Doch mit jedem weiteren Tag schrumpfte die Chance, den Täter zu ermitteln, und jeder von uns wusste das. Der Fall war wiederholt in der Presse, und jedes Mal gingen Hunderte Hinweise aus der Bevölkerung ein. Die Erfahrung, dass 99,9 Prozent dieser Hinweise rein gar keine Relevanz hatten, dämpfte die Stimmung natürlich massiv. Das ist dir ja nicht neu. Den ganzen Tag Leute anzurufen, die einem dann erzählen, sie hätten letzten Sonntag einen finster dreinschauenden Mann im Wald gesehen, das ist echt keine Aufgabe, für die man Polizist werden will.»

«Allerdings!», warf Lucas ein und erinnerte sich an die zähen Stunden, die er selber vor Jahren im Telefondienst verbracht hatte.

«Klar, jeder Job hat diese Phasen, in denen du dich fragst, ob nicht auch ein Schimpanse deine Aufgabe erledigen könnte, aber drei Monate lang Schimpansenarbeit zu machen, das geht einfach an die Substanz. Und dann rief diese Frau an, und auf einmal war alles vorbei.»

«Johannsen? Ja, habe ich in der Akte gelesen. Aber was war mit Werner? Sein Name taucht in den Protokollen ab diesem Zeitpunkt nicht mehr auf.»

«Gut beobachtet. Der Fall wurde eingetütet und weggeschlossen, aus unseren Köpfen verbannt. Ich glaube, alle waren einfach nur dankbar, dass es vorbei war. Aber während wir anderen zum Tagesgeschäft übergingen, konnte Werner mit der Sache nicht abschließen. Er wanderte noch ein halbes Jahr durchs Präsidium wie ein Geist. Keine Maßanzüge mehr, nur noch das immer gleiche schwarze Sakko, das immer speckiger und rotstichiger wurde, T-Shirt und Dr.-House-Turnschuhe. Er konnte wohl nicht mehr in den Spiegel blicken. Ich wurde befördert und bekam ein Büro. Unser Büro. Werner kam manchmal rein und sagte: ‹Na, Kleiner, alles klar?›» Plötzlich lachte Juha kurz auf. «Aber das war's auch. Einmal habe ich ihn und seine Frau noch zu Hause besucht. Tatjana.» Das Lachen versiegte in einem schmerzvollen Lächeln, das Lucas an ihm nicht kannte. «Ziemlich bald danach ist er gestorben. Krebs. Ich weiß bis heute nicht genau, was er sich nicht verzeihen konnte – dass er den Jungen nicht hat retten können oder dass er den Täter nicht selber gefunden hat.»

«Und was ist mit dir, Juha?»

Juha schaute ihn fragend an.

«Ich glaube, du bist der einzige Polizist Hamburgs, der sich in seiner gesamten Dienstzeit nicht ein einziges Mal um eine Versetzung bemüht hat.» Gleich, nachdem er es ausgesprochen hatte, spürte er Nervosität aufkommen. Vielleicht war er damit zu weit gegangen.

Er wollte gerade zu einer Entschuldigung ansetzen, als Juha ihm zunickte und sagte: «Mag sein, dass du damit recht hast.»

Nach einem raschen Schulterblick wechselte Lucas geschmeidig die Spur und das Thema. «Ich fürchte mich vor der Antwort, aber was hat der Fall von damals mit der Entführung von Charlotte Kobayashi zu tun?»

Juha schien erleichtert, dass sie sich wieder mit dem Hier und Jetzt beschäftigten, und die gute Laune, die sich vorhin in Charlottes Zimmer so überraschend Bahn gebrochen hatte, kehrte langsam zurück. «Sagen wir so: Ich glaube, Fräulein Kobayashi hat einen gewissen Hang zum Morbiden und ist recht bewandert in Kriminalgeschichte.»

Lucas bemühte sich ehrlich, Juhas Worten eine Information zu entnehmen, die seine Frage beantwortete, gab dann aber auf. «Das ... hilft mir jetzt gerade nicht weiter. Sorry, einmal für Welpen bitte.»

«*Pluto*, sagt dir das was?»

«Ich kenne nur den Hund und den ehemaligen Planeten.»

«Was Mechthild meinte, ist ein links-alternativ bewohntes Gehöft im Süden der Stadt. Ist wegen gelegentlicher Ruhestörung und gemäßigtem Drogenkonsum polizeibekannt. Aber letztlich harmlos. Darum lassen wir die auch in Ruhe. Eine Art Kulturzentrum, ganz nette Leute.»

Lucas seufzte genervt. «Juha, ich bin nicht dein Chauffeur. Kannst du mir jetzt bitte sagen, was wir machen?»

Juha schaute Lucas wegen seines ruppigen Tons mit gespielter Missbilligung an. Dann sagte er trotzig: «Nee, jetzt will ich nicht mehr.»

«Juha!» Lucas musste lachen.

Sie lächelten eine Weile vor sich hin. Dann erlöste Juha ihn.

«Ich glaube, Töchterchen Kobayashi hat sich selbst entführt.»

7

JUHA

Grobschlächtige und ausladende Holzkunst, aus Baumstämmen gefräste Obskuritäten, zierten den Rasen entlang der Auffahrt zum *Pluto*. Der dazugehörige Künstler, beziehungsweise sein Werkzeug, war nicht zu überhören, und Juha merkte Lux sein Unbehagen darüber an, dass sie gleich einem Menschen mit Kettensäge begegnen würden.

Eine junge Frau, kaum zwanzig, mit schwerer Schürze und Schutzbrille, sägte an einem Stamm herum, Späne splitterten meterweit über den Platz. Juha rief, musste aber schließlich in gehörigem Sicherheitsabstand um die Frau herumgehen und große Winkbewegungen machen, damit sie auf ihn aufmerksam wurde. Sie stoppte die Kette und schob die Schutzbrille in die Stirn, ließ den Motor aber laufen. Sie reckte ihr Kinn kämpferisch und sah ihn verwegen an; breitbeinig stand sie da, mit verschwitzter Stirn, die eine Hand immer noch an der Schutzbrille, die Kettensäge baumelte wie eine archaische Kriegswaffe lässig an einem sehnig-muskulösen Unterarm. Juha fand ihre ganze Erscheinung, die Gesten, die martialische Haltung, irgendwie anziehend.

Doch während er noch versonnen in sich hineinlächelte, wedelte Lux schon mit seinem Dienstausweis herum. Die junge Frau registrierte den Ausweis, schaute dann zu Juha, auf die Kettensäge in ihrer Hand, dann wieder zu Lux. Juha blickte verständnislos zu Lux, und der starrte jetzt nur noch die Kettensäge an.

Die junge Frau ließ die Säge fallen, die mit einem unaufgeregten Klonk auf die Wiese fiel, und sprintete los, entledigte sich noch vor dem Grundstücksende ihrer Schürze und hockte elegant über den Gartenzaun. Lux setzte an, der Flüchtigen hinterherzulaufen, blieb dann aber abrupt stehen und schaute Juha fragend an.

«Ja, nu renn halt hinterher», fuhr Juha ihn an, unterdrückte dabei ein Grinsen und streckte seinen Finger mit zackig autoritärer Geste in Richtung der Flüchtenden aus, die schon die halbe Weide hinter sich gebracht hatte.

Lux rannte stolpernd los, wie ein Sportschüler beim Staffellauf, der nicht weiß, ob er schon dran ist. Aber dann kam der Läufer in ihm durch, und er gab richtig Gas. Juha schaute ihm kurz anerkennend hinterher, bevor er sich dem Haus zuwendete. Er gestand sich ein, dass er die Frau wahrscheinlich einfach hätte entkommen lassen.

Er drückte die Klingel. Ein Junge, höchstens achtzehn, öffnete die Tür gerade so weit, dass er den Spalt mit seinem schmächtigen Körper ausfüllte.

«Moin, Boschi», sagte Juha.

«Moin», sagte Boschi.

«Also bist du Boschi?»

«Wieso?»

«Du bist es also.»

«Nee.»

«Aber als ich ‹Moin, Boschi› gesagt hab, hast du auch ‹Moin› gesagt. Du hast nicht so was gesagt wie ‹Boschi ist nicht da› oder ‹Ich bin nicht Boschi›.» Dabei schaute er um sich, um zu unterstreichen, dass ja niemand sonst hier war.

Der Junge überlegte kurz, als müsste er Juhas Argumente rekapitulieren. «Ich bin nicht Boschi.»

«Ich würde gern kurz mit dir reden, Boschi, ist das okay?»

«Okay», antwortete Boschi.

«Kann ich reinkommen?»

«Nee. Nicht ohne Durchsuchungsbefehl.»

«Wieso sollte ich einen Durchsuchungsbefehl haben?»

«Sind Sie nicht von der Polizei?»

«Doch.» Juha zückte seinen Ausweis und hielt ihn Boschi unter die Nase.

«Ich muss Sie nicht reinlassen.»

Juha wurde es jetzt zu bunt, und er pfiff auf sensibles Vorgehen. Das ergab ja ohnehin nur Sinn, wenn der Gegenspieler ebenfalls, zumindest im Ansatz, mit Taktik und Verstand agierte. Also drückte Juha die Tür ein Stück weiter auf und rief über Boschis Kopf hinweg: «Charlotte, komm mal raus, wir klären das. Okay?»

«Das dürfen Sie nicht», quiekte Boschi und stemmte sich gegen die Tür.

«Jetzt hör mal zu», sagte Juha in ernstem Ton und in einer Lautstärke, die noch kein Brüllen, aber mindestens genauso einschüchternd war. «Das nennt man Gefahr im Verzug, du Schlaumeier. Und was du gerade machst, das ist Behinderung der Justiz. Ham wir uns verstanden?»

«Das ist Polizeigewalt», schrie Boschi nun, er hatte sein aktivistisches Formtief offenbar endlich überwunden. «Nieder mit den Faschos!»

«Jetzt reicht's mir aber mit dir, du Früchtchen.» Juha machte einen forschen Schritt vorwärts, und Boschi zuckte blinzelnd zurück.

«Ach komm, lass gut sein», klang eine genervte Stimme aus dem Flur hinter Boschi. Dieser fixierte Juha daraufhin mit einem Ausdruck, der sagte: Das hier ist noch nicht vorbei, Bulle. Doch, das war es. Charlotte schob Boschi zur Seite, der den Rückzug antrat, Juha aber weiterhin nicht aus den Augen ließ.

«Na?», sagte Juha ruhig.

«Hey», sagte Charlotte und schaute wenig schuldbewusst zu Boden.

Juha nickte, als wüsste er Bescheid. Dann hörte er an der anderen Seite vom Haus eine Tür schlagen. «Wartest du mal kurz? Komm gleich wieder.»

«Okay.» Charlotte nickte und begann sich eine Zigarette zu drehen.

Juha joggte locker um die Ecke und sah Boschi, der gerade den Graben hinter dem Haus durchquerte, von der gegenüberliegenden Böschung aber immer wieder abrutschte und knietief ins braune Wasser sank. Juha blieb stehen. Ein weiterer Versuch, diesmal sehr ambitioniert: Boschi krallte sich ächzend an Wurzelwerk und Grasbüscheln fest, strampelte gegen den glitschigen Boden an und mühte sich so zur Böschung hinauf. Doch kurz bevor er sich die letzten Zentimeter nach oben ziehen konnte, rief Juha mit aller ihm möglichen exekutiven Inbrunst: «Hände hoch, oder ich schieße!»

Boschi riss die Arme hoch und knallte mit dem Gesicht auf die matschige Böschung, rutschte bäuchlings, mit erhobenen Händen zurück in den Graben und versank diesmal gänzlich im stinkenden Sumpfwasser.

Juha zog ihn heraus und klopfte ihm auf die Schulter. «Alles gut, kriegen wir hin, ne?»

Charlotte saß auf einer Bank, rauchte und schaute auf ihr Handy. Na klar, das war jetzt eine ganze Weile abgeschaltet gewesen, sie hatte eine Menge Social-Media-Verpflichtungen nachzuholen.

Nun kam auch Lux schwer atmend und leicht humpelnd wieder auf den Hof getrottet und schüttelte verärgert den Kopf.

«Ich hätte gedacht, dass du schneller rennen kannst.»

«Ist das eine Anspielung auf meine Hautfarbe?»

«Wenn du so fragst ... Nein, auf dein regelmäßiges Sportprogramm, das du ganz unbescheiden recht häufig erwähnst.»

«Ich kann sehr schnell rennen. Aber sie war plötzlich wie vom Erdboden ... und da war so 'n Scheiß-Loch in der Wiese.» Er zog zischend die Luft ein und rieb sich den Knöchel.

Juha winkte ab und parkte Boschi neben Charlotte auf der Bank. Dann ging er zum Auto und kramte eine Isolierdecke aus dem Kofferraum, kehrte zu Boschi zurück und legte sie ihm um. Er setzte sich daneben, und sie warteten auf Uwe mit der Kavallerie.

Uwe schnaubte entzückt, als er Juha, Charlotte und ein in knittrige Goldfolie verpacktes Nervenbündel vorfand. Juha stand auf und ging ihm entgegen. Inzwischen waren auch Mechthild, Selma Burg und einige weitere Beamte auf dem Hof angekommen und begannen sofort, die Lage zu sondieren.

Trotz des glücklichen Ausgangs musste das *Pluto* der Vorschrift halber vorerst als Tatort behandelt werden. Zumindest so lange, bis offiziell bestätigt war, dass hier kein Verbrechen stattgefunden hatte, dass niemand entführt und gegen seinen Willen in einer Kiste eingesperrt worden war. Gott sei Dank, dachte Juha, Gott sei Dank.

«Uwe. Sag mal, könnt ihr Lux und die Rocher-Kugel da mitnehmen? Ich würd unterwegs gern mal in Ruhe mit Charlotte reden.»

«Lux?»

«Ähm, Lucas. Also KOK Adisa, meine ich.» Juha war peinlich berührt, aber versuchte es zu überspielen.

«Ach so. Ja klar, kann ich machen. Ist das okay für Adisa, wenn du ihn Lux nennst?»

«Was? Klar! Den Spitznamen hat er schon seit der Grundschule», log Juha und lächelte etwas gequält zu Lux hinüber, der immer noch über sich selbst verärgert schien, weil ihm die Holzbildhauerin entkommen war. Zumindest der Fuß schien wieder geheilt. «Es läuft übrigens wirklich super mit uns.»

Im Auto schwiegen sie eine ganze Weile. «Kannst ruhig eine rauchen, wenn du das Fenster ein bisschen aufmachst», sagte Juha, als er bemerkte, dass Charlotte an ihrem Tabak herumknetete. Sie begann, eine Zigarette zu drehen.

«Ich habe deinen Vater kennengelernt. Ist nicht so einfach zu Hause, oder?»

Charlotte schnaubte verächtlich. «Oh Gott! Machen Sie jetzt einen auf Streetworker und erzählen mir, dass Sie auch mal jung waren?»

«Kannst ruhig ‹du› zu mir sagen, ich bin Juha. Man merkt kaum, dass man älter wird. Innen drin bleibt man der Gleiche, die gleichen Gedanken, die gleichen Wünsche und Ängste. Man geht nur anders damit um und macht immer häufiger die Erfahrung, dass es einfacher ist, wenn man sie weniger zulässt. Hat auch mit Faulheit zu tun. Den jungen Menschen erzählt man dann, dass das Leben immer härter wird, verklärt damit die eigene Trägheit zum Stoizismus und die Abgestumpftheit zur Tapferkeit. Aber das Leben wird nicht härter. Es wird im Gegenteil immer einfacher, je länger man dabei ist.»

Jetzt konnte Charlotte nicht verbergen, dass es sie interessierte, was Juha sagte. «Boschi wollte mit mir nach Südamerika. Einfach abhauen», sagte sie. «Also nicht für immer oder so. Nur erst mal weg halt. Was anderes.»

«Klingt ja gar nicht so blöd», sagte Juha. «Aber ich kann mir denken, dass das deinen Vater nicht überrascht hätte. Er hätte euch bestimmt etwas Geld für eine Reise gegeben. Vielleicht nicht gleich Südamerika. Aber Interrail durch Italien oder so.»

«Aber genau das ist ja das Ding!» Jetzt sprach sie entschiedener. «Nichts, was ich mache, kann meinen Vater überraschen.»

«Ich verstehe.»

«Jaja. Er hat auch immer für alles Verständnis, weil er so ein großartiger Vater ist. Selbst wenn ich ein Theaterstück über Selbstmord schreibe, sagt er nur: ‹Das ist aber interessant.›» Sie imitierte die tiefe Stimme und den japanischen Akzent ihres Vaters ganz vortrefflich. «Ich müsste schon Heroin nehmen und auf den Strich gehen, damit er sich mal Sorgen macht.»

Juha nickte. «Da hast du mit so einer vorgetäuschten Entführung auf jeden Fall die bessere Wahl getroffen.»

«Safe.»

«Aber das hättest du auch einfacher haben können.»

Charlotte bedachte ihn mit einem kurzen, aber neugierigen Seitenblick.

«Na ja, ich meine, du hättest deinen Freund auch mal zum Abendessen mitbringen können. Dann hätte der Shogun sich bestimmt Sorgen gemacht.»

Charlotte lachte kurz und wurde dann gleich wieder ernst. «Er ist nicht mein Freund. Wir sind nur Kumpels.»

«Oje, weiß Boschi das auch?»

Sie verdrehte die Augen. «Krieg ich dafür Jugendknast?»

«Glaub nicht. Aber mindestens Sozialstunden. Bock drauf?» Kurz meinte Juha, ein Bedauern auf Charlottes Gesicht zu erkennen.

«Boschi hat nur meinetwegen mitgemacht. Der würde nie auf so was kommen, geschweige denn es durchziehen.»

«Glaub ich sofort. Der ist ja viel zu lieb dafür und hatte echt die Hosen voll.»

Charlotte musste schmunzeln. Vielleicht waren sie ja doch nicht nur Kumpel. Juha würde es Boschi wünschen.

«Außerdem», fuhr er fort, «werde ich ein gutes Wort für

dich einlegen, da du euer Vorhaben ja vorsätzlich sabotiert hast.»

«Hä?» Charlotte begann sich eine weitere Zigarette zu drehen.

«Na ja, Boschi, Bosch, Hieronymus Bosch. Das kam doch von dir. Außerdem war dir doch klar, dass es in den heutigen Metronomzügen keine Kippfenster mehr gibt, oder?»

Charlotte grinste und rollte den Tabak zwischen den Fingern. «Ich hab ihm gesagt, Hieronymus, das ist so was wie Anonymous, das fand er cool.»

«Aber einen Fehler hast du trotzdem gemacht, und das war bestimmt keine Absicht.»

«Kann nicht sein.»

«Du hast in dem Video deinen Vater angesprochen, obwohl du zu deiner Mutter ein engeres Verhältnis hast. Die war zwar auf Geschäftsreise, aber ich glaube, in einer Stresssituation wie der, die du uns vorgespielt hast, würde man instinktiv nach dem Elternteil fragen, dem man sich am stärksten verbunden fühlt.»

Charlotte schwieg eine Weile. Dann sagte sie: «Hat er sich Sorgen gemacht?»

Juha dachte an den stoischen Japaner und überlegte, wie er die Frage beantworten sollte. Aber es gab nur eine gute Antwort. «Ja, er hat sich sehr große Sorgen gemacht.»

Charlotte zündete sich die Zigarette an und schaute aus dem Fenster auf die Elbe.

«Ich fahr dich erst mal nach Hause, oder? Du musst aber morgen ins Präsidium kommen.»

8

Nachdem er Charlotte zu Hause abgeliefert hatte, dachte Juha darüber nach, ob er sich in das klärende Gespräch zwischen Vater und Tochter hätte einmischen sollen. Er war vorgefahren und hatte Charlotte aussteigen lassen. Kobayashi stand schon in der Tür und nickte ihm kurz zu, was wohl ein «Danke» sein sollte. Außerdem schien es, als wollte ihm der Japaner zu verstehen geben, dass er seiner Tochter nicht den Kopf abreißen würde. Und letztlich traute Juha Charlotte zu, für sich selbst zu sprechen. Sie war ein kluges Mädchen, und die beiden würden das schon hinkriegen. In jedem Fall hatte Charlotte sich zu verantworten, sie würde um strafrechtliche Konsequenzen nicht herumkommen. Aber das war nicht mehr sein Fall. Er war raus.

Die Frage, wie er Maria die Geschichte möglichst spannend erzählen konnte, schoss ihm durch den Kopf, bevor ihm einfiel, dass sie sich ja heute nicht sehen würden. Juha überlegte, ob er zulassen sollte, dass seine Stimmung kippte, und entschied sich dagegen. Lieber würde er auf den abgeschlossenen Fall einen trinken gehen, im *Lüttje Tresen*, ihrer Stammkneipe nur ein paar Straßen von der gemeinsamen Wohnung entfernt.

Er versuchte Lux anzurufen, aber der ging nicht ans Handy. Na gut, ich kann auch alleine in einer Kneipe Spaß haben, dachte er bei sich, vielleicht etwas trotzig.

Er stellte das Auto in der Nähe der Wohnung ab. Die paar Meter zum *Lüttje Tresen* wollte er zu Fuß gehen, dabei an der Wohnung vorbeikommen und sehen, ob Licht brannte. Später müsste er das Auto ohnehin stehen lassen, und hier parkte es doch bestens.

Als er nach oben zum Wohnzimmerfenster schaute – wie jemand, der den Blick ziellos schweifen lässt, nicht wie jemand, der eine Observation durchführt –, brannte dort kein Licht, und das missfiel ihm. Derart, dass er nun doch stehen blieb und eine Weile zur Wohnung hinaufstarrte. Maria war also ausgegangen, was Juha einen kleinen Stich verpasste, der ihn auf seinem Weg begleitete.

Als er am *Lüttje Tresen* ankam, hatte sich der Stich doch in schlechte Laune verwandelt, und Juha war fest entschlossen, viel zu trinken. Vielleicht sogar mal wieder viel zu viel.

Ein deutscher Schlagerhit schallte Juha entgegen, als er die Tür öffnete. Er bestellte ein Bier und einen finnischen Wodka, den er von Wirtin Moni direkt entgegennahm und hinunterstürzte. So würde das Bier gleich auf fruchtbaren Boden fallen.

Das *Lüttje Tresen* war eine typische Eckkneipe, was bedeutete, dass man immer auf die gleichen Leute traf, abgesehen von dem einen ständig wechselnden Typen, der sich nur verirrt hatte. Dass man sich kannte, wäre zu viel gesagt, aber man erkannte und nickte sich kurz zu.

Da die Kneipe im besser betuchten Stadtteil Uhlenhorst lag, bestand die hiesige Alkoholikerszene aus eleganteren Gestalten, als man sie in Barmbek-Nord oder Steilshoop antreffen würde. Dort, genau auf der Grenze der beiden Stadtteile, hatte Juha lange gewohnt, bevor er mit Maria in die Wohnung auf der Uhlenhorst gezogen war. Maria war mitnichten wohlhabend, er sowieso nicht, aber die Wohnung gehörte ihren Eltern, die sie zu einem günstigen Zeitpunkt zusammen mit dem Restaurant im Erdgeschoss gekauft hatten, das sie bis vor einigen Jahren betrieben hatten, bevor sie in Rente und zurück nach Sizilien gegangen waren. Maria und er hatten die Wohnung daraufhin übernommen und zahlten ihren Eltern eine eher symbolische Miete, die weit unter dem Durchschnitt in der Nachbarschaft lag.

So richtig passte Juha also nicht hierher. Blickte man aber hinter die Fassaden der Trinker, so erkannte man im Grunde die gleichen Typen wie in der *Tonne*, dem *Knallfrosch* oder der *Notaufnahme*. Nur eben mit besserem Anstrich.

«Darf's noch eins sein, Juha?», fragte Moni, und er hob nickend sein Glas.

«Und auch noch so einen ...» Er zeigte auf das Spirituosenregal.

Juha mochte es, allein in einer Kneipe zu sitzen. Keine Unterhaltung, kein Entertainment. Vielmehr schätzte er die Kneipe als Ort des Trinkens und der Kontemplation, was keinerlei weiteren Rahmenprogramms bedurfte. Okay, Andrea Berg durfte dazu singen, aber mehr brauchte es nicht, um einen gelungenen Abend zu verleben.

Drei Herrengedecke später befand sich Juha im Gespräch mit einem trübe dreinblickenden Kerl, der ein Hotel in einem tschechischen Skiort besaß und Moni alle fünfzehn Minuten fragte: «Weißt du eigentlich, wo ich herkomme?»

Moni antwortete jedes Mal: «Nee du, erzähl mir das mal.»

«Aus Tschechien. Hamburg ist mein Zweitwohnsitz.»

«Ich weiß, Tomáš.»

«Wie heißt du noch mal?», wandte er sich dann an Juha.

«Juha.»

«Ach ja. Weißt du, seit vier Jahren haben wir kaum noch Schnee.»

«Jo. Klimawandel, ne?»

«Was für'n Ding? Quatsch. Weißt du, wie viel Scheiß immer in den Nachrichten kommt?»

«Auf jeden Fall. Aber auch einiges, was stimmt. Ist halt nur nicht immer so leicht auseinanderzuhalten.»

«Nee, das glaub ich nicht.»

«Jou, nich so einfach.»

«Nee.»

Trinken.

«Nich viel los heude, ne?»

«Nee. Gestern, du, ich sach dir, voll der Laden.»

«Echt?»

«Jou.»

Und so weiter. Genau das, was Juha brauchte.

Um halb eins wankte Juha zur gemeinsamen Wohnung. Er hatte sich entschieden, wieder zu Hause zu schlafen. Und er hatte entschieden, dass er Maria liebte und sie vermisste. Er war sich ganz sicher, dass sie ihn auch liebte und vermisste, dass sie ihn mit offenen Armen empfangen würde. Der Alkohol hatte jeglichen Konflikt aus seinem Kopf gespült. Abgesehen davon, hatte er verdammt noch mal ein Recht dazu, dort zu schlafen, warum sollte er die Nacht wieder im kalten *mökki* verbringen, während sie zu Hause im warmen Bett schlief. War das gerecht? Nein, das war es nicht. Würde er halt auf dem Sofa schlafen, dagegen konnte sie nun wirklich nichts haben.

Er schloss die Haustür auf und stiefelte in den dritten Stock. Als er zur Wohnungstür kam, hörte er Maria lachen. Nur ganz kurz, dann war es wieder still. Er legte vorsichtig das Ohr an die Tür und meinte leise Musik zu hören, Stimmen, ein dumpfes Gemurmel, dann plötzlich wieder das Lachen. Er schrak zurück. Maria war offenbar nicht allein. Er zögerte. Was sollte er jetzt machen? Einfach die Tür aufschließen, so tun, als habe er nichts gehört, sie womöglich mit einem anderen Mann antreffen? Das schien ihm zwar sehr unwahrscheinlich, aber das alkoholgeschwängerte Kopfkino hatte längst seinen Verstand übernommen. Das war nichts, womit er sich heute Abend konfrontieren wollte.

Sein erster Gedanke war, einfach zurück zum *Lüttje Tresen* zu gehen, Moni hatte sicher noch eine Stunde geöffnet. Aber dann dachte er an den tschechischen Hotelinhaber und entschied, sich einfach in ein Taxi zu setzen und zum *mökki* zurückzufahren. Wenn es da nur nicht so ungemütlich und kalt wäre …

Als er im Taxi saß und der Fahrer nach seinem Ziel fragte, beantwortete er die Frage spontan mit: «Polizeipräsidium Alsterdorf». Niemand würde mehr dort sein, und in seinem Büro gab es eine Couch, die ihm unsagbar verlockend schien.

«Ist Ihnen etwas zugestoßen?», fragte der Taxifahrer ernst. Juha begriff nicht sofort, verstand dann aber, was der Fahrer meinte, und antwortete: «Nee, ich bin selber Bulle.»

Die vorbeiziehenden Lichter ließen Juha in einen wohligen Trancezustand fallen. Und wie geschmeidig diese Taxifahrer immer den Gang wechselten, kein Ruckeln, ein immer gleichmäßig säuselnder Motor, der einen sanft in den Schlaf summte.

Als der Fahrer den Wagen anhielt, hätte Juha noch ewig weiterfahren können in dem warmen Taxi. Aber es half nichts, er musste wieder auf die Beine kommen. Nur noch das kleine Stück bis hoch in sein Büro, die Heizung auf drei, und dann ab auf die Couch.

An der Sicherheitsschleuse versuchte er, möglichst nüchtern und geschäftig zu wirken, als hätte er noch dringende Aufgaben zu erledigen, und nickte dem Mann hinter der Glasscheibe zu.

Auf Lux' Schreibtisch lag die Akte Boysen, und seine alkohol-geschwängerte Leichtigkeit wurde mit einem Mal gedämpft. Fotos vom Tatort und von Beweisstücken, gerichtsmedizini-sche Untersuchungen, die wichtigsten Berichte, Aussagen, Protokolle und Gutachten bildeten ein Mosaik des Schreckens. Außerdem noch seitenweise Referenznummern, die auf die Kisten voller weiterer Materialien im Archiv verwiesen. Die gemeinsame Geschichte zweier toter Menschen, komprimiert und über fünfzehn Jahre konserviert zwischen zwei Stück hell-gelber Pappe, war wieder ans Tageslicht gelangt. Juha spürte, dass er mit dem Betreten des Raums eine merkwürdige Grenze überschritten hatte. Die Bilder auf dem Tisch fanden sofort ihre Gegenstücke in seiner Erinnerung, wühlten sie hervor aus den Tiefen des verschüttet geglaubten kognitiven Archivs mit der Aufschrift «Nicht anfassen!». Verdrängung ist doch was Wunderbares, dachte Juha, warf sein Sakko auf die Akten und bereitete sich ein Nachtlager. Auf der Couch sah er sich noch eine Weile YouTube-Videos an, bis ihm das Handy mit der Kante aufs Nasenbein fiel, woraufhin er sich auf die Seite drehte und die Augen schloss.

9

Juha erwachte mit staubtrockenen Augen und der augenblicklichen Gewissheit, dass die kleinste Bewegung große Schmerzen auslösen würde. Solange sein Hirn mittig in seinem Kopf schwamm, ging es. Doch jedwede Erschütterung würde dafür sorgen, dass es wie eine Boje an die Innenseite seines Schädels trieb, und dann gute Nacht.

Da das Erste, das Juha sah, aber Lux war, der am Schreibtisch saß und nur einmal kurz aufblickte, als er Juha stöhnen hörte, riskierte er es und drehte sich mit dem Gesicht zur Rückenlehne. Und ja, die Schmerzen waren schrecklich.

«Ich dachte, ich lasse dich schlafen, Juha. Habe mir nur erlaubt, das Fenster zu öffnen. Es roch wie in einer Kneipe, als ich heute Morgen reinkam.»

«Wieso denn bloß?», knurrte Juha in die Polster. Es konnte höchstens sieben Uhr sein.

Lux schwieg, und weil Juha es nicht ertrug, ihn schweigend in seinem Rücken zu wissen, drehte er, abermals unter Schmerzen, seinen Kopf. Es war ihm peinlich, dass sein Kollege ihn so erlebte. «Was machst du denn da?»

«Ich sehe mir die Boysen-Akte an.»

«Lass das doch», quengelte Juha und drehte sich wieder um. «Das ist geklärt, da gibt's nichts mehr anzusehen.»

«Das denke ich nicht», sagte Lux bestimmt.

Juha drehte wieder den Kopf zu Lux. «Was?»

«Johannsen, der praktischerweise tote Hauptverdächtige. Die Beweislast war zwar erdrückend, aber ich glaube, er ist es nicht gewesen.»

Juha war augenblicklich stocknüchtern und setzte sich ruckartig auf, bemerkte dann den Irrtum und legte sich wieder hin. Er kauerte sich unter der dünnen Decke zusammen und fixierte Lux aus zusammengekniffenen Augen. «Was sagst du da, junger Polizist?»

«Neben den Beweisstücken wurden Medikamente bei Johannsen gefunden. Angstlösende Präparate, sogenannte Benzodiazepine. Es wurde einfach angenommen, dass er die Medikamente genutzt hat, um Daniel Boysen ruhigzustellen. So steht es hier.»

«Und?», fragte Juha.

«Der Fund wurde Monate nach der Entführung gemacht. Darum stellt sich mir die Frage, warum jemand, der ein Medikament für eine Straftat verwendet, es danach einfach im Badezimmerschrank abstellt. Das ist ja ein Beweis, so was entsorgt man doch. Genau wie den Rucksack von dem Kind. Also hab ich erst mal herumtelefoniert und dabei die ein oder andere Entdeckung gemacht.»

Eine Stunde später saßen sie beide bei Uwe im Büro, und Juha vermisste seine Decke, die mitzunehmen Lux ihm verboten hatte.

«Okay, mal unabhängig von Bauchgefühlen und wilden Theorien, was sind die Fakten?»

Juha nickte Lux zu, der ja die Entdeckung gemacht hatte. Also sollte er sie auch vortragen. Außerdem war ihm noch nicht nach Sprechen zumute.

Lux räusperte sich. «Fakt ist, dass Johannsen an einer chronischen Depression litt und zur Zeit der Tat mit Benzodiazepinen behandelt wurde. Das sind ...»

«Ich weiß, was das ist», warf Uwe ein. «Meine Großmutter hat die früher mal verschrieben bekommen, weil sie nicht gut schlafen konnte. Scheißzeug. Macht einen zum Zombie.»

«Und schwer abhängig, körperlich und psychisch. Man schätzt, dass es allein in Deutschland anderthalb Millionen Abhängige gibt. Zwei Drittel davon Frauen im höheren Alter. Wird daher heutzutage fast nur noch im klinischen Umfeld verabreicht. Damals sah das aber noch ein bisschen anders aus.»

Uwe nickte verspannt: «Und die Frau Dr. ...»

«Seine ehemalige Psychiaterin, Dr. Eisenberg, hat mir am Telefon bestätigt, dass Johannsen zu der Zeit täglich sechs Milligramm zu sich genommen hat. Das ist heutzutage selbst im klinischen Umfeld eine hohe Dosis.»

Uwe rieb sich die Stirn und zögerte ganz offensichtlich, es auszusprechen, tat es dann aber doch. «Warum kam das nie zur Sprache?»

«Sie meint, sie hätte damals einem Polizisten erklärt, sie halte es für unwahrscheinlich, dass Johannsen so eine Tat hätte planen, geschweige denn durchführen können. In den Protokollen taucht diese Aussage allerdings nicht auf.»

«Welchem Polizisten?» Uwe schaute Juha an.

Der atmete tief ein. «Knapp eins neunzig groß, gut gekleidet, Rod-Stewart-Frisur.»

«Werner Swoboda? Hm», machte Uwe leise und drehte sich auf seinem Stuhl zum Fenster, zupfte an seinem Schnauzer herum.

«Das scheint dich nicht sonderlich zu überraschen», sagte Juha. «Du hattest mich gestern fast überzeugt, als ich gefragt habe, warum du mich unbedingt zu den Kobayashis schleifen musst. Aber jetzt erfahren wir so was, und da frage ich mich doch: Weißt du irgendwas, das ich nicht weiß?»

«Es gibt da tatsächlich was», begann Uwe zögerlich, und Juha ahnte, dass er von einem schlechten Gewissen geplagt wurde.

«Werner ist damals beim Chef gewesen.»

Juha hob die Augenbrauen.

«Hat rumgeschrien. Ich hab's zufällig mitbekommen.»

«Du hast hoffentlich gelauscht.»

«Musste ich gar nicht. Ich war mit im Raum, Werner ist mitten in mein Vorstellungsgespräch für die Abteilungsleitung geplatzt. Jedenfalls hat Werner was davon gesagt, dass Spuren unterschlagen wurden oder plötzlich nicht mehr in der Akte zu finden waren.»

«Was für Spuren?»

«Blutspuren. Aber eben nicht vom Opfer.» Er zögerte abermals. «Und auch nicht vom Täter.»

Juha stand auf und fasste sich mit beiden Händen an den Kopf. «Das kann ja wohl nicht wahr sein. Und warum hast du mir das nicht einfach gestern schon gesagt?»

Uwe ließ Juhas Frage unbeantwortet. «Ich wusste nichts von dem Fall, außer aus den Nachrichten und hier und da mal vom Flurfunk. Ich sag dir was, wenn da so ein Typ, der nach Kneipenabend riecht», er warf Juha einen kurzen Blick zu, «reinplatzt und rumbrüllt, da gehe ich erst mal davon aus, dass der einen Knall hat. Außerdem war ich echt nicht in der Position, mich einzumischen – wollte ja auch gern die Stelle haben.»

«Was hat der Chef gesagt?», schnaubte Juha, obwohl er es bereits ahnte.

Uwe zuckte mit den Schultern. «‹Herr Swoboda, ich respektiere Ihre Bedenken, hat alles seine Richtigkeit, Täter im Fall Boysen zweifelsfrei identifiziert, nicht der richtige Augenblick› und so weiter. Werner knallte die Tür so heftig hinter sich zu, dass fast die Scheibe rausgeflogen wäre. Augenrollen, mitleidiges Kopfschütteln. Es war offensichtlich, wie derangiert Werner war. Darum ist es nicht schwer gewesen, den Vorfall als Ausraster eines abgehalfterten Trinkers abzutun.»

«War es das einzige Mal, dass sich Werner quergestellt hat?», fragte Lux.

«Ich habe zwei Wochen später hier angefangen und Werner Swoboda nur irgendwann mal in sein Büro huschen sehen. Ich dachte, der Auftritt sei ihm peinlich gewesen und er würde jetzt einfach bis zur Pensionierung die Füße stillhalten. Es hat ja auch keiner mehr was erwartet, er war halt echt kurz vor Dienstende.»

Juha presste nachdenklich die Lippen zusammen. «Er war ein großer Polizist, Daniel Boysen war sein größter Fall. Und ausgerechnet da hatte er das Gefühl, versagt zu haben. Scham kann den stärksten Menschen seine Ideale vergessen lassen. Und wer weiß, wie lange er schon von dem Krebs wusste.»

«Was wollt ihr also tun?», fragte Uwe matt.

«Wir würden als Erstes noch mal mit dieser Ärztin reden und gucken, was wir danach für ein Gefühl haben. Offiziell wieder aufrollen sollen wir den Fall ja vermutlich nicht, oder?»

«Nein, noch nicht, wir wollen ja keine schlafenden Hunde wecken», sagte Uwe nachdenklich. «Macht es so. Sprecht mit der Ärztin, und dann sehen wir weiter. Wir halten uns bedeckt. Müssen ja nicht gleich alle ausflippen hier.» Er klang erschöpft.

Juha und Lux standen auf und gingen zur Tür. Auf dem Flur kam ihnen Selma Burg entgegen. Als Juha sich, statt zu grüßen, nur verlegen räusperte, rief sie den Polizisten nach. «Mein Angebot steht.»

Juha blieb stehen, drehte sich um und nickte etwas verkniffen. «Danke, Selma .... Vielleicht kommen wir darauf zurück.»

10

Frau Dr. Kathrin Eisenberg hatte sich Zeit genommen und empfing Juha und Lux direkt nach deren Eintreffen in der Psychiatrischen Institutsambulanz Ochsenzoll.

«Hier wird gerade renoviert, deswegen musste ich auf ein kleineres Büro ausweichen. Etwas kuschelig.»

Juha schnaubte ein aufmunterndes «Ach!», zum Zeichen, dass das doch kein Problem sei.

Kurz darauf saßen sie in dem schlauchartigen Büro, dessen Fenster von einem großen Rhododendron fast vollständig zugewachsen war.

«Ich kann Ihnen nicht mal was anbieten, der Kaffeeautomat steht in der Teeküche, und die, na ja, wird auch gerade renoviert. Wir gehen zurzeit immer alle zur Kantine rüber zum Kaffeeholen.»

«Vielen Dank, wir sind Beamte und hatten schon genug Kaffee heute», witzelte Lux.

Du vielleicht, dachte Juha, es ging ihm aber schon deutlich besser als am Morgen. Kannst also doch noch was einstecken, stellte er zufrieden fest.

«Wie verhält es sich eigentlich mit Ihrer ärztlichen Schweigepflicht?»

Frau Eisenberg schüttelte beschwichtigend den Kopf. «Tatsächlich gilt die Schweigepflicht über den Tod hinaus. Allerdings muss in dem Fall, wie es heißt, der mutmaßliche Wille des Patienten erforscht werden. Die Entscheidungsbefugnis darüber liegt bei mir, und ich bin mir sicher, dass es in Herrn Johannsens Sinne gewesen wäre, seine Unschuld zu bekräftigen.»

«Sie glauben also nicht, dass er es getan hat.»

«Nein, und das habe ich damals auch so zu Protokoll gegeben. Aber offenbar war ihr Kollege nicht gewillt, Herrn Johannsen zu entlasten, auch wenn er den Anschein auf mich machte. Johannsen war tot, und wenn man den Medien Glauben schenken durfte, gab es keine andere Spur. Da schaut man dem geschenkten Gaul nicht unbedingt ins Maul. Oder in diesem Falle, dem Sündenbock.»

«Danke für Ihre Direktheit. Sie wussten es vermutlich nicht, aber diese Befragung damals war inoffiziell. Kein Protokoll. Der Kollege war privat bei Ihnen.»

Frau Eisenbergs Blick wurde weich, in einer Mischung aus Mitgefühl und Verständnis. «Okay.»

«Ich will Ihnen keinen Vorwurf machen, aber hatten Sie damals nicht den Gedanken, sich noch mal bei der Polizei zu melden, als Ihnen klar wurde, dass Ihre Aussage keine Auswirkungen hatte?»

Frau Eisenberg schwieg einen Moment, allerdings sah es nicht so aus, als fühlte sie sich entblößt. Schließlich sagte sie: «Doch, darüber hab ich natürlich nachgedacht.» Sie zögerte, und es schien, als suchte sie in ihrem Gedächtnis nach der Rechtfertigung, die sie vor mehr als fünfzehn Jahren gefunden hatte. «Ich wollte mich nicht einmischen. Von Kriminalistik verstehe ich nichts, die Indizien schienen eindeutig, und ich war damals eine junge Ärztin ...»

«Sie haben es am Telefon ja schon angedeutet, aber erklären Sie uns doch noch mal kurz, was Sie zu der Annahme verleitet, dass Christoph Johannsen nicht imstande war, die Tat zu verüben.»

«Herr Johannsen litt an einer rezidivierenden unipolaren Depression. Das heißt, phasenweise geht es dem Patienten gut, er ist stabil, wirkt gesund und dann kommen wieder Phasen starker Depression, die einige Wochen bis hin zu mehreren Monaten dauern können.»

«Und in so einer Phase war Johannsen zum Zeitpunkt der Tat?», fragte Juha.

«Allerdings. In der Zeit wäre er wohl daran gescheitert, ein IKEA-Regal aufzubauen, geschweige denn eine solche Konstruktion wie die, die Sie im Wald vorgefunden haben.»

«Denken Sie, dass wir den Einfluss der Benzodiazepine als zusätzliche Einschränkung seiner mentalen und körperlichen Leistungsfähigkeit werten können?» Lux jonglierte mit den Begriffen, als habe er sie nicht nur aus dem Internet.

«Da die Krankheit ihn schon seit seiner späten Jugend begleitete, war er relativ sicher darin, sich selbst zu medikamentieren. Schon damals hätten wir einem Patienten sonst nicht mal eben Benzodiazepine in die Hausapotheke gestellt. Aber Herr Johannsen konnte damit umgehen, war weit gekommen in seiner Therapie, geübt in der Rückfallprophylaxe und wusste, wenn er eben doch in eine Depression abrutschte, wie er darauf zu reagieren hatte. Eine erfolgreiche Therapie bedeutet nicht, dass die Depressionen ausbleiben, sondern, dass man damit besser umgehen kann. Die Benzodiazepine waren seine Bedarfsmedikation, bei akut starkem Leidensdruck, und er hat gewissenhaft davon Gebrauch gemacht. Sein Medikamententagebuch war glaubhaft, und es bestand unserer Ansicht nach zu dem Zeitpunkt keine Suizidgefahr.»

«In unserer Akte steht ‹Suizid durch Gasvergiftung›. Stimmt das etwa nicht?»

Die Ärztin zuckte mit den Schultern. «Ich war damals zumindest sehr überrascht und hielt es für wahrscheinlicher, dass das Gasleck ein Unfall war. Aber manchmal macht man sich ja auch was vor, wenn man sich eine Fehleinschätzung nicht eingestehen will. Aus heutiger Sicht will ich mir kein Urteil mehr erlauben, muss ich zum Glück auch nicht. Würde mich jeder Tod eines Patienten so lange beschäftigen, könnte ich den Job wohl nicht mehr machen.»

Juha wusste nur zu gut, was sie meinte.

«Das Tagebuch könnte er gefälscht und die Medikamente stattdessen im Klo runtergespült haben», warf Lux ein.

Dr. Eisenberg wiegte erneut den Kopf hin und her, schien sich aber sicher zu sein. «Klar, das ist möglich, aber in meinen Augen sehr unwahrscheinlich. Bei jemandem, der zum Beispiel bipolar ist, kommt das häufiger vor. Allerdings selbst dann in den manischen Phasen und nicht in den depressiven.»

Juha bemerkte, dass er reflexartig in Vorurteile verfallen war. Die sachliche Schilderung Dr. Eisenbergs erinnerte ihn aber daran, sich die Depression nicht als charakterliche Schwäche vorzustellen. Der Mann hatte sich seiner Krankheit nicht ergeben, sondern dagegen angekämpft. Hatte so jemand nicht Besseres zu tun, als aus Geldgier einen Jungen zu entführen?

«Als man Johannsen tot auffand, hatte er ebenfalls Medikamente zu Hause», begann Juha.

«Natürlich hatte er das; Lorazepam. Sagt Ihnen das was?», fragte die Ärztin.

Lux war schnell. «Sicher! Im Klinikalltag geläufiger ist der Handelsname Tavor, stark sedierend. Ein Benzodiazepin.» Er nickte Juha zu, und dieser nickte zurück, als habe er das Gleiche sagen wollen.

«Dann haben Sie ja eine ungefähre Vorstellung davon, wie so was aussieht. Womit wir wieder an dem Punkt wären, dass jemand in seiner Lage keine allzu große kriminelle Energie aufzubringen vermag.»

«Laut der Akte ging man davon aus, dass Johannsen das Präparat dem Jungen gegeben hat, um ihn ruhigzustellen», sagte Juha.

«Allerdings wurden bei der Autopsie des Jungen keine Rückstände solcher Medikamente gefunden. Das wurde damit begründet, dass der Zeitraum zu groß war, um noch einen Nachweis zu finden», bemerkte Lux, und Juha glaubte eine Frage in seiner Stimme zu vernehmen, die Hoffnung, Dr. Eisenberg möge das Gegenteil bezeugen.

«Ja, das stimmt. Je nach Präparat lässt sich der Wirkstoff relativ schnell nicht mehr nachweisen», bestätigte die Ärztin.

Lux' Enttäuschung entging Juha nicht. Zwar hatten Dr. Eisenbergs Ausführungen den Verdacht untermauert, von handfesten Indizien aber, geschweige denn Beweisen für die Unschuld Johannsens waren sie weit entfernt.

Während sie sich von der Psychiaterin verabschiedeten, wirkte Lux sichtlich geknickt. Er hatte sich offenbar mehr erhofft.

«Was denkst du?», fragte er Juha, als sie zum Parkplatz gingen.

«Ich finde, wir sollten die Einschätzung von Frau Eisenberg ernst nehmen», erwiderte Juha. «Und uns dennoch in professioneller Skepsis üben. Es spricht immer noch viel dafür, dass es Johannsen war. Lassen wir uns nicht zu leicht überzeugen.» Dann schwiegen sie, bis sie schließlich beim Auto ankamen.

«Du denkst an Werner, oder?»

«Mhm», brummte Juha. Es stimmte, er dachte an Werner, der vor vielen Jahren auch aus diesem Gebäude gekommen, vermutlich den gleichen Weg zu seinem Auto gegangen war und wahrscheinlich gedacht hatte, was sie gerade dachten: dass Johannsen es möglicherweise nicht gewesen war. Der darauffolgende Gedanke allerdings, der war für Werner zu viel gewesen und hatte ihn vielleicht sogar bereuen lassen, überhaupt hergekommen zu sein. Der Gedanke, der ihn von innen heraus auffressen sollte, die schwelende Frage, die am Ende einen anderen Menschen aus ihm gemacht hatte. Wenn nicht Johannsen, wer ist es dann gewesen? Übte man sich da nicht lieber in sicherer Selbstvergessenheit?

«Wie bist du eigentlich darauf gekommen, mit dem Benzodiazedings?», fragte Juha, als sie im Auto saßen.

«Ein Freund von mir.»

Juha nickte und beließ es dabei.

Sie aßen bei der *Goldenen Möwe* zu Mittag.

«Wie gehen wir jetzt vor? Die Spuren sind kalt. Wir können uns eigentlich nur an dem entlanghangeln, was wir in den Protokollen und Berichten finden», sagte Lux mit einem halben Big Mac im Mund. «Das alles durchzugehen, dauert Wochen. Vor allem die Hinweise aus der Bevölkerung; da saßen damals zig Leute dran, und wir sind nur zu zweit.»

Juha drückte schweigend die Mayonnaise über seinen Pommes aus.

«Erzähl mir von Werner», sagte Lux, nachdem er eine Weile gekaut hatte. «Wenn er mal erwähnt wird, bekommt man den Eindruck, er sei ein verschrobener und stiller Mann gewesen.»

Juha schnaubte bitter. «Weil ihn offenbar alle so in Erinnerung behalten haben, wie er nach Daniels Tod drauf war. Wundert mich, dass überhaupt noch jemand an ihn denkt.»

Er blickte auf die leere Straße, wo sich nichts fand, was sein Interesse hätte wecken können. Maria streifte seine Gedanken, weil lange Autoreisen mit ihr eigentlich die einzigen Gelegenheiten waren, bei denen es ihn zu *McDonald's* verschlug. Er zügelte die aufkommende Wehmut, indem er weitersprach. «Verschroben war er vielleicht vorher schon. Aber still ist er nicht gewesen. Er hatte eine Strahlkraft und etwas Schillerndes an sich. Er war der gewissenhafteste und klügste Polizist, dem ich je begegnet bin.»

«Bis zu dem Moment, als er ...»

«Bis zu Moment, als er die Leiche des Jungen aus dem Boden geholt hat.»

Lux blickte Juha an, der seinem Blick auswich. «Und danach?»

«War er nicht mehr derselbe. Schlich verlottert durchs Präsidium. Dass er trank, roch man. Wie Uwe eben ja auch sagte. Keine Spur mehr von dem wachen, adretten Mann, mindestens zehn Zentimeter geschrumpft. Im Prinzip hat er auch nicht mehr gearbeitet. Kam irgendwann und ging irgendwann, ohne ein Wort auf den Lippen.»

«Aber er hat doch gearbeitet.»

Juha blickte fragend auf.

«Er ist zu Dr. Eisenberg gegangen. Warum hat er das gemacht, wenn er so resigniert war, wie du sagst?», insistierte Lux und lenkte Juhas Gedanken damit wieder in kriminalistische Bahnen. Er überlegte eine Weile.

«Vielleicht wollte er Gewissheit. Irgendeine Bestätigung, dass sie den Richtigen hatten. Um damit abzuschließen.»

«Und dann findet er das Gegenteil heraus.»

«Lux, worauf willst du hinaus?»

«Na, wenn er eigentlich seinen Verdacht bestätigen wollte, dass da was faul ist, indem er mit Eisenberg spricht, dann hat er vielleicht danach nicht aufgehört. Du sagst, er sei der gewissenhafteste Polizist gewesen, der dir jemals begegnet ist. Was, wenn er weiter ermittelt hat? Inoffiziell.»

Juha war jetzt fokussiert. «Du meinst, er hat in seiner Garage so ein manisches Spinnennetz aus Fotos und Bindfäden gebastelt?»

«Das wäre zwar cool, aber unwahrscheinlich. Doch er könnte sich Notizen gemacht haben. Hat vielleicht eine Kopie der Akte erstellt. Hinweise gesammelt und aufbewahrt.»

«Und als er merkte, dass es zu Ende geht?»

«Das ist die Frage. Aber wenn er der war, den du mir beschrieben hast, dann hat er das nicht mit ins Grab genommen.»

Juha nickte zaghaft, blickte dann auf den halben Burger und ließ ihn voller Verachtung in die Pappschachtel fallen. «Immer das Gleiche, total Bock drauf, und nach der Hälfte bereut man es.»

«Ich find's Hammer», sagte Lux und quetschte sich das letzte Stück seines Big Mac in den Mund.

Als sie draußen standen, zückte Juha sein Handy und scrollte durch seine Kontakte, während er auf den heißen Kaffee pustete, den er sich für den Weg gekauft hatte. «Zum Glück hat die Generation noch Festnetz», murmelte er, als er die richtige Nummer gefunden hatte. Lux gab ihm ein Zeichen, den Lautsprecher anzuschalten. Seine Augenbrauen schnellten nach oben, als Tatjana Swoboda abnahm. «Hallo, Frau Swoboda. Mein Name ist Juha Korhonen vom LKA, ich habe früher mit Ihrem Mann zusammengearbeitet. Sie werden sich vermutlich nicht erinnern, aber ich habe Sie einmal besucht, kurz bevor ...», er drosselte sein Tempo etwas und beendete den Satz mit einem wärmenden, aber nicht allzu anteilnehmenden Unterton, der ihm ganz gut gelang, «... Werner verstorben ist.»

«Der hübsche blonde Polizist?»

Juha grinste zu Lux hinüber. «Genau der.»

Nachdem Juha sich nach etwaigen hinterlassenen Aufzeichnungen ihres Mannes erkundigt hatte, was Tatjana Swoboda mit einem amüsierten Schnauben quittierte, erfuhren sie, dass Werners Arbeitszimmer am Ende wohl wie das Lager eines Buchhalters ausgesehen hatte. Die Hoffnung allerdings, dass sich die Unterlagen noch auf dem Swoboda'schen Dachboden befanden, wurde enttäuscht. Jemand aus dem Präsidium habe

alles abgeholt. Es folgte ein Moment der Stille, den Juha durchbrach, indem er sich freundlich bedankte und verabschiedete,
nicht ohne Tatjana Swoboda alles Gute zu wünschen.

11

LUX

Ich kenne dieses Archiv wie meine Westentasche. Die meisten Fälle, die mich interessieren, sind leider noch nicht digitalisiert, deswegen verbringe ich Stunden hier drin. Was glaubst du, woher ich meine adelige Blässe habe?» Selma ging voraus durch drei lange Räume mit Kurbelregalen, die Lucas an das Innere eines U-Bootes denken ließen, und weitere Räume mit einfachen Metallschränken, die sich unter dem Gewicht der Akten bogen.

Auf der Fahrt ins Präsidium hatten sie entschieden, dass Lucas als Erstes im analogen Archiv nachfragen sollte, während Juha, Uwes Mahnung zum Trotz, sie möchten sich zunächst bedeckt halten, Harm Boysen aufsuchen wollte, den Vater des toten Jungen. Lucas hatte sich einverstanden gezeigt, Juha allerdings verschwiegen, dass er gedachte, Selma Burg hinzuzuziehen, die durch ihr Kriminologie-Studium mit den Archiven sicherlich besser vertraut war als er selbst, den es in seiner gesamten Dienstzeit bisher nur ein paarmal hierher verschlagen hatte.

«Fass mal mit an», sagte Selma. Sie schoben einen, überraschenderweise leeren, Archivschrank zur Seite, um eine Tür zu öffnen, die halb versperrt war.

«Ich dachte am Anfang, die hätten den Schlüssel für diesen Raum verloren, aber ...», Selma stemmte die Tür mit der Schulter auf, «... sie klemmt einfach nur.»

Vor ihnen ergoss sich eine Flut aus losen Papieren und Kartons verschiedenster Größe über den Boden. In der Tiefe des Raumes verlor sich die Unordnung in der Dunkelheit.

«Tadaaa. Willkommen in der Gruft.»

Lucas ließ die Schultern sinken. «Das ist nicht dein Ernst.»

Selma drückte den Lichtschalter und zwei von vier Neonröhren sprangen flackernd an, von denen eine Mühe hatte, das Flackern zu überwinden.

«Hier findet sich alles, was zwar im Archiv registriert ist, aber nie einsortiert wurde, weil irgendwer irgendwann zu ungeduldig oder zu faul war. Ich hoffe, du hast keine Stauballergie. Also legen wir los, oder was?»

«Und wo fangen wir an?», stöhnte Lucas, von der schieren Menge der Akten überwältigt.

«Einen Karton nach dem anderen.»

Also begannen sie, einen Karton nach dem anderen zu öffnen. Der Raum war zwar kleiner, als Lucas im ersten Moment befürchtet hatte, aber es waren trotzdem unheimlich viele Akten. Er hoffte, ein, wenn auch nur rudimentäres, System zu erkennen. Die Frage, ob hier Mäuse oder sogar Ratten ein und aus gingen, streifte sein Hirn, und immer wieder raschelte es da und dort, wie ein kleines Echo oder eine Antwort auf seine Gedanken. Er schaute zu Selma, die ihn fröhlich angrinste. Offenbar war sie, im Gegensatz zu ihm, ganz in ihrem Element.

«Eine Frage habe ich», ächzte Lucas, als er eine Kiste an die Wand schob, die sich wieder als Niete herausgestellt hatte. «Wieso hast du uns bei Kobayashi gefragt, ob wir den Fall wieder aufrollen?»

Selma verharrte einen Moment, mit ihrer Kiste in den Händen. «Na ...», setzte sie an, entschied sich dann aber doch, die Kiste vorher abzustellen. «Tat und Täter passen einfach nicht zusammen. Allein seine psychische Konstitution. Nach dem Modus Operandi eines sedierten Depressiven sah das nicht gerade aus. Zumindest sehr gewagte Annahme. Motiv? Völlige Fehlanzeige. Die Spuren sind lediglich Indizienbeweise. Und die müssen im Kontext mit Verdächtigem, mutmaßlichem Tathergang und juristischer Belastbarkeit betrachtet werden. Das Gesamtbild stimmt einfach vorne und hinten nicht. Spätestens im Prozess wäre das klar geworden, aber dazu kam es ja gar nicht.» Sie strahlte ihn an. Er nickte, und sie machten sich wieder an die Arbeit.

Sie brauchten zwanzig Minuten, um sicher zu sein, dass es kein System gab, und weitere dreißig Minuten, um den ersten Karton mit der kleinen Aufschrift «Swoboda» zu finden.

«Lucas! Ich hab hier was.»

Von da an ging es relativ einfach. Die Kisten zeigten alle das gleiche Logo einer Umzugsfirma. Ein rennender Comic-Hase, der einen Bollerwagen hinter sich herzog. Als sie den ersten Ordner öffneten, verstand Lucas, weshalb Selma den Raum vorhin die «Gruft» genannt hatte. Er kam sich vor, als öffne er ein Grab.

12

JUHA

Juha fuhr auf gut Glück zum Haus der Familie Boysen, weil er vermeiden wollte, gleich am Telefon eine Abfuhr zu bekommen. Ihm war klar, dass er in Bezug auf den Zeitraum zwischen der Entführung und der vermeintlichen Überführung des verstorbenen Christoph Johannsen kaum neue Erkenntnisse gewinnen würde, da sämtliche Befragungen protokolliert waren. Der Zweck seines Besuches war in erster Linie der, eine Spur zu finden, die Werner nach dem offiziellen Abschluss des Falls verfolgt hatte.

Er blieb einen Moment lang im Auto sitzen, betrachtete das Haus. Hier hatte der Junge gelebt, den Werner damals aus der Kiste gezogen hatte, die Eltern waren nicht umgezogen, hatten sich nicht in der Hoffnung, etwas hinter sich zu lassen, ein neues Zuhause gesucht. Aus Juhas Perspektive war dieser Ort vor fast zwanzig Jahren in einem Augenblick erstarrt und seitdem als tragisches Sinnbild in den Stein der Kriminalgeschichte gemeißelt. Er fragte sich, wie es jenseits der Haustür aussah, ob dort die Zeit ebenfalls stehen geblieben war.

Auf sein Klingeln öffnete niemand, also machte er ein paar zaghafte Schritte um den flachen Bungalow herum. Er wollte nicht unbefugt eindringen, aber Rentner arbeiteten doch zuweilen im Garten, und der lag nun einmal hinterm Haus.

Harm Boysen war tatsächlich im Garten und stand mit bloßem Oberkörper in einem hüfttiefen Loch. Er trat kraftvoll auf den Spaten und hob scheinbar mühelos eine schwere Schippe

Erde aus dem Loch. Juha wusste aus der Akte, dass Boysen um die siebzig Jahre alt sein musste. Doch seine Bewegungen waren die eines Jüngeren. Er war athletisch, und obwohl die Haut ein bisschen schlaff geworden war, zeichneten sich darunter feste, sehnige Muskeln ab. Er hatte volles, weißes Haar, das durch seine Arbeit nur leicht in Unordnung geraten war. Eine schmale, große Nase ragte scharf gezeichnet aus seinem Gesicht und gab seinem Profil etwas von einem Greifvogel. Dann entdeckte er Juha, der hob die Hand.

«Herr Boysen?»

Harm Boysen antwortete nicht, sondern fixierte seinen Besucher nur regungslos.

«Harm Boysen? Mein Name ist Juha Korhonen, LKA Hamburg. Was machen Sie denn da?»

Boysen schien nicht antworten zu wollen, rammte aber den Spaten in den Boden, sprang aus dem Loch und kam auf Juha zu. Juha ging ihm entgegen. Als sie so voreinander standen, bemerkte Juha erst, wie groß Boysen wirklich war. Er überragte Juha, der selber nicht klein war, beinahe um einen ganzen Kopf.

«Hallo», sagte Boysen und ignorierte alles, was Juha bisher gesagt hatte.

Boysen war dünn, aber nicht schlaksig, und mit einer Kraft ausgestattet, die sich über die aufrechte Haltung und ein leicht erhobenes Kinn transportierte. Dennoch war sein Blick etwas verhangen, als ob Juha ihn aus einem Tagtraum gerissen hätte, von dem er sich noch immer nicht ganz zu trennen vermochte.

«Hallo», begann Juha von Neuem. «Ich würde gern mit Ihnen über die Geschehnisse von damals reden. Eigentlich vielmehr über den Polizisten, der in dem Fall ermittelt hat. Das kommt sicher unerwartet.»

Boysen streifte sich die Arbeitshandschuhe ab und reichte Juha die Hand. Juha hatte das Gefühl, dass er und Boysen sich auf unterschiedlichen Zeitebenen befanden, und fing an zu bereuen, dass er hergekommen war. Er hatte sich nicht ernsthaft gefragt, welche Wunden er aufreißen würde, sondern Schutz gesucht hinter der Fassade kriminalistischer Nüchternheit. Doch das Händeschütteln zeigte eine Wirkung, denn Boysen schien Juhas Anwesenheit nun endlich zu akzeptieren.

«Das kommt wirklich unerwartet. Bitte, setzen wir uns erst mal.» Boysen wies auf einen Holztisch mit Stühlen, der zwischen Loch und Haus stand. Er ging voraus und warf sich ein Hemd über, das auf einem der Stühle hing. Während Juha sich schon setzte, knöpfte sich Boysen gemächlich das Hemd zu, griff dann nach einer kleinen PET-Flasche mit Wasser.

«Möchten Sie auch ein Wasser? Sie gucken so.»

Juha verneinte. Als sich Boysen ihm gegenübergesetzt hatte, nahm er erneut Anlauf.

«Zunächst möchte ich klarstellen, dass wir den Fall ...» Er zögerte. «Der Fall an sich ist natürlich ausermittelt. Es geht vielmehr um interne Dinge.»

«Wie darf ich das verstehen?», fragte Boysen und setzte die Flasche an, ohne Juha dabei aus den Augen zu lassen.

«Mich interessiert in erster Linie, ob der damals zuständige Beamte Werner Swoboda Sie, nachdem der Fall abgeschlossen war, noch einmal aufgesucht hat.»

Wieder schwieg Boysen eine Weile, taxierte Juha mit einem Ausdruck, den Juha zunächst als nachdenklich, bald jedoch als durchdringend wahrnahm, trank und schraubte die Flasche dann zu. «Das hat er in der Tat.» Darauf hatte Juha gehofft.

«Warum hat er das?»

Diesmal antwortete Boysen sofort, er schien sich entschlossen zu haben, dem Kommissar entgegenzukommen.

«Er wollte wissen, ob ich in irgendeiner Beziehung zum Täter stand.»

«Christoph Johannsen?»

«Wer denn sonst?»

«Und, standen Sie?»

«Ich kannte ihn bis dahin nicht, falls Sie das meinen.»

Juha dachte über die Antwort einen Augenblick nach, bevor er fortfuhr: «Das habe ich gemeint. Aber Ihre Antwort ist nicht ganz eindeutig. Man kann ja auch eine Beziehung zu jemandem haben, ohne ihn persönlich zu kennen.»

«Ihre Spitzfindigkeit gefällt mir gut. Aber nein! Zwischen mir und ihm gab es keinerlei Verbindung. Außer meinem Sohn.»

Juha schüttelte verständnisvoll den Kopf. «Natürlich. Verzeihung.»

Ein Rotkehlchen landete auf der Lehne eines freien Stuhls und schaute die beiden erwartungsvoll an.

«Der kommt immer, wenn ich grabe. Holt sich die Würmer oder anderes Zeug, das ich aufgescheucht habe. Na los, bedien dich.»

Als hätte der kleine Vogel mit den langen Beinen tatsächlich auf Boysens Erlaubnis gewartet, erhob er sich und flatterte zu der Grube, an deren Rand er sich niederließ, kleine Grasklumpen mit dem Schnabel in die Luft warf und nach Getier pickte.

Juha fing an, sich in der Anwesenheit dieses großen Mannes wohlzufühlen. Er strahlte eine Strenge aus, die gegen jede Form von Ungerechtigkeit gefeit schien, was ihm eine väterliche Wärme verlieh. Juha riss sich von dem Gedanken los und versuchte sich zu konzentrieren.

«Hat Herr Swoboda weitere Fragen gestellt? Gab es etwas, das er Ihnen gegenüber geäußert hat, das Sie stutzig gemacht hat?»

«Was war noch gleich der Grund für Ihr Kommen? Interne ... Dinge?»

Beim Wort «Dinge» blitzte in Boysens Augen ein Vorwurf auf, und seine Stimme bekam etwas Träges. Juha war klar, dass der Vorfall auch nach der langen Zeit kein einfaches Thema für Boysen war. Schafft es das menschliche Bewusstsein, ein derartiges Erlebnis jemals völlig zu verarbeiten? Juha glaubte, in Boysens Worten die Enttäuschung gegenüber der Polizei zu hören, die seinen Sohn nicht hatte retten können. Wie wichtig konnten diese internen Angelegenheiten schon sein, dass die Polizei es für nötig hielt, ihn mit dieser schmerzvollen Erinnerung zu konfrontieren.

«Es geht um Evaluation, Vorgehensweisen, Strukturen, interne Abläufe und auch um Herrn Swoboda persönlich. Unter gewissen Umständen sind wir juristisch dazu verpflichtet, Vorgehensweisen von Kollegen, die während einer Ermittlung möglicherweise kompromittiert waren, für gewisse Zeiträume auf deren korrektes Verhalten in anderen Fällen hin zu überprüfen. Hierzu zählt auch Ihrer. Aber das ist reine Formsache. Und ich entschuldige mich dafür.»

Völliger Blödsinn. Juha hoffte trotzdem, dass Boysen ihm seine Ausrede abnahm. Dieser ließ sich mit keiner Regung anmerken, ob er die Erklärung anzweifelte. Entweder er hatte sie geschluckt, oder er spielte einfach mit. Sein Blick lag so lang auf Juha, bis es ihm fast wehtat. Dann erlöste Boysen ihn. «Verstehe. Nun, Sie können sich denken, dass nach so langer Zeit meine Erinnerung nicht mehr die beste ist. Der Täter war ermittelt, ich war in Trauer. Andere Prioritäten, wissen Sie?»

«Natürlich. Aber vielleicht fällt Ihnen trotzdem noch was ein.»

Boysen blickte an Juha vorbei zum Haus. Als er bemerkte, dass Juha Anstalten machte, seinem Blick zu folgen und sich umzudrehen, sprach er weiter.

«Ich meine, er hat noch mal etwas wegen des Vereins wissen wollen.»

Juha stutzte. «Helfen Sie mir auf die Sprünge, bitte.»

«Unser Feuerwehrverein. Ich war dort in der Zeit im Vorstand. Hat sich aufgelöst, schon vor einigen Jahren.»

Juha erinnerte sich, die Information irgendwo in der Akte überflogen zu haben. Stichwort: «direktes Umfeld». Doch bevor er etwas sagen konnte, sprach Boysen weiter: «Es kommt ja wohl häufig vor, dass der Täter aus dem Umfeld der Opfer ist. Deswegen wurden der Verein und die Mitglieder auch schon früh genauestens unter die Lupe genommen. Zeitverschwendung, wenn Sie mich fragen.»

«Warum?»

«Weil ich für jeden meiner Kameraden die Hand ins Feuer gelegt hätte. Und das ist nicht bildlich gemeint.»

Boysens Worte bekamen langsam einen schärferen Unterton. Juha kannte das von Befragungen, vor allem bei Menschen, die sich auf der Opferseite befanden. Er musste jetzt aufpassen, dass die Situation nicht zu seinen Ungunsten kippte und Boysen dichtmachte.

«Manchmal täuscht man sich doch.»

«Aber in diesem Fall eben nicht, stimmt's?»

Juha blieb eine Antwort schuldig. «Und weshalb, glauben Sie, hat Herr Swoboda nach Abschluss des Falls noch einmal nach dem Verein gefragt?»

«Hybris.»

«Was?»

«Hybris. Ich hatte den starken Eindruck, dass Herr Swoboda die Art und Weise, wie der Fall zum Abschluss gebracht wurde, nicht mit seinem Selbst- und Weltbild in Einklang bringen konnte.»

Trotz der harten Worte schwang Verständnis in Boysens

Stimme. Aber es war gerade diese präzise Formulierung, die Juha aufhorchen ließ. «Ihre Beobachtung und Ihr Vokabular sind ... treffend. Was waren Sie noch gleich von Beruf?» Das hätte er nicht fragen sollen, aber Boysens Aussage hatte ihn zu sehr überrascht.

Boysen runzelte die Stirn, bevor er Juha anlächelte. Ob darin eine Süffisanz oder tatsächliche Belustigung lag, fiel Juha schwer einzuschätzen. Der ganze Mann war schwer einzuschätzen.

«Steht das nicht in der Akte? Ich war Justizvollzugsbeamter. Da muss man sich mit Menschen auskennen. Ein Kollege von mir hat immer gesagt, man erlebe viele menschliche Fehlkonstruktionen in dem Job.»

«Fehlkonstruktionen. Sind wir das nicht alle irgendwie?»

Boysen lachte zum ersten Mal auf. «Vielleicht. Im Ernst, ich glaube, Herr Swoboda war dabei, sich in was zu verrennen. Stocherte auf gut Glück herum. Ich konnte es ihm nicht verübeln, aber auch nicht helfen. Ein trauriger Mann, der seinen Weg verloren hat, kommt zu einem traurigen Mann, der seinen Sohn verloren hat. Die Situation ist von vornherein zum Stillstand verdammt. Ich glaube, wir haben durch Daniels Tod beide etwas verloren, er als Polizist, ich als Vater. Aber ich meine, mit Fug und Recht behaupten zu dürfen, dass mein Verlust schwerer wiegt. Darum war es mir offen gestanden völlig egal, ob Herr Swoboda ein Problem hat.»

Und plötzlich sah er ihn; den Schmerz in seinem reinsten Ausmaß, das zerschmetterte menschliche Urvertrauen und doch keine Spur von Bitterkeit darin. Dieser tiefe Schmerz hatte für einen kurzen Moment in Boysens Augen gelegen und Juha verspürte einen Anflug von Scham. Er musste sich überwinden, aus dieser Situation heraus weitere Fragen zu stellen. Trotzdem tat er es, in der stillen Hoffnung, er würde, sobald er dieses Gespräch hinter sich hatte, Boysen für immer in Ruhe lassen können. «Was genau wollte er denn wissen, also, wegen des Vereins?»

Boysens Geduld erschien Juha in diesem Moment übermenschlich, als er die Ellenbogen auf den Tisch stützte und weitersprach, scheinbar mehr zu sich selbst als zu Juha. «Ich weiß es wirklich nicht mehr, er hat nach einzelnen Mitgliedern gefragt, aber ich würde lügen, wenn ich sagen müsste, um welche Leute es ihm ging. Und wie gesagt, es führte zu rein gar nichts.»

Juha nickte zaghaft, obgleich er alles andere als überzeugt war. Natürlich konnte Boysen recht haben. Vielleicht waren Werners erneute Vorstöße wirklich nur ein Produkt seiner Ratlosigkeit und profunden Verwirrung gewesen. Der Versuch einer Kompensation, einer Rechtfertigung sich selbst gegenüber. Juha konnte nur mutmaßen, wie fundiert Werners Zweifel gewesen waren. Aber vielleicht war Werner auch auf einer Spur gewesen, die etwas anderem entsprang als nur dem Wunsch eines alten Mannes, mit sich selbst ins Reine zu kommen. Nicht wenigen Verbrechern war es zum Verhängnis geworden, Werner unterschätzt zu haben.

Wieder bemerkte Juha, dass Boysen zum Haus schaute, und diesmal folgte er seinem Blick. Auf der Terrasse standen sich zwei kitschige Löwen aus Gips gegenüber, die etwas Moos gefangen hatten. Hinter der reflektierenden Terrassentür konnte man das geräumige Wohnzimmer nur erahnen.

«Ich würde gerne noch kurz mit Ihrer Frau sprechen», sagte Juha, als er sich wieder umwandte.

«Sie ist nicht da.»

Mehr sagte Boysen nicht dazu. Juha überlegte nachzufragen, doch er wollte den Bogen nicht überspannen. Stattdessen gab er sich einen Ruck und stand auf. «Es tut mir leid», sagte er. «Das alles tut mir sehr leid. Was Ihnen zugestoßen ist.»

«Damit muss jeder auf seine Weise fertig werden», sagte Boysen und taxierte Juha.

«Was ist Ihre Weise?», wich Juha aus.

«Ich grabe zum Beispiel Löcher.»

Juha steckte den Schlüssel ins Zündschloss und warf noch einen letzten Blick auf das Haus mit dem flachen Dach. Wie die Löwen auf der Terrasse zeigte auch die weiße Dachkante einen vom Flugmoos grünlichen Schimmer. An einem Fenster wurde plötzlich die Gardine zur Seite geschoben, und die Silhouette einer Frau war zu erkennen. Sie stellte das Fenster auf Kipp, zog den Vorhang wieder halb zu und war kurz darauf verschwunden. Hatte Boysen nicht gewusst, dass seine Frau zu Hause war, oder hatte er ihr eine weitere Befragung nach all den Jahren ersparen wollen? Juha überlegte, wieder auszusteigen, entschied sich dagegen und ließ den Wagen an.

Werner war zwar tatsächlich noch einmal bei Boysen gewesen, doch diese Gewissheit wurde überschattet von einer Frustration, die Juha erst zu deuten vermochte, als er wieder Richtung Stadt fuhr. Er wurde nicht schlau aus dem Mann. Einerseits hatte er am Anfang wie in Trance gewirkt, Juhas Fragen dann aber, ohne viel nachdenken zu müssen, beantwortet. Ihm fiel auf, dass Boysen von seinem Auftauchen kaum überrascht gewesen war. Er rief Lux an.

«Hey, sag mal. Du hast Boysen nicht angerufen und ihm gesagt, dass ich komme oder so, oder?»

«Was? Nein! Wieso sollte ich?», sagte Lux am anderen Ende der Leitung.

«Und du hast auch nichts zu Uwe gesagt, ne?»

«Nein, natürlich nicht. Warum fragst du, ist alles okay?»

«Ja, ja, alles okay. Ein besonderer Typ ist das. Der hat in seinem Garten ein Loch gegraben, wollte aber nicht sagen, warum. Egal. Hast du im Archiv irgendwas gefunden?»

«Äh, ja. Es gibt tatsächlich Kopien von Werner.»

Juha hörte, wie Lux das Telefon zwischen Kopf und Schulter einklemmte und mit beiden Händen Papier bewegte. «Toll! Und?»

«Ich bin mir nicht sicher, ob wir damit was anfangen können.»

«Was denn nun?» Ein kleiner Falke, der über einem Feld segelte, zog Juhas Blick auf sich. Er ließ den Wagen am Rand der Landstraße ausrollen und schaltete den Motor aus.

«Es scheint, als wäre Werner die Hinweise aus der Bevölkerung noch mal durchgegangen.»

«Welche?»

Kurzes Schweigen an Lux' Ende der Leitung. «Na ja ... alle.»

«Wie alle?»

«Ja, alle.»

«Das sind doch Hunderte.»

«847.»

«Alter Schwede.»

«Das kann man wohl sagen.» Lux seufzte ins Telefon.

Der Falke schien hier keine Beute entdecken zu können, drehte ab und verschwand hinter einer Baumreihe. Juha ließ den Wagen wieder an.

«Okay, Lux, pass auf, ich brauche was von dir. Und zwar musst du mir einen Kontakt aus der Akte heraussuchen. Irgendjemand, der eng mit diesem Feuerwehrverein zu tun hatte, in dem Boysen damals Mitglied war. Den Vereinsleiter oder so was. Such mir da einen Kontakt raus und sag mir dann Bescheid. Ich gehe so lange ein Eis essen.»

«Okay, ich schau mal, was ich finde. Aber sag mal, war denn Werner bei Harm Boysen?»

«Ja, war er», sagte Juha und legte auf.

Weil ihm Google keine Eisdiele in der Nähe ausspuckte, fuhr Juha zu einer Tankstelle und suchte sich ein Eis aus der Kühltruhe aus. Er konnte sich nicht erinnern, wann er das letzte Mal in so einer Truhe gewühlt hatte. Cola-Schiebe-Eis, das war doch perfekt jetzt. Er bezahlte und begann auf dem Weg zurück zum Auto die konische Verpackung mit den Händen zu wärmen, bis sich das Eis mit einem befriedigenden Knirschen herausdrücken ließ, als sein Handy klingelte.

Juha drückte auf das Display und biss von seinem Eis ab. «Na, waf ginga eft fnell.»

13

Das Haus von Erlend Hader, eine alte reetgedeckte Kate, war das letzte an einer Straße, die in einem Feldweg endete. Es stand einsam, umringt von Feldern, die offenbar nicht von Hader bestellt wurden, jedenfalls gab es keinerlei Anzeichen von landwirtschaftlichem Gerät, als Juha auf den Hof fuhr. Der ehemalige erste Vorsitzende des Feuerwehrvereins Moorstedt war am Telefon zuvorkommend gewesen, gern zu einem Gespräch bereit und hatte Juha seine Adresse genannt.

Er parkte den Wagen und sah Erlend Hader bereits durch das Fenster winken, mit umgebundener Schürze und Küchenmesser in der Hand. Als er die Tür öffnete, trug er noch immer die Schürze, hatte das Messer aber offenbar in der Küche liegen lassen.

«Moin, Herr Korhonen, haben Sie gut hergefunden?»

«Guten Tag. Ja, vielen Dank. Schön, dass Sie so spontan Zeit gefunden haben.»

«Ich hab mehr Zeit, als ich verschwenden kann.» Hader lächelte sympathisch. Er mochte im gleichen Alter wie Harm Boysen sein, obwohl ihn Juha ohne seinen Kommentar über die Zeit durchaus noch im berufstätigen Alter vermutet hätte.

«Ich habe einen Snack zubereitet. Bruschetta, etwas Mozzarella, nur eine Kleinigkeit. Das mache ich mit meiner Zeit; viel zu viele Snacks zubereiten.» Er klopfte auf seinen Bauch, was wohl bedeuten sollte, dass der mal kleiner gewesen war.

Als sie die rustikale Küche betraten, sah Juha eine Frau am Tisch sitzen und wollte sich gerade vorstellen, als er die Abwesenheit in ihren Augen bemerkte. Daher versuchte er es mit einem einfachen «Hallo».

«Das ist Herr Korhonen von der Polizei», fing Hader seine Unsicherheit ab, «das ist meine Frau Iris.» Sie hob kurz den Blick, aber Juha war sich nicht sicher, ob sie ihn ansah.

Hader bot ihm einen Platz an und stellte einen Teller mit Bruschetta auf den Tisch, goss stilles Wasser aus einer Karaffe in zwei Gläser, platzierte eines vor Juha, das andere vor seiner Frau. Juha bemerkte, dass er tatsächlich Hunger hatte – das Eis hatte seinen Appetit mehr angeregt, als dass es ihn gelindert hätte –, und griff dankbar zu.

«Wow, köstlich. Was man aus einem Brot mit Tomaten alles rausholen kann. Liebe geht durch den Magen, was?», ergänzte er in Richtung von Frau Hader, die nicht reagierte.

«Wie gesagt, nur eine Kleinigkeit.»

Juha kaute schnell und biss noch einmal ab, bevor er weitersprach. «Ich hatte es ja bereits am Telefon erwähnt, dass wir uns wieder mit dem Fall Daniel Boysen beschäftigen.»

«Das ist interessant. Wie lang ist das her? Fünfzehn, zwanzig Jahre? Ich dachte, das wäre alles Vergangenheit.»

Juha überlegte kurz, ob er wieder die Geschichte von internen Evaluationsmaßnahmen auspacken sollte, mit der er Boysen hatte schonen wollen, folgte dann aber einem Bauchgefühl und entschied, Hader reinen Wein einzuschenken.

«Ja, das dachten wir auch. Aber es gibt neue Entwicklungen, die Zweifel an der Täterschaft desjenigen aufkommen lassen, den wir damals für den Schuldigen hielten. Wie sie vielleicht wissen, ist der Verdächtige damals verstorben. Der Fall schien recht eindeutig.»

«Und jetzt nicht mehr?»

«Ja.»

Hader verschränkte die Arme und schüttelte betroffen den Kopf. Oder eher ungläubig? Juha wusste, dass er Hader genau beobachten musste. Häufig erzählte einem eine Geste oder ein

Blick mehr als die Antworten auf die Fragen, die man stellte. Und nicht selten verriet das, was die Leute nicht sagten, mehr als das, was sie sagten. Eine wiederkehrende Einsicht, die Juha im Gespräch mit Harm Boysen gekommen war, da ihn dieser mit seiner Gegenwart auf eine Art einzulullen vermochte, die es ihm schwer gemacht hatte, scharf zu beobachten.

«Die Polizei hat damals natürlich mit uns gesprochen, mit den Leuten aus dem Verein. Also, nachdem Daniel ...» Hader presste die Lippen aufeinander. «Das ging ja Schlag auf Schlag. Der Verein hat sich damals an der Suche beteiligt und ein bisschen rudimentäre Infrastruktur für die Helfer geschaffen. Aber so richtig begriffen haben wir das alles erst so richtig, als man Daniel fand.» Haders müde wirkender Blick flimmerte einen Moment, senkte sich dann auf den Tisch, wo er verharrte, als riefe Hader die entsprechenden Register in seiner Erinnerung auf.

Juha nahm den Faden auf. «In welcher Position waren Sie? Also, was haben Sie gemacht im Verein?»

Hader nickte starr vor sich hin, bevor er antwortete, als hätte er nun den Punkt in seiner Erinnerung gefunden, von dem aus sich das Bild vor seinem inneren Auge ausbreitete. «Ich war Vorstandsvorsitzender. Seit vielleicht einem Jahr. Ziemlich arbeitsintensiv, das Ganze. Viele Pflichten, keine Vorteile. Vereinsarbeit eben. Das kann man sich jetzt nicht so vorstellen, dass ich da der Boss war. Eher im Gegenteil.» Er musste kurz lachen. «Inoffiziell gibt es natürlich ganz andere Strukturen; eine gewisse Hackordnung. Harm Boysen war, ja, das kann man schon so sagen, der heimliche Chef der ganzen Nummer. Fast eine Art Oberhaupt.»

«In einer solchen Position wird man sicherlich nicht von allen anerkannt.»

«In meiner?»

«In Boysens.»

«Sie meinen, ob ihm jemand diese Position missgönnt hat?»

«Ja.»

«Klar, gab immer Leute, die nicht mit ihm einverstanden waren, auch Neider. Ganz normal, wenn Sie mich fragen. Aber Boysen hatte diesen Status nicht umsonst.»

«Inwiefern?»

«Boysen hat etwas an sich, das großes Vertrauen bei Menschen weckt. Die Leute fühlen sich in seiner Anwesenheit wohl.» Das passte zu Juhas Eindruck von Boysen. Das Charisma war ihm trotz des erlittenen Traumas nicht abhandengekommen.

«Sind Sie beide befreundet?»

«Waren, wenn Sie so wollen.» Hader lächelte. «Keine enge Freundschaft, aber wir haben uns immer sehr gut verstanden.» Hader registrierte, dass seine Frau das Wasserglas fixierte, und hob es an ihren Mund. Sie trank ein paar Schlucke.

Juha wartete den Vorgang ab. «Ich habe ihn vorhin kennengelernt», sagte er dann und beobachtete Hader genau. «Ich hatte den Eindruck, dass er ein recht eigensinniger Typ ist. Natürlich ist mir klar, dass ein solch schwerer Verlust einen Menschen prägt. Aber wissen Sie, wovon ich spreche? War er schon immer so?»

Hader lachte kurz auf. «Eigensinnig. Ja, das lässt sich nicht abstreiten. Er macht es einem nicht immer einfach, zuweilen kann man schwer einschätzen, woran man bei ihm ist, wenn er einen so beobachtet und nichts sagt.»

«Genau das meine ich.»

«Machen Sie sich nicht zu viele Gedanken, Herr Korhonen. Das bedeutet eher, dass er Sie sympathisch findet und sich für Sie interessiert.»

«Warum sind Sie heute nicht mehr befreundet?»

Hader wandte sich seiner Frau zu, er schien eine Weile bei ihr festzuhängen. «Mir fehlt es an Gelegenheiten, Freundschaften zu pflegen. Außerdem hat Boysen sich damals zunehmend mit Sachen beschäftigt, die mich nicht interessiert haben.»

«Was waren das für Sachen?» Juha zog einen kleinen Block aus der Tasche und einen IKEA-Bleistift. Er machte sich nicht häufig Notizen, aber jetzt schien es ihm angebracht.

«Er und ein paar andere aus dem Verein haben angefangen, sich so militärischen Fantasiespielen hinzugeben. Plötzlich machten die alle einen auf Prepper, Waffenschein, Survival-Training, Jagdausflüge, Campen in der Wildnis.»

«Prepper? So mit Vorräten und Fluchtrucksack?», fragte Juha.

«Ja, genau. Die haben Vorräte im Wald vergraben. Gott weiß warum. Ständig vorbereitet», er lachte wieder, diesmal lauter, «auf die Apokalypse.» Dann wurde er wieder ernst.

Juha dachte an das Loch in Boysens Garten und an seinen verhangenen Blick am Anfang ihrer Begegnung. «Klingt nach etwas mehr als nur Eigensinn, oder?»

«Na ja, ich hab es vielleicht übertrieben ausgedrückt. Man bereitet sich eben auf den undefinierten Ernstfall vor. Legt Vorräte an, stellt Ausrüstung bereit, Funkgeräte, Funktionskleidung, Werkzeug, Waffen. Manche machen ihre Häuser autark, mit Fotovoltaik, Solaranlage, eigener Frischwasserversorgung, einige bauen sich sogar Bunker unter dem Haus, in denen man sich im Fall der Fälle für mehrere Wochen aufhalten kann.»

«Echt? So private Atombunker?», fragte Juha. «Ich habe das offen gestanden immer für einen Mythos gehalten.»

Hader zog eine Augenbraue hoch. «Na ja, dass die einem Atomschlag standhalten, will ich mal stark in Zweifel ziehen.»

«Aber worauf genau bereiten sich die Prepper vor?»

«Das wissen die, glaube ich, selber nicht so genau. Naturkatastrophen, den Zusammenbruch des Systems. Das kam im Kalten Krieg auf, als es nicht völlig ausgeschlossen war, dass es doch noch heiß wird, da lagen Sie mit Atombunker gar nicht so falsch. Heute sind es wohl eher Terroranschläge, Aufstände der Unterprivilegierten. Oder eben die Zombieapokalypse.» Er setzte ein spöttisches Lächeln auf. «Wie gesagt. Fantasiespiele, ein Hobby, nicht mehr. Wunderlich, aber harmlos.»

«Wann bildete sich diese Gruppe?» Juha hatte den Gedanken, dass Boysen sich dieses Hobby als Kompensation für den schweren Schicksalsschlag zugelegt hatte. *Ich grabe Löcher.* «Ich meine, war das, bevor oder nachdem er seinen Sohn verloren hatte?»

Hader musste kurz nachdenken. «Nein, das begann schon davor. Ich glaube, er hat diese Aktivitäten so verstanden, dass es dabei um den Schutz seiner Familie geht. Er ist eigentlich ein Beschützer-Typ und verlangt sich selbst viel ab.»

«Eine grausame Ironie des Schicksals.»

Hader nickte.

Juha ließ die Ausführungen Haders sacken. Er hatte von Preppern gehört, auch wenn er nicht viel über sie wusste. Was Hader bemüht war, als harmloses Hobby darzustellen, konnte sich leicht in bedrohlichen Aktivismus wandeln. Das war zwar nicht zwangsläufig mit Reichsbürgertum gleichzusetzen, wies aber durchaus Parallelen zu der ideologisch paranoiden Mentalität auf, die für Juha letztlich auch eine Form von Extremismus war. Etwas sagte ihm, dass die Sache seine Aufmerksamkeit wert war. Vielleicht war das Motiv für die Entführung nicht einfach Geld gewesen, sondern jemand hatte Harm Boysen persönlich schaden wollen.

«Können Sie mir die Namen derer nennen, die damals Mitglieder in dieser Gruppe waren?»

Hader überlegte kurz, hob dann einen Finger, stand auf und

ging ins Nebenzimmer. Einen Augenblick später kam er mit einem großen Buch zurück. Es war eine Art Chronik: *50 Jahre Feuerwehrverein Moorstedt*. Er rückte seinen Stuhl neben Juhas und schlug das Buch auf. Auf einem Gruppenfoto waren gut zwanzig Menschen abgebildet. Harm Boysen stand vorne in der Mitte.

«Da waren, soweit ich weiß, neben Harm Boysen noch vier andere.» Er zog einen Kugelschreiber aus seiner Hemdtasche und zeichnete einen Kreis um das Gesicht eines Mannes, der schräg hinter Harm Boysen stand. Als er bemerkte, dass Juha etwas sagen wollte, erwiderte er unbeirrt: «Ich habe mehrere Exemplare dieser Chronik, dieses können Sie mitnehmen.»

«Oh, das ist nett.»

Hader malte noch drei weitere Kreise und unterstrich anschließend die jeweiligen Namen, die in entsprechender Anordnung unter dem Foto aufgeführt waren: Ulrich Schlensag, Matthias Steiner, Ingo Grimm und Walter Boeck.

«Ich danke Ihnen vielmals», sagte Juha. «Und Sie wissen nicht zufällig, wie lange dieser illustre Club die Wälder unsicher gemacht hat?»

«Nein, Herr Korhonen, das weiß ich wirklich nicht. Wie gesagt, hatte ich nicht mehr so viel mit Boysen zu tun. Und ich bin ja dann auch zurückgetreten, als meine Frau krank wurde. Da hat man dann nicht mehr die Zeit, sich in einem Männerverein ganz machomäßig einen hinter die Binde zu kippen. Denn seien wir mal ehrlich, letztlich geht es vor allem darum.»

Juha wusste nicht, ob er sich an Hader oder seine Frau wenden sollte, deshalb schaute er erst zu ihr und dann zu ihm. «Das tut mir leid.»

«Danke.» Hader sah seine Frau liebevoll an, was den Eindruck weniger unangenehm färbte, dass er über sie statt mit ihr sprach. «Ich muss mich nicht die ganze Zeit um sie kümmern, aber weggehen kann ich halt auch nicht. Die Firma haben wir zusammen gemacht, ein Bestattungsunternehmen, damit war dann sowieso Schluss.» Er raffte sich erneut auf. «Viel Zeit für kulinarische Experimente.» Er schob Juha ermutigend den Teller mit Bruschetta entgegen. «Wenn Ihnen meine Bruschetta geschmeckt haben, hätten sie mal die von meiner Frau probieren sollen. So gut wie sie kriege ich die immer noch nicht hin.»

«Das kenne ich von meiner Frau», sagte Juha und registrierte den üblichen etwas schwereren Herzschlag, wenn er Maria fälschlicherweise als seine Frau bezeichnete. Meistens war das eine angenehme, fast wärmende Empfindung, doch dieses Mal fühlte es sich blöd an. Wie hatten sie es doch gut.

Als Juha ging, hatte er das Bedürfnis, sich zusammen mit Erlend Hader eben doch ganz machomäßig einen hinter die Binde zu kippen. Vielleicht täte ihm das gut und er würde die Schürze mal für eine Weile auszuziehen.

Auf der Rückfahrt plagte ihn sein Gewissen, und er entschied, Lux, der immer noch über den Akten saß, zumindest noch für eine Weile zur Seite zu stehen. Also fuhr er ins Präsidium.

Lux hatte Kaffee gekocht, der Stapel auf der To-do-Seite war immer noch gigantisch. Juha nickte ihm schweigend zu, nahm die Hälfte der Ordner und legte sie auf seinen Schreibtisch.

Nach zwei Stunden ließ er sich erschöpft in den Stuhl sinken. «Es ist spät, ich glaub, ich fahr mal nach Hause.»

«Wo ist das zurzeit?»

Juha verzog kampfeslustig das Gesicht. «Was meinst du damit?»

«Sorry, ich dachte nur, weil du gestern hier auf der Couch ...»

«Lass mich in Frieden», grummelte Juha finster und nahm sein Sakko vom Stuhl.

«Ich meinte nur ...»

«Was? Dass du eine Couch hast, auf der ich pennen kann?»

«Auf keinen Fall meinte ich das», intervenierte Lux eilig.

«Danke, ich hole auch morgen früh Brötchen.»

«Ich nehme immer nur einen Protein-Shake zum Frühstück. Mit Haferflocken, Beeren, gemahlenen Mandeln, Olivenöl ...»

Juha schaute Lux mit gespielter Abfälligkeit an. «Du hast bestimmt auch so eine Turnstange im Türrahmen, was?»

«Wieso das denn?»

«Und, hast du so eine Turnstange?»

«Eine Klimmzugstange, ja, und?»

«Wusst ich's doch.»

14

J uha hatte großartig geschlafen. Regelrecht ausgeschlafen
fühlte er sich, als er durch das quietschende Geräusch von
Lux' Klimmzugstange und sein unterdrücktes Keuchen geweckt wurde. «... drei, vier, fünf ...»

«Achtundzwanzig, vierunddreißig, sechzehn ...», rief Juha
von seinem Nachtlager aus.

«Acht!» Lux ließ sich auf die Füße fallen, joggte durchs
Wohnzimmer und drückte im Vorbeijoggen den Schalter an
der Stereoanlage und in der nächsten Runde die Start-Taste
am Plattenspieler. Der Arm senkte sich, und Jazz kam aus den
Boxen. Juha hatte nicht viel übrig für Jazz, vor allem wenn er
hektisch war, aber zu Lux passte es.

«Was ist das?»

Lux tat übertrieben überrascht und vorwurfsvoll. «John Coltrane.»

«Wusste ich's doch. Ganz schön stressig.»

«Du musst in längeren Bögen denken; dann ist es entspan-
nend.»

«Aha.» Juha eierte in Unterhose und Unterhemd zur
Klimmzugstange, hängte sich daran und schaukelte ein bisschen mit gestreckten Armen und angezogenen Beinen vor und
zurück.

«Ich dachte, du warst mal Elitesoldat oder so was? Kannst
du etwa keinen Klimmzug mehr?»

«Quatsch, Elitesoldat. Außerdem bin ich alt.»

«Ach komm, mit Mitte fünfzig ist man doch noch nicht alt!»

«Ich bin achtundvierzig, du Arsch!» Juha deutete einen
Unterschwung an und glitt in einem mickrigen Bogen und tris-

ter Ermangelung jedweder Eleganz zu Boden. «Siehst du, bin doch noch recht behänd.»

«Was machen wir heute?», fragte Lux. «Gehen wir weiter Werners Aufzeichnungen durch?»

«Genau das. Was Besseres fällt mir gerade nicht ein.»

«Oh ja! Akten! Ich liebe Akten», schwärmte Lux mit übertriebener Euphorie und setzte zu einem zweiten Satz Klimmzüge an.

«Okay, sieh dir das an», begann Lux, nachdem Juha eine Pause eingelegt und es sich auf der Couch gemütlich gemacht hatte.

«Will jetzt nichts ansehen, erklär's mir einfach», erwiderte er und ruhte seine Augen aus.

«Okay, also diese Hinweise aus der Bevölkerung – wir wissen beide, wie das abläuft. Zum Beispiel: Hier hat ein Mann eine leere Zigarettenschachtel am Waldrand gefunden und darauf hingewiesen, dass der Täter wahrscheinlich Raucher ist.»

«Welche Marke?»

«Steht da nicht.»

«Schade, das hilft uns nicht weiter. Wenn wir wüssten, welche Marke der Täter raucht, würde das die Suche eingrenzen.»

Lux grinste. «Du sagst es, und weg damit auf den Bullshit-Stapel. Hier hat eine Rentnerin, sechsundsiebzig Jahre alt, mehrfach ein rotes Auto gesehen, das ihr unbekannt war. Sie gibt an, das Fahrzeug fotografiert zu haben.»

«Ich sehe auch ständig Autos. Auf den Bullshit-Stapel.»

«Genau das hat sich der Beamte damals auch gedacht. Klar, wenn man mit so einer Masse an Hinweisen konfrontiert ist. Aber jetzt schau mal, was hier neben dem Eintrag in Werners Kopie der Akte ist.»

Juha fand, dass er seine Augen genug ausgeruht hatte, und blickte nun, zugegebenermaßen neugierig, zu Lux, der ihm das

Blatt mit dem entsprechenden Eintrag hinhielt. Juha verstand nicht. «Und? Was meinst du?»

«Neben dem Eintrag, da hat mal was geklebt. Man spürt die raue Klebestelle, weil sich Staub darauf gesammelt hat. Ein Post-it oder eine Klebemarkierung. Oder ein Foto?»

«Liegt's vielleicht lose in der Kiste?»

Lux schüttelte den Kopf.

«Und was nützt uns das? Wenn, was immer da mal geklebt hat, nicht mehr da ist, bringt uns das kaum weiter.»

Doch Lux hatte bereits den Telefonhörer in der Hand und tippte die Telefonnummer ein, die im Zusammenhang mit dem Hinweis vermerkt war.

Juha schloss wieder die Augen. «Die war damals sechsundsiebzig? Die lebt doch schon lange nicht mehr, und wenn, dann spielt sie Bingo in irgendeinem Pflegeheim. Ich fresse einen Besen, wenn die, ich meine, wie alt wäre die denn jetzt?»

«Hallo, Frau Peters. Lucas Adisa mein Name, Kriminaloberkommissar, LKA Hamburg.»

Juha richtete sich auf und sah Lux' Blick auf ihn gerichtet, während der breit lächelnd ins Telefon sprach.

«Ich freue mich wirklich sehr, dass ich Sie erreiche, mehr, als sie ahnen.» Sein Mund formte lautlos das Wort: «Vierundneunzig!»

15

Hertha Peters, vierundneunzig Jahre, begrüßte die beiden Polizisten und führte sie in den Wintergarten, wo sie für Tee und Kuchen eingedeckt hatte.

«Danke, das ist aber nett», sagte Lux, als sie sich nebeneinander auf die harte Brokatcouch setzten. Hertha Peters schenkte Tee ein und lud jeweils ein Stück Altländer Butterkuchen auf die Teller.

«Danke», sagte Juha fast flüsternd, die Gediegenheit war ihm unangenehm.

Dann gab Hertha Peters noch jeweils einen großen Klecks Sahne dazu und sagte dabei laut: «So!» Ihren eigenen Tee garnierte sie mit einem Schuss scharf riechendem Weinbrand aus einer kleinen Silberkanne, die sie den Polizisten dann fragend hinhielt. Beide hoben abwehrend die Hände, obwohl Juha dachte, dass das womöglich das Geheimnis ihres hohen Alters war.

Das leise Klappern des Geschirrs erfüllte den Raum. Dazu das hohle, saugende Geräusch, das Hertha Peters bei jedem Bissen Kuchen machte, als wollte sie das Stück einatmen. «Hchooop!» Juha empfand diese Geräuschkulisse als unheimlich deutsch und fühlte sich in seine Kindheit zurückversetzt, an jene Nachmittage, die er mit seinen Eltern bei seiner deutschen Großmutter verbracht hatte. Sein Stiefvater Walter, ein prekär aufgestellter Punk-Musiker, der sich selbst Wally nannte, selten auch nur ein Kleidungsstück am Körper trug, das keine Löcher hatte, und in seiner Freizeit schwarz Autos reparierte, kam aus einem unerwartet biederen Haushalt im Dithmarscher Nichts. Sonntags waren sie häufig am Nachmittag mit Wallys unverwüstlichem VW Bus dorthin gefahren, hatten Tee getrunken und Kuchen gegessen, und einen Teufel hätten die Großeltern getan, Wally danach zu fragen, wie es in seinem Leben so voranginge. Sich in die Angelegenheiten von Walter einzumischen, das hatten sie schon lange aufgegeben. Als der dann von einer seiner Touren mit der Band zurückkam und sagte, «das ist Pinja Korhonen, sie kommt aus Finnland und wird meine Frau», da hoben sie nicht mal ihre Augenbrauen, sondern lächelten traurig und deckten für Tee und Kuchen ein. Aber da war noch der kleine Juha, nun ja, der war zumindest ein süßes Kerlchen. Ein Jahr saß Juha sonntags am Tisch im Wintergarten, und als seine Oma schließlich feierlich verkündete, dass Juha inzwischen alt genug sei, ohne Plastikbezug auf dem wertvollen Stuhl zu sitzen, da hatte sie die ganze Sache offenbar irgendwie akzeptiert. Der Großvater hatte den Kopf geschüttelt und laut den Kuchen von seiner Gabel geatmet. «Hchooop!»

Juha musste die geräuschvolle Stille durchbrechen und sagte: «Frau Peters, wir sind ja gekommen, um mit Ihnen über diesen Fall damals zu sprechen, als Sie der Polizei Ihre Beobachtung gemeldet haben. Dieses Auto, das Sie gesehen haben. Ich weiß, das ist sehr lange her.»

Hertha Peters schaute ihn entgeistert an. «Ja, das weiß ich doch, Herr Inspektor.» Sie stellte lautstark ihre Tasse ab, und Juha verzichtete darauf, seinen Dienstgrad richtigzustellen. «Ich wundere mich schon die ganze Zeit, warum Sie nichts sagen und nur still an Ihrem Kuchen rumknabbern.»

Lux und Juha schauten einander an.

«Erzählen Sie uns, was Sie glauben ... also was Sie gesehen haben; Ihre Beobachtung», bekam Lux gerade noch rechtzeitig die Kurve.

«Ich saß ja immer hier im Wintergarten, als meine Nähmaschine noch hier stand. Die steht jetzt in Karls altem Arbeitszimmer, das braucht er ja nicht mehr. Im Wintergarten hat es mir zwar besser gefallen, aber was soll denn das, das Arbeitszimmer ungenutzt zu lassen.»

«Karl, Ihr Mann? Mein Beileid.»

Die alte Dame schaute kurz irritiert. «Er hatte genug von der Philatelie und alles verkauft. Den ganzen Kram. An seinen Bekannten vom Philatelie-Club. Ich hab vergessen, wie der hieß, kleinen Moment.» Dann rief sie mit ohrenbetäubender Stimme: «Karl? Wie hieß der noch, dem du die Briefmarken verkauft hast?»

«Klaus Christiansen!», schallte es dumpf von irgendwo im Haus. Lux und Juha schauten sich irritiert um, ohne dass es ihnen gelang, den Ursprung der Stimme auszumachen.

«Klaus Christiansen hieß der. Ist aber gestorben, letztes Jahr. Manchmal sehe ich seine Frau auf dem Markt.»

Lux räusperte sich: «Also von hier aus haben Sie das Auto gesehen.»

«Natürlich, nicht nur einmal. Das fuhr da fast jeden Tag in den Wald rein.»

Juha schaute verstört aus dem Fenster und blickte auf eine dichte Häuserreihe, von Wald keine Spur. Dann zeigte er hinaus. «Also, dort haben Sie es gesehen?»

«Natürlich!»

«Aber ich sehe dort nur Häuser.»

«Natürlich! Sagen Sie mal, Sie sind nicht besonders smart. Haben die alles zugebaut vor elf Jahren. Hab mich beschwert, ist ja kein schöner Anblick.»

Lux schaltete sich ein: «Vor allem haben Sie das Auto ja fotografiert, weil es Ihnen eigenartig vorkam. Das ist der Hauptgrund unseres Besuchs.»

«Natürlich. Habe extra Karls Kamera geholt, die er immer mit zum Angeln nimmt, um die Fische zu fotografieren. Hab sie neben die Nähmaschine gestellt, sodass ich vorbereitet bin, wenn das Auto wieder auftaucht.»

«Das war sehr umsichtig von Ihnen.»

«Ja, natürlich! Ihr junger Kollege wollte die damals mitnehmen, da hab ich gesagt, das geht natürlich nicht, da sind ja die Fische drauf. Aber er hat gesagt, er sorgt dafür, dass der Film entwickelt wird, und dann bringt er mir die Fotos zurück. Sehr nett.»

«Könnten Sie uns die Fotos zeigen?»

«Natürlich!» Sie war schon unterwegs zum Sekretär im angrenzenden Wohnzimmer, wo sie die Fotos offenbar bereits herausgesucht und auf dem Tisch abgelegt hatte.

Sie legte eine Fototasche, die noch von der längst vergessenen Drogeriekette *Schlecker* stammte, auf den Tisch. Lux öffnete die Fototasche vorsichtig und ließ den Inhalt auf den Tisch gleiten. Juha schob die Fotos auseinander, um sich einen Überblick zu verschaffen.

«Ein junger Kollege? Wissen Sie noch, wie der hieß?»

«Natürlich. Der Herr Kommissar Swoboda. Sehr galanter Mann. Der kam auch gleich zur Sache und hat nicht erst wie Sie ewig da rumgesessen. Aber heutzutage will ja keiner mehr arbeiten. Kann man Ihnen nicht vorwerfen. Das ist die Zeit, in der wir leben, nicht wahr?»

«Da haben Sie recht», gestand Juha reumütig, und auch Lux nickte schuldbewusst.

Juha hatte indes festgestellt, dass sich die Aufnahme, die sie suchten, nicht unter den Abzügen befand. Natürlich nicht; den Abzug hatte Werner behalten. Stattdessen lagen knapp zwanzig Aufnahmen vor ihnen, die einen älteren Herrn in Anglermontur zeigten, wie er verschiedene Fische in der üblichen stolzen Pose in die Kamera hielt. Karl Peters.

«Nicht dabei», murmelte Juha Lux zu, doch der hatte schon

wieder die Fototasche in der Hand, öffnete das schmale Fach, in dem die Negative aufbewahrt wurden, und zog die Streifen heraus.

Hertha Peters hatte sich inzwischen anteilnehmend nach vorne gelehnt, die Ellenbogen auf den Knien abgestützt und nickte fachmännisch über die Fotos gebeugt. Dann nahm sie ein Foto, hielt es hoch und sagte: «Ist der erste Fisch ein Barsch, ist der ganze Tag im Arsch.»

«*Vaikka kala olisi kuinka pieni, se on saatava ensin kiinni!*», sagte Juha und grinste. Die beiden anderen blickten ihn mit leeren Gesichtern an.

«Finnisches Sprichwort: Doch ist der Fisch auch noch so klein, er muss erst mal gefangen sein», ergänzte Juha.

Lux hielt die Negativstreifen, auf denen sich jeweils fünf Belichtungen befanden, gegen die Tiffany-Lampe. «Auf dem hier ist zumindest kein Mann mit Fisch drauf.»

Lux drehte das Foto so, dass Juha es im Schein der Lampe sehen konnte, und auch Hertha Peters rückte jetzt ganz nah an ihn heran und kniff prüfend die Augen zusammen. «Ja, das ist es.»

«Können wir diesen Streifen mitnehmen, Frau Peters?», fragte Juha und konnte nur die Augen in ihre Richtung drehen, da ihre Wange noch immer an seiner klebte, während sie das Negativ fixierte.

«Natürlich!»

Lux schob den Streifen in einen Beweismittelbeutel und erhob sich. Auch Juha stand auf und war erleichtert, der Tuchfühlung mit Frau Peters zu entkommen. «Vielen Dank. Auch für den Tee und den Kuchen.»

«Der war wirklich ausgezeichnet, der Kuchen», ergänzte Lux.

«Unsinn, der war tiefgefroren.»

«Schmeckte man gar nicht», sagte Lux an Juha gewandt, und der schüttelte bestätigend den Kopf. Sie winkte verdrossen ab.

«Also, trotzdem vielen Dank für Ihre Hilfe.»

Hertha Peters geleitete die Polizisten zur Tür. «Bringen Sie mir den Fotostreifen dann wieder, wenn Sie damit fertig sind, ja?»

«Natürlich!», riefen Lux und Juha wie aus einem Munde.

Lux fuhr zurück, während Juha auf dem Beifahrersitz saß und den Negativstreifen vor das Fenster hielt.

«Das ist für uns. Für uns von Werner. Oder eben für denjenigen, der einen Grund hat, danach zu suchen.»

Das Foto, inmitten von Karl Peters' Anglertrophäen, zeigte eine blasse, verschwommene rötliche Wand mit einem hellgrünen Punkt davor.

«Ach, du je», grummelte Juha. «Da ist ja fast nichts zu erkennen. Guck dir das an.»

«Ich kann nicht gucken, ich fahre.»

Juha fixierte das Negativ mit zusammengekniffenen Augen. «Total ausgeblichen, und die Farben sind natürlich umgedreht. Man sieht offenbar den Waldrand, und davor ist ein grünes Etwas, das wohl das Auto sein soll.»

«Diese Einwegkameras waren halt immer schon Mist. Und die Negative sind uralt.»

«Bringen wir's in die KTU? Die können das digitalisieren, vielleicht sieht man dann ja noch mehr», knurrte Juha und starrte weiter auf das kleine Bildchen, als könnte sich aus dem unscharfen Nebel plötzlich doch noch irgendeine brauchbare Information herausschälen.

Lux räusperte sich. «Wir ermitteln nicht offiziell. Wenn wir das Bild in die KTU bringen, dauert das ewig.»

Juha schaute Lux argwöhnisch an. «Was schlägst du stattdessen vor?»

«Ich war mit Selma im Archiv.»

«Ach ja ...» Juha gab sich den scherzhaften Tonfall eines Hintergangenen, was Lux dazu anregte, sich in eine Verteidigungsposition zu begeben.

«Ohne sie hätte ich die Aufzeichnungen von Werner nie gefunden, die Frau ist die heimliche Hüterin des Archivs.»

«Ist ja schon gut, ich finde sie auch cool, obwohl sie eine Streberin ist. Aber wie kann sie uns bei dem Foto helfen?»

«Sie macht doch diesen berufsbegleitenden Master in Kriminologie. Die hat sicher Kontakte zu irgendwelchen Nerds, die uns das Foto gleich CSI-mäßig durchleuchten.»

«Alles klar, dann machen wir das so.» Juha lächelte vergnügt aus dem Fenster. «Selma Burg. Kriegt die doch noch ihren Spaß.»

16

Selma Burg reagierte aufgeregt, als Juha sie anrief und fragte, ob sie jemanden kenne, der ihnen noch heute foto-technische Hilfe leisten könne. Sie verabredeten sich an der sozialwissenschaftlichen Fakultät, die unter anderem den Masterstudiengang Kriminologie beherbergte.

«Selma Burg, schön dich zu sehen», sagte Juha, als sie ausgestiegen und in Hörweite waren.

«Juha, hallo! Ab jetzt nur noch Selma, okay? Schön, auch dich zu sehen.»

«Im Ernst, Selma Burg, vielen Dank für deine Hilfe. Und das war jetzt das letzte Mal, dass ich dich mit Selma Burg angeredet habe. Versprochen.»

Selma führte die Polizisten in den Keller und zum Raum K09, neben dem ein Schild mit der Aufschrift Medienlabor hing. Sie öffnete, ohne anzuklopfen, und der Geruch von Elektronik schlug ihnen entgegen. «Hallo, Kurt, da sind wir.»

Kurt war ein wenig zu alt für einen Studenten, doch sein Auftreten und seine ganze Art überzeugten Juha augenblicklich, dass er ein Meister seines Faches sein musste.

«Hi, Sally.»

Selma reagierte sofort und schaute den grinsenden Juha mit erhobenem Zeigefinger streng an, bevor der etwas sagen konnte.

«Alles klar, schon verstanden. Freut mich, Kurt. Juha Korhonen, LKA Hamburg.» Er überreichte Kurt den Negativstreifen.

«Oh, wie schön, ist der aus so einer Einwegkamera? Habe ich ja gefühlt seit Jahrzehnten nicht gesehen», sagte Kurt und legte den Streifen auf einen Leuchttisch. «Mann mit Fischen. Und ein Foto, auf dem kaum was zu erkennen ist.»

«Darum geht's», sagte Juha.

Kurt schob den Streifen in ein kleines Gerät. Auf dem Monitor erschien das Negativ auf weißem Grund, und Kurt zog mit der Maus ein Rechteck um das entsprechende Foto und drückte eine Taste. Das Gerät leuchtete kurz auf, und ein kleiner Kreis rotierte auf dem Monitor. Einen Moment später füllte das Foto den ganzen Bildschirm aus, die invertierten Farben waren bereits wiederhergestellt. Trotzdem war noch nicht viel zu erkennen. Kurt drehte mit der Maus an einem Regler, der das Foto von einem rötlichen hin zu einem bläulichen, natürlicher wirkenden Farbton veränderte, und auf einmal sah es tatsächlich halbwegs brauchbar aus.

«Ich schätze mal, ihr interessiert euch für das Auto da, oder?»

«Genau», raunte Juha und beugte sich zum Monitor vor.

«Nun, meine Damen und Herren, es ist rot. Könnte ein Pickup sein, also so einer mit Ladefläche.»

«Komm schon, Kurt, geht da nicht mehr?», fragte Selma ungeduldig.

Kurt öffnete ein anderes Bedienfeld und zog abwechselnd an sechs Reglern, die die Helligkeit und den Kontrast für verschiedene Bereiche des Farbspektrums veränderten. Inzwischen sah man noch mehr; das Rot wurde kräftiger und hob sich besser vom grünen Hintergrund ab, der jetzt deutlich als Wald zu erkennen war.

«Ich weiß, im Fernsehen könnten wir jetzt um das Auto herumschwenken und auf das Nummernschild zoomen. Aber ich kann noch versuchen ...» Er öffnete ein weiteres Programmfenster und wählte die Option Nachschärfen. «Das täuscht, es macht das Bild nicht wirklich schärfer, aber vielleicht gibt es uns eine etwas konkretere Kontur.» Er schob den Regler bis zum Anschlag nach rechts. Und tatsächlich konnte man die Pick-up-Form des Wagens jetzt besser erahnen.

«Das war's. Maximal nachgeschärft und interpoliert. Mehr steckt da nicht drin. Das Foto ist zu unscharf.»

«Gibt's nicht irgendeine Software, die anhand des Bildes den Wagentyp herauskriegen kann, oder so?», fragte Juha.

Kurt schüttelte den Kopf. «Dafür gibt es keine Datenbank, soweit ich weiß. Ihr könntet einen Spezialisten fragen. Vielleicht kann jemand, der sich auskennt, erraten, um was für ein Auto es sich handelt. Ich druck's euch mal aus.»

«Danke Kurt, ich geb dir bald ein paar Bier aus.» Selma klopfte ihm auf die Schulter.

«Wie gut, dass Werner ihr die Negative zurückgebracht hat», sagte Lux, als sie zum Auto zurückgingen. Selma war in der Fakultät geblieben, um noch etwas zu lernen. Sie hatten aber versprochen, sie zum Dank für ihre Hilfe auf dem Laufenden zu halten und sie einzubeziehen, sobald sich eine Gelegenheit dazu ergab.

«Ja, so war er eben. Aber was fangen wir damit an?»

«Vielleicht ist das jetzt die Sackgasse.»

«Ging ja auch alles zu glatt bisher», schnaubte Juha.

«Wen fragen wir denn mal? Ich kenne niemanden, der sich mit Autos auskennt.»

Juha nahm sein Handy aus der Tasche. «Ich aber.»

17

Sie fuhren über die Reeperbahn. Es hatte geregnet, und in den reflektierenden Pfützen entfaltete eine zweite, auf den Kopf gestellte Welt aus buntem Neonlicht und Leuchtreklame ihr vertrautes Glühen. Juha fragte sich, wann er überhaupt das letzte Mal ein Konzert seines Vaters besucht hatte. Er nannte Wally «Vater», weil er seinen leiblichen Vater nie kennengelernt und sich offen gestanden auch nie für ihn interessiert hatte. Juha hatte schon immer Wally als seinen Vater betrachtet.

Tatsächlich bestanden Juhas früheste Kindheitserinnerungen aus Schemen und bruchstückhaften Bildern, wie Wally in einiger Entfernung auf einer Bühne E-Gitarre spielte. Die Bilder waren begleitet von dumpfen Geräuschen, als wäre die Musik in Watte gepackt. So hatte er seinen zukünftigen Stiefvater kennengelernt, auf einem Rockkonzert seiner Band in einem kleinen Club in Kemi. So hatte es ihm seine Mutter erzählt, gut möglich also, dass die Erinnerung nicht echt, sondern aus Erzählungen und Fotos zusammengebaut war. Trotzdem glaubte Juha sich daran zu erinnern, wie beeindruckend ihm dieser Mann vorgekommen war, der ganz vorne auf der Bühne stand und laute Musik machte. Juhas Mutter ging es vermutlich genauso, denn am nächsten Tag saß der Mann morgens in ihrer Küche und trank Kaffee. Als Juha in seinem Schlafanzug hereinkam, lächelte der Mann ihm freudig zu. Erst später wurde Juha klar, dass seine Mutter Wally natürlich schon vorher gekannt haben musste. Sie hatte Juha zum Konzert mitgenommen, um ihm den Mann vorzustellen, der in Zukunft öfter bei ihnen sein würde. Hatte sich mit Juha ganz hinten in dem kleinen Konzertraum hingestellt und ihm einen Gehörschutz aufgesetzt. Wallys Bewegungen und das daraus resultierende rhythmische Pulsieren in Juhas Brust reichten aus, um zu verstehen, dass es etwas Großartiges war, das da passierte.

Juhas nächste Erinnerung war, wie Wally ihn in Hamburg zur Vorschule brachte, wo er mit anderen ausländischen Kindern Deutsch lernte. Da hatten sie sich bereits eingelebt. Und als seine Mutter und Wally sich vier Jahre später trennten, blieben sie und Juha in der Wohnung, und Wally zog in eine WG ganz in der Nähe. Wally hatte auf den Tisch gehauen und gerufen: «Juha ist auch mein Sohn.» Und damit hatte er recht. Juhas Mutter wusste das ebenfalls. Juha war viel bei Wally in der WG, und manchmal machten sie sogar etwas zu dritt. Eine Weile lang war von Finnland fast nichts mehr übrig, und Juha war einfach ein kleiner deutscher Junge mit eigenartigem Vornamen. Wenigstens hießen sie mit Nachnamen nicht mehr Korhonen, sondern Schmidt, denn Wally Smith hieß eigentlich Walter Schmidt. Nach der Scheidung, zwei Jahre später, nahm seine Mutter wieder ihren Geburtsnamen an, und Juha hieß wieder Korhonen. Zu dem Zeitpunkt fand er das in Ordnung. Jahre später erfuhr er, dass Schmidt der zweithäufigste Nachname in Deutschland war und Korhonen der zweithäufigste Nachname in Finnland.

Juha hatte sich völlig in seinen Gedanken verloren und kam erst wieder zu sich, als Lux den Wagen in einer Nebenstraße der Reeperbahn parkte. Sie stiegen aus und gingen zu dem kleinen Rockschuppen hinüber, wo im Schaufenster ein Poster hing, das seinen Vater und die Band zeigte. Wally mit kaputter Jeans, kurzer Lederjacke und einem schmalen, hochgegelten Pony, der das letzte Überbleibsel eines Iros war und den kreisrunden Haarausfall kaschieren sollte. Die linke Hand um den Hals der

Gitarre gelegt, die rechte mit Mittelfinger in die Kamera. Alle Bandmitglieder auf dem Foto schauten sehr ernst. Über ihnen stand in einer krakeligen Pinsel-Schrift: «Urinstinkt».

Sie mussten an die Scheibe klopfen, weil die Tür verschlossen war. Ein junger Mann mit Tunneln in den Ohren und Ring in der Nase öffnete und sagte: «Is noch zu, 19 Uhr Einlass.»

«Wir wollen zu Wally Smith.»

«Ahjo, seid ihr der Support?»

«Nein, wir brauchen seinen Support. Ich bin sein Sohn.»

«Jo, dann kommt ma rein.» Er stieß schwungvoll die Tür auf, und Lux musste ausweichen.

Die Luft drinnen roch nach von Bier verklebtem Holzboden, kaltem sowie frischem Zigarettenrauch und einem Hauch von Gras. Wally, der genauso aussah wie auf dem Plakat, sprang von der kleinen Bühne und kam strahlend auf sie zu. «Juha, schön, dich zu sehen», rief er und umarmte Juha fest.

«Vadder, auch schön, dich zu sehen. Das ist Lux, mein Kollege. Also mein Partner.»

Wally gab Lux die Hand. «Moin! Setzen wir uns kurz, ich muss eh ganz dringend eine rauchen. Mir wird schon ganz schwindelig von dem ganzen Sauerstoff.» Er zwinkerte ihnen zu und griff nach einem Astra, das auf dem Bühnenrand stand. «Tommy, ich hab deine Klampfe backstage abgestellt», rief er und zeigte auf eine kleine Besenkammer hinter der Bühne.

Sie setzten sich an einen Tisch am Fenster, und Wally begann, sich eine Zigarette zu drehen. «Wie geht's Maria?»

Juha rang sich ein unverfängliches «Danke, gut» ab und griff in seine Tasche. «Ich hab dir ein Foto mitgebracht und wollte dich mal fragen, was du darauf siehst.»

Wally zog eine perfekt gesäuberte Lesebrille aus seiner Hemdtasche, die beim besten Willen nicht zu diesem Altpunk passen wollte. Dann hielt er das Foto dicht vors Gesicht.

«Kannst du uns sagen, was das für ein Auto ist, Vadder?»

«Na, du fragst mich was», lachte Wally und hielt das Bild noch dichter vor sein Gesicht. «Hm, mhm, mhm, hm ... also die Farbe ist ja nicht mehr so häufig. Fahren ja alle nur noch schwarz, weiß, silbern durch die Gegend. Also eher ein älteres Auto, ziemlich eckig, groß. Also ich hab 'ne Idee, aber ohne Gewähr.» Er schaute Juha über den Rand seiner Lesebrille an.

«Egal, alles hilft uns», sagte Juha, und er und Lux nickten sich zu.

«Es könnte ein Nissan Patrol Pick-up sein, Mitte-Achtziger-Baujahr. Wird häufiger in der Land- oder Forstwirtschaft eingesetzt. Könnte das passen?»

«Ja, das könnte wirklich passen.» Juha wurde ein bisschen aufgeregt. «Forstwirtschaft sagst du?»

«Ja, die Dinger sind recht geländetauglich. Heute sagt man dazu wohl SUV, früher nannte man die schlicht Geländewagen.»

«Danke, Vadder!»

«Das war's schon? Bleibt ihr zum Konzert?»

«Was? Oh, ich glaube ...»

«Auf jeden Fall», fiel Lux Juha ins Wort und forderte ihn subtil nickend auf, ebenfalls zuzustimmen.

Juha gab nach. «Hab dich ja auch ewig nicht mehr spielen gehört.»

«Ja, geil! 21 Uhr ist Stagetime. 20 Uhr fängt der Support an. Auch gute Jungs.»

«Wally?», ertönte es von der Bühne.

«Kinder, ich muss mal weiter aufbauen. Gleich Soundcheck. Wir sehen uns später. Geil!»

Um 21.30 Uhr kam endlich die Vorband auf die Bühne. Juha und Lux hatten zuvor eine Currywurst beim *Lucullus Grill* neben der Davidwache gegessen, dann über zwei Stunden in der leeren Rockkneipe am Tresen verbracht und waren mittlerweile beim sechsten Astra.

«Hallo, wir sind *Submarine Kings*!», informierte ein etwas schüchtern wirkender Sänger die Anwesenden.

Dann ging es los, und mittlerweile waren immerhin an die fünfzehn Zuschauer da. Die *Submarine Kings* spielten souveränen Neunzigerjahre-Antifa-Punk, gewürzt mit stimmiger Selbstironie. Das Publikum nickte höflich mit dem Kopf im Takt, und zwei Männer Ende vierzig starteten sogar den Versuch, ein bisschen Pogo zu tanzen, hörten aber nach zwei, drei halbherzigen Remplern wieder auf. Nach vierzig Minuten war die Band fertig.

«Danke, wir waren *Submarine Kings*, wir sind auch auf Facebook, schönen Abend noch und viel Spaß mit *Urinstinkt*.»

Dann gingen erst mal wieder die Hintergrundmusik und das Licht an, und die Zuschauer zogen sich in die Ecken und Winkel des Raums zurück.

Als Wally endlich auftrat, es war mittlerweile halb elf, war Lux nicht darum verlegen, Juha ein weiteres Mal in den Rücken zu fallen, und stand von der Bar auf, um sich vor die Bühne zu begeben.

«Ey, lass doch hier sitzen bleiben», warf Juha ihm mit gesenkter Stimme hinterher, aber Lux war schon außer Hörweite. Also bestellte Juha noch zwei Astra und gesellte sich zu ihm.

Wally war regelrecht gerührt, und als er anfing zu spielen, war es, als spielte er nur für seinen Sohn. Juha verstand, dass er nur zwei Möglichkeiten hatte. Entweder ihm war die Sache peinlich, und die nächste Stunde würde ihm eine große Anstrengung abverlangen, oder aber er gab sich der Situation einfach hin. Nicht nur seinem Vater zuliebe. Sich der Situation hingeben, das hieß sich der Musik hingeben. Lux konnte das.

Sein rhythmisches Kopfnicken breitete sich bald über seinen Körper aus. Juha versuchte es nachzumachen, und beim dritten Song war er drin, und Wally strahlte. Er spielte das Punk-Cover des Biene-Maja-Titelsongs; trotz der ansonsten weniger ironischen Texte der Band war dieser Song der einzige, der vor vielen Jahren eine gewisse Aufmerksamkeit bekommen hatte, weswegen sie ihn auf jedem Konzert spielen mussten:

In einem wohlbekannten Staat
Vor gar nicht allzu langer Zeit
Lebte ein Antidemokrat
Von dem sprach keiner weit und breit
Und dieser Antidemokrat, der nennt sich Nazi
Kleiner, frecher, dummer, mieser Nazi
Der Nazi scheißt auf uns're Welt
Pisst auf das, was uns gefällt
Wir treten heute unser Feindbild, einen Nazi
Kleiner, frecher, dummer, mieser Nazi
Nazis, alles hassen Nazis
Nazi (fick dich) Nazi (fick dich)
Naaaaazi, komm, schaff dich endlich ab

Juha und Lux tanzten mit ihren Astra-Knollen. Später sagte Wally ihm, es sei das beste Konzert gewesen, das er je gespielt hatte, und das fand auch Juha.

18

LUX

O kay, was wissen wir?», begann Juha am nächsten Morgen im Präsidium sein Resümee.

Lux schaute ihn erwartungsvoll an. Juha sah verkatert aus. Sie hatten gestern noch eine ganze Weile mit Wally weitergetrunken; so ein paar Kurze konnte man dem Star des Abends schließlich nicht verwehren. Dabei hatten sie ihren deutlichen Vorsprung allerdings außer Acht gelassen.

«Ja, los, das war keine rhetorische Frage. Ich hab gerade echt keine Ahnung.» Juha legte den Kopf auf den Tisch, und es war unklar, ob er damit eine konzentrierte Haltung einnahm oder sich noch einmal schlafen legte.

Lux war bewusst, dass es lediglich Juhas Zustand geschuldet war, trotzdem freute er sich, an der Reihe zu sein. «Eigentlich nicht viel. Wir wissen, dass Werner sich, nachdem Christoph Johannsen als Täter überführt und der Fall offiziell abgeschlossen war, weiterhin mit der Sache beschäftigt hat. Mutmaßlich, weil er nicht an dessen Schuld glaubte. Und zwar, ohne irgendjemanden darüber zu informieren, nachdem er mit seinen Bedenken bei eurem damaligen Chef offenbar auf taube Ohren gestoßen war.»

Juha hob nur kurz den Zeigefinger, ohne aufzublicken.

«Johannsens Ärztin glaubte und glaubt nach wie vor nicht an Johannsens Schuld, aus gutem Grund. Das hat sie Werner damals auch mitgeteilt. Werner glaubte – wir wissen noch nicht warum –, in dem Hinweis auf den roten Pick-up eine Spur gefunden zu haben. Außerdem hat er mit Harm Boysen gesprochen und ihn nochmals zu dem Feuerwehrverein befragt, der bereits gründlich untersucht wurde. Was wir nicht kennen, ist die Reihenfolge dieser beiden Vorgänge. Hat er erst mit Boysen gesprochen und anschließend beziehungsweise daraufhin die Spur mit dem roten Pick-up verfolgt, oder führte der rote Pick-up zum Feuerwehrverein und damit zurück zu Harm Boysen? Oder aber haben die beiden Spuren gar nichts miteinander zu tun? Werner kann ja auch mehrere Fäden in der Hand gehabt haben.»

«Letzte Möglichkeit: Werner ist einfach verrückt geworden», stöhnte Juha.

«Interessant ist, dass wir von deinem Vater wissen, dass es sich um einen Fahrzeugtyp handeln könnte, der zum Beispiel im forstwirtschaftlichen Zusammenhang eingesetzt wird. Also könnte der Halter einen beruflichen Bezug zum Wald gehabt haben, was wiederum eine Verbindung zum Täter sein könnte. Aber diese Theorie steht auf tönernen Füßen. Schließlich ist die Tatsache, dass ein in der Forstwirtschaft gebräuchliches Fahrzeug in einen Wald fährt, erst mal keine allzu große Überraschung.»

«Okay!» Juha richtete sich entschlossen auf, seine Augen waren gerötet, und die Knöpfe seines Sakkos hatten einen Abdruck auf seiner Stirn hinterlassen. Er trommelte mit den Handflächen auf den Tisch. «Es müsste ja machbar sein, die damaligen Halter eines roten Nissan Patrol im Hamburger Großraum ausfindig zu machen. So viele gab's davon bestimmt nicht. Du kniest dich also rein und checkst die Datenbanken. Fang mit den Leuten vom Feuerwehrverein an, und dann weitest du die Suche halt aus, bis du was findest.»

«Und was machst du?»

«Keine Ahnung, mir fällt schon was ein. Italienisch oder so.»

«Und warum muss ich ...?»

«Dienstgrad», antwortete Juha und war schon aus der Tür.

«Ich hab keinen Bock mehr, hier die ganze Zeit im Büro zu hängen», empfing ihn Lux, als Juha zurückkehrte. Der stellte eine Plastiktüte, aus der es nach Frutti di Mare roch, vor Lux auf den Tisch, zog sein Sakko aus und legte sich gesättigt auf die Couch.

«Oh, danke», sagte Lux und schielte selig auf die Tüte. Seine während Juhas Abwesenheit aufgestaute Unlust verflog bei dem verführerischen Duft.

«Und was hast du herausgefunden?»

Lux räusperte sich und versuchte beiläufig die Tüte aufzuknoten. «Es war im fraglichen Zeitraum kein einziger roter Nissan Patrol in der Nähe von Hamburg gemeldet. Der nächste war in Thüringen. Das können wir wohl ausschließen.»

«Scheiße, sind die Dinger wirklich so selten?», knurrte Juha.

«Zumindest in Rot. Aber ...», Lux vollführte eine große Geste mit beiden Händen, als präsentierte er das Ergebnis eines Zaubertricks, «... ich habe noch mal mit deinem Vater geschrieben und mich nach Autos erkundigt, die ähnliche Formen haben und ebenfalls infrage kommen könnten.»

«Wie geschrieben?»

«Wir folgen uns jetzt auf Instagram. Jedenfalls habe ich so einen roten Toyota Land Cruiser Pick-up gefunden, der, und jetzt halt dich irgendwo fest, in einem Kuhkaff zehn Kilometer südlich von Hamburg zugelassen war. Und zwar auf einen gewissen Heiner Kruger. Und ... hältst du dich auch wirklich gut fest?»

«Na, sag schon.»

«Der Mann ist – oder war – Förster.»

«Coooool!», raunte Juha. «Und ich nehme an, du hast ihn bereits angerufen.»

«Nö.»

«Echt nicht?»

«Doch, klar. Aber seine Adresse kriegst du nicht aus mir raus.»

Juha nickte langsam. «Verstehe, so wird jetzt also gespielt.»

«So wird gespielt.»

«Und ich hab dir Essen gebracht.»

19

JUHA

Was denkst du eigentlich über Prepper?» Sie saßen im Auto und fuhren Richtung Süden.

«Was meinst du?», fragte Lux, und sein Blick ruhte konzentriert auf der engen Landstraße, die sich durch den Wald schlängelte.

«Na, was sind das für Leute, deiner Meinung nach?»

«Das ist ja kein Schlag Leute, eher ein Hobby. Golfer sind ja auch keine Menschengruppe.»

«Doch, eigentlich schon», sagte Juha.

«Okay, Golfer vielleicht. Aber die Vorurteile sind harmloser.»

«Also hast du Vorurteile gegenüber Preppern?»

«Meine Oma ist definitiv ein Prepper. Hast du Vorurteile gegenüber meiner Oma? Welche wären das?»

Juha seufzte. «Ich meine, ob du glaubst, dass das alles Spinner sind.»

«Also meine Oma auf jeden Fall. Die hat Maggi-Tüten im Schrank, die sind älter als ich. Aber generell zu sagen, Prepper seien Spinner, ist ziemlich kurzsichtig. Mein Nachbar hat vor einigen Jahren seine Laube autark gemacht. Strom und Wärme auf dem Dach, Wasser kommt aus einem Brunnen und wird aufbereitet, und der Garten versorgt ihn mit Essen. Der hat da sogar ein paar Kaninchen und Hühner. Wenn man bedenkt, wie viele Lebensmittel täglich im Müll landen, dann ist das doch ein guter Weg. Früher wusste man noch, wie man Essen lange konserviert, heute schmeißt man alles weg, was das Mindesthaltbarkeitsdatum um einen Tag überschritten hat, fährt zum Supermarkt und deckt sich neu ein. Wie viele Grillsaucen hast du schon gekauft, weil sie im Angebot waren, und dann zur Grillsaison im darauffolgenden Jahr weggeworfen?»

«Grillsaucen sind ein fieses Beispiel. Aber was ist mit denen, die sich Bunker bauen und Armbrüste im Internet kaufen?»

«Warum verkleiden sich Leute wie ihre Lieblingssuperhelden?»

«Zum Spaß?»

«Genau. Nicht etwa, weil sie glauben, dass sie wirklich Superhelden wären. Warum fragst du überhaupt?», wollte Lux wissen.

«Wegen Harm Boysen und seiner Clique aus dem Feuerwehrverein. Die haben so was gemacht. Erlend Hader hat davon erzählt, und da musste ich natürlich an die Kiste im Wald denken. Jemand, der sich mit diesen Preppersachen auskennt, der kann doch so eine Kiste besser bauen als du oder ich. Dein Nachbar, der könnte bestimmt auch so eine Kiste bauen.»

Lux dachte kurz nach. «Aber die Leute aus dem Feuerwehrverein hatten alle stichhaltige Alibis.»

Juha nickte zerknirscht. «Jedenfalls hab ich ein paar Namen, die sollten wir uns trotzdem vornehmen. Vielleicht kann Selma uns da noch mal unterstützen.»

Heiner Krugers Haus lag am Waldrand. Die von Efeu und Flechten überzogenen Steinwände und das von Moos bedeckte Dach verschmolzen gänzlich mit ihm, sodass von der Straße aus nicht mehr als eine schwache Kontur zu erkennen war, die man im Vorbeifahren leicht übersehen konnte. Juha fragte sich unwillkürlich, ob die Camouflage einem Zweck diente oder auf die Nachlässigkeit der Bewohner zurückzuführen war. Als sie auf den Hof fuhren, trat ein Mann aus dem Schuppen und wischte sich die Hände an einem grauen Lappen ab. Und wieder ein einsamer alter Mann, dachte Juha und konnte nicht vermeiden, sich abermals selbst im Spiegel zu sehen.

Der Mann, der auf sie zukam, erinnerte ihn an seinen Großvater, bei dem Juha als Kind häufig die Ferien verbracht hatte, in dem kleinen Dorf nördlich von Inari. Diese Besuche waren das Eintauchen in einen eigenen Mikrokosmos gewesen, ähnlich diesem Ort, der sich von Landesgrenzen und geografischen Bezugspunkten unbeeindruckt zeigte. In diesen Ferien tauchte Juha in eine traumhafte Parallelwelt ein, an einem wilden und archaischen Ort, der mit dem Finnland, mit dem Leben, das seine Mutter als junge Krankenpflegerin in Kemi und später in Helsinki führte, wohl wenig gemein hatte. Der Lebensstil seines Großvaters, der sich aus heutiger Sicht wohl als eremitär beschreiben ließe, erschien Juha damals als die natürliche Daseinsform alter Männer.

Lux hielt den Wagen an, Heiner Kruger blieb vor der Motorhaube stehen. Juha war sich nicht sicher, ob er lächelte oder die Sonne ihn blendete. Die Polizisten stiegen aus, Kruger hob kurz die Hände und wedelte mit dem fleckigen Lappen, zum Zeichen, dass sie es bei der mündlichen Begrüßung belassen sollten.

«Hallo. Gehen wir ins Haus», sagte Kruger.

«Schön hier», sagte Juha, und Lux nickte zustimmend. «Erinnert mich an meine Kindheit. Sehr schön, wirklich.»

«Etwas ab vom Schuss», sagte Kruger lächelnd.

«Auch das erinnert mich an früher.»

Ein Windstoß ging durch die Bäume. Juha drehte sich noch einmal um, bevor sie das Haus betraten, als wollte er sich versichern, dass nicht sie gemeint waren. Dann befiel ihn eine Behaglichkeit, als schlösse sich mit der Tür ein schwerer Vorhang.

Er spürte einen eigenartigen Sog, der nicht nur von dem Mann, sondern von dem ganzen Ort ausging, als erzählte er eine vergangene Geschichte von alten Geistern und begrabenen Geheimnissen.

In einem Ofen lagen nur die alten Reste eines Feuers, die Wärme, die sich unter der niedrigen Decke staute, kam von einem Heizstrahler, der in der Ecke stand. Es roch nach Staub, geöltem Holz, kalter Asche und einem Hauch von trockenen Kräutern oder kräftigem Tee. Die Luft war schwer und beruhigend zugleich. Juha fühlte sich, als sei er schon einmal hier gewesen.

«Ich kenne mich nicht gut aus, aber wird einem das Försterhaus nicht von der Gemeinde gestellt?» Kruger verstand Juha offenbar nicht sofort. «Ich meine, Sie sind doch mittlerweile im Ruhestand, oder?»

«Ach so. In der Tat. Die Forstbezirke wurden damals zusammengelegt, als ich aufgehört habe. Den Beruf wählen nicht mehr allzu viele. Und da habe ich die Gelegenheit bekommen, das Haus günstig zu kaufen.»

Juha nickte, und Kruger lud sie mit einer Geste ein, sich zu setzen.

«Jetzt arbeiten Sie also viel im Schuppen?», fragte Lux, als er um die Sofagarnitur kreiste, die ihnen Kruger als Sitzgelegenheit angeboten hatte.

«Mit Holz. Entschuldigen Sie den Geruch.»

«Ich mag den Geruch», sagte Lux.

«Ja, ich auch.» Kruger lächelte wieder, und doch bemerkte Juha die Traurigkeit hinter diesem Lächeln. Er fragte sich, ob es wohl mit ihrem Besuch zu tun hatte, ob sie eine Tür aufgestoßen hatten, hinter der etwas eingeschlossen gewesen war, das Heiner Kruger lieber im Dunkeln bewahrt hätte. Doch vermutlich hatte sich Juha mal wieder von jener eigenartigen

Esoterik einlullen lassen, die ihn zuweilen befiel, wenn er den Rand der Wildnis streifte. Sosehr sie ihm auch gefiel, er durfte sich nicht von ihr vereinnahmen lassen. Schon jetzt fiel es ihm schwer, einen klaren Kopf zu behalten. Das lag auch an der Luft, und Juha musste sich setzen. Lux entging Juhas Befinden offenbar nicht, weswegen er sich nun an Kruger wandte.

«Wir arbeiten an einem alten Fall, der sehr lange zurückliegt. Es geht um Daniel Boysen.»

Kruger schien einen Moment angestrengt nachzudenken, um sich dann kopfschüttelnd geschlagen zu geben. «Helfen Sie mir auf die Sprünge.»

«Der vierzehnjährige Daniel Boysen wurde 2006 entführt und tagelang in einer unterirdischen Kammer im Wald festgehalten. Er starb, weil die Lüftung versagt hat.»

«Doch, daran erinnere ich mich. Das war damals in den Medien. Aber das war ja vor der Zusammenlegung?»

«Wie bitte?»

«Na, vor der Zusammenlegung der Forstbezirke. Für den Bezirk war ich gar nicht zuständig. Darum geht es doch, oder?»

Lux begriff und musste blitzschnell überlegen, ob sie auf die falsche Annahme von Kruger aufspringen sollten. Er schaute Juha fragend an, doch auch der war überrumpelt. «Herrje. Wir haben natürlich nur in den aktuellen Unterlagen nachgesehen.» Dann fuhr er Lux an: «Wie konnte dir so ein Anfängerfehler unterlaufen? Darüber reden wir später noch.»

Lux blinzelte verunsichert. Er beendete sein Umhertigern und lehnte sich, halb stehend, halb sitzend, neben Juha an die Lehne des Sofas. Hockte da über Juhas rechter Schulter wie ein unverhofftes Teufelchen.

«Na, jetzt sind wir halt hier», bemühte sich Juha den holprigen Einstand abzurunden und streckte den Rücken durch, um nicht zu tief in den Polstern und der Wärme zu versinken.

«Haben Sie denn die Geschichte mitbekommen damals, Herr Kruger?»

«Ich bin kein Zeitungsleser, und einen Fernseher habe ich auch nie gehabt. Kann sein, dass ich mal was in der Kneipe gehört habe. Da spricht man ja über dies und das. Ich war damals sehr viel in der Kneipe.» Er hob die Augenbrauen, als müsste er die Erinnerung an eine unschöne Zeit daran hindern, ihn einzuholen.

Juha entschied, offensiv vorzugehen. «Sie haben doch so einen Geländewagen, oder?»

Kruger schwieg, und Juha wollte die Frage schon wiederholen. «Nee, ich habe kein Auto.»

«Aber früher schon, oder?»

«Früher, klar. Man braucht so einen, wenn man im Wald unterwegs ist.» Juha wartete einen Moment, und gerade, als er erneut ansetzen wollte, fuhr Kruger fort: «Aber den habe ich nach meiner Pensionierung verkauft.»

«An wen?»

«Das war einer von denen, die einem einen Flyer hinter den Scheibenwischer klemmen. Der hat bar bezahlt.»

Juha presste kurz verärgert die Lippen aufeinander, ließ sich aber nichts weiter anmerken und fuhr fort. «Mit einem normalen Auto kann man im Wald also nicht so einfach herumfahren?»

«Kaum.»

Lux fragte, an Juha gewandt: «Du meinst, der Täter damals müsste vielleicht auch so einen ähnlichen Wagen gefahren haben?»

«Genau! Könnte das nicht sein?» Juha gab die Frage mit einem Blick direkt an Kruger weiter.

«Das ist denkbar», sagte der und wirkte nun argwöhnisch. «Einen Allradantrieb braucht man da schon.»

«Klar, sonst bleibt man ja stecken», sagte Juha, jetzt wieder zu Lux, als wäre das eine Selbstverständlichkeit. «Und stell dir mal vor, du bereitest so ein Verbrechen vor und dann bleibt dir dein Wagen mitten im Wald stecken. Dann war's das. Ich hätte mir auf jeden Fall einen Geländewagen besorgt.»

Kruger zog die Augenbrauen zusammen, als es ihm dämmerte, worauf das Theater hinauslief. «Wollen Sie mich vielleicht für dumm verkaufen?»

«An dem Tag, als Daniel Boysen verschwand, waren Sie da auch in der Kneipe?», fragte Lux plötzlich.

«Sie fragen mich nach einem Alibi?»

Juha sagte: «Ja.»

Kruger schwieg eine Weile und sah aus trüben Augen auf den Tisch. Strich mit den Fingern die Maserung entlang und verharrte an einem Astloch. «Wann genau ist das gewesen?»

«Am 16. Oktober 2006», sagte Lux.

«Ja, da war ich auch in der Kneipe.»

Juha stutzte. «Das wissen Sie noch so genau?»

Kruger antwortete mit unüberhörbarem Selbstekel in der Stimme: «Ja, weil ich jeden Tag da war. Ich habe gearbeitet, dann bin ich in die Kneipe gegangen, dann bin ich schlafen gegangen. Mehr nicht.»

Aus seinen Worten klang keinerlei Aggressivität gegen sie, sondern nur gegen sich selbst, was Juha betroffen machte. Üblicherweise reagierten die Leute mit Verärgerung gegenüber Polizisten, wenn sie eine Verdächtigung offen aussprachen. Ob nun schuldig oder nicht. Was bedeutete Krugers Reaktion? Juha konnte nichts in ihm lesen.

«Das ist leider kein Alibi, Herr Kruger.»

Kruger zuckte mit den Schultern. «Tja, was soll ich machen?»

Er hatte recht, was sollte er machen? Man konnte nicht erwarten, dass jemand nach so langer Zeit ein stichhaltiges Alibi für einen derart konkreten Zeitraum vorzuweisen hatte.

«Welche Kneipe war denn das?»

«*Zum alten Ritter*, im Ort. Die Ulrike ist noch immer die Wirtin, die können Sie fragen. Die wird Ihnen nicht sagen können, ob ich am 16. Oktober 2006 da war, aber sie wird sagen, dass ich jeden Tag da war.» Während er sprach, begann er auf seinem Stuhl auf und ab zu wippen.

«Wir müssen das fragen», sagte Juha fast entschuldigend.

Kruger fror ein und sah ihn an. «Nach all den Jahren müssen Sie das fragen? Und das ausgerechnet mich? Wonach suchen Sie eigentlich?»

Juha glaubte zu spüren, wie sich der Wind drehte. Die anfänglich gegen sich selbst gerichtete Aggression Krugers schien umzuschlagen und richtete sich nun doch gegen sie. Er setzte sich auf, und zum ersten Mal hatte Juha das Gefühl, dass Kruger ihn direkt ansah. «Haben Sie zwanzig Jahre lang Däumchen gedreht und sich heute Morgen gedacht, fragen wir doch mal beim Kruger, dem alten Säufer, nach? Ich bin seit zehn Jahren trocken, ich sag's nur. Meiner zweiten Frau sei Dank; dass ich sie getroffen habe, hat mir den Arsch gerettet.»

Juha wusste nicht weiter, schaute zu Lux, sah, dass auch von ihm keine Antwort zu erwarten war, und entschied kurzerhand, Kruger fürs Erste von der Leine zu lassen. «Das mit dem Auto, das hilft uns wirklich weiter. Vielen Dank, Herr Kruger.» Lux und Juha erhoben sich. «Können wir Sie noch mal kontaktieren, falls wir eine Expertise bezüglich Geländewagen und Waldfragen benötigen?»

Kruger verharrte noch kurz in der Anspannung, die sich in seinem Körper aufgebaut hatte. Dann sackte er mit einem tiefen Seufzer zusammen. «Sicher.» Er stand ebenfalls auf und streckte reflexartig, aber mit einer unsicheren Geste die Hand aus. Nun war es Juha, der verlegen die Hände hob, woraufhin Kruger seine eigenen betrachtete.

«Ach ja, entschuldigen Sie. Meine Hände sind dreckig.» Alle drei wanden sich einen Moment, um der unangenehmen Situation zu entkommen. Kruger war wieder dazu übergegangen, den Augenkontakt zu vermeiden. «Tut mir leid, wenn ich eben etwas heftig war. Die Zeit damals; das war keine gute Zeit, und ich denke nicht gern daran.»

«Ich verstehe. Vielen Dank noch einmal für Ihre Geduld, Herr Kruger. Und nächstes Mal bereiten wir uns besser vor.» Jetzt versuchte es Juha mit einer angedeuteten Verbeugung. Kruger tat es ihm nach, und Lux nickte dem Mann zu.

«Sie sprachen eben von Ihrer zweiten Frau. Darf ich fragen, wo sie ist?», sagte Juha, als sein Blick im Gehen auf die Fotos an der Wand fiel.

«Sie ist gerade bei ihrer Schwester in Chemnitz, die hatte eine Hüft-OP und braucht ein bisschen Unterstützung.»

«Und haben Sie Kinder?»

Kruger schüttelte den Kopf, sagte dann aber: «Einen Sohn aus erster Ehe. Er ist Entwicklungshelfer im Kongo, wir hören nicht sehr oft voneinander. Manchmal kommt er an Weihnachten.»

«Ist er das?» Juha zeigte auf ein ausgeblichenes, gerahmtes Foto an der Wand, das einen schlaksigen jungen Mann von vielleicht siebzehn Jahren zeigte. Der stand seltsam immobil, mit hängenden Armen auf einer Terrasse und versuchte zwar zu lächeln, zog dabei aber die Lippen nach innen, sodass er eher verspannt als vergnügt wirkte. Mit so einer Frisur würde mir das Lächeln auch schwerfallen, dachte Juha. Einen Friseur hatten sie sich früher auch gespart, aber Juhas Mutter hatte wenigstens vermeiden können, dass seine Haare wie ein schiefer Pilzkopf aussahen.

Kruger nickte. «Levent, ich bin sehr stolz auf ihn; seine Arbeit. Seine Mutter starb, als er noch klein war. Damals hab ich das Saufen angefangen.» Er wurde wieder verlegen. «Ich war wohl nicht der beste alleinerziehende Vater. Darum bin ich sehr froh, dass doch noch was aus ihm geworden ist.»

«Ich war auch mal in Afrika», sagte Juha und winkte ab, als Lux ihm einen fragenden Blick zuwarf. «Ist lange her.» Er überspielte Lux' unschlüssigen Gesichtsausdruck mit einem schnaubenden Lächeln und schüttelte dabei nichtssagend den Kopf. «Na ja.»

«Ich war noch nie in Afrika», sagte Lux und zuckte mit den Schultern, als Kruger ihn fragend ansah.

Als der Abschied endlich vorüber war, gingen sie zum Auto. Wolken waren aufgezogen, und ihre riesigen Schatten huschten über die Landschaft.

Lux atmete hörbar aus. «Ein eigenartiger Ort, oder?»

«Ja», sagte Juha nur und öffnete die Beifahrertür, blickte dann noch mal zurück zum Haus. Kruger trat vor die Tür und winkte ihnen zu.

«Ja, eigenartig.» Sie winkten zurück, und der Mann verschwand wieder im Schuppen.

«Hattest du den Eindruck, dass der nervös wurde, als du von dem Auto angefangen hast?»

«Vielleicht.» Juha schaute noch immer zu dem Haus. «Oder er hat sich einfach gefragt, was für zwei Idioten diese beiden Polizisten sind, die völlig ins Blaue hinein in der Landschaft rumgurken, ohne vorher am Telefon zu fragen, ob er überhaupt für den Teil des Waldes zuständig war.» Juha stütze sich mit beiden Händen auf dem Autodach ab.

«Oder er hatte eben doch etwas zu verbergen.»

«Traust du es ihm zu? Die Geschichte mit dem Alkoholismus ist glaubhaft und wäre für uns ziemlich leicht überprüfbar. Jemand in der Situation führt kein so langfristig geplantes Verbrechen durch.» Juha drehte sich abermals zum Haus um. «Also ausgeschlossen ist es natürlich nicht, aber in meinen Augen unwahrscheinlich.»

«Trotzdem hätten wir noch mehr Druck machen können.»

«Vielleicht tun wir das noch. Ich würde trotzdem zunächst beim Feuerwehrverein weitermachen.» Juha stieg ins Auto.

«Aber im Prinzip hatte er recht. Alle unsere Aktionen sind total ins Blaue hinein», sagte Lux, als er auf dem Fahrersitz Platz genommen und den Motor gestartet hatte.

Juha nickte und schaute hinaus. Der Schuppen hatte ein kleines dunkles Fenster, und obwohl man nicht durch die Scheibe sehen konnte, stellte Juha sich vor, wie Kruger dort stand und ihrem Auto hinterhersah.

20

Auf der Rückfahrt in die Stadt fiel Juha die Chronik des Feuerwehrvereins wieder ein, die Erlend Hader ihm gegeben hatte. Er zog das Buch hervor und begann es durchzublättern.

«Was hast du da?», fragte Lux neugierig. Juha erzählte ihm von seinem Besuch bei Hader, während er weiter die Bilder begutachtete.

«Vielleicht teilen wir uns wieder auf», sagte Lux, als Juha schwieg und nur noch auf die Seite der Chronik starrte, die die Vereinsmitglieder aus dem Jahre 2004 zeigte. Vier Männer.

«Ich finde aber, es klappt ganz gut zu zweit. Wir können uns gegenseitig zu Fingerspitzengefühl und Aufmerksamkeit ermahnen. Das scheint mir wichtig für unser weiteres Vorgehen.»

«Schön zu hören. Dann bleiben wir also zusammen und klappern mit Feingefühl die Leute aus der Prepper-Clique ab? Schneller sind wir so aber nicht gerade.»

«Wir arbeiten einen jahrzehntealten Fall auf. Da kommt es auf ein, zwei Tage mehr oder weniger auch nicht an.»

«Womit haben wir es hier zu tun, was glaubst du?»

«Ich hab noch keine Ahnung», erwiderte Juha und sah wieder Kruger vor sich, wie er sie vor seinem Haus erwartet hatte. Doch ein Zerberus?, dachte Juha. «Wir löffeln immer noch an der Ursuppe rum.»

«Weißt du, dauernd ergibt sich irgendetwas, bei dem man denkt, aha, das klingt jetzt irgendwie passend, dies scheint plausibel, jenes ergibt irgendwie einen Zusammenhang. Aber letztlich haben wir gar nichts.»

«Und wir müssen spätestens morgen Uwe mal einen Zwischenstand liefern», ergänzte Juha zerknirscht.

«Was erzählen wir dem denn?»

Juhas Handy vibrierte. «Ha, wie aufs Stichwort; wenn man vom Teufel spricht. Uwe schreibt: ‹Hey, Leute, wie sieht's aus? Morgen mal Bericht?›» Juha wackelte traurig triumphierend mit dem Handy und steckte es dann wieder in die Tasche. Morgen also. Besser wäre es, wenn sie bis dahin eine Spur hätten, die eine Aussicht auf echte Neuigkeiten versprach.

«Weißt du was?», sagte Lux. «Der Kruger hat zwar gefragt, weshalb wir nach all den Jahren ausgerechnet zu ihm gekommen sind, aber nicht, warum wir den Fall überhaupt wieder aufgerollt haben.»

Die ersten Tropfen landeten auf der Windschutzscheibe, als Lux zu schnell auf die Landstraße bog. Juha gab ein demonstratives Geräusch von sich, das bedeuten sollte: Danke, jetzt ist mir schlecht. Dann vertiefte er sich wieder in die Chronik.

Lux blickte nur kurz zu ihm rüber.

«Hat man dir als Kind nicht beigebracht, dass man im Auto nicht lesen soll, weil einem sonst schlecht wird?»

«Mir hat man als Kind nicht mal beigebracht, dass ich mich anschnallen muss. Wäre wahrscheinlich auch egal gewesen. Wir hatten so eine ausgemusterte Sowjet-Karre, die sich bei einem Auffahrunfall wie eine Ziehharmonika zusammengefaltet hätte.»

Juha öffnete das Fenster, hielt seine Nase raus und atmete tief durch. Das half. Die Bäume um die Landstraße wurden dichter.

Die Übelkeit verflog langsam, und als Juha erste Regentropfen ins Gesicht flogen, machte er das Fenster zu und schlug die Chronik wieder auf.

Wenige Sekunden später trommelte der Regen aufs Autodach, und das Wageninnere wurde mit dem Geruch von feuchtem Wald erfüllt. Juha versicherte sich mit einem kurzen Blick zu Lux, dass er die Sache im Griff hatte, und widmete sich wieder den Fotos. Auf seiner Suche – nach was genau eigentlich? – sah er Männer, deren vom Alkohol knallrot gefärbte Wangen man nur nicht sah, weil das Buch in Schwarz-Weiß gedruckt war. So wirkte es, als hätten sie sich alle etwas Asche ins Gesicht geschmiert. Ab und an mal eine zwischen die Männer gepresste Frau, die um Atem rang und manchmal auch ein wenig um Aufmerksamkeit.

Dieses «Männer unter sich» war Juha schon immer ein Geheimnis gewesen, ab und zu auch ein Graus. Männer mit ihren Hobbys und Sportarten, Fußball, Handball, Schützenverein, Survival-Camper. Er betrachtete das Gruppenfoto, auf dem Hader die Männer markiert hatte, die mit Boysen zu der Prepper-Clique gehört hatten. Jetzt entdeckte er auch Erlend Hader, der in der letzten Reihe stand und in dem Moment, als das Foto geschossen wurde, gerade weggesehen hatte. Er trug zudem als Einziger eine Sonnenbrille. Boysen stand in der Mitte, blickte mit zusammengekniffenen Augen, aber nicht unfreundlich gegen die Sonne in die Kamera. Seine Pose verhieß gleichermaßen Gelassenheit wie Autorität. Diese Äußerlichkeiten waren ihm bis heute geblieben, dachte Juha. Im Innern aber war er ein anderer geworden. Juha blätterte weiter; eine andere Jahreszeit. Die Sonne stand tief über den Bäumen, die nur als Schattenrisse zu erkennen waren, und tauchte die Männer in ihren Herbstjacken in ein hartes Licht, das scharfe Kanten in ihren Gesichtern formte. Die Männer auf diesem Foto, allesamt mit Bierflaschen der Kamera zuprostend, waren ihm unbekannt. Hinter einem Zaun standen ein paar Autos, ein Junge lehnte an der Motorhaube. Oder ein junger Mann, Juha war sich nicht sicher, da er die Sonne im Rücken hatte und kaum mehr als eine Silhouette war. Trotzdem war er sich sicher, den Jungen schon mal gesehen zu haben. In der Akte? Juha versuchte sich das Gesicht von Daniel Boysen in Erinnerung zu rufen. Doch der konnte es eigentlich nicht sein, Daniel war damals erst vierzehn gewesen. Dieser junge Mann war mindestens sechzehn. Juha kniff die Augen zusammen und hielt sich die Chronik nah vors Gesicht. Der Wagen rumpelte über einen Ast, der auf der Straße gelegen hatte, und Juha tippte mit der Nasenspitze auf das Foto.

«Sorry», murmelte Lux. Juha schenkte ihm ein vorwurfsvolles Kopfschütteln, merkte dann, wie die Übelkeit zurückkehrte.

Instinktiv wollte er das Fenster wieder öffnen, doch der prasselnde Regen hielt ihn zurück. Juha musste sich ablenken und konzentrierte sich auf die Straße. «Dein Vater ist Afrikaner, Elfenbeinküste, oder?»

«Cote d'Ivoire», antwortete Lux knapp.

«Vorhin meintest du, du wärst noch nie in Afrika gewesen. Hat es dich nie gereizt, mal hinzufahren?»

Lux' Blick blieb ebenfalls auf die Straße geheftet. «Er hat mich und meine Mutter verlassen, als ich klein war. Ist zurück nach Afrika gegangen und hat mich hier gelassen. Ich bin als deutscher Schwarzer in Billstedt aufgewachsen. Irgendwann stand er plötzlich wieder vor der Tür, da war ich siebzehn. In der Zeit war ich viel auf der Straße unterwegs und habe Geld nach Hause gebracht.» Lux schaute nun doch zu Juha und beantwortete dessen stumme Frage. «Yo, ich habe meiner Mutter was zur Miete dazugegeben.» Er machte eine Geste mit der Hand, die Juha noch nie bei ihm gesehen hatte. «Da kommt so ein fremder Schwarzer Mann in unsere kleine Kack-Wohnung in Billstedt und sagt: ‹Komm avec moi, isch zeig dir dein 'eimat, mon fils.› Meine Heimat! Was glaubst du, was ich da gesagt habe?»

Juha schaute ihn weiter an, sagte aber nichts.

Lux nahm beide Hände zurück ans Steuer, nur um sogleich mit der rechten wieder Wörter in die Luft zu schlagen. «‹Fick dich, Mann›, habe ich gesagt. ‹Du hast mit meiner Heimat nicht das Geringste zu tun.› Ich bin raus, habe ein Auto geklaut und es betrunken zu Schrott gefahren.»

Juha lächelte. «Davon hab ich gehört.»

«Natürlich, das steht in meiner Akte. Ich musste vor die Kommission, um meine Bewerbung durchzukriegen. Sie hatten mich zunächst abgelehnt, ich habe Einspruch erhoben.»

«Zum Glück», sagte Juha. «Entschuldige, ich wollte keine alten Wunden aufreißen.»

Lux sah zu ihm herüber, schüttelte den Kopf. «Nee, sorry, ich bin einfach empfindlich bei dem Thema.»

«Vorsicht!», brüllte Juha und zeigte nach vorn. Lux trat auf die Bremse, die sofort griff. Die Reifen auf der nassen Straße aber nicht. Der Fuchs stand einfach nur da und reagierte nicht. «Scheiße!» Verzweifelt fing Lux an, die Bremse zu pumpen, damit die Reifen wieder Kontakt zum Boden bekamen. Aber alle drei wussten, es war zu spät.

Wie in Zeitlupe glitten Lux und Juha auf den Fuchs zu. Der Fuchs, der sich erst Sekunden vorher entschlossen hatte, die Straße zu überqueren, war vom Regen durchnässt. Sein nasses Fell stand in alle Richtungen ab und ließ ihn aussehen wie eine naive Tonskulptur. Er sah das gewaltige Ding, das auf ihn zurutschte. Dann schlug sein Kopf gegen die Stoßstange und ein weiteres Mal von unten gegen das Auto, als es über ihn hinwegraste. Der Audi glitt einige Meter weiter über die nasse Straße, Äste schlugen gegen die Beifahrerseite, bis der Wagen überraschend plötzlich stand.

Als hätte der Himmel einen Witz gemacht, hörte es genau in dem Moment auf zu regnen, als sie aus dem Wagen stiegen.

Der Fuchs lag auf der Straße wie eine verlorene Jacke. Als sie bei ihm ankamen, hob er langsam den Kopf und schaute sie an. Vorwurfsvoll, doch zugleich unterwürfig. Die Lache Blut unter dem kleinen Körper wurde langsam größer. Er legte seinen Kopf wieder ab und kauerte sich zusammen, also wolle er sagen: «Ich mache nur noch mal für fünf Minuten die Augen zu.»

Sein Körper wurde erst weich wie warmes Wachs und erstarrte schließlich als matter Klecks auf dem Asphalt.

Lux schniefte, schüttelte dann den Kopf, als Juha ihn fragend anschaute. «Der geht auf mich. Ich war unkonzentriert.»

«Wenn, dann geht der auf deinen Vater.»

Eine ganze Weile standen sie so da und sahen den toten Fuchs an. Als sich die Sonne durch die Wolken schob, nahm Juha den Fuchs hoch, trug ihn ein paar Meter weit in den Wald hinein und deckte ihn mit Blättern, Ästen und etwas Erde zu. Die Natur würde sich um ihn kümmern. Tote Körper waren guter Dünger. Juha ging zurück zur Straße und erblickte Lux, der an das Auto gelehnt stand und sich mit geschlossenen Augen in der Sonne wärmte.

Er ging auf ihn zu, als sein Handy klingelte. Er schaute auf das Display und sah, dass es Maria war. Ihr Anruf überrumpelte ihn. Er war unvorbereitet, hatte sich keine Worte zurechtlegen können. Als er abnahm, war er nervös.

«Maria? Hallo, ich wollte dich auch schon die ganze Zeit ...»

«Juha, hör mir zu!»

«Okay.» Juha spürte, wie eine warme Angst in ihm emporstieg.

«Zuerst: Es sieht ganz gut aus, und es besteht keine Lebensgefahr.»

«Wally?»

«Ja. Er hatte einen Schlaganfall, einen mittelschweren.»

Tatsächlich war Maria Wallys Erstkontakt. Er hatte mal gesagt, dass, wenn ihm was zustoßen sollte, Maria am besten geeignet sei, Juha zu informieren. Er wolle nicht, dass irgendeine Ärztin oder ein Pfleger ihn anriefe. Maria und Juha stimmten zu, doch er hatte nie daran gedacht, dass dieser Fall tatsächlich einmal eintreten könnte.

«Wo ist er jetzt?»

«Im Marienkrankenhaus. Weißt du, wo das ist?»

«Ja, ich fahre sofort hin. Sehen wir uns dort?»

«Ja, klar. Bin schon auf dem Weg.»

Es entstand eine kurze Pause, Juha wusste nicht, was er sagen sollte. Er lauschte einen Moment in ihr Schweigen hinein, als ihm klar wurde, dass sie seines missverstand.

Doch da fragte sie schon vorsichtig: «Ja? Oder soll ich nicht?»

«Doch. Bitte komm, entschuldige. Ich mache mich jetzt auf den Weg. Bis gleich.»

«Okay.»

Er legte auf, steckte sein Telefon weg und ging zu Lux, der ihn erwartungsvoll musterte. «Hey, ich muss los, ich ...»

Lux erkannte Juhas Sorge sofort. «Ist was passiert?»

«Mein Vater hatte einen Schlaganfall. Ich fahre ins Krankenhaus. Ich brauch den Wagen. Kann ich dich irgendwo absetzen?»

«Soll ich dich nicht lieber hinfahren?»

«Nein.»

«Okay.»

«Väter.»

«Ja.»

Lux nahm ihn in den Arm. Ein kurzer, leichter Druck und ein sanftes Klopfen auf den Oberarm, bevor er sich umdrehte und zur Beifahrerseite ging, als müsste er schnell weg.

21

Juha hastete von seinem Auto in Richtung Stroke Unit. Er hatte dem Impuls widerstanden, seinen Wagen einfach vor dem Eingang abzustellen, und stattdessen einen Parkplatz gesucht und zum Glück schnell gefunden. Dafür hatte er es jetzt umso eiliger.

Aus der Ferne sah er schon Maria, die in einen, selbst für das verregnete Wetter, viel zu warmen Wollmantel gehüllt vor dem Gebäude wartete. Kurz blieben sie voreinander stehen. Maria strich sich die Locken aus dem Gesicht, die aber, feucht wie sie waren, nicht gehorchen wollten. Juhas Blick fiel auf die Zigarette, die aus Marias Ärmel ragte und vor sich hin qualmte.

Sie bemerkte seinen Blick. «Hab ich mir eben geschnorrt.» Sie drückte die Zigarette aus. «Hat überhaupt nicht gut geschmeckt.»

Sie fiel Juha in die Arme und vergrub ihr Gesicht an seiner Schulter.

«Zum Glück. Geht mir auch immer so, wenn ich es mal versuche», sagte Juha und drückte sie an sich. Er atmete tief ein, und die Gerüche ihres Mantels, der noch immer etwas nass war, ihrer Haare und der Zigarette mischten sich zu einem Cocktail, der ihn Jahre zurückbrachte. An den Anfang ihrer Beziehung, als sie beide noch geraucht und die Abende oft in den Bars und Kneipen der Stadt und nicht auf dem Sofa verbracht hatten.

«Ich hab dich vermisst», drang Marias Stimme dumpf durch seinen Pullover.

«Ich dich auch.» Er merkte jetzt erst, wie sehr sie ihm wirklich gefehlt hatte, wie sehr ihr Streit sein Leben in den letzten

Tagen unterbewusst beeinflusst hatte. «Sehr sogar», schob er nach.

Sie machte sich langsam von ihm los und schaute ihn mit glasigen Augen an. «Geh besser mal rein. Aber krieg keinen Schreck, er sieht schlimmer aus, als es ist. Jedenfalls hat das der Arzt gesagt.»

«Und du?»

«Ich gehe nach Hause. Ich muss in die Badewanne. Mir ist immer noch saukalt vor Schreck.»

Juha nahm ihre Hände in seine. Sie waren wirklich eiskalt.

«Kommst du später auch?», fragte sie ihn. «Wir müssen auch erst mal nicht mehr darüber reden, okay?»

Juha nahm sie noch mal in den Arm und drückte sie fest. «Ja, ich komme.»

Als er die Station betrat, kehrte die Nervosität zurück, die er beim Treffen mit Maria kurz abgelegt hatte. Juha fand das Dienstzimmer in der Mitte des Gangs.

«Hallo, mein Name ist Korhonen, Juha. Mein Vater ist Walter Schmidt. Er kam vorhin mit einem Schlaganfall. Also, er wurde eingeliefert.»

Die Pflegerin war offenbar von sich selbst überrascht, dass sie nicht sofort wusste, um wen es ging. «Wally Smith? Ist er das?»

«Ja», entfuhr es Juha zu laut und wie ein Vorwurf, den er gar nicht meinte.

Aber die Pflegerin zeigte sich glücklicherweise unbeeindruckt. «Wir dachten schon, das ist ja ein eigenartiger Name. Aber er hatte keinen Ausweis dabei.»

Juha lächelte etwas gequält und wiegte seinen Körper, der ihm schwerer und träger vorkam als sonst, auf den tauben Füßen hin und her.

«Zunächst mal: Es geht ihm den Umständen entsprechend gut. Keine akute Lebensgefahr.»

«Hat das ein Arzt gesagt, oder ...?», hakte Juha nach und entschuldigte sich augenblicklich für seine Frage. «Ach, fuck, sorry!» Er fasste sich an den Mund.

«Kein Problem. Ja, das hat der diensthabende Arzt gesagt.»

«Kann ich meinen Vater sehen?»

«Sicher, kommen Sie mit.»

Sie ging voraus in die Richtung, aus der er gekommen war. Sie betraten das erste Zimmer auf dem Gang. Juha war also schon an Wally vorbeigelaufen.

«Er bekommt gerade eine lokale Thrombolyse. Das heißt, es wird ihm ein Medikament injiziert, das das Gerinnsel gezielt auflösen soll. Das machen wir, wenn die Behandlung später als fünf Stunden nach dem Schlaganfall einsetzt.»

«War das erst so spät?», fragte Juha.

«Ja, er war beim Gitarrespielen, als es passierte, und ein Freund hat ihn dann gefunden. Nicht gleich, aber rechtzeitig. Er hat sofort den Krankenwagen gerufen.»

«Okay, gut.»

«Und, Herr Korhonen: Ihr Vater wird jetzt sehr müde aussehen, anders als sonst, älter vielleicht. Versuchen Sie, sich nicht zu erschrecken. Und er spricht nicht. Aber sprechen Sie mit ihm.»

«Okay.»

Die Pflegerin schob die bereits halb geöffnete Tür auf und ließ Juha hinein. Dann lehnte sie sie von außen an. Es war warm im Zimmer, die Sonne brach gerade durch die dunklen Wolken und flutete den Raum mit künstlich wirkendem Licht. Juha konnte unter dem Geruch von Desinfektionsmittel den warmen Staub auf der Fensterbank riechen. Er wischte mit dem Finger darüber, doch da war gar kein Staub. Woher kam dann dieser warme Dunst? Von der Heizung; war die etwa an? Es war doch ohnehin viel zu warm hier. Sie stand tatsächlich auf drei.

«Ich mach die mal aus, ne?» Juha hatte die Hand schon am Regler, als er sich zu seinem Vater drehte. Der war ihm mit dem Blick von der Tür zur Fensterbank gefolgt und machte jetzt ein eigenartiges Gesicht, indem er die Augen schloss, die Augenbrauen weit hochzog und mit gespitzten Lippen einen Mundwinkel verspannte, sodass sich ein furchiger Acker auf seiner linken Gesichtshälfte bildete. Als wüsste er nicht mehr, wie das mit der Mimik funktioniert. Juha hatte diesen Gesichtsausdruck schon gesehen, und zwar bei Neugeborenen, genauer gesagt bei Marias Nichte Emma, in den ersten Monaten nach der Geburt.

Juha hatte nicht gewusst, dass Wally so faltig war. So faltig wie ein siebzigjähriger Kettenraucher eben war, das schon, aber jetzt sah sein Vater steinalt aus. Die Pflegerin hatte recht gehabt. Plötzlich, von einem Moment auf den anderen, war er ein Greis geworden. Dass so etwas von innen kam, hatte Juha schon gehört, aber es war etwas anderes, wenn es einem so schonungslos vor Augen geführt wurde. Er ließ den Regler der Heizung los und hockte sich neben das Krankenbett.

«Na? Wie geht's?»

Wieder zog Wally die Augenbrauen hoch, sodass seine Lider dünn und transparent wirkten, bläulich zart, wie damals bei Emma. Seine geschlossenen Lippen formten abermals eigenartige Gebilde, als würde er an einem verstopften Strohhalm saugen. Juha verstand, dass das ein Nicken war, ein neues Nicken. Okay, daran konnte man sich gewöhnen. Dann hieß das wohl, dass Wally auf seine Frage eben, ob er die Heizung runterstellen solle, ebenfalls genickt hatte. Juha drehte die Heizung auf Sternchen und wandte sich wieder dem Bett zu.

«Das kommt davon, wenn man so viel raucht, ne?»

Da nickte Wally verträumt. Also doch.

«Ist dir zu warm, Vadder?» Juha zeigte wieder auf die Heizung. Wally nickte. «Ich hab sie runtergedreht. Ist besser, ne?»

Wally nickte erneut und verzog dann wieder das Gesicht. Juha kniff die Lippen zusammen, diese Fratze erfüllte ihn mit Ekel. Also wandte er sich von Wallys Gesicht ab und ließ seinen Blick über die Pads auf seiner Brust wandern, deren Kabel zu einer Maschine führten. Er sah sich im Raum um. Ein Alibi-Blick, eine zwecklose Suche, auf die man sich nur für sich selbst begibt, nach einer Frage oder wenigstens der Legitimation zu sagen: Hier wohnst du also. Schön.

Jetzt war das Umherstreifen eher eine stille Anteilnahme und das Bemühen um ein Verständnis, das Juha gewillt war, seinem Vater entgegenzubringen, das aber letztlich zum Scheitern verurteilt war. Da konnte er nicht mehr sein als dasitzender Sohn.

«War super, dein Konzert. Das Beste, was ich je von dir gehört hab. Bin sehr froh, dass ich dort war.» Er nahm die Hand seines Vaters und drückte sie, nicht zu fest, und wünschte sich gleich darauf, dass irgendetwas ihn erlöste und ihm gestattete, die Hand wieder loszulassen und aufzustehen. Vielleicht sollte er ein bisschen durchs Zimmer gehen, die Steigerungsform des umherwandernden Blicks.

Die Erlösung kam in unverhoffter Weise, als etwas zu piepen begann. Juha schaute auf den Überwachungsmonitor. «Was ist das jetzt?» Dann zu seinem Vater, der die Augen geschlossen hatte. «Vadder?»

Juha stand auf und wollte der Krankenschwester Bescheid sagen, dass etwas nicht stimmte. Da ging die Tür schon auf, und die Pflegerin kam herein, ging zum Bett. «Hallo, Herr Smith, können Sie mich hören?»

«Ich hab nur seine Hand gehalten. Gar nicht fest.»

«Ist schon gut.» Sie sprach wieder Wally an: «Herr Smith, können Sie mich hören?» Dann an Juha gewandt: «Ich hol mal den Arzt, bleiben Sie kurz hier, ja?»

«Klar.» Juha stand mitten im Raum und wartete, wandte sich von Wally zur Tür und zurück. Dann entschied er sich und ging zu Wallys Bett, hockte sich wieder hin und sagte: «Alles gut, Vadder, hat sie gesagt. Ne? Arzt kommt sofort.»

«Moin.» Ein junger Arzt betrat zielstrebig den Raum, jedoch ohne es dabei allzu eilig zu haben, und nahm sich sogar die Zeit, Juha die Hand zu schütteln. «Niko Sauer.» Dann war der Arzt mit seiner ganzen Aufmerksamkeit bei Wally, der noch immer die Augen geschlossen hatte.

«Können Sie mich hören, Herr Smith?» Er zog ein Lid hoch und leuchtete mit einer kleinen Lampe hinein, das Gleiche beim anderen Auge.

«Er heißt eigentlich Schmidt, Walter Schmidt», warf Juha ein, weil er nicht wusste, was er sonst tun sollte. Der Arzt nahm die Information wie selbstverständlich entgegen, ohne Juha anzusehen. «Herr Schmidt, können Sie mich hören? Ja. Also Thrombolyse sofort stoppen, wir machen eine CT.» Die Pflegerin hatte offenbar bereits gewusst, was zu tun sein würde, und nur noch das Go vom Arzt abgewartet. Sofort entfernte sie den Zugang und bereitete das Bett für den Transport vor.

«Kommen Sie mit raus», sagte der Arzt ruhig zu Juha. «Wir stehen jetzt nur im Weg hier.»

Zwei junge Männer kamen ihnen entgegen, und einen Augenblick später sah Juha über seine Schulter, wie Wally in seinem Bett aus der Tür geschoben wurde.

«Sind Sie der Sohn? Wie geht's Ihnen?», fragte der Arzt.

«Ja. Also, der Stiefsohn, Juha Korhonen. Mir geht's gut. Was war denn jetzt los?»

«Möglicherweise hat Ihr Vater eine Hirnblutung, das kommt bei einem Schlaganfall manchmal nachträglich vor. Gefährlich, keine Frage, aber es gibt keinen besseren Ort, um eine Hirnblutung zu kriegen, als ein Krankenhaus.»

«Was passiert jetzt?»

«Wir machen eine CT, dann sehen wir auf den Bildern, ob da wirklich eine Hirnblutung ist oder nicht.»

«Und dann?», fragte Juha.

«Je nachdem. Wenn es nur eine leichte Blutung ist, sollte sie von alleine aufhören, jetzt, wo wir die Thrombolyse eingestellt haben. Wenn es eine schwerere Blutung ist, kann es sein, dass wir eine OP durchführen müssen, um den Druck zu verringern, der sich im Schädel aufbaut. Aber vielleicht ist es auch gar nichts. Schwankungen des Blutdrucks, Entgleisung des Zuckerstoffwechsels, alles nicht ungewöhnlich und nicht immer sofort einzuordnen. Sie dürfen auch nicht vergessen, wie anstrengend der Zustand ist, in dem sich Ihr Vater gerade befindet. Der Körper hat längst mit dem Heilungsprozess begonnen und arbeitet auf Hochtouren. Wir sind einfach vorsichtig. Aber ich will auch ehrlich sagen, wie es ist.»

Juha freute sich, dass der Arzt «Vater» sagte und nicht «Stiefvater». «Kann ich mich hier irgendwo hinsetzen?», fragte er, und Niko Sauer nickte.

«Hinter der Tür sind ein paar Stühle. Ein Kaffeeautomat steht im Treppenhaus rechts um die Ecke. Dreiviertelstunde, dann komme ich zu Ihnen und berichte, wie es aussieht.»

«Danke.»

Juha ging durch die Glastür, schaute in die leeren Flure und fragte sich, wo sie seinen Vater wohl hingebracht hatten. Er ging zu dem Automaten, studierte die Auswahl und entschied sich für einen Irish Cappuccino. Ein brauner Plastikbecher rutschte klackernd in die Ausgabe, und als das Getränk unter

Brummen in den Becher kleckerte, verströmte es einen leichten Baileys-Duft.

Das sollte also der Geruch sein, den er auf ewig mit dem Schlaganfall seines Vaters in Verbindung bringen würde – so viel wusste Juha über die Mechanismen seiner Erinnerung. Vermutlich würde er jetzt öfter hier sein. Und dann, beschloss er, würde er jedes Mal so einen Irish Cappuccino trinken.

Er setzte sich auf einen der Stühle und schaute aus dem Fenster. Draußen schien die Sonne, hier drinnen war es totenstill.

Eine halbe Stunde später kam die Entwarnung, keine Hirnblutung, sondern eine spontane Kreislaufschwäche sei die Ursache gewesen. Sein Vater schlafe jetzt. Juha fuhr nach Hause.

22

Als Juha die Tür zur Wohnung aufschloss, strömte ihm sofort der Duft von Essen entgegen. Er streifte seine Schuhe achtlos ab, stellte sie dann aber doch ordentlich in die Reihe neben der Tür. Dort standen vor allem Marias Schuhe, hauptsächlich Paare – in seinen Augen – mehr oder weniger identischer schwarzer Stiefel. Die Küchentür war angelehnt, er sah eine Bewegung in dem Lichtspalt und hörte die Dunstabzugshaube auf höchster Stufe schnaufen. Die Tür zum Badezimmer stand offen, und schwere, feuchte, nach Lavendelseife duftende Luft drang daraus hervor. Es war erstaunlich, wie sehr Gerüche unmittelbar Emotionen, Erinnerungen und Zustände befeuerten. Dieser Geruch aus dem Bad, das war Zuhause, Tannennadeln versetzten ihn in die sommerlichen Wälder Nordfinnlands und Erdbeermarmelade an den Frühstückstisch seiner deutschen Großeltern. Gerüche überbrückten alle Distanzen und Zeiten. Umso erstaunlicher fand er, dass er nicht imstande war, sich Gerüche vorzustellen. Bilder, Melodien und selbst haptische Empfindungen konnte er sich ohne Probleme vorstellen. Bei Gerüchen versagte sein Gehirn. Jedes Mal, wenn er seine ausgezeichnete Bolognese kochte, roch er am Thymian, um sich zu erinnern, weshalb er ihn immer dazugab – obwohl Maria als gebürtige Sizilianerin das gern zur Todsünde erklärte. Er wusste nicht mehr, wie Thymian roch, bevor er ihn roch.

Juha merkte, dass er einen kurzen Moment brauchte, bevor er zu Maria in die Küche ging; einen kurzen Moment des Ankommens und einen Moment allein mit der Gewissheit, dass dies sein Zuhause war. Maria dürfte sein Kommen wegen der lauten Dunstabzugshaube nicht mitbekommen haben, also ging er zuerst ins Wohnzimmer. Die Vereinschronik legte er auf das schwedische Teak-Sideboard.

Sein Blick fiel auf das gerahmte Foto, das seinen Großvater zeigte. Darauf posierte er vor einem Bärenfell, in der typischen Jägerhaltung der Samen, die man von den Schwarz-Weiß-Aufnahmen des vorigen Jahrhunderts kannte. Vornübergebeugt auf das Gewehr gestützt, die Hüfte eigenartig zur Seite weggestreckt. Im Hintergrund das Haus, in dem bereits dessen Vater gewohnt hatte. Etliche Kilometer von der nächsten Stadt entfernt, in einem ehemaligen samischen Dorf, das damals nur noch aus zwei Einwohnern bestand; dem Großvater selbst und seinem Nachbarn Antti. Auch Antti erfüllte das Bild der natürlichen Daseinsform alter Männer auf makellose Weise. Was sich einerseits in seinen wodkageschwängerten Küchenvorstellungen zeigte, bei denen er kunstvoll die Laute aller heimischen Waldtiere nachahmte, und andererseits in der Tatsache, dass sich auf dem Plumpsklo anzügliche Magazine stapelten. Dieser gefühlte Widerspruch zwischen fast schon spirituell anmutender Naturverbundenheit und schlichten menschlichen Bedürfnissen war Juha als Kind nicht in den Sinn gekommen.

Während Antti mehrtägige Hundeschlittentouren für Touristen anbot, griff der Großvater die Besucher aus Deutschland oder Frankreich bei ihrer Rückkehr ab, indem er in seiner alten Samentracht, unter der er einen Jogginganzug trug, vor dem Haus auf und ab stolzierte. Die Strategie ging auf, und die Touristen baten um Fotos mit ihm, kauften ihm Rauchfleisch ab und bestenfalls das ein oder andere Tierfell, meistens Rentier oder Fuchs.

Der Großvater versuchte sein Glück auch mit dem großen Bärenfell, das seit Jahren im Schuppen hing. Er holte es hervor, hängte es über den maroden Holzzaun und posierte davor – in einem solchen Moment war das Foto entstanden, das Juha nun in die Hand nahm. Sobald das Interesse der Touristen nachzulassen schien, wuchtete der Großvater das Fell hoch, steckte seinen Finger durch das Einschussloch, wackelte damit herum und erzählte irgendetwas auf Finnisch, das die Touristen nicht verstanden. Trotzdem hatten sie spätestens jetzt begriffen, dass es sein Anliegen war, ihnen das Fell zu verkaufen, und sich bemüht, höflich den Rückzug anzutreten, indem sie wenigstens noch ein Trinkgeld lockermachten. Während dieser Show war der Großvater ein ganz anderer Mensch, als wenn er mit Juha im Wald unterwegs war. Hier zeigte sich der quirlige Performer als bedächtiger Jäger, der mit großer Ruhe und Geduld durch die verschneiten Wälder streifte. Juha verstand schon damals, dass dies die wahre Natur seines Großvaters war. Den hinterwäldlerischen Ureinwohner gab er nur für die Touristen. Der Wald hingegen war das Element, in dem er als vollkommenes Wesen ein Teil der natürlichen Ordnung wurde.

Wenn er jagte, trug er das alte Mosin-Nagant-Gewehr, das bereits sein Vater im Winterkrieg 1939 geführt hatte. Das Gewehr war nie mit einem Zielfernrohr versehen gewesen. Im Kampf konnte die Spiegelung der Sonne in der Linse die Position des Schützen verraten, weswegen sein Vater immer über das Eisen geschossen hatte. So hatte es dann auch Juhas Großvater gelernt, und als er Juha im Alter von acht Jahren verkündete, er würde ihm nun das Schießen beibringen, wurde diese längst obsolet gewordene Gewohnheit beibehalten.

Im Alter von zwölf Jahren schoss Juha eine Blechdose auf 75 Meter Entfernung aus einer Astgabel. Während er zielte, kaute er bedächtig auf einer Handvoll Schnee herum, damit die Dose die Wölkchen, die sein Atem verursachte, nicht sehen konnte.

Manchmal verfolgten sie ein Wildtier über mehrere Stunden, ohne es am Ende zu schießen. Immer dem Wind zugewandt, damit das Tier sie nicht riechen konnte. Und wenn während der Jagdsaison doch geschossen wurde, hatte sein Großvater das übernommen. So kam es, dass Juha bis zum heutigen Tag noch nie auf ein Lebewesen geschossen hatte, worüber er froh war.

Das Tier wurde anschließend vollständig verwertet. Das Fell verkauften sie oder nutzen es als Decke oder Polster. Das Fleisch wurde zum Teil getrocknet und bis zur nächsten Saison verzehrt, zum Teil an die Fleischhändler in der Stadt verkauft. Aus den Knochen und Geweihen stellten lokale Manufakturen Schmuck und Andenken für Touristen her. Zumindest in der Theorie. Tatsächlich hatte sich über die Jahre eine stattliche Anzahl von nicht absetzbaren Rentiergeweihen im Schuppen angesammelt, die dem Raum die morbide Anmutung eines Beinhauses verlieh.

Die Zeiten hatten sich schon lange geändert. Und als es für den Großvater an der Zeit gewesen war, war für Juha auch die alte Heimat plötzlich Vergangenheit. Eine Vergangenheit, die ihm immer mehr zu entgleiten drohte, bis Juha doch noch eine Möglichkeit fand, die Erinnerung für immer zu konservieren. Nachdem sein Großvater ein Rentier geschossen hatte, hatte das Feuer tagelang in dem Räuchertipi hinterm Haus geschwelt, und Juha war morgens von dem Geruch geweckt worden. Dieser Geruch hatte sich als Fixpunkt der Erinnerung für immer in seinen Kopf gebrannt. Es war tatsächlich der einzige Geruch, den Juha sich vorstellen konnte. Wenn er es tat, versetzte es ihn zurück in die nächtliche Hütte seines Großvaters, wo er den Geräuschen des Waldes lauschte, die hin und wieder die verschneite Stille durchbrachen.

Einmal war ihm der Geruch sogar wiederbegegnet, und das verdankte er Maria. Sie hatte ihn an einem verregneten Tag an der Ostsee in ein kleines Restaurant geschleppt, das seinen Stremellachs selber räucherte. Der rußschwarze Ofen im Hof roch genauso wie Großvaters Räuchertipi in Lappland. Juha sah das als Zeichen dafür, dass das mit Maria eine gute Sache war. Sie waren noch am Anfang ihrer Liebe gewesen und hatten sich fest vorgenommen, bald wiederzukommen. Bisher hatten sie das nicht getan. Er würde ihr vorschlagen, sehr bald dorthin zu fahren. Wenn der Fall abgeschlossen war, vielleicht konnten sie dort ihr Gespräch fortführen. Ja, das war sicherlich ein guter Ort dafür.

Er stellte das Foto zurück auf das Sideboard und ging in die Küche.

Maria stand mit dem Rücken zu ihm und bemerkte ihn nicht gleich. Ihre Haare waren vom Duschen feucht und lockten sich noch stärker als sonst. Er trat hinter sie und steckte seine Nase hinein.

«Na?» Sie rührte in der Pfanne, doch er merkte, dass sie kurz lächelte.

«Hast du mich doch gehört?»

«Du schleichst seit fünf Minuten durch die Wohnung und läufst dabei über jede knarzende Diele.»

«Hm, stimmt. Die höre ich schon gar nicht mehr.»

Sie drehte sich um und schob ihn damit von sich weg, ohne dass es abweisend wirkte. «Wie geht's ihm?»

Ihre Frage brachte Juha für einen kurzen Augenblick aus dem Konzept. Er hatte angenommen, sie würde ihn fragen, wie es ihm, Juha, ginge. Doch natürlich fragte sie nach Wally. Er fühlte sich etwas beschämt und versuchte schnell zu antworten, um es zu überspielen. «Gut. Das heißt, es gab einen kurzen Schreckmoment. Verdacht auf Hirnblutung.» Maria riss die Augen auf. «War dann aber doch nichts», sagte Juha schnell hinterher.

Er hatte das Gefühl, dass Maria der Schreck noch tiefer in die Glieder gefahren war als ihm, und er fragte sich, weshalb das so sein mochte. Ein emanzipierter Sohn, dem es mit achtundvierzig Jahren überraschend wenig ausmachte, dass sein Vater langsam durchsichtiger wurde? Natürlich hatte er Angst gehabt, sein Nervensystem hatte Alarm geschlagen, aber letztlich war Juha der Überzeugung, dass diese Vorfälle eben der unabwendbare Prozess des Lebens waren. Großväter wurden alt und starben, Väter wurden alt und starben, so weit, so gut, so fair, so gerecht, so natürlich. Was hingegen nicht zu dieser natürlichen Ordnung gehörte, war, wenn Kinder vor ihren Eltern starben.

«Maria, hör mal ...» Statt seine Arme um sie zu legen, setzte er sich halb auf den Küchentisch. «Ich will das Gespräch mit dir fortsetzen.»

«Das Gespräch?» Sie begann die Spülmaschine auszuräumen, die nicht mehr richtig trocknete, weswegen sie jeden Teller einzeln mit einem Tuch abwischte, bevor sie ihn in den Schrank stellte.

«Unseren Streit. Aber ich will es nicht heute. Ich kann es nicht.»

«Warum nicht?» Sie klang nicht verärgert.

«Der Fall, in dem ich stecke. Es geht um ein totes Kind.»

Sie drehte sich zu ihm um, einen Teller in der Hand. «Das tote Kind, ‹das Damoklesschwert jeder Polizeilaufbahn›?»

«Hab ich das mal gesagt?»

«Ja.»

Juha musste lächeln. «Ja, das ist es wohl. Aber es ist nicht mein totes Kind, es ist Werners. Es geht um den Fall Daniel Boysen vor mehr als fünfzehn Jahren. Wir haben ihn wieder aufgerollt. Ich. Und Lux.»

«Okay, verschieben wir es.»

Juha war erleichtert. «Ja.»

Sie bemerkte den Teller in ihrer Hand, den sie immer noch trocknete, wandte sich ab, um ihn in den Schrank zu legen, und blieb dabei mit der Unterseite hängen. Der Teller fiel hin und zerbrach. «Scheiße!», entfuhr es ihr so laut, dass Juha zusammenzuckte. Sie betrachtete die Scherben, und Tränen stiegen ihr in die Augen. Jetzt nahm Juha sie doch in den Arm.

«Okay, ich glaube, wir gehen jetzt mal kurz raus. Wir lassen das alles so liegen, machen den Herd aus und gehen erst mal in die Seeperle auf einen Kakao.»

«Ja», schniefte sie, das Gesicht an seine Brust gedrückt.

Sie schlenderten langsam und schweigend am Wasser entlang. Den Kakao hatten sie mitgenommen, nachdem sie gemerkt hatten, dass es ihnen in der Seeperle zu voll war. Paul, der Besitzer, hatte ihnen, als Antwort auf ihre fragenden Blicke, aus der Entfernung zugewinkt und einen Daumen gezeigt. Es war nicht das erste Mal, dass die beiden sein Geschirr entführten.

Juha wollte Maria auf andere Gedanken bringen. «Was gibt's Neues in der Schule?» Maria erzählte gern von ihrer Arbeit, und häufig brachte sie das in einen Modus, der sie von ihren persönlichen, insbesondere negativen Gedanken ablenkte.

«Ich übernehme ab nächstem Halbjahr die *Sambahörnchen*.»

«Klingt gut. Was ist das?»

«Fünfte, sechste Klasse Sambagruppe. Ich habe eigentlich keine Ahnung von Samba, aber hab mir schon so eine Trillerpfeife bestellt. Damit dirigiert man das quasi.»

«Cool! Wie kommt's?»

Maria antwortete nicht gleich. Dann entfuhr ihr ein kurzer Laut, ein humorloses Lachen oder amüsiertes Schnauben. «Die Kollegin geht in Mutterschutz.»

Juha machte ihren Laut nach und wusste im selben Moment nicht, ob das dumm oder angemessen war.

Sie gingen weiter und sagten wieder eine Weile nichts.

Nachdem sie zu Hause die Scherben aufgefegt, das Essen aufgewärmt und vor dem Fernseher gegessen hatten, sagte Maria, dass sie müde sei und schon ins Bett gehen wolle. Juha nickte. Er spürte die Schwere zwischen ihnen, und das machte ihn fertig. Aber er hatte auch das Gefühl, in diesem Augenblick nichts dagegen tun zu können. Er musste Freiräume in seinem Kopf schaffen, und das gelang nur, wenn er den Fall zum Abschluss brachte, ihn endgültig wegschließen konnte. Er war verärgert darüber, wie sehr ihn diese Aufgabe vereinnahmte, aber gleichzeitig machtlos dagegen.

«Ich bleibe noch etwas auf.»

Sie nickte, bereits im Stehen, ihm den Rücken zugewandt, und verschwand im Bad.

Auf dem Weg zum Balkon fiel ihm die Chronik des Feuerwehrvereins wieder ein. Er nahm sie vom Sideboard, schaltete eine Lampe ein, die nahe der Balkontür stand, und setzte sich hinaus. Kurz überlegte er, ob er sich ein Bier holen sollte, beim Blick auf die Uhr entschied er sich aber dagegen. Er schlug wieder die Seite mit dem Gruppenfoto auf und dachte einen Moment darüber nach, wo Hader wohl in dem Moment hingesehen hatte, als das Foto gemacht wurde. Als seine kreisenden Gedanken ins Nichts glitten, blätterte er weiter. Die Biertrinker. Im Hintergrund der an den Wagen angelehnte Junge, der ihm bekannt vorgekommen war – es war gewiss nicht Daniel Boysen, da war Juha sich mittlerweile sicher. Wieder nahm er die Chronik dicht vors Gesicht, doch das schwache Licht, das von der Lampe durch das Fenster kam, reichte nicht aus. Eine andere, jüngere Erinnerung gesellte sich zu der unbekannten.

Vorhin auf der Straße, nachdem Juha den Fuchs beerdigt hatte, da hatte Lux fast genauso am Auto gestanden, noch tief versunken in die Erinnerung an den Aufprall und vielleicht auch an seinen Vater. Ein vaterloser Junge, der an seinem Auto lehnt. Das Auto. Eine Idee durchzuckte Juha, und plötzlich spürte er sein Herz schlagen. Sicher, die Farbe konnte man nur erraten, das Buch war in Schwarz-Weiß. Aber an dem Auto, gegen das sich der Junge lehnte, war ohne Zweifel ein Schriftzug zu lesen, der Juha ein zufriedenes Raunen entlockte. Die ersten Buchstaben waren durch das Bein des Jungen verdeckt, und der letzte Buchstabe verlor sich zur Hälfte hinter der Hand eines Mannes, der im Vordergrund stand. Aber Juha fiel nur eine Automarke ein, die auf «... yota» endete.

23

W ir müssen zu Uwe.» Die Tür zitterte noch in den Angeln, und Lux' Hand lag auf seiner Brust. «Musst du hier mit so einem Getöse hereinstürmen?»

Juha hielt die Chronik in die Luft. «Ich habe ihn gefunden.»

«Wen?»

«Den Sohn!»

«Welchen Sohn?»

Juha schlug die Chronik auf und pochte mit dem Finger auf das Bild von Krugers Sohn. «Diesen Sohn!» Er schlug das Buch zu. «Los geht's!»

«Warte mal, Juha. Ich habe da noch ...»

Doch Juha war schon unterwegs. Er stürmte in Richtung von Uwes Büro, Lux holte ihn ein. Erst jetzt fiel Juha auf, dass Lux irgendwie übernächtigt wirkte. «Alles klar bei dir?»

Lux atmete eigenartig schwer, während er mit Juha Schritt hielt. «Ich war gestern Nacht noch ziemlich lange ...» In dem Moment trat Uwe am Ende des Gangs aus der Herrentoilette und trocknete sich die Hände an der Jeans ab. «Uwe!», rief Juha und beschleunigte seinen Gang abermals.

«Okay, erzählt mal.» Uwe lehnte sich in seinem Schreibtischstuhl zurück, und es war ihm nicht anzusehen, ob er hoffte, Juha und Lux würden mit neuen Hinweisen aufwarten können oder bei ihren Ermittlungen wäre nichts herausgekommen und der Fall dürfte wieder ins Archiv wandern.

Juha strahlte. «Afrika!»

Uwe runzelte die Stirn, und auch Lux konnte ihm offenbar nicht folgen. Juha konnte es ihnen nicht verübeln und schüttelte entschuldigend den Kopf. «Okay, also von vorne: Wir haben mit Leuten gesprochen und Spuren gefunden, die darauf hindeuten, dass sich Werner, nachdem die Akte geschlossen wurde, weiter mit dem Fall beschäftigt hat.»

«Mhm», machte Uwe und verschränkte die Arme.

«Also sind wir Werners Spuren gefolgt und haben noch mal mit Harm Boysen geredet.»

«Himmel!» Uwe verdrehte die Augen. «Welchen Teil von ‹Wir halten uns bedeckt› habt ihr nicht verstanden?»

«Aber was sollen wir sonst machen?», entfuhr es Juha ein Mü zu laut. «Außerdem hatten wir einen Vorwand, und Boysen hat ihn geschluckt.» Lux schielte verstohlen zu Juha hinüber.

«Okay, weiter», sagte Uwe.

«Es gibt zwei Spuren, die wir für interessant halten», begann Juha, und es fiel ihm nicht leicht, sich zu konzentrieren, obwohl er die logische Ausführung der komplexen Zusammenhänge den Morgen über immer wieder durchgegangen war. «Erstens hat Werner Harm Boysen explizit nach dem Feuerwehrverein gefragt. Da wir davon ausgehen, dass Werner mehr Informationen freigelegt hat als in den Akten ersichtlich, könnte es dafür einen konkreten Grund geben. Vom damaligen Vorsitzenden des Vereins wissen wir zudem, dass er mit einer Handvoll anderer Vereinsmitglieder eine exklusive Clique gebildet hat. Das war den anderen suspekt.»

«Und?» Uwe schüttelte nachdenklich den Kopf. «Der Feuerwehrverein wurde damals gründlich überprüft. Da hatte jeder ein Alibi. Und nur, weil ich Stress mit irgendwelchen Leuten am Stammtisch habe, entführe ich doch kein Kind.»

«Damit komme ich zu Punkt zwei. Wir haben eben nicht alle unter die Lupe genommen. In Werners Exemplar der Akte war das Foto eines roten Pick-ups, ein Hinweis aus der Bevölkerung. Das ging uns damals durch die Lappen, weil es als typisches Aufmerksamkeitsgeheische einer älteren Dame abgetan wurde. Werner ist dem aber nachgegangen und glaubte offenbar, dass es mit diesem roten Pick-up irgendwas auf sich hat.»

«Sonst hätte er das Foto nicht in der Akte abgelegt.»

«Genau. Wir konnten das Auto ausfindig machen. Es gehörte zu der Zeit mutmaßlich einem Mann namens Kruger, der tatsächlich ...», Juha machte eine Kunstpause, «... Förster war.»

«Ach.» Uwe deutete einen Schlag auf die Tischplatte an.

«Aber das ist noch nicht alles. Der eigentliche Clou kommt noch. Kruger hat einen Sohn, Levent, der laut seiner Aussage als Entwicklungshelfer in Afrika arbeitet. Wir haben ein Foto von Levent in Krugers Haus gesehen. Und später haben wir ihn wieder gesehen.» Juha schlug die Chronik des Vereins vor Uwe auf. «In diesem Buch, das der Verein kurz vor Daniels Entführung herausgegeben hat. Das hier», er zeigte auf Levent, «ist Levent Kruger. Allerdings, und das ist das Merkwürdige, taucht sein Name nirgendwo auf. Weder in den Unterlagen des Vereins noch in unseren Akten. Der ganze Verein hat ein Alibi oder scheidet aus anderen Gründen aus. Doch weil dieser Levent nirgendwo erwähnt wird, hat auch nie jemand mit dem gesprochen, der wurde nicht überprüft. Dadurch ist nie eine Verbindung zwischen Boysen und Heiner Kruger hergestellt worden. Werner war an dem Verein dran und hat ein Foto des Autos von Levents Vater in die Akte geklebt. Und jetzt sag mir mal, dass das ein Zufall ist.» Damit beendete Juha seinen Vortrag und war ganz zufrieden mit sich.

«Und was hat das nun mit Afrika zu tun?», fragte Uwe unsicher.

Juha, noch ganz in der Fulminanz seines Vortrags versunken, blinzelte aufgeschreckt. «Was?» Verstand dann, bevor Uwe die Frage wiederholen konnte. «Ach! Kruger meinte ja, sein Sohn Levent lebe in Afrika. Auf der Fahrt haben wir einen

Fuchs überfahren, weil wir über Afrika gesprochen haben, und deswegen ist mir am Ende eingefallen, woher ich den Jungen kannte.»

Uwe wirkte nicht wesentlich schlauer. «Ihr habt einen Fuchs ...? Habt ihr das gemeldet?»

«Was?»

«Wildunfall mit Dienstwagen.»

«Das muss man melden? Das war ein Fuchs, kein Elch.»

Uwe zuckte mit den Schultern, und Juha wischte die Unklarheiten mit großer Geste vom Tisch. «Ist doch völlig egal. Ich sag dir jetzt mal was, Uwe, nämlich dass wir endlich eine Spur haben.» Um die Brisanz ihrer Entdeckung abermals zu betonen, pochte Juha mit dem Finger auf das Foto. «Levent Kruger!» Er war überzeugt. Zumindest beinahe. Er würde das Foto noch einmal mit dem Foto in Krugers Haus vergleichen müssen, um ganz sicherzugehen, aber das musste er Uwe jetzt nicht unbedingt auf die Nase binden.

Jetzt nickte Uwe vorsichtig mit dem Kopf. «Dieser Kruger ist also eine völlig neue Figur im Spiel. Und ihr meint, er ist interessant?»

«Werner hat das offenbar geglaubt.»

«Was glaubt ihr?», wiederholte Uwe seine Frage. «Ich sehe dir doch an, Juha, dass ihr bereits mit ihm gesprochen habt.»

Juha und Lux wechselten einen Blick.

«Er hat kein Alibi», antwortete Juha knapp.

«Aber?» Uwe ahnte offenbar, dass das noch nicht alles war.

«Er hatte in dem ganzen Zeitraum ein schweres Alkoholproblem», gestand Juha. «Behauptet er zumindest. Wir glauben nicht, dass er direkt mit der Sache zu tun hat, aber er verbirgt etwas, da sind wir uns einig.»

«Und was?»

«Ich weiß es nicht.» Juha merkte, dass er begann zu raten.

«Vielleicht geht es gar nicht um ihn selbst, sondern um den Sohn. Levent.»

Uwe verstand nicht, und Juha konnte es ihm nicht verübeln. Trotzdem pochte er mit dem Zeigefinger auf den Tisch. «Ich weiß nur, dass es etwas zu bedeuten hat, dass Werner auf diesen Zusammenhang hingewiesen hat.»

«Vielleicht hat er ihn auch nur bemerkt, überprüft und dann festgestellt, dass er nichts zu bedeuten hat», sagte Uwe, woraufhin Juha nichts mehr einfiel. «Juha, mir ist das einfach zu dünn, verstehst du? Ein Mann mit Alkoholproblem, dessen Sohn auf einem Foto in der Chronik des Feuerwehrvereins von Harm Boysen ist; das reicht einfach nicht, um da größere Ermittlungskapazitäten freizumachen. Es ist ja nicht so, dass das Verbrechen schläft, während wir hier sitzen.» Uwe konnte seine Freude über das Bild vom nie schlafenden Verbrechen nur schwer verbergen.

Juha ließ sich mit einem Schnauben, das schnippischer klang als geplant, gegen die Stuhllehne plumpsen. «Was heißt das jetzt? Ende Gelände, oder was?»

Noch bevor Uwe antworten konnte, hob Lux etwas kleinlaut die Hand. «Chef, es gibt da noch eine zweite Sache.»

Juha schaute Lux verdutzt an. «Ey, *ich* bin dein Chef.»

Lux ignorierte Juha und räusperte sich bestimmt. «Ich hab auch ein paar Hausaufgaben gemacht. Die Frau von dem Vorsitzenden des Feuerwehrvereins, Erlend Hader, hatte einen Autounfall. Sie ist bis heute ein Pflegefall. Hader kümmert sich zu Hause um sie.»

«Ja und?» Juha merkte, dass er ungehalten wurde, weil er sich abgewürgt fühlte und außerdem uninformiert.

«Der Wagen, in dem Frau Hader saß, wurde gefahren von ...», Lux presste die Lippen aufeinander, und Juha verdrehte die Augen, «... Harm Boysen.»

«Was?», brach es aus Juha hervor. «Und das sagst du erst jetzt?»

«Du hast mich ja nicht zu Wort kommen lassen. Kommst reingestürmt mit dem Fotoalbum, und bevor ich irgendwas sagen kann, bist du auf dem Weg zu Uwe. Und du bist nicht mein Chef, wir sind Partner.»

«Ach, komm, Lux, ernsthaft jetzt?»

«Entspannt euch mal bitte, und dann eins nach dem anderen», intervenierte Uwe. «Also, verstehe ich das richtig? Haders Frau sitzt bei Harm Boysen im Auto. Der baut einen Unfall und macht sie zum Pflegefall?»

«Er hatte die Geschwindigkeitsbegrenzung eingehalten, keinen Alkohol im Blut und wurde nicht belangt. Unfallursache sei technisches Versagen gewesen. Und Hader hat, wie alle anderen auch, ein wasserdichtes Alibi für die Tatzeit.» Lux atmete vielsagend aus. «Trotzdem sollten wir da noch mal nachfragen.»

«Erlend Hader hatte also ein klares Motiv, sich an Boysen zu rächen», resümierte Uwe nachdenklich.

«Das ist möglich, ja.»

Juha fuhr hoch. «Moment mal, dafür sind jetzt auf einmal Ermittlungskapazitäten vorhanden, oder was? Ich dachte, Hader hat ein wasserdichtes Alibi.»

«Jetzt guck nicht so böse, Juha.» Fehlte nur, dass Uwe ihm die Schulter tätschelte. «Ihr vertragt euch jetzt wieder, und ich gebe euch noch ein bisschen Zeit. Fühlt dem Hader mal auf den Zahn. Ich bin nicht restlos überzeugt, aber ignorieren können wir das nicht. Und damit du dich nicht übergangen fühlst, Juha, fragt doch auch mal bei dem Kruger nach, seit wann sein Sohn in Afrika ist. Falls es da eine zeitliche Übereinstimmung mit der Entführung von Daniel Boysen gibt, ist das zumindest etwas, über das man sprechen sollte.»

Doch Juha machte keine Anstalten aufzustehen und knetete stattdessen seine Hände.

«Ist noch was?»

«Was ist mit der Clique von Boysen?»

«Du gibst keine Ruhe, was?»

«Nein. Wir würden für die Recherche gern Selma einspannen. Sie hat uns jetzt schon ein paarmal geholfen.» Juha ignorierte Uwes Stirnrunzeln und fuhr unbeirrt fort. «Sie kennt den Fall aus ihrem Studium und kann uns eine große Hilfe sein. Sie nutzt dafür ihre Studiumskapazitäten und wird ihre Aufgaben in Mechthilds Team nicht vernachlässigen.»

Uwe gab sich endgültig geschlagen. «Gut, wenn du dann zufrieden bist und dich wieder mit Lucas verträgst.»

Juha grinste und stand auf. «Wir geben ihr gleich Bescheid.»

«Redest du jetzt mal wieder mit mir?», fragte Lux, als sie vom Parkplatz des Präsidiums fuhren.

«Gute Arbeit, Lux.» Juha blinzelte schuldbewusst zu Lux hinüber.

«Danke. Nächstes Mal sag ich's dir sofort.»

«Okay ... Lux?»

«Ja?»

«Wir sind ein gutes Team.»

«Ja, find ich auch, Juha.»

Sie schauten durch die Windschutzscheibe auf die geöffnete Schranke.

«Und was machen wir nun zuerst? Kruger oder Hader?» Lux wartete geduldig, bis Juha zumindest aus dem Augenwinkel zurückschielte. «Also Kruger», rief er dann und startete den Motor.

24

Nachdem sie zweimal vergeblich an dem Haus im Wald geklingelt hatten, wollte Juha sich angesichts seines Ausbruchs zuvor versöhnlich zeigen und schlug vor, zunächst zu Hader zu fahren und es später noch einmal zu versuchen. Doch Lux sagte, er wolle zumindest einmal das Haus umrunden. Juha schaute ihm schmunzelnd nach, dann entschied er sich, indes einen Blick in den Tischlerschuppen zu werfen, aus dem Kruger ihnen beim letzten Mal entgegengekommen war.

Erst als er sich vom Haus entfernte, fiel ihm auf, wie groß oder vielmehr hoch es war. Von der Straße aus ließen die hohen Bäume das Gebäude unscheinbarer wirken. Im Haus selbst hatten sie bisher nur das Wohnzimmer gesehen, womit die Grundfläche nahezu ausgeschöpft schien. Doch darüber waren noch zwei Stockwerke sowie ein hohes Dach, und Juha fragte sich unwillkürlich, was sich in diesen Räumen befand und wie sie genutzt wurden. Es hätte ihn nicht überrascht, wenn Teile davon einfach leer stünden oder lediglich als Lager für Krugers selbst gebaute Möbelstücke dienten. Ein halbes Haus vollgestopft mit vergessenen Dingen, staubig morbides Ambiente mit Dachbodencharme.

Juha erreichte den Schuppen und streckte die Hand nach dem Griff am breiten Tor aus, sah dann das Vorhängeschloss und beließ es dabei. Stattdessen ging er um die etwa zehn mal fünf Meter große Holzhütte herum und versuchte vergeblich, durch die Ritzen zwischen den Brettern zu spähen. Auch die zwei kleinen Fenster waren von innen derartig mit Staub bedeckt, dass Juha, selbst als er direkt an die Scheibe herantrat und mit beiden Händen die blendende Sonne abschirmte, nur schemenhafte Andeutungen einer simplen Werkbank, von Gartengeräten und etwas Unförmigem erahnen konnte, das möglicherweise eine Maschine zur Holzverarbeitung oder ein alter Motorblock war.

Als er den Kopf vom Fenster löste, bemerkte er eine huschende Bewegung. Er blinzelte, trat abermals ans Fenster, lugte hinein und bemühte sich, doch noch etwas im Dunkeln zu erkennen. Nichts. Als er die Hände von der Scheibe nahm, sah er die Bewegung erneut, und dieses Mal begriff er, dass es nur das Spiegelbild von Lux gewesen war, der in seinem Rücken hinter dem Haus hervorgetreten war und jetzt auf ihn zukam. Er machte nicht den Eindruck, auf irgendetwas Interessantes gestoßen zu sein, zuckte mit den Schultern und ging wortlos an Juha vorbei zum Wagen.

«Was dachtest du denn, was du findest?», rief Juha ihm hinterher.

«Ach, keine Ahnung.» Juha holte Lux ein. Der sagte, mehr zu sich selbst: «Direkt hinter dem Haus beginnt der Wald.»

Juha nickte.

Am Auto angekommen, entschieden sie, den Besuch bei Kruger auf später zu verschieben und zunächst zu Erlend Hader zu fahren.

«Hätte ich Sie beide erwartet, hätte ich einen Snack zubereitet», sagte Hader, nachdem sie Platz genommen hatten. Dieses Mal nicht in der Küche, sondern im Wintergarten, der auf die Felder hinausging, die gleich hinter dem Haus begannen. «Sie sind zu zweit gekommen, das fühlt sich ja fast nach einer Vernehmung an.»

«Nein, Herr Hader», entgegnete Lux schnell. «Wir möchten Sie nur nach einem jungen Mann fragen, der uns auf einem der Fotos in der Chronik aufgefallen ist, die Sie uns netterweise überlassen haben.»

Juha schob das Buch zu Lux über den Tisch, der schlug die Seite mit dem Klebezettel auf. «Auf diesem Foto, dieser junge Mann – können Sie uns sagen, wer das ist?»

Hader schien einen Moment überlegen zu müssen. «Ja doch. Der war eine Zeitlang immer mal wieder da. Ich kenne aber den Namen nicht.»

«Das ist Levent Kruger.»

«Ja, kann sein, dass der so hieß. Wieso fragen Sie mich, wenn Sie das doch wissen?»

Juha übernahm das Wort. «Weil der Name Levent Kruger nirgendwo erwähnt wird. Weder in unseren Akten noch in den Vereinsunterlagen.»

«Na, das ist auch kein Wunder», sagte Hader, als handelte es sich um eine Selbstverständlichkeit. «Der war kein Mitglied. Wenn es eine Veranstaltung gab, tauchte er manchmal auf, stand abseits und hat niemanden gestört. Keiner hatte damit ein Problem, manchmal hat er auch eine Wurst vom Grill bekommen. Und dann verschwand er so unauffällig, wie er gekommen war. Ich glaube, der hatte zu Hause Probleme, man konnte Mitleid mit ihm haben.»

«Und keiner hat ihn gegenüber der Polizei jemals erwähnt?»

«Wie gesagt, der Junge war ein Schatten. Und eben auch nur ein Junge. Haben Sie denn mit ihm gesprochen?»

«Das werden wir, sobald wir ihn ausfindig gemacht haben.» Juha merkte, dass sie hier nicht weiterkamen, und er tauschte einen Blick mit Lux aus. Der verstand und übernahm.

«Herr Hader, wir sind nicht nur wegen Levent hier. Sie haben uns etwas verschwiegen, und wir fragen uns, wieso.»

«Ich kann mir schon denken, was jetzt kommt.» Hader lächelte etwas gequält.

«Der Unfall Ihrer Frau ...»

«Jaja.» Er ließ seinen Blick über die Felder streifen.

«Wieso haben Sie nichts davon gesagt?»

«Spielt es denn eine Rolle?»

«Es klingt wie ein Motiv», sagte Juha.

Hader wandte sich rasch zu Juha um. «Ein Motiv wofür? Ein Kind zu entführen?»

Juha schwieg.

«Das sehe ich anders, aber gut. Allerdings müssten Sie doch wissen, dass ich gar nicht hier war, als es passiert ist. Ich bin nämlich nach Schweden gefahren, um dort unser Ferienhaus winterfest zu machen, und zur Tatzeit war ich mit dem Auto auf der Fähre nach Trelleborg. Eigentlich hatten wir geplant, in dem Jahr noch einmal zusammen hinzufahren.» Er atmete laut aus. «Ich habe die Quittung, und die Autokennzeichen auf der Fähre werden registriert. Außerdem gab es Zeugen, die sich an mich erinnert haben.»

Juha merkte, dass es ihm schwerfiel, Hader diesen Fragen auszusetzen. Aber Lux ließ noch nicht locker. «Was glauben Sie, warum Ihre Frau bei Harm Boysen im Auto saß? Und wo wollten sie hin?»

«Ich verstehe genau, worauf Sie hinauswollen.»

Jetzt fiel Juha auf, dass etwas an Hader anders war als bei ihrer ersten Begegnung, bei der Juha ihn so sympathisch gefunden hatte. Er wirkte missmutig, und in seinen Augen glomm etwas, das Juha wie Zorn vorkam.

«Ich habe keine Ahnung, ob die beiden eine Affäre hatten, okay?» Hader sprach bestimmt und mit einer lauteren Stimme als zuvor. «Meine Frau litt nach dem Unfall an einer retrograden Amnesie, die letzten zwei Monate waren aus ihrem Gedächtnis gestrichen. Einfach weg. Wenn in dieser Zeit etwas zwischen ihr und Boysen gelaufen ist, dann kann sie sich nicht daran erinnern.» Er sprach Boysens Namen aus, als bereitete dieser ihm einen fauligen Geschmack im Mund, und seine Worte durchschnitten die Luft mit einer ungewöhnlichen Schärfe. Seine Aussage, ihn und Boysen habe so etwas wie eine Freundschaft verbunden, wirkte nun wie der Versuch, keine alten Geister heraufzubeschwören. «Und wie kann ich meiner Frau etwas vorwerfen, woran sie sich nicht erinnert?»

«Aber Boysen erinnert sich daran, wenn es denn so gewesen ist.»

Hader entfuhr ein kurzes, verächtliches Lachen. «Boysen ist Boysen. Hätte er es zugegeben, ich hätte ihm vielleicht eine reingehauen. Aber ich entführe doch kein unschuldiges Kind, Herrgott noch mal! Ich liebe meine Frau. Ich sorge für sie, hebe sie jeden Morgen aus dem Bett und aufs Klo. Wasche sie, weil sie es selber nicht mehr kann. Und jeden Tag sehe ich ihre Liebe und ihre Dankbarkeit in ihren Augen, ganz deutlich. Ich bin für sie da, das ist das einzige Glück, das ihr geblieben ist. Und wenn sie eine Affäre mit Boysen gehabt hätte, es würde nicht das Geringste ändern. Nicht das Geringste.» Er atmete schwer aus.

«Sie sagten, dass Boysen und Sie befreundet gewesen seien.»

«Nein, ich sagte: ‹Wenn Sie so wollen.› Aber natürlich war mir nicht besonders daran gelegen, die Freundschaft zu dem Mann zu pflegen, der meine Frau beinahe das Leben gekostet hätte. Finden Sie das jetzt verdächtig?»

«Sie hätten es uns gleich erzählen können.»

«Was wollen Sie eigentlich von mir?» Hader schaute Juha mit festem Blick an. «Sie wühlen in einem hundert Jahre alten Fall herum, der, soweit ich weiß, gelöst ist und in dessen Zusammenhang nie ein Verdacht auf mich gefallen ist, weil ich nämlich ein Alibi hatte. Und trotzdem klingeln Sie hier und reißen alte Wunden auf. Wie findet es Harm Boysen, dass Sie darin rumstochern? Ich bin weiß Gott nicht gut auf ihn zu sprechen, aber ich weiß, was dieser Mann durchgemacht hat, und wenn Sie Anstand haben, dann lassen Sie ihn endlich zufrieden. Und mich und meine Frau gefälligst auch.»

Juha sah, dass sich ein feuchter Film in Haders Augen gebildet hatte, der nun wieder auf die Felder schaute, die Arme fest um seine Brust geschlungen. Trotzdem wirkte er dabei nicht kümmerlich, und Juha stellte fest, dass seine Sympathie für den Mann ungebrochen blieb. Gleichzeitig war er froh, dass er Lux dabeihatte, der sich von derartigen Gefühlen nicht so schnell vereinnahmen ließ wie er. Juha fand, dass das nicht unbedingt eine Schwäche seinerseits war. Meistens täuschte ihn sein Gefühl nicht, trotzdem war Lux' rationales Denken ein sinnvolles Gegengewicht. Juha war sich sicher, dass Hader die Wahrheit sagte. Und ein Seitenblick auf Lux verriet ihm, dass sie dieses Mal wohl einer Meinung waren.

«Ich denke, wir gehen jetzt, Herr Hader. Vielen Dank, und ... wir bitten um Entschuldigung.» Lux erhob sich.

Hader entwand sich seiner eigenen Umarmung und zeigte auf das Jahrbuch. «Vergessen Sie das Buch nicht.»

Lux nutzte den Hinweis für eine letzte Frage. Er zeigte auf den Mann in brauner Lederjacke, der mit dem Rücken zur Kamera stand und den Levent offenbar angesehen hatte, als das Foto geschossen wurde. «Können Sie uns sagen, wer das ist?»

Haders Blick ruhte auf dem Foto. Juha war sich nicht sicher, ob er überhaupt antworten würde. «Weiß nicht, das könnte jeder sein», sagte Hader müde.

Lux nahm das Buch vom Tisch und klappte es zu. «Danke. Alles Gute, Herr Hader.»

Sie gingen zur Tür, während Hader in seinem Stuhl im Wintergarten zurückblieb. Als sie die Haustür hinter sich zumachten, war Hader durch die Butzenscheiben nur noch als eine Lichtspiegelung zu erkennen.

«Ich bin nicht ganz zufrieden», sagte Lux im Gehen.

«Womit?»

Lux blieb stehen. «Mit seinem Alibi. Aber ich komme noch nicht dahinter, was mich stört.»

Juha blickte zurück zum Wintergarten. Völlig regungslos, in wunden Erinnerungen versunken, wirkte Hader wie ein alter Mann, der es langsam aufgab, seinem eigenen Verschwinden entgegenzuwirken. Er selbst, dachte Juha, wäre wohl nicht mit der Tapferkeit ausgestattet, derart lange eine Zuversicht aufrechtzuerhalten, einen derartigen Lebensmut auf einem solchen Schicksal zu errichten. Er bewunderte Hader und hoffte gleichzeitig, niemals so zu werden wie er.

25

Juha betrachtete das Foto von Levent. Ihr Auto stand auf dem Parkplatz einer Tankstelle, Lux war in den Shop gegangen, um sich ein Capri zu kaufen. Am Himmel war keine Wolke zu sehen. Im Auto wurde es heiß, und die Sonne, die von einer kalkweißen Wand reflektiert wurde, blendete Juha. Er legte das Buch auf seinen Schoß und wühlte im Handschuhfach nach einer Sonnenbrille. Er fand eine, deren linker Bügel leicht verbogen war. Im Spiegel der Sonnenblende betrachtete er sich und fand sich ganz gut. Im Spiegel sah er auch Lux, der aus dem Shop kam. Mit seinem hellen Anzug, der in der Sonne leuchtete und seine Haut noch dunkler wirken ließ, den schmalen eleganten Schuhen und der golden umrahmten Sonnenbrille machte er schon was her, das musste man zugeben. Ein Kino-Cop, dachte Juha, du hast einen echten Kino-Cop zum Partner.

«Warum wird es auf einmal so warm draußen? Das ist ja kalifornisch.» Lux ließ sich in den Fahrersitz fallen und reichte Juha eine kalte Zitronenlimonade.

«Ich finde, du solltest ein Cop in Los Angeles sein oder so. Das würde total gut zu dir passen. Wir sind wie Nord und Süd. Das macht uns aus. Das ist unsere Qualität.»

Lux legte den Kopf zur Seite und sah dabei sogar ein bisschen aus wie der junge Eddie Murphy. «Danke, Mann, das hört man gern.» Juha lächelte.

«Schau mal», er zeigte auf das Foto. «Dieser Blick. Wie Levent diesen Mann ansieht. Was siehst du da?»

Lux nahm das Buch und betrachtete das Foto in aller Ruhe. Dann sagte er: «Sehnsucht. Ich sehe eine Sehnsucht. Bewunderung. Vielleicht sogar eine Art zaghafte Zuneigung. Und Schüchternheit. Eine Scham? Ein Bedürfnis.»

«Nicht schlecht. Ich sehe das Gleiche, aber hätte es nicht so sagen können wie du.»

«Aber es ist nur ein Foto. Nur ein Bild.» Lux gab Juha das Buch zurück.

Juha blieb in die Betrachtung des Fotos versunken, dann antwortete er: «Wir sollten einfach Boysen nach Levent fragen, oder?» Juha zögerte noch einen Moment, nahm dann aber entschlossen sein Handy in die Hand.

Lux hielt ihn zurück. «Oder wir kümmern uns vorher noch um die Prepper-Clique. Wer weiß, was dabei herauskommt. Im Zweifelsfall kann jede Information von Nutzen sein, bevor wir bei Boysen mit der Tür ins Haus fallen.»

Juha spürte den starken Drang, sofort mit Boysen zu sprechen, sah aber ein, dass das nur seiner Ungeduld geschuldet war. Dann drückte er eine Taste und nahm das Handy ans Ohr.

Lux versenkte die Augenbrauen hinter seiner Sonnenbrille. «Hallo? Kannst du wenigstens so tun, als interessiere dich, was ich sage?»

«Schon gut, ich rufe Selma an.»

Nach einmal klingeln nahm sie ab.

«Hi, Selma, Juha hier.» Juha schaltete den Lautsprecher ein, damit Lux mithören konnte. «Selma, hast du schon was wegen unserer Hobby-Apokalyptiker rausgekriegt?»

«Hallo, Juha. Ist Lucas auch da?»

«Sitzt neben mir.»

«Hallo, Lucas.»

«Hallo.»

«Also, ihr beiden, ich hab zwei, immerhin. Walter Boeck. Tot. Ingo Grimm. Auch tot. Der eine Krebs, der andere ist beim Klettern in den Anden abgestürzt. Ulrich Schlensag wohnt noch immer in Moorstedt. Und Matthias Steiner, tja, der ist vor neun Jahren nach Mallorca ausgewandert und genießt seinen Ruhestand. Er macht Kite-Surfen, wenn man seinem Facebook-Profil trauen mag.»

«Kite-Surfen auf Mallorca? Das ist ja nicht uninteressant. 100 000 Euro sind kein schlechtes Startkapital, wenn man woanders neu anfangen will.»

«Ja, hab ich auch gleich gedacht, aber das Einzimmer-Ferienapartment hatte er vorher schon. Und zum Tatzeitraum, plus minus eine Woche: Ihr könnt es euch denken.»

«War er dort, schade. Kannst du uns noch mal das Alibi von dem anderen sagen?»

«Ulrich Schlensag. Der war an dem Tag selbst auf dem Schießstand. Hat freigehabt und nachweislich um neun Uhr eingecheckt.»

Juha legte nachdenklich das Gesicht in Falten. «Trotzdem, mit dem würden wir gern sprechen. Hast du seine Nummer?»

«Handynummer, schick ich dir.»

«Super, vielen Dank. Gute Arbeit, Selma.»

Er legte auf und schaute zu Lux. «Sie schickt uns die Nummer.»

«Ja, hab ich gehört, der Lautsprecher war ja an.»

Juha nickte. Kurz darauf vibrierte sein Telefon.

Als sie versuchten, Ulrich Schlensag telefonisch zu erreichen, wurde Juha zunächst auf die Mailbox weitergeleitet. Er hinterließ eine Nachricht. Dann fuhren sie auf gut Glück nach Moorstedt.

«Wenn er sich nicht meldet, bis wir da sind, ist es Fügung, dann besuchen wir einfach die Boysens.»

Lux sagte nichts dazu, und Juha hoffte ein bisschen, dass seine Ungeduld, mit Boysen zu sprechen, gestillt werden würde, indem Ulrich Schlensag nicht zurückrief. Aber er hatte

Pech. Gerade als sie das Ortsschild passierten, vibrierte sein Telefon. Juha stellte wieder den Lautsprecher an.

«Korhonen?»

«Ulrich Schlensag, Sie haben mich angerufen.» Der Mann hatte eine außergewöhnlich hohe Stimme, die Juha kurz aus dem Konzept brachte.

«Genau, danke für Ihren Rückruf. Wie gesagt, Juha Korhonen, LKA Hamburg. Wir würden gern ein paar Fragen stellen, können wir vorbeikommen, sind Sie zu Hause?»

«Nein, ich bin auf dem Schießstand.»

Juha rollte mit den Augen, und Lux verzog das Gesicht zu einem spöttischen Lächeln.

«Dann kommen wir dahin, wenn's recht ist. Dauert auch nicht lange.» Danach können Sie weiterballern, dachte Juha, ohne es auszusprechen.

«Zeig mir noch mal das Foto», sagte Lux, nachdem er den Wagen auf dem Waldparkplatz zum Stehen gebracht hatte.

Juha reichte ihm die Chronik. «Der kleine Dicke.»

«Mhm, ja, passt irgendwie zur Stimme. Sieht nicht aus wie ein Verbrecher.»

«Ich bitte dich, Lux, wie lange bist du jetzt Polizist?»

«Jaja.»

Sie stiegen aus und gingen zu der flachen Baracke, als die ersten Schüsse durch den Wald hallten. «Moorstedter Schützengilde e.V.» stand auf einem blassen Schild über dem Eingang. Sie gingen hinein und fanden sich in einem typischen Clubhaus wieder. Auf dem Tresen stand ein laminiertes Schild: «Wenn Tresen nicht besetzt, bitte am Schießstand melden.»

«Na dann. Nach dir, Partner», sagte Juha und machte eine einladende Geste.

«Na danke.»

«Ich gehe dicht hinter dir. Falls man auf uns schießt, passiert mir nichts.»

«Hab ich schon verstanden.»

Wieder krachten Schüsse, als sie durch die angelehnte Tür nach draußen traten, und Lux zuckte unwillkürlich zusammen. Juha kicherte leise. Sie fanden sich in einem Außengang aus Tarnnetzen wieder, der nach rechts führte. Links war ein augenscheinlich stabiler, fensterloser, aber nicht verschlossener Schuppen. Das Gitter, das der Holztür vorgelagert war, stand offen, ebenso wie die Tür selbst. Juha riskierte einen Blick.

«Hui, ganz schönes Arsenal.» In vergitterten Schränken lagerte alles, was des Schützen Herz begehrte. Von der Pistole über handliche Kleinkaliber bis hin zu Präzisionsgewehren mit professioneller Zieloptik.

«Alles vorschriftsmäßig gesichert?», fragte Lux.

«Sieht so aus. Die Türen müssten natürlich abgeschlossen sein.»

Wieder Schüsse, dieses Mal klangen sie nah. Links sah Juha einige Zielscheiben in Entfernungen zwischen etwa zehn und fünfzig Metern. Plötzlich zuckte eine der hinteren und wackelte leicht hin und her. Sofort registrierte Juha den Ursprung der Kugel. In einer Nische stand Ulrich Schlensag mit Gehörschutz und ballistischer Brille und zielte im Stand mit einem Jagdgewehr auf die Scheibe. Sie näherten sich, die Ohren mit den Händen bedeckt, warteten aber geduldig, bis Ulrich Schlensag das Gewehr und den Gehörschutz absetzte.

«Herr Schlensag?»

Der Mann drehte sich um und lächelte breit. Dann schaute er zur Zielscheibe zurück und nickte zufrieden. «Der bin ich, angenehm.» Er legte das Gewehr sorgsam ab und hielt ihnen die Hand hin.

Juha und Lux schüttelten sie nacheinander.

«Wollen Sie es mal versuchen?», sagte Ulrich Schlensag und zeigte auf das Gewehr.

Juha blinzelte kurz, fühlte sich im ersten Moment tatsächlich etwas verlockt, hob aber dann ablehnend die Hände.

«Zeig doch mal, Juha», sagte Lux und versetzte ihm einen Knuff in den Rücken.

«Ich weiß nicht, ist lange her, dass ich mit einem Gewehr ...»

«Ist wie Fahrrad fahren», sagte Schlensag knapp und reichte ihm die Waffe.

«Na ja, gut. Schauen wir mal.»

Juha legte Gehörschutz und Brille an und schob eine der Patronen nach, die in einer Pappschachtel auf dem kleinen Tisch lagen. Dann lud er das Gewehr durch. Das Geräusch setzte einen zarten Adrenalinstoß frei, und als er anlegte, fühlte es sich überraschend vertraut an. Trotzdem merkte er, wie unruhig die Waffe in seinen Händen lag. Er schaute kurz zu Lux, der sich die Finger in die Ohren gesteckt hatte, dann konzentrierte er sich auf das Ziel. Juha verlangsamte seinen Atem, doch sein Herzschlag wurde kaum ruhiger. Er war nervös, und je länger er zielte, desto mehr zitterte der Lauf. Kurz dachte er daran, doch noch zu kneifen. Aber er wollte sich nicht blamieren, also wechselte er spontan vom 50-Meter-Ziel auf die 30 und drückte ab. Der Rückstoß war unerwartet heftig und der Knall trotz Gehörschutz ohrenbetäubend. Die Kugel schlug mit brachialer Gewalt in die linke obere Ecke der Zielscheibe ein. Juha starrte einen Moment ungläubig auf das Einschussloch, bevor er die Waffe ablegte und etwas verwirrt zu Lux schaute. Der hatte die Finger aus den Ohren gezogen und schaute ebenfalls überrascht drein.

«Bin wohl etwas aus der Übung», knurrte Juha und hielt Ulrich Schlensag das Gewehr hin.

«Immerhin die Scheibe getroffen. Schon nicht schlecht.»

Lux sah Juha weiter fragend an, doch der winkte ab. «Zur Sache jetzt. Lux, gib mir mal das Buch.» Lux reichte es ihm, und Juha wies auf das Foto, das Levent Kruger zeigte. «Diese beiden Männer, kennen Sie die?»

Ulrich Schlensag legte den Kopf schief und betrachtete das Foto. «Ja, der Junge, das ist Levent Krüger.»

«Fast. Kruger. Levent Kruger heißt der.»

«Oder so.» Ohne ein weiteres Mal auf das Foto zu schauen, ergänzte Schlensag: «Der andere heißt Boysen.»

«Harm Boysen.»

«Ich kenne keinen anderen.»

«Sind Sie sicher?»

Schlensag nickte nur. Juha musste sich kurz sammeln. «Könnte es nicht auch jemand anders sein?»

Schlensag schüttelte den Kopf. «Nein, das ist Boysens Jacke, die hat er immer angehabt, war so was wie sein Markenzeichen.»

Juha und Lux tauschten sich einen kurzen Moment mit Blicken über die offenkundige Tatsache aus, dass Hader gelogen hatte, als er sagte, es könne sich bei dem Mann in der Lederjacke um jeden handeln. Dann wandte Juha sich erneut an Schlensag. «Was hatten die beiden für ein Verhältnis?»

Schlensag schien kurz zu stutzen und kniff die Augen zusammen. «Interessant, dass Sie fragen. Tatsächlich gab es für eine gewisse Zeit eine, na ja, Freundschaft kann man es nicht nennen. Eher so ein Meister-Schüler-Ding. Ich glaube, Harm gefiel sich ganz gut in der Rolle, so einen hoffnungslosen Fall auf Vordermann zu bringen.»

«Hoffnungsloser Fall?»

«Na ja, Sie wissen schon.»

«Eigentlich nicht», sagte Juha und schaute zu Lux, der zustimmend den Kopf schüttelte.

«Levent war ein Außenseiter, nichts gelernt, sozial ziemlich eingeschränkt, um es vorsichtig zu sagen. Am Anfang stand er wie ein scheues Reh am Zaun und schaute zu uns rüber. Wie so ein Kind, das im Wald aufgewachsen ist und nicht sprechen kann. Einmal ging Harm zu ihm, und er sah schon aus, als wollte er weglaufen, aber Harm hielt ihm 'ne Grillwurst hin. Als würde er einen wilden Welpen anlocken. Die hat Levent dann gegessen. Von da an kam er häufiger und traute sich immer näher ran. Wie so 'n Hund halt. Aber er hatte natürlich ein Zuhause. Irgendwo im Wald. Ich glaube, sein Vater war Förster oder so.»

Juha ließ die Bilder sacken, die sich während Ulrich Schlensags Erzählung in seinen Gedanken gebildet hatten. «Sie sagten ‹Meister-Schüler-Verhältnis›. Was meinen Sie damit?»

Ulrich Schlensag kaute auf den Worten herum, bevor er sie aussprach. «Harm hat den Jungen häufiger eingeladen, soweit ich das mitbekommen habe. Und hier auf dem Schießstand waren sie auch einige Male zusammen. Er hat ihm gezeigt, wie es geht.»

«Er hat ihm Schießen beigebracht?»

«Nur mit Compound-Bogen und Armbrust. Harm hatte schon immer was gegen Feuerwaffen. Ehrlich gesagt halte ich davon nicht so viel. Schießen als Sport. Muss nicht sein. Eine Waffe ist zum Töten da und nicht zum Spielen. Das sollte man niemals vergessen.»

Juha konnte eine gewisse Überraschung über diese Aussage nicht verbergen. «Das heißt, Ihr Freund Harm Boysen ...»

«Ich würde uns nicht mehr als Freunde bezeichnen.»

«Wieso sind Sie auseinandergegangen?»

«Sagen wir mal so, Harm wurde mir zu krass.»

«Inwiefern?»

«Er hatte schon vor Daniels Tod etwas leicht Manisches. Ich schätze, Sie haben ihn getroffen?»

Juha nickte.

«Dann wissen Sie ja, was ich meine. Einnehmender Typ, oder? Die Ruhe in Person. Ich habe ihn aber auch anders erlebt. Wenn er mit seinem charismatischen Wesen nicht weiterkam, dann wurde er wütend und konnte auch schon mal an die Decke gehen. Traut man ihm gar nicht zu, aber so war's. Für uns war diese Gruppe ein Hobby, eine Spielerei, und am Ende war's noch für etwas gut, wenn man sich ein bisschen in Nachhaltigkeit üben konnte. Einen Systemzusammenbruch erwartete keiner von uns, auch Harm nicht. Aber nachdem sein Sohn gestorben war, bekam dieses Hobby ... dogmatische Züge. Ich bin kein Psychologe, aber mir kam es vor, als würde er dieses Untergangsnarrativ als Flucht vor der Realität nutzen. Man kann es ihm nicht verübeln, aber für mich war das nichts mehr. Ich will mich nicht runtermachen lassen und mir anhören, ich würde die Sicherheit meiner Familie aufs Spiel setzen, wenn ich meinem zwölfjährigen Sohn keinen Fluchtrucksack packe. Harm ist kein politischer Mensch, aber sein Gehabe hat in mir einfach so gewisse Trigger ausgelöst. Ich bin eher linksliberal, müssen Sie wissen.»

«Ach, und trotzdem ...» Juha ließ seinen Zeigefinger im Halbkreis über das Gelände schweifen.

«Ich schieße trotzdem gern. Bin Jäger geworden, weil ich die Natur liebe. Und Tiere.»

Dieses Argument hörte man häufiger, und Juha konnte es jedes Mal aufs Neue schwer nachvollziehen. Er hatte das Gefühl, keinen schlechten Draht zu Ulrich Schlensag zu haben, darum verwarf er seine Skrupel, den Holzhammer auszupacken. «Ich frag mal so ganz direkt. Hätten Sie einen Grund gehabt, Harm Boysen zu schaden? Seien Sie gern ehrlich. Wenn Sie was verschweigen, kriegen wir's raus und bekommen unter Umständen ein falsches Bild von Ihnen.»

Ulrich Schlensag musste grinsen. «Na, Sie sind ja direkt. Aber nein, ich hatte keinen Grund, Harm zu schaden. Als mir der Kontakt unangenehm wurde, hab ich mich zurückgezogen. Da bin ich ganz pragmatisch.»

«Eine weitere direkte Frage: So eine ausgefuchste Kiste wie die, in der Daniel Boysen gefangen gehalten wurde – wer hätte so was bauen können?»

«Da fällt mir ehrlich gesagt nur einer ein.» Er spannte die Polizisten auf die Folter und fand das offenbar amüsant. «Harm Boysen selbst. Der hat so was gemacht. Er hat uns Pläne gezeigt von einem Schutzraum, den er entworfen hat. Ob er ihn wirklich gebaut hat, keine Ahnung. Das war so einer der Momente, wo ich dachte, okay, vielleicht sind wir einfach nicht mehr auf einer Wellenlänge.»

Juha ließ die Aussage einen Moment auf sich wirken, bevor er entschlossen die Hand ausstreckte. «Danke, Herr Schlensag, Sie haben uns geholfen. Und nichts für ungut wegen der direkten Fragen.»

Ulrich Schlensag ergriff die Hand. «Keine Ursache. Ich mag direkte Menschen.»

«Völlig abwegig, dass Boysen selbst etwas mit der Entführung seines eigenen Sohnes zu tun hatte, oder?», sagte Lux zu Juha, als sie zum Auto zurückgingen. Hinter ihnen begannen wieder Schüsse zu fallen.

«Na ja, überlegen wir mal. Der Entführer wollte dem Jungen keinen Schaden zufügen. Es war immer noch ein Unfall, wenn du so willst. Und denk an den Obduktionsbericht; Daniel hatte gebrochene Rippen, die auf Wiederbelebungsmaßnahmen schließen lassen.»

Lux schüttelte den Kopf, der Gedanke war ihm sichtlich unangenehm. «Also, erstens verursacht die Tatsache, eingesperrt zu sein, auch einen Schaden, und zweitens: Was sollte er bitte für ein Motiv haben, so was zu tun?»

«Hast ja recht. Wir fahren zu ihm, ich will zumindest wissen, warum Harm Boysen Levent nie erwähnt hat. Hader hin oder her.»

«Apropos Hader.»

«Richtig, apropos. Was meinst du, warum hat er gelogen? Der wusste doch genau, wer das da auf dem Foto ist, oder?»

«Sehe ich genauso.» Lux nahm auf dem Fahrersitz Platz und ließ den Motor an. «Der wollte uns einfach loswerden. Als er sagte, wir sollten die Sache ruhen und sie in Frieden lassen, war er sehr deutlich.» Lux fuhr langsam von dem holprigen Parkplatz.

«Ja, sehr deutlich», resümierte Juha. «Vielleicht etwas zu sehr.»

26

Diesmal wurde auf ihr Klingeln hin die Tür geöffnet. Allerdings nicht von Harm Boysen, sondern von seiner Frau Meret. Sie war schwarz gekleidet, kleiner als Boysen, aber dennoch fast so groß wie Juha, und ihr kurzärmliges Shirt ließ den Blick frei auf die durchtrainierten Arme einer Schwimmerin. Doch was Juhas Aufmerksamkeit am stärksten auf sich zog und nicht mehr loslassen wollte, waren ihre Augen. Hätte er sie beschreiben müssen, er wäre durch eine endlose Kaskade von Worten gefallen, um am Ende festzustellen, dass sie genau das waren. Endlos. Meret Boysens hellblaue, fast weiße Augen hatten etwas Endloses. Und der Schmerz, von dem sie zu erzählen schienen, mochte ebenso endlos sein. Sie musterte die beiden Männer, versuchte sie offenbar einzuordnen.

«Ja, bitte?»

«Hallo, Frau Boysen, das ist mein Kollege Oberkommissar Adisa, und ich bin Juha Korhonen, wir sind vom LKA Hamburg. Ich war vor Kurzem schon mal hier und habe mit Ihrem Mann gesprochen.»

Frau Boysen betrachtete die beiden etwas argwöhnisch und sagte: «Ja, das hat er mir erzählt. Und nun?»

«Wir haben da noch ein paar weitere Fragen. Haben Sie Zeit? Ist Ihr Mann auch da?»

Ohne ein weiteres Wort zu sagen, drehte Meret Boysen sich um und ging wieder ins Haus hinein. Juha fiel auf, dass ihr Gang etwas Schwebendes hatte, als würde ihr Körper sich beim Gehen kaum bewegen. Er nickte Lux zu, und sie folgten ihr.

Was von außen wie ein Bungalow wirkte, entpuppte sich beim Betreten der Diele als ein zweigeschossiges Gebäude, das aufgrund der leichten Hanglage offenbar über ein flaches Souterrain verfügte. Natursteinerne Stufen, zu breit für eine Kellertreppe, führten vom Flur aus hinab, und Juha bemerkte einen Schimmer Tageslicht, der sich am Fuß der Treppe spiegelte. Er dachte kurz darüber nach, wie er dieses Detail bei seinem letzten Besuch hatte übersehen können, als ihm auffiel, dass der Garten ebenerdig lag und der nur leicht abfallende Hang zur anderen Seite ging.

Meret Boysen führte sie vorbei an der Treppe durch eine kleine Küche in den großzügigen Wohnbereich, und erst hier wechselte der Bodenbelag von Stein zu dunklem Parkett, dessen Glanz keinen häufigen Gebrauch vermuten ließ.

«Ich schaue mal, wo mein Mann ist», sagt Meret Boysen und ging zurück in die Richtung, aus der sie gekommen waren.

Weite Panoramafenster gaben den Blick auf den Garten frei. Auf das Glas waren schwarze Vogelsilhouetten geklebt worden. Juha trat an die Scheibe und fragte sich, ob die Aufkleber wohl Boysens Initiative entstammten oder der seiner Frau. Von dem Loch im Garten, das Boysen am Vortag gegraben hatte, war nichts mehr zu sehen. Als wäre über Nacht Gras darüber gewachsen.

Juha drehte sich um und ließ seinen Blick durch den Raum gleiten. Keine Spur von Leben war darin auszumachen. Nur ein Modell, wie in einem IKEA-Beispielzimmer, wo der Fernseher entkernt, das Telefon eine Attrappe und die Seiten der Bücher zusammengeklebt waren. Wenn auch hochpreisiger, so doch alles Fake. Als hätte der Eigentümer einen rein repräsentativen Wohnraum schaffen wollen, während er selbst sich nur in den spartanischen Kammern des Souterrains auslebte und dabei die Entbehrung von Annehmlichkeiten zur Tugend erhob. Die makellose Fassade ließ Juha sofort ein diametral entgegengesetztes Chaos in den unter ihnen liegenden Räumen vermuten, wo Bücher, statt in Regalen, zu Stapeln aufgetürmt den unter Bergen von Papier begrabenen Schreibtisch umsäumen, der am Ende eines Trampelpfades durch Krimskrams, gleich neben einer ausgemusterten Hantelbank, in den letzten Anstrengungen seiner Zweckerfüllung vor sich hin staubt.

Frau Boysen und ihr Mann betraten das Wohnzimmer. Boysen nickte den beiden Polizisten flüchtig zu, während sich seine Frau auf das Sofa sinken ließ. Er setzte sich neben sie. Ihrem Besuch boten sie keinen Platz an. Juha und Lux setzten sich eigenmächtig auf zwei Sessel, die dem Sofa gegenüberstanden. Zwischen ihnen ein massiver Couchtisch im gleichen Farbton wie der Boden. Juha kam die Tradition eines Möbelkreislaufs in den Sinn. Oder vielmehr einer Pipeline, die vorsah, dass ein neues Stück seinen Vorgänger als Repräsentalie im öffentlichen Wohnzimmer entthronte und es zum Gebrauchsgegenstand in den Privaträumen degradierte, von wo wiederum das noch ältere Möbelstück auf den Wertstoffhof oder in den Sozialladen verdrängt wurde. Die Dinge kamen oben rein ins Haus, durchwanderten es im Verdauungsprozess der Zeit und kamen irgendwann unten wieder raus. Seine Großeltern stiefväterlicherseits hatten es ähnlich gehandhabt, weswegen er als Kind auf der ausgemusterten Couch in Großvaters Hobbyraum hatte übernachten müssen, die dort als Gästebett ihren Ruhestand verlebte. Dieser Umgang mit Möbeln schien die Eigenschaft einer älteren Generation zu sein, die das Wegwerfen von noch Nutzbarem so lange wie möglich hinauszuzögern versuchte. Anders als Maria und er, die ein tadelloses Möbelstück aus purer Lust am Neuen ersetzten und das alte ohne Zögern an Selbstabholer verschenkten oder einfach vor die Tür stellten.

«Wir sind da auf etwas gestoßen, das uns nicht ganz klar werden will», begann Juha und schlug die Chronik auf der

Seite auf, die das Foto von Levent und Boysen zeigte. Boysens Stirnrunzeln entging ihm nicht. «Diesen jungen Mann hier, den konnten wir nicht zuordnen. Wir wissen, dass er Levent heißt, aber nicht, was er mit dem Verein zu tun hatte.» Dass sie Boysen auf dem Foto bereits identifiziert hatten, behielt er für sich.

Während Boysen einen Blick in die Chronik warf, sagte seine Frau: «Aber Sie wissen, wie er heißt. Wie das, wenn Ihnen der Zusammenhang fehlt?»

Juha schlug sich gedanklich gegen die Stirn. Sollte er jetzt lügen? Offensiv seine Quelle verschweigen? Die Lüge würden die Boysens wahrscheinlich durchschauen, wenn sie nicht perfekt war. Deswegen sagte er: «Wir haben Kontakt zu weiteren ehemaligen Mitgliedern. Daher auch die Chronik.»

Woher auch sonst. Das Ehepaar schien es vorerst zu akzeptieren, ohne weiter nachzufragen. Boysen räusperte sich: «Ich weiß zwar nicht, was Sie damit bezwecken, aber wenn es Ihren Evaluationsmaßnahmen nützt: Ich kannte Levent Kruger.»

«Was meinen Sie mit ‹kannten›?» Juha spürte, wie das Spiel begann. Was weiß der andere schon? Welchen Zug macht er?

Boysen überlegte. «Levent war ganz auf sich gestellt und ziellos. Eine fatale Kombination für junge Menschen. Da braucht man entweder einen starken Willen oder jemanden, der einem zeigt, wo's langgeht. Levent hatte keins von beidem. Darum habe ich ihn ein bisschen unter meine Fittiche genommen.»

Juha gab sich völlig unüberrascht. «Inwiefern?»

«Das Wichtigste, das man so einem jungen Mann geben kann, ist eine Aufgabe, ein Sinn. Etwas, das er verfolgen kann. Also hab ich ihn helfen lassen, er hat Arbeiten erledigt, am Haus, im Garten. Ich hab ihm das ein oder andere gezeigt, ihm beigebracht, wie man mit Werkzeug umgeht. Sie erinnern sich vielleicht, dass ich Justizvollzugsbeamter war. Im Gefängnis ist es letztlich nicht anders. Nennen Sie es eine private Resozialisierungsaktion.»

«Was für Arbeiten kann ich mir da vorstellen? Rasenmähen?», fragte Juha und hoffte, dass es ihm gelang, dabei nicht kleinkariert zu wirken.

«Renovierungen, Sanierung, Ausbauten, Trockenlegung, was halt so anfällt in einem älteren Haus.»

«Wie hat er sich gemacht?»

«Er war nicht völlig untalentiert.»

«Was er nie entdeckt hätte, wenn du dich nicht seiner angenommen hättest», ergänzte Meret.

«Ja, Meret, ist gut», sagte Boysen, ohne den Blick von Juha abzuwenden. «Meine Frau hat recht. Ich denke, er war selbst überrascht, als er merkte, dass er überhaupt was kann. Vorher war da von Selbstbewusstsein keine Spur. Ich hab ihm alles gezeigt, hab ihn gelobt ... natürlich nicht zu viel. So was kann schnell ins Gegenteil umschlagen. In anderen Bereichen hat er sich auch gar nicht weiterentwickelt.»

«Was meinen Sie?»

«Er hat es nicht geschafft, ein normales soziales Leben zu führen. Immer viel zu schüchtern, viel zu leise, viel zu naiv.»

«Glauben Sie, Ihre Unterstützung hat trotzdem was gebracht?»

«Er taute auf, aber wie ich schon sagte, er konnte nicht gut mit anderen.»

Juha merkte, dass er ungeduldig wurde. Lux klinkte sich ein und ging den Schritt vorwärts, den Juha trotz seiner Ungeduld scheute: «Wie hat sich Ihr Verhältnis entwickelt?»

Boysen atmete tief ein, schien sich aber die Worte nicht abringen zu können. Seine Frau antwortete für ihn: «Wir mussten ihn rauswerfen.»

«*Rauswerfen?*» Lux gab dem Wort mehr Gewicht, als es Meret getan hatte. «Das klingt, als habe er hier gewohnt.»

«Ein bisschen war es ja auch so.» Boysen hob die Hände und versuchte eine Geste der Hilflosigkeit, die man ihm normalerweise nur schwer abgekauft hätte, doch in dieser Lage wirkte sie echt. «Am Anfang habe ich ihn mal einen Samstagvormittag hier gehabt. Dann kam er häufiger, und es war jedes Mal klar, dass er nicht gehen wollte. Also blieb er irgendwann zum Abendessen. Als ich sagte, er müsse nun nach Hause gehen, schaute er mich an wie ein Hund, den man bei Regen in den Garten schickt. Er fragte, ob er morgen gleich wiederkommen dürfe.» Boysen schaute zu Meret, wie um sich seiner Worte zu versichern, sie nickte bestätigend. Boysen erzählte weiter: «Ich habe gesagt: ‹Übermorgen. Übermorgen kannst du kommen.› Und wissen Sie, was er dann gemacht hat? Am nächsten Tag hat er hinter der Hecke gestanden und ins Fenster geguckt. Stundenlang hat der sich da rumgetrieben, bis ich irgendwann raus bin und gesagt habe, er soll halt reinkommen.»

Meret fiel ihrem Mann ins Wort. «Er ist wieder zum Abendessen geblieben, und danach hat er so getan, als sei er unheimlich müde. Völlig übertrieben, als könne er seine Augen nicht mehr offen halten.»

«Wir haben ihn dann unten schlafen lassen. Ich habe seinen Vater angerufen, um Bescheid zu sagen, die Nummer war im Telefonbuch. Aber der war ziemlich betrunken, es hat ihn nicht interessiert.»

«Können Sie sich vorstellen, wie unangenehm das war? Man wird belagert, und plötzlich hat man da einen Menschen im Haus, den man nicht mehr loswird.»

Juha schaltete sich wieder ein und richtete seine Frage an Harm Boysen: «Also haben Sie ihm gesagt, dass er nicht mehr willkommen ist.»

«Ich habe es ihm gesagt», warf Meret Boysen ein. «Harm hat es nicht übers Herz gebracht.»

«Wie hat er auf den Rauswurf reagiert?»

«Hat nichts gesagt, nichts gemacht. Er ist gegangen, und wir haben ihn nie wieder zu Gesicht bekommen.»

«Auch nicht beim Feuerwehrverein?»

Harm Boysen schüttelte den Kopf. «Ich habe ihn nie wieder gesehen.»

Es entstand eine Pause. «Und Ihnen ist nie die Idee gekommen, dass er diese Ablehnung als Demütigung empfunden und damit ein Motiv gehabt haben könnte, sich an Ihnen zu rächen?»

Boysen schüttelte schon den Kopf, während Juha noch redete: «Völlig ausgeschlossen. Er hat nichts Böses in sich. Er ist ein armer Junge, der im Leben viel erleiden musste, aber er hat ein Herz aus Gold.»

Seine Frau schnaufte abfällig, und Boysen legte seine Hand auf ihre.

«Und was denken Sie?», wandte Lux sich an sie.

«Ich bin anderer Meinung als mein Mann, wenn es um das Herz aus Gold geht. Für mich hatte seine permanente Anwesenheit etwas Parasitäres, und ich unterstelle ihm ein gewisses Bewusstsein dafür.»

«Meret!», zischte Boysen leise.

«Aber ich stimme meinem Mann in der Frage zu, ob er etwas mit dem ...», sie brach kurz ab, fing sich, «... Schicksal zu tun hatte, das uns ereilt hat. Levent wäre nicht in der Lage gewesen, ein solches Verbrechen zu verüben. Weder seelisch noch intellektuell.»

«Vielleicht hätten Sie diese Einschätzung der Polizei überlassen sollen.»

Boysen schlug mit der flachen Hand auf den Tisch, der plötzlich aufflammende Zorn ließ die Polizisten zusammenzucken. «Glauben Sie ernsthaft, ich hätte der Polizei nicht von Levent erzählt, wenn ich auch nur den Hauch eines Verdachts gehabt hätte, dass er mit der Entführung meines Kindes zu tun haben könnte? Denken Sie ernsthaft, ich hätte eine Sekunde gezögert, wenn er auch nur im Entferntesten als Verantwortlicher infrage gekommen wäre?» Die letzten Worte brachen jetzt bedrohlich laut aus ihm heraus: «Wenn es um meinen Sohn geht? Um mein Kind? Glauben Sie das im Ernst?»

Juha erkannte, dass er hier mit einem Totschlagargument konfrontiert war, das, mit dieser Vehemenz vorgetragen, keinen Spielraum für Nachfragen erlaubte. Nun hatten sie ihn ebenfalls erlebt. Den anderen Harm Boysen.

«Nein», sagte er deswegen. In ihm machte sich Resignation breit. Boysens drohendes Gebaren schüchterte ihn nicht ein, aber er merkte, dass sie an diesem Punkt nicht weiterkamen. Er nickte Lux zu, als er dessen fragenden Blick auffing, und erhob sich. «Vielen Dank, dass Sie sich die Zeit genommen haben.»

Auf dem Weg nach draußen rauschten Gedanken durch Juhas Kopf. Fragen, die er noch hätte stellen können. Antworten, die er gern gehabt hätte. Aber er wusste, dass er die Fragen anderswo stellen musste, und hoffte, auch die Antworten anderswo zu bekommen.

«Wie abgebrüht muss man sein, um so etwas für sich zu behalten, wenn das eigene Kind in Lebensgefahr schwebt?», fragte er Lux, als sie wieder auf der Straße standen.

«Und es nicht einmal zu erwähnen, wenn das eigene Kind zu Tode gekommen ist», ergänzte Lux.

«Also, nimmst du denen das ab, diese Haltung?»

«Warum sollte er lügen?»

«Ich weiß es nicht.»

«Warum hast du Boysen nicht nach Hader gefragt, die Spur ist ja alles andere als kalt?», sagte Lux.

«Ich habe kurz daran gedacht. Aber Boysen in dieser Situation nach einer Affäre mit einer anderen Frau zu fragen, hätte den Bogen wirklich um ein Vielfaches überspannt, findest du nicht? Hader hat schon recht. Wir reißen hier jede Menge alte Wunden auf, und das alles ohne einen wirklichen Anhaltspunkt. Hader hat ein wasserdichtes Alibi. Da erschien es mir nicht dringend genug, die Boysens auch noch mit einer Affäre zu konfrontieren, zumal wir nicht mal wissen, ob Meret Boysen Bescheid weiß.»

Lux nickte zwar, wirkte aber nicht restlos überzeugt.

Sie saßen schweigend im Auto, jeder in seine Gedanken vertieft. Der Wald flackerte am Fenster vorbei, und Juha wünschte, er könnte Werner fragen, wohin seine Spur geführt hatte.

Feierabend.

27

LUX

Er hatte sich eine graue Jeans und einen schwarzen Hoodie angezogen. Falls er jemandem über den Weg laufen würde, der ihn kannte, wäre er unsichtbar. In seinen hellen Anzügen, die er im Dienst trug, war er ein Einhorn, mit Kapuzenpulli einfach ein Schwarzer, an dem man zügig vorbeiging.

St. Pauli stieg er aus der U3 und kaufte sich eine Cola. Er hatte seine Sportkopfhörer dabei und musste eine ganze Weile durch seine Playlists scrollen, bis er an Jazz, klassischem Funk, diversen Podcasts und Hörbüchern vorbei war und die Musik fand, die bestimmte Bereiche in seinem Bewusstsein erleuchtete, die sonst im Schatten lagen. Dann stellte er die Welt um sich herum auf stumm und schwebte durch die Straßen. Er merkte, wie er anders ging, geduckter, mit mehr Bewegung in den Schultern, tänzerischer und zugleich gröber. Er war wieder siebzehn und streifte durch die nächtlichen Straßen. Sein Knöchel lärmte kurz. Erinnerte ihn an die Verfolgung über das Feld vor ein paar Tagen und daran, dass er eben doch nicht mehr siebzehn war. An der Polizeiwache Davidstraße zog er die Kapuze tiefer und überlegte, ob er hier abbiegen sollte. In seinem Kopf spielte sich eine Farce ab, die ihm bewusst war und die er trotzdem mit sich durchexerzierte. Denn eigentlich hatte er bereits entschieden, wohin er gehen und was er tun würde. Er wusste, was er jetzt brauchte. Dennoch spielte er auch immer wieder die andere, vernünftigere Variante durch: an der nächsten Haltestelle in die S-Bahn steigen, nach Hause fahren, duschen, ins Bett gehen, morgen mit frischem Geist wieder an die

Arbeit gehen. Das sollte er tun, und er wusste, dass er es nicht tun würde.

Als er sich gegen 19 Uhr zu Hause an seinen Schreibtisch gesetzt hatte, hatte er zunächst mit dem Gedanken gespielt, die Flasche zu öffnen, die ihm letztes Jahr zum Geburtstag geschenkt worden war, die Idee dann verworfen und sich guten Gewissens für Tee entschieden. Dazu hatte er leise John Coltrane aufgelegt und begonnen, die Abfahrtszeiten der Fähre zwischen Lübeck und Trelleborg im Jahr 2006 im Netz zu recherchieren.

Etwas an Haders Alibi störte ihn, doch er wusste nicht, was es war. Natürlich, der Zufall, dass er ausgerechnet am Tag des Verbrechens eine Fähre bestiegen hatte, schien groß, aber Zufälle waren immer nur von einer bestimmten Warte aus merkwürdig. Einen Flug zu verpassen, der dann verunglückte, glich einem Wunder. Auf der anderen Seite verpassten bei jedem Flug mehrere Fluggäste den Start, und irgendwo stürzte immer mal ein Flugzeug ab. Jedes Mal, wenn also irgendwo auf der Welt solch ein Unfall geschah, gab es mehrere Menschen, die glaubten, das Schicksal – oder Gott – hätte sie vor dem Unglück bewahrt. Wer einen Flug verpasste, hatte meist einen völlig alltäglichen Grund dafür. Erst wenn irgendwo ein Flugzeug abstürzte, wurden diese Alltäglichkeiten zu göttlicher Fügung. Zufall war eine Frage der Perspektive.

Aber da war ein loser Faden in Haders Alibi, der Lux reizte, an ihm zu ziehen. Entweder löste er den Knoten so mit einem Ruck, oder er zog ihn, im Gegenteil, fester. Letzteres war gefährlich, aber in Gefahr war er so oder so, denn sein Hirn lief seit Tagen auf Hochtouren, loderte auf maximaler Flamme.

Er starrte auf seine Teeschale und fragte sich, ob er nicht doch die Flasche öffnen sollte, die seit Monaten unberührt auf dem Küchenschrank stand. Zwanzig Minuten später hatte er sich einen weiteren Tee aufgebrüht, und allmählich breiteten sich Zeiten, Pfade und Abzweigungen vor seinem inneren Auge aus wie ein Netz, das er nicht vollkommen durchdringen konnte. Er speicherte das Gebilde vor seinem inneren Auge ab. Um es zu analysieren, brauchte er Bewegung, unterwegs kamen ihm die besten Ideen.

Also war er losgegangen.

An einem Club wurde er vom Türsteher mit sanfter Gewalt und den Worten abgewiesen: «Heute nur Stammgäste», eine Ausladung, die wohl auf seine Hautfarbe zurückzuführen war.

In einer Bar ohne Türsteher bestellte er wieder Cola. Lucas wusste, dass er nur seinen Gedanken freien Lauf lassen musste. Der Trubel und das Darin-Untertauchen machten ihn frei, isolierten seine Sinne paradoxerweise von der Außenwelt, und nach und nach lichtete sich das Gewirr, das er mit in die Nacht genommen hatte. Der Lärm ließ ihn die Stille finden, die er zum Denken brauchte.

Als er fünfzehn Minuten später mit heißem Gesicht auf die Straße trat, war alles laut und hell. Das Glas hatte er noch in der Hand; als er es bemerkte, blieb er kurz stehen und wartete, ob ihn jemand aus der Bar zurückpfeifen würde, doch nichts geschah. Also trank er einen großen Schluck und ging los, durch die Nebenstraßen.

Er kaufte sich eine Fanta in einem Kiosk, wo ihn der Verkäufer mit Bruder ansprach, was ihm nicht gefiel.

Als er die Ampel am Ring 2 überquerte, fiel es ihm schließlich ein. Die Leerstelle in Haders Alibi war keine metaphorische, sondern eine ganz reale und der Zufall eine unbekannte Variable. Man musste die Gleichung lediglich umstellen, um sie nach der Unbekannten aufzulösen. Er hatte die Antwort vor

Augen und musste sie nur noch ablesen. Doch immer, wenn er es versuchte, war es, wie wenn man eine Buchseite las, aber beim Umblättern merkte, dass man nicht bei der Sache gewesen war und die Seite noch einmal lesen musste. Er spürte, dass er jetzt an dem Punkt war, wo er einen stärkeren Kick brauchte als das nächtliche Wandern und den Lärm. Solange das Getöse in seinem Kopf lauter war als um ihn herum, blieben die letzten Rädchen ineinander verhakt.

In dem kleinen Parkstück spähte er in die schattigen Ränder. Als er eine Bewegung wahrnahm, zog er sein Handy aus der Tasche und schaltete das Display ein. Wieder eine Bewegung, und jetzt erkannte er die Gestalten zwischen den Autos. Na also, da seid ihr ja. Von seinem Handy angelockt wie die Motten vom Licht. Ihr Fehler, nicht seiner. Er lief hier einfach nur entlang. Sie kamen keilförmig auf ihn zu, das war Fehler Nummer zwei. Der mit den dicksten Eiern vorneweg, die anderen zögerlich hinterher. Er steckte das Handy in die Tasche.

«Gib mir dein Handy.»

«Sorry, geht nicht.»

«Und dein Geld.»

«Ich hab kein Bargeld.»

Der junge Mann beschleunigte, und Lucas begann im gleichen Tempo rückwärtszugehen.

«Ich bring dich um.»

Gleich würde der Schlag kommen. Der junge Mann zauderte, machte sich aber bei jedem Schritt mit dem linken Fuß bereit. Er war also Rechtshänder und hatte vielleicht schon mal ein Fight-Gym von innen gesehen, Boxen, Muay Thai. Deckung zu tief; also höchstens Schnupperkurs oder einfach vom Cousin ein paar Techniken gelernt. Lucas synchronisierte seine Schritte mit denen des Angreifers. Wenn der Schlag käme, läge sein Schwerpunkt so auf dem linken Fuß. Er würde den Körper nach innen wegdrehen, linke Hand in den Nacken, und den Angriff, vermutlich einen Schwinger, mit der Außenseite von Ober- und Unterarm blocken. Das war der Moment, in dem er kontern würde; eindrehen, Handballen von schräg unten zum Kinn, rechter Fuß gleitet vor, Distanz verkürzen, Stoß gegen die Brust, tiefer Tritt, mit aller gebotenen Heftigkeit seitlich gegen das linke Knie des Angreifers. Der würde nicht mehr aufstehen und seine Gefolgschaft das Weite suchen. Lucas' Herz pumpte Adrenalin durch seinen Körper wie verrückt, und er war so sehr Herr seiner Sinne wie schon lange nicht mehr. Noch ein Schritt, ein weiterer, rechts, links, rechts. Dann kam der Schlag.

28

JUHA

Es war bereits halb zehn, als Juha Lux durch die Glasscheibe den Flur herunterkommen sah. «Guten Morgen.» Juha schaute auf seine nicht vorhandene Uhr. «Planst du einen Bart?»

«Ich weiß jetzt, was mich an Haders Alibi stört», begrüßte Lux ihn und überging einfach sein Zuspätkommen und die Tatsache, dass er unrasiert war.

«Und was?», fragte Juha.

«Es ist zu gut.»

«Inwiefern?» Juha war gespannter, als er zeigen wollte.

«Erlend Hader hat am Morgen der Entführung eine Autofähre von Lübeck nach Trelleborg in Schweden genommen. Sein Auto wurde registriert, und es gibt Zeugen. Hader hat einen Servierwagen im Restaurant umgeworfen, weswegen sich sehr viele Leute an ihn erinnern. Wir wissen, dass Hader sich wenige Tage nach der Geldübergabe wieder auf einer Autofähre befunden hat, dieses Mal von Trelleborg nach Lübeck.»

«Richtig. Und?» Juha verstand nicht, worauf Lux hinauswollte.

«Wir haben keine Ahnung, was er in der Zwischenzeit gemacht hat. Man kann auch über Malmö nach Kopenhagen und von dort auf dem Landweg wieder nach Deutschland fahren. Das wurde natürlich nicht überprüft, wieso auch, er hatte ja ein Hin- und ein Rückfahrtticket.»

Juha runzelte die Stirn. «Das ändert aber nichts an der Tatsache, dass Hader auf einer Fähre war, wo ihn mehrere Menschen gesehen haben, und zwar genau zu der Zeit, als Daniel Boysen entführt wurde.»

«Eben! Genau zu dieser Zeit. Das passt einfach zu gut.»

Juha schüttelte den Kopf. «Aber es passt eben. Und damit taugt deine Theorie nichts.»

«Was, wenn Hader einen Partner hatte?»

«Klar, das könnte sein. Es könnte aber auch sein, dass Hader einfach eine falsche Fährte war. Du hast herausgefunden, dass er ein Motiv hatte – auch wenn Motiv und Tat in einem wirklich fragwürdigen Verhältnis stehen. Ich verstehe, dass das verlockend ist und dass es dir schwerfällt, diese Spur loszulassen. Aber ein Alibi ist ein Alibi, und dieses hier ist tatsächlich wasserdicht.»

«Wäre Daniel bereits einen Tag zuvor entführt worden, würde alles passen. Die Obduktion war nicht eindeutig, was den Todeszeitpunkt betrifft.»

«Was willst du damit andeuten? Dass Boysen sich bei der Entführung seines Sohnes vielleicht im Datum geirrt hat?»

Lux sagte nichts mehr und schaute aus dem Fenster. Juha fand, dass er angespannter aussah als sonst. «Nein, natürlich nicht», sagte Lux kleinlaut, ohne ihn anzusehen.

«Selma hat übrigens nichts gefunden», wechselte Juha das Thema. «Sie hat Levent überprüft. Und sie sagt wörtlich, dass sie ihren Arsch darauf verwettet, dass der nie im Kongo gewesen ist. Jedenfalls nicht im Rahmen eines humanitären Projekts.» Als Lux daraufhin immer noch aus dem Fenster starrte, merkte Juha, dass er ungeduldig wurde. «Wir reden noch mal mit dem Senior. Am besten gleich, oder was meinst du?»

Er hoffte darauf, dass Lux, wie es sonst seine Art war, energetisch zum Aufbruch blies. Doch wie er befürchtet hatte, ließ Lux stattdessen einen erbarmungslos stillen Moment verstreichen, bevor er sagte: «Ich will noch mal an die Hader-Sache ran.»

Juha seufzte genervt. «Ich dachte, wir hätten das eben geklärt? Es gibt keinen Zweifel daran, dass Hader sich mitten auf der Ostsee befunden hat, als Daniel Boysen entführt wurde.»

«Alles, was ich sage, ist, dass ich ein Gefühl habe und dass dieses Gefühl etwas bedeutet. Vielleicht wird es eine Zwei-Täter-Theorie, aber ich weiß einfach, dass es sich lohnt, dieses Alibi genau unter die Lupe zu nehmen, in allen Einzelheiten. Und wenn am Ende dabei herauskommt, dass ich falsch ...»

Juha unterbrach ihn. «Schon verstanden. Wenn du meinst, dass das wichtig ist, dann mach das.» Er wartete auf eine Antwort, obwohl er keine Frage gestellt hatte. Lux schaute wieder aus dem Fenster, seine Kiefermuskeln arbeiteten deutlich. «Lux?»

«Ich meine, dass das wichtig ist, ja.»

«Alles klar. Dann sehen wir uns nachher.» Juha nahm seine Jacke und verließ das Büro.

Als er auf das Waldgrundstück von Kruger fuhr, stand der gerade an einer Werkbank und glättete mit einer Ziehklinge ein breites Stück Holz. Juha stieg aus dem Auto.

«Was tischlern Sie eigentlich so?», fragte er im Näherkommen. «Hallo erst mal.»

«Hallo.» Kruger hielt in seiner Arbeit inne und wischte sich über die Stirn. «Möbel. Der Couchtisch, an dem Sie beim letzten Mal saßen. Den habe ich zum Beispiel gebaut.»

«Ach! Ja, der ist mir aufgefallen. Schönes Stück.»

«Danke. Was kann ich für Sie tun?»

Juha strich mit dem Finger über das glatte Holz, das Kruger eben noch bearbeitet hatte. «Ihr Sohn, Levin ...»

«Levent.»

«Entschuldigung. Levent. Sie sagten, er sei als Entwicklungshelfer in Angola.»

«Ja, er hat viel zu tun, und wir haben wenig Kontakt in letzter Zeit.»

«Seit wann ist Levent denn in Afrika?», stellte Juha die Frage, die ihn in erster Linie hergeführt hatte, und spürte sofort, dass die Antwort Kruger zu schaffen machte. «Ungefähr», ergänzte Juha und spielte die Frage herunter.

Kruger schien im Kopf die Jahre zu zählen und nahm dann sogar demonstrativ die Finger zu Hilfe. «So acht oder neun oder zehn Jahre, denke ich.»

«Acht oder neun oder zehn Jahre also. Dann werde ich das mal besser überprüfen lassen, wenn Sie es nicht genauer wissen», bluffte Juha und war erfolgreich.

«Es könnte auch länger her sein, was weiß ich. So grob um den Dreh halt.» Juha nickte und verzichtete darauf, den zeitlichen Zusammenhang zum Fall Daniel Boysen zu vertiefen. Trotzdem wuchs seine Aufregung und er musste sich zusammenreißen, weiterhin Ruhe auszustrahlen. Er wollte unbedingt verhindern, dass Kruger vollends dichtmachte.

«Haben Sie vielleicht irgendeine Möglichkeit, ihn zu erreichen? Ich würde gern mit ihm sprechen.»

Kruger wirkte auf einmal, als hätte er eine schlechte Nachricht erhalten. «Was wollen Sie denn von Levent?»

«Haben Sie eine Kontaktmöglichkeit?»

«Nein.» Krugers Antwort war eine Verteidigung, das spürte Juha. Er wurde abermals vorsichtiger.

«Wissen Sie denn noch, wie die Organisation heißt, die das Hilfsprojekt verwaltet?»

«Nein, das weiß ich nicht mehr. Irgendwas mit international oder so.»

«*Amnesty International*?»

«Nein, das war es nicht. Vielleicht auch nichts mit international. Vielleicht habe ich einfach an *Amnesty International* gedacht. Das kennt man ja.»

«Wann war Levent denn das letzte Mal hier? Er wird doch mal zu Besuch kommen, zu Weihnachten oder Familienfeiern.»

«Schon lange nicht mehr.»

Juha merkte, dass ihn seine Taktik nicht weiterbrachte, und entschied sich, die Deckung fallen zu lassen. «Okay, Herr Kruger, können wir das bitte lassen? Beim letzten Mal sagten Sie, Levent sei im Kongo, eben sagte ich Angola, und Sie haben das bejaht. Können Sie mir bitte verraten, wo und wie ich Ihren Sohn finde?»

Juha sah, wie Kruger nach einer Antwort suchte, wie überfordert er war. «Ich kann nur sagen, was er mir gesagt hat: dass er nach Afrika geht. Ob das nun Angola oder Kongo war, das klingt ja alles sehr ähnlich.»

«Und wann haben Sie ihn das letzte Mal gesehen?»

«Weihnachten vor drei Jahren. Da war er ein paar Tage hier. Hat gesagt, dass es ihm sehr gut geht und dass er glücklich mit seiner Arbeit ist.» Die Antwort kam schnell. Offenbar hatte Kruger sich jetzt entschieden, dass er ihn belügen wollte, und die Vorlage Weihnachten dankend angenommen.

Juha nickte Kruger freundlich zu und sagte, als wollte er sich verabschieden: «Na schön. Falls Ihnen noch etwas einfällt, eine Möglichkeit, wie wir Kontakt zu Levent aufnehmen können, melden Sie sich bitte bei mir. Möglicherweise ist er ein wichtiger Zeuge, und wir könnten seine Hilfe gut brauchen.» Dann wandte er sich zum Gehen.

«Ein Zeuge? Wovon denn?»

Juha verharrte einen Augenblick, bevor er sich wieder zu Kruger umdrehte. Das war die erste Frage, die Kruger in dem ganzen Gespräch an ihn richtete. Jetzt hatte er ihn da, wo er ihn haben wollte. «Levent hatte damals mit dem Feuerwehrverein zu tun, in dem auch Harm Boysen, der Vater von dem entführten Kind, aktiv war. Wussten Sie davon?»

«Feuerwehrverein?» Kruger schien in seinem Gehirn zu graben, und es wirkte, als formten sich grobe Fetzen zu einem Bild. «Ja, da war so ein Verein, das hat er mal erzählt.»

«Und dass Levent sich häufiger im Haus von Harm Boysen aufgehalten hat, wussten Sie das?»

Krugers Antwort ließ nun wieder auf sich warten. «Nein.» Er wirkte betrübt, und Juha versuchte zu erahnen, ob es wohl die Scham über seine Lüge oder die Erinnerungen waren, die Kruger zu schaffen machten.

«Wollen Sie nicht wissen, weshalb sich Levent so häufig bei den Boysens aufgehalten hat?»

Dieses Gespräch fand alles andere als auf Augenhöhe statt, und es war Kruger die Reue darüber anzusehen, dass er Juha nicht einfach hatte gehen lassen. «Doch.»

«Und ich dachte, vielleicht haben Sie selbst eine Idee», sagte Juha.

Kruger strich mit dem rasiermesserscharfen Stück Metall über das Holz. «Ich weiß nicht. Vielleicht ...» Er blickte auf und schaute Juha mit dem Trübsinn eines Hundes an, den ein schlechtes Gewissen plagt, nachdem er einem die Schuhe zerbissen hat. «Vielleicht hat er einfach Anschluss gesucht. Ich hab mir ja zu wenig Zeit genommen. Oder gar keine Zeit.»

«Und hat er nicht mal erzählt, wo er sich so rumtreibt, was er so macht?» Juha ließ den Blick über den Hof und das Haus bis zum Waldrand wandern. Kurz hatte er den Eindruck, eine Bewegung zwischen den Bäumen zu sehen, merkte dann aber, dass es nur der Schatten eines im Wind wankenden Astes gewesen war.

«Ich weiß es nicht mehr. Nur das mit dem Verein da. Das, was Sie sagen. Ich habe aber auch nicht gefragt. Hatte andere Sachen im Kopf.»

Juha wandte sich wieder Kruger zu und seufzte. «Bitte helfen Sie mir ein bisschen. Wir finden heraus, was wir wissen wollen, aber mit Ihrer Hilfe geht es schneller. An was können Sie sich erinnern?»

«Ich weiß nicht, wo er ist. Das ist die Wahrheit.»

Diese eine Sache glaubte Juha ihm, spürte aber gleichzeitig, dass ihm der Mann etwas verschwieg. «Und Harm Boysen? Halten Sie es für denkbar, dass Levent in ihm eine Art Vaterfigur gesucht hat? Entschuldigen Sie, dass ich das so direkt frage.»

Der zähe Rhythmus des Gesprächs verlangsamte sich noch mehr, doch Juha bemerkte, dass Kruger die Ziehklinge nun mit der scharfen Seite auf das Holz presste und eine Kerbe in der ansonsten glatten Oberfläche verursachte, ohne es zu bemerken. Dann antwortete Kruger: «Ja. Das halte ich für möglich. Ich könnte es verstehen. Er war ein ängstlicher junger Mann.»

Juha nickte. So wie du, dachte er. Er ließ ein letztes Mal den Blick über diesen Ort schweifen, der ihn gleichsam mit Nostalgie und mit Unbehagen erfüllte; eine eigenartige Vermischung von Emotionen. Das Tor zum Tischlerschuppen stand dieses Mal offen. An der hinteren Wand stand die Werkbank, das Gebilde, das er beim letzten Mal durchs Fenster nicht hatte erkennen können, entpuppte sich als eine halb abgedeckte Kreissäge. Weiteres kleinteiliges Gerümpel hatte Kruger unorganisiert an die Wände geschoben. Ansonsten war der Raum leer.

Als Juha ging, spürte er den Blick von Kruger in seinem Rücken, doch er widerstand dem Drang, sich umzudrehen. Er hatte Kruger unter Druck gesetzt, und wenn es ihm jetzt gelang, sich nicht umzudrehen, würde dieser Druck sich noch steigern, vielleicht dafür sorgen, dass, was immer Kruger auf der Seele lastete, sich seinen Weg ans Licht bahnen würde. Denn irgendetwas belastete Kruger, da war sich Juha sicher. Er fühlte sich ein bisschen wie Orpheus, der sich auf dem Weg aus der Unterwelt nicht zu Eurydike umdrehen durfte. Aber dann drehte sich Juha, genau wie Orpheus, eben doch noch einmal um. Gegen manches war man einfach machtlos. Kruger war schon wieder mit seinem Holz beschäftigt, zog die Klinge kräftiger als zuvor darüber, um den verursachten Schaden wieder auszugleichen.

Täuschte er sich, und Kruger sagte doch die Wahrheit? Ein Gefühl ließ Juha daran zweifeln, und er brauchte einen Moment, um zu begreifen, dass es nicht allein Krugers Verhalten war, das dieses Gefühl verursachte. Vielmehr hatte Juha den Eindruck, etwas übersehen zu haben. Etwas passte nicht ins Bild. Nein, etwas fehlte darin. Etwas, das eine Lücke hinterlassen hatte, in einem Raum, den die meisten Menschen mehr oder weniger unfreiwillig mit Dingen anfüllten.

Er sah noch einmal Richtung Tischlerschuppen. Dann fuhr er ins Präsidium und rief Selma von unterwegs aus an. «Selma? Es tut mir leid, ich weiß, dass wir deine Kapazitäten bereits ausschöpfen. Aber ich habe noch einen Auftrag für dich.»

29

LUX

Er hatte sich vorgenommen, noch einmal haarklein die Chronologie von Haders Alibi zu analysieren. Wetterberichte für den betreffenden Tag recherchieren, die Zeiten genau durchrechnen, nachvollziehen, ob es Hader möglich gewesen wäre, direkt nach seiner Ankunft in Schweden zurückzufahren, um Lösegeldforderung und Übergabe zu bewerkstelligen. Anschließend wieder nach Schweden zu fahren, um dann mit einer späteren Fähre zurück nach Deutschland sein Alibi zu bestärken.

Außerdem wollte Lux noch mal in sich gehen, seine Intuition erforschen, denn Juha hatte natürlich recht. Am Alibi zur Tatzeit der eigentlichen Entführung war nicht zu rütteln. Doch er hatte dieses Bauchgefühl, das ihm häufig verriet, ob eine Theorie tatsächlich Relevanz für das Vorankommen in einem Fall hatte. Eine gute Theorie hieß nicht unbedingt, dass sie vollends zutraf, aber sie lenkte sein Denken in die richtige Richtung und formte unter Umständen den Schlüssel, der letztlich die richtige Tür öffnete.

Mit alldem hatte er sich beschäftigen wollen, obwohl er sich fürchtete. Er fürchtete, dass sein Verstand ihn an der Nase herumführte, dass er auf eine manisch induzierte fixe Idee hereinfiel, und am meisten fürchtete er sich davor, Juha den Eindruck zu vermitteln, dass er sich in einem schwer kontrollierbaren Zustand befand.

Dieses Konglomerat von Befürchtungen, gepaart mit dem Schlafentzug der letzten Nacht, führte dazu, dass ihm, nachdem Juha das Büro verlassen hatte, eine wohlbekannte Empfindung entgegenschlug, die ihm lange nicht mehr begegnet war und die er nicht gerade vermisst hatte. Die aufkommende Panikattacke umhüllte ihn wie eine erdrückende Blase, in deren Zentrum alles dumpf war. Wie ein Summen fühlte es sich an, das weder von außen noch aus ihm heraus kam, das immer lauter wurde und dabei doch lautlos blieb, als bewegte es sich in tiefen, unhörbaren Frequenzen.

Lucas griff kurzerhand zum Hörer und rief Dr. Alexandra Gojer an, die er in Gedanken Lexi nannte. Ob sie wohl einen Termin für ihn freihabe. «Gerne noch heute», entschuldigte er sich für die Spontaneität und machte sich wenig Hoffnung. Aber Lexi sagte, wenn er kein Problem damit habe, dass sie nebenbei was Kleines aß, könne er um zwölf kommen. Lucas hatte damit kein Problem, sondern war im Gegenteil erleichtert, dass Lexi ihre Mittagspause für ihn opferte.

«Hallo, Herr Adisa, wollen wir gleich starten?» Lucas nickte und folgte Alexandra Gojer in den kleinen Raum, in dem sie ihre Klienten empfing. Wasserglas, Taschentücher, Igelball, er war lange nicht hier gewesen. Die Therapeutin wickelte ein Sandwich aus dem Brotpapier. «Wie geht's Ihnen?»

«Ich habe einen Fuchs überfahren.»

«Oje. So etwas passiert.»

«Ja, ich weiß.»

«Was beschäftigt Sie daran?»

«Keine Ahnung, aber seitdem geht es mir nicht gut. Es hat sicherlich auch mit dem Fall zu tun, an dem ich gerade arbeite. Da gibt es einen Mann, der eines Verbrechens beschuldigt wurde, das er nicht begangen hat. Er war schwer depressiv und starb kurze Zeit später. Vielleicht durch Suizid, es ist nicht sicher. Aber egal, es löst trotzdem was in mir aus.»

«Die Tatsache, dass er womöglich unschuldig war, oder der Suizid?»

«Die Verbindung von beidem.»

«Haben Sie selbst Suizidgedanken?»

Lucas zögerte. Er kannte diese Gedanken – aus einer anderen Zeit. Heute kam es manchmal vor, dass er sich sehr genau an sie erinnerte, was ihm Angst machte. Dann sagte er sich, dass die Angst vor diesen Erinnerungen eigentlich ein gutes Zeichen war. Wie eine gesunde Höhenangst. Also sagte er: «Nein.»

«Gut. Was ist mit Ihren Werkzeugen? Sie waren doch sehr erfolgreich in den letzten Jahren. Wie lange ist es her, dass Sie stationär waren? 2010?»

«2009.»

«Das ist angesichts Ihrer Diagnose eine außergewöhnliche Leistung.» Als sie merkte, dass Lux widersprechen wollte, ergänzte sie: «Unabhängig davon, ob der Auslöser damals eine Bipolar-II-Störung war oder etwas anderes. Tatsache ist, dass Sie seitdem nicht mehr an dem Punkt waren, der eine stationäre Behandlung notwendig macht.»

Lucas war sich nicht sicher, ob dies der Wahrheit entsprach oder ob es nicht doch zwischenzeitlich Phasen gegeben hatte, in denen er eine stationäre Behandlung vernünftigerweise hätte in Anspruch nehmen sollen. Trotzdem nickte er zustimmend. «Sport ist ja immer so mein Zaubermittel. Bewusste Ernährung. Schlafhygiene. Aber seit dem Fuchs habe ich keinen Sport mehr gemacht, esse unregelmäßig und ungesund. Habe Lust zu trinken. Kann abends nicht mehr einschlafen, liege um vier Uhr morgens hellwach im Bett.»

«Ich verstehe, dass es frustrierend ist, wenn Sie das so lange gut im Griff hatten und jetzt auf einmal nicht mehr. Hatten Sie denn in den letzten Jahren depressive Phasen?»

«Nichts Ernstes.»

«Nehmen Sie noch Medikamente? Was war das noch mal?»

«Lamotrigin und Quietiapin nach Bedarf. Aber beides schon vor vier Jahren abgesetzt.»

«Und wie sieht es mit hypomanischen Phasen aus?»

Lux ließ sich Zeit mit der Antwort, dachte an die vergangene Nacht, die sich wie der ferne Traum einer anderen Version von sich selbst anfühlte. «Nicht bewusst, und wenn, dann nicht schlimm. Ich kenne ja auch die Frühwarnzeichen: wenig Schlaf, viel Energie, kein Hunger, Selbstüberschätzung, kommunikativer als gewöhnlich, Lust auf Drogen und Exzesse. Aber ich erwähnte ja schon mal, dass ich das Gefühl habe, dass die Hypomanie eher so eine präventive Gegenreaktion auf eine aufkommende Depression ist. Habe ich das eine im Griff, vermeide ich das andere.» Sein Handy vibrierte in seiner Tasche, doch er beschloss kurzerhand, es zu ignorieren.

Sie lächelte. «Es ist bemerkenswert, wie gut Sie sich kennen, wie weit Sie gekommen sind. Wissen Sie das eigentlich?»

«Ja, eigentlich schon», sagte Lucas, doch Genugtuung wollte sich nicht einstellen.

Alexandra Gojer sah ihn lange prüfend an. «Ich kann Ihnen nicht wirklich helfen, da Sie bereits alle Werkzeuge bei der Hand haben. Sie wissen genau, was Sie tun müssen, und dass Sie die Fähigkeit dazu haben, das haben Sie sich in den letzten sechs Jahren bewiesen. Sie haben selbst erkannt, dass der überfahrene Fuchs ein Katalysator für einen eigentlich ganz anderen Auslöser war. Nämlich der mögliche Suizid des Unschuldigen. Ich kann Ihnen nichts Neues erzählen. Sie haben alles, was Sie brauchen, und wissen, wann und wie Sie es einsetzen können.» Lucas wich ihrem Blick aus.

«Aber natürlich kann ich Ihnen anbieten, dass wir uns wieder regelmäßig zu Sitzungen treffen. Dann müssten wir uns genau überlegen, worauf wir abzielen wollen, womit wir uns beschäftigen. Dass Sie keinen Life-Coach brauchen, der Ihnen einmal die Woche sagt, wie Sie über Ihre Gefühle reden sollen, weiß ich ja. Wenn wir uns also treffen, dann müssen wir gemeinsam ein Ziel festlegen. Wäre das in Ihrem Interesse?»

Lucas schaute aus dem Fenster in den Garten und begann dann leicht den Kopf zu schütteln. Wieder vibrierte sein Handy in der Innentasche. «Ich habe eine neue Stelle, Beförderung.»

«Glückwunsch.»

Lucas nickte. «Ich stehe unter Druck, mein neuer Partner ist ein ausgezeichneter Polizist, und ich will ihm beweisen, dass ich ebenfalls ein ausgezeichneter Polizist bin.»

«Das versteht sich. Und ich kann mir vorstellen, dass das viel Druck aufbaut. Mit beruflichem Druck kommen Sie ja in der Regel gut klar, oder?»

«Ich habe mit ihm über meinen Vater gesprochen.»

Alexandra Gojer schrieb etwas auf ihren Block. «War es ein gutes Gespräch?»

Lucas dachte kurz nach. «Ja, schon. Ich glaube, ich habe da einfach immer noch ein Loch in mir.»

Die Therapeutin lächelte wissend. «Das wird nicht so einfach verschwinden. Wäre komisch, wenn es so wäre. Aber ich finde es gut, wenn Sie mit Ihrem neuen Partner darüber sprechen.»

Wieder nickte Lucas. «Er nennt mich übrigens Lux.»

«Luchs wie das Tier oder Lux wie das Licht?»

Lucas war verblüfft, er schrieb den Namen in seinem Kopf zwar mit x, hatte aber trotzdem das Tier vor Augen. «Das weiß ich gar nicht. Dem Tier sagt man gute Ohren nach, was ja zum Spürsinn eines guten Polizisten passen würde. Ohren wie ein

Luchs. Andererseits bin ich schon etwas heller als er. Also im Kopf.»

«Und mögen Sie den Spitznamen?»

Lucas nickte abermals. «Ja, ich mag ihn.»

Er fuhr zurück ins Präsidium und hoffte, dass Juha noch unterwegs wäre, um nicht erklären zu müssen, von wo er kam. Erst als er die Etage betrat, auf der ihr Büro lag, fiel ihm wieder ein, dass sein Handy während der Sitzung bei Lexi zweimal vibriert hatte. So in Gedanken war er gewesen, dass er versäumt hatte, seine Nachrichten zu checken, wie er es üblicherweise tat, sobald er einen Ort verließ oder betrat. Ein ewiges Ritual des Übergangs, eine berufsbedingte Angewohnheit. Doch dieses Mal war er einfach aus der Praxis gegangen, ins Auto gestiegen, hergefahren, hatte die Schleuse passiert und war im Fahrstuhl hinaufgefahren, ohne auch nur ein einziges Mal an sein Handy gedacht zu haben.

Lux, wo bist du? Komm! Durchbruch!(?)!, stand in der SMS, die Juha ihm nach dem nicht entgegengenommenen Anruf geschrieben hatte. Die Anordnung der Sonderzeichen am Ende der Nachricht hatte Juha mit Sicherheit mehrfach variiert, bis sie in seinen Augen der neuen Entdeckung gerecht wurde, die er offenbar gemacht hatte, und Lucas interpretierte sie so: Die Entdeckung war Juha zunächst wie der große Durchbruch erschienen, dann hatte er plötzlich Zweifel gehabt und wollte ihm in der SMS nicht zu viel versprechen, daher das Fragezeichen. Dann aber war es Juha nicht dringend genug vorgekommen und er hatte das Fragezeichen in Klammern gesetzt. Als er die Nachricht gerade abschicken wollte, hatte er dem spontanen Impuls nachgegeben und ein weiteres Ausrufezeichen angehängt. Lucas merkte, wie er in Eile verfiel. Er war neugierig, und das bedrückende Gefühl vom Vormittag war verschwunden, was ihm die trügerische Sicherheit verlieh, dass es von nun an bergauf gehen würde; mit dem Fall und mit seiner seelischen Befindlichkeit.

30

JUHA

Juha war verdammt aufgeregt und musste sich beherrschen, Lux seine Entdeckung nicht in einer kontextarmen Zusammenfassung zu servieren und begeistert zu rufen: «Kruger hat das Auto weggeschafft!» Stattdessen begann er von vorn. Erzählte von dem Schuppen bei Kruger, der dieses Mal offen gestanden hatte, und wie seltsam es ihm vorgekommen war, dass es darin so viel Platz gab. Bis es ihm eingefallen war: Im Schuppen war so viel Platz, weil da bis vor Kurzem noch etwas Großes gestanden haben musste. Und zwar ...

«Der Toyota Land Cruiser!», entfuhr es Lux, und jetzt starrte auch er auf den Monitor, wo Selma gerade in einer Videodatei zu einer bestimmten Stelle navigierte. Das Video stammte von einer Verkehrskamera und zeigte eine größere Straßenkreuzung in einem dörflichen Umfeld. Es dauerte einen Moment, dann sah Lux das Auto. Es hielt an der roten Ampel.

«Da!», rief Juha.

«Das ist er?»

«Das Nummernschild ist noch das gleiche. Abgemeldet, aber nicht abgenommen. Typische Garagenleiche. Und schau mal aufs Datum.» Juha zeigte auf die untere rechte Ecke des Videos.

«Das gibt's doch nicht.» Lux war sichtlich um Fassung bemüht. «Einen Tag nachdem wir bei ihm waren und ihn nach dem Auto gefragt haben, das er angeblich vor Jahren verkauft hat, fährt er mit genau diesem Auto durch die Gegend?»

«Er fährt es nicht durch die Gegend. Er schafft es weg. Leider haben wir bisher nur diese Aufnahme gefunden, daher gibt es keine weiteren Hinweise darauf, wo er das Auto hinbringt.»

«Aber was heißt das jetzt? Sehen wir hier unseren wahren Täter?»

Im Video sprang die Ampel auf Grün, und der rote Toyota Land Cruiser fuhr aus dem Bild.

«Es heißt zunächst nur, dass Kruger nicht will, dass wir dieses Auto finden. Warum, sollten wir ihn am besten selbst fragen. Also, los geht's, Lux.» Juha war schon halb aus der Tür.

«Und ich ...», hob Selma an.

«... schaust weiter Videos. Vielleicht findest du ja noch was und kannst herausfinden, wo er das Auto hingebracht hat.»

«Genau. Das wollte ich auch gerade vorschlagen.»

Um dem Stadtverkehr zu entgehen, fuhren sie nach Süden durch den Elbtunnel und von dort auf die Köhlbrandbrücke, jenes drei Kilometer lange Monstrum von Brücke, das seit den Siebzigerjahren die A7 mit der Elbinsel Wilhelmsburg verband. Doch schon als sie von der Autobahn abfuhren, sahen sie die Blechlawine, die sich im Schritttempo die kurvige Steigung hinaufschob.

«Mist, da wäre es durch die Stadt doch schneller gewesen», knurrte Juha, der am Steuer saß.

«Dann genießen wir eben ein bisschen den schönen Ausblick», sagte Lux, zog sein Sakko aus, warf es auf die Rückbank und machte es sich bequem.

Juha wechselte auf die linke Spur, wo der Verkehr marginal schneller zu fließen schien, hinter ihnen hupte es. «Polizeieinsatz», rief Juha.

«Als ob der das hört. Wenn du es eilig hast, mach doch das Blaulicht an», sagte Lux.

«Mitten auf der Köhlbrandbrücke, wo es keinen Randstreifen gibt. Und dann?»

«Dann brüll halt nicht so rum.»

Plötzlich schien es auf der rechten Spur besser zu laufen, und Juha beschleunigte hart in eine kleine sich auftuende Lücke, nur um kurz darauf festzustellen, dass die Autos auf der linken Spur nun an ihnen vorbeizogen. «Das kann ja wohl nicht ...», fluchte Juha gedämpft und wechselte wieder die Spur.

Lux' Kopf klonkte durch die scharfe Lenkbewegung gegen die Scheibe. «Es bringt doch nichts, Juha.»

«Na sicher, wir arbeiten uns vor.»

«Es ist erwiesen, dass man durch ständiges Spurwechseln nicht schneller ans Ziel kommt. Vor allem löst es Stress aus.»

«Ich bin gar nicht gestresst.»

«Ich meine ja auch mich.»

«Okay.» Juha war eingeschnappt. «Dann bleibe ich jetzt einfach auf der linken Spur.»

«Genau. Ganz einfach.»

«Kein Problem.»

Die linke Spur war indes zum Stehen gekommen, und rechts floss der Verkehr nahezu ungehindert. Eine große Lücke tat sich auf, doch Juha reagierte nicht, schaute nur zu Lux und nickte, während er entspannt auf das Lenkrad trommelte.

Lux lächelte zurück. «Merkst du, wie die Entspannung kommt?» Juha ging vom Nicken zum Kopfschütteln über.

Sie standen mitten auf der Köhlbrandbrücke, fünfzig Meter über dem gleichnamigen Elb-Arm, als Juha, angesichts der Tatsache, dass das Im-Stau-Stehen keinerlei Aufmerksamkeit in Anspruch nahm, seinen Blick aus dem Fahrerfenster schweifen ließ. Ihre Blicke trafen sich, und die große Unwahrscheinlichkeit dieses Zusammentreffens führte bei beiden dazu, dass sie die Begegnung für einen kurzen Moment einfach hinnahmen.

Mechanisch nickte Kruger ihm zu, und Juha erwiderte geistesabwesend das Nicken. Dann rastete die Erkenntnis bei beiden gleichzeitig ein.

«Lux! Scheiße!»

Lux fuhr zusammen, aus einer Geruhsamkeit gerissen, die ihn seinerseits aus dem Fenster hatte träumen lassen. «Dann wechsle eben wieder die Spur, wenn du es nicht anders erträgst, aber erschreck mich nicht so.»

«Nein. Kruger!» Juha zeigte wie wild aus dem Fenster und verrenkte sich den Kopf nach dem vorbeifahrenden Verkehr. «Er ist eben an uns vorbeigefahren.»

«Was?!» Jetzt verrenkte sich auch Lux.

Juha konnte sehen, wie Kruger sich ebenfalls hektisch nach ihnen umdrehte, dann geriet der rote Toyota außer Sichtweite.

Lux riss seine Tür auf. Ein Wagen, der sie auf der rechten Spur überholte, wich mit einem hektischen Schlenker aus und fuhr hupend an ihnen vorbei.

«Spinnst du?», fragte Juha erschrocken.

«Halt schon an!»

«Was willst du machen? Hinterherlaufen?»

«Was willst du denn machen? Wenden?»

«Sehr witzig.» Juha zeigte auf die vollgestopften Spuren, die in der Mitte von einer Leitplanke getrennt wurden und weder über Standstreifen noch irgendeine andere Gelegenheit zum Wenden verfügten. Der Versuch einer Geisterfahrt wäre angesichts des Verkehrs ohnehin zum Scheitern verurteilt. Er hielt den Wagen an.

Lux stieg aus. «Fahr bis ans Ende der Brücke und wende da. Und gib einen Funkspruch durch, falls Streifenwagen in der Nähe sind, sollen sie die Brücke blockieren. Es geht um Minuten.»

«Alles klar.» Seine Worte wurden vom Zuschlagen der Tür

übertönt. Im Rückspiegel sah er Lux über die Leitplanke hocken und im Sprint zwischen den Autos verschwinden.

Juha nahm das Funkgerät und rief alle Streifenwagen in der Nähe zur Fahndung nach Kruger auf, dann schaltete er Blaulicht und Martinshorn an und manövrierte sich fluchend durch die Autos, die nur langsam eine Gasse bildeten.

Zäh schob sich die Blechlawine vor Juha dahin. Lux war längst außer Sicht, und er fühlte sich vollkommen hilflos, so eingesperrt zwischen den ganzen Autos, die ihrerseits eingesperrt waren. Ein Klingeln riss ihn aus seinen Gedanken. Nervös fummelte er sein Telefon aus der Hosentasche. Warum hatte er es nicht wie sonst in die Mittelkonsole gelegt? Das Display war schwarz, das Klingeln hielt an, schien sogar lauter zu werden. Juha trat auf die Bremse und drehte sich nach hinten, um an Lux' Sakko zu gelangen, hinter ihm wurde gehupt. Dann hatte er das Handy in der Hand.

«Selma!»

«Juha? Dein Telefon ist aus, kann das sein?» Sie klang nervös. Während er noch nach einer Antwort suchte, sprach sie schon weiter. «Egal, pass auf. Ich hab ihn gefunden! Kruger ist mit dem Wagen anscheinend liegen geblieben. Ich hab den Cruiser auf einem Abschleppwagen entdeckt. Hab bei der Firma angerufen, und was glaubt ihr ...? Kruger hat den Wagen vor einer halben Stunde abgeholt, wenn wir Glück haben, ist er noch in Harburg oder Umgebung. Wenn du mir die Berechtigung erteilst, dann würde ich die Kollegen vom Streifendienst ...» Sie rang laut nach Luft.

Selbst wenn er es vorher versucht hätte, Juha wäre nicht dazwischengekommen. Jetzt nutzte er Selmas kurze Atempause. «Selma, super Arbeit. Echt! Aber wir sind schon an ihm dran. Streife ist informiert. Lux ist gerade zu Fuß hinter ihm her.» Juhas Herz machte einen kleinen Hüpfer, als die Blechmauer vor ihm aufbrach und der Verkehr, wenn auch langsam, wieder in Gang kam.

«Zu Fuß? Lux ...»

Juha legte kommentarlos auf, als er das Ende der Brücke erreichte, und hoffte inständig, dass Selma es ihm nicht übel nehmen würde.

31

LUX

Lux rannte und war schneller als der immer noch zäh fließende Verkehr. In etwa sechzig Metern Entfernung sah er den roten Land Cruiser. Auf der linken Seite wurde es ihm zu eng, er passte eine Lücke ab und überquerte beide Spuren in einem Sprint. Hier gab es eine schmale Spur, die man ansatzweise als Standstreifen bezeichnen konnte. Jetzt merkte er wieder seinen Knöchel, den er sich bei der Verfolgungsjagd am *Pluto* verletzt hatte, doch er riss sich zusammen. Noch fünfzig Meter. Er würde es schaffen und Kruger einholen. Doch auf einmal kam Bewegung in die Autos, der Stau begann sich aufzulösen. Verdammter Mist, dachte Lux. Die Distanz zwischen ihm und Kruger vergrößerte sich wieder. Die Straße machte hier einen weiten Bogen nach rechts und führte dann unter die Autobahn, bald würde der Land Cruiser hinter einer riesigen Betonwand außer Sicht verschwinden. Lux folgte dem spontanen Impuls, ein Auto anzuhalten und für einen Polizeieinsatz zu konfiszieren, drehte sich zu dem Wagen um, den er gerade überholt hatte, hob seine Hand und tastete mit der anderen nach seinem Dienstausweis in der Brusttasche. Doch da war nichts. Sein Sakko lag immer noch bei Juha im Auto auf der Rückbank. Der ältere Herr im Passat schaute ihn entgeistert an und drückte rasch einen Knopf, der das Auto mit einem deutlich vernehmbaren Klacken verriegelte. Natürlich, ohne Dienstausweis half ihm auch der weiße Kragen nicht weiter. Es nutzte nichts, er musste Krugers Wagen erreichen, bevor der Verkehr zu viel Fahrt aufgenommen hatte. Lux rannte weiter, und seine Muskeln begannen zu brennen. Wenn die Kollegen schnell genug waren und die Brücke absperrten, würde der Verkehr gleich wieder zum Erliegen kommen. Er holte auf. Sein Puls raste, und er spürte seine Beine kaum noch. Jetzt war er fast neben ihm. Kruger, der sich offenbar bereits in Sicherheit gewiegt hatte, drehte den Kopf zur Seite und erschrak so sehr, dass er fast die Spur verlor. Lux musste ausweichen und fiel wieder ein paar Meter zurück.

«Idiot!», schrie er keuchend. Das Tempo würde er keine zehn Sekunden mehr durchhalten, er hatte keine Wahl. Als das Fahrzeug mit dem Heck an ihm vorbeifuhr, hielt er sich fest und wuchtete aus vollem Lauf das rechte Bein über den Rand der Ladefläche. Er hing. Mehr schlecht als recht. Just in dem Moment machte Kruger abermals eine Lenkbewegung, und Lux musste sich mit aller Kraft festkrallen, um nicht heruntergeschleudert zu werden. «Ey!», schrie er wieder, zog sich mühsam hoch und rollte sich auf die Ladefläche. Erleichtert und mit bebender Brust blieb er einen Moment liegen und schaute in die vorbeiziehenden Wolken. Er hörte Polizeisirenen und eine megafonverstärkte Stimme. Gott sei Dank, die Blockade war da, gerade noch rechtzeitig. Man würde Kruger anhalten, und sein Stunt wäre überflüssig gewesen. Trotzdem – das würde später eine klasse Story geben.

Doch Kruger wurde nicht langsamer. Stattdessen ging der Wagen in eine steile Rechtskurve, sodass Lux auf der Ladefläche gegen die Seitenbegrenzung rutschte. Er stützte sich hoch und sah die wild gestikulierenden Kollegen an sich vorbeirauschen. Die Polizisten sahen ihn verblüfft an. Einer hob reflexartig die Hand zum Gruß. Moin, Lux, was machst du denn hier? Scheiße. Was hatte dieser wahnsinnige Kruger denn vor? Lux stand auf und brachte sich stehend in eine halbwegs stabile Position, in der er glaubte, einen Überblick zu bekommen. Kruger war rechts an der Straßensperre vorbeigefahren, die aufgrund des Zeitmangels nicht optimal positioniert worden war, und raste nun unter der Autobahn hindurch, der Widerhall des alten Motors donnerte um ihn herum. Als sie wieder unter der A7 hervorkamen, schaute Lux genau in die Sonne und musste die Augen zusammenkneifen. Da war die Brücke, und dort, hoch oben, trat jemand an das Geländer. Juha! Doch der konnte ihm jetzt nicht helfen. Kruger musste endlich das verdammte Auto anhalten.

Lux hämmerte auf das Wagendach. «Kruger!», brüllte er. «Halten Sie das Fahrzeug an!» Vergeblich. Lux bückte sich und warf einen Blick ins Wageninnere, sah jedoch nur Krugers Hinterkopf, der nicht so wirkte, als würde das Hirn darin in Erwägung ziehen, seine Amokfahrt zu beenden. Lux kam wieder hoch und sah mehrere Polizeifahrzeuge, die ihnen entgegenkamen. Kruger riss den Wagen herum, Lux taumelte, und als er wieder Halt gefunden hatte, sah er eben noch, dass der Wagen kurz davor war, ein Metalltor an der Straße zu durchbrechen. Er tauchte wieder unter und presste sich an die Fahrerkabine, doch der Aufprall war zwar mit lautem Getöse verbunden, aber abgesehen davon überraschend unspektakulär. Ein rostiges Metallteil segelte in aller Gemächlichkeit durch die Luft, Lux blickte ihm nach. Fast wie schwerelos schwebte es in die Wolken, schien dort kurz innezuhalten, bevor es schließlich der Schwerkraft nachgab und seinen Rückweg zur Erde begann. Als es auf dem Boden der Tatsachen aufschlug, machte der Wagen zeitgleich einen Hüpfer, Lux wurde in die Luft gehoben und schlug sofort wieder hart auf der Ladefläche auf. Der Untergrund hatte sich verändert, das war keine Straße mehr unter ihnen.

Jetzt reicht es mir aber, dachte Lux und stand wieder auf. Der Wagen holperte über einen steinigen Platz mit tiefen Pfützen und Schlaglöchern. Als Lux nach vorne sah, erblickte er die alte Brücke, die mit einer ziemlich behelfsmäßigen Schranke versperrt war. Lux wusste auch, warum. Aber wusste Kruger das ebenfalls? Er klopfte nun ein Mü friedlicher auf das Wagendach und rief so unaufgeregt wie möglich, aber so laut wie nötig: «Herr Kruger, halten Sie an, diese Brücke endet im Nichts. Hören Sie? Es geht da nicht weiter.» Mit einem lauten Knall flog die Schranke zur Seite. Jetzt wurde es eng. «Herr Kruger!» Lux klopfte, doch der Wagen wurde nicht langsamer, Lux schlug, hämmerte. Aber es nutzte nichts. Ob Kruger wusste, was auf sie zukam, oder nicht – anhalten würde er auf keinen Fall.

Er drehte sich zur Köhlbrandbrücke um und sah, dass Juha immer noch oben stand. Offenbar wedelte er warnend mit den Armen. Danke, Juha, aber ich weiß schon Bescheid. Drei Streifenwagen waren hinter ihnen her, doch auch die würden Kruger nicht mehr aufhalten können.

Dann fühlte Lux, wie er schwerelos wurde und ein merkwürdig unpassender Gedanke kam ihm: Sie hatten gar keine Rettungsdecke mehr im Auto, die hatte ja der verdammte Boschi.

32

JUHA

Er sah den Land Cruiser abheben und ballte die Hände zu Fäusten. «Spring!»

Und Lux sprang tatsächlich. Während der Wagen in einem weiten Bogen über das Wasser hinausflog, machte Lux einen Satz seitlich von der Ladefläche, der ihn einige Meter vom Fahrzeug wegtrug. Augenblicke später schlugen beide auf das Wasser auf, und Juha konnte im aufspritzenden Weiß nichts mehr erkennen. Seine Beine verkrampften, weil er sich nicht entscheiden konnte, ob er abwarten sollte, um zu sehen, ob Lux wieder auftauchte, oder ob er zum Auto eilen und zum Ort des Geschehens rasen sollte. Die Streifenwagen, die an Krugers Stoßstange geklebt hatten, kamen zum Stehen, und die Beamten sprangen aus ihren Fahrzeugen. Juhas Hände umklammerten das Geländer ohne sein Zutun, hielten ihn an Ort und Stelle, während er sich loszureißen versuchte, er war wie erstarrt. Er kniff die Augen zusammen. Da! Einer der Beamten zeigte auf das Wasser, und zwei weitere gestikulierten zurück, machten Anstalten, die Böschung hinabzusteigen. Das war ein gutes Zeichen und sein Startschuss. In fünf Sekunden war er beim Auto, startete den Motor und trat aufs Gas. Minuten später war er unten, zwei Krankenwagen trafen mit ihm ein. Als er aus dem Auto stieg, sah er Lux, ohne Hemd, eine Rettungsdecke wie ein Handtuch um sich gelegt. Von Juha wich eine Last, was ihn unmittelbar restlos erschöpfte. Die Sanitäter liefen an ihm vorbei. Er passierte einen uniformierten Beamten, und es gelang ihm kaum, ihn anzusehen, so müde fühlte er sich.

«Was ist mit dem Fahrer des Wagens?»

«Der Schwarze Kollege hat ihn rausgezogen. Wie ein Kampftaucher, sag ich Ihnen. Er hat was abgekriegt, aber guckt schon wieder.»

«Der ‹Schwarze Kollege› ist KOK Adisa, und der ist besser als ein Kampftaucher.»

«Ich habe es gefilmt. Wahnsinn!»

Juha ersparte sich jeden Kommentar und ging weiter. Lux gab zwei besorgten Sanitätern gerade zu verstehen, dass er wohlauf sei. Die anderen beiden waren die Böschung hinunter verschwunden, wahrscheinlich zu Kruger. Jetzt sah Lux Juha und winkte ihm zu. Das war noch mal gut gegangen. Gott sei Dank. Lux war wirklich ein großartiger Polizist.

33

Ein heller Sonnenstrahl fiel durch das Rollo und ließ den Staub, der über Krugers Krankenbett schwebte, wie viele winzige Glühwürmchen in der Luft tanzen. Kruger saß an das aufgestellte Kopfteil gelehnt da und beobachtete den gemächlich dahin taumelnden Staub. Alles andere stand still. Auch Juha und Lux warteten geduldig. Ein Kollege hatte Lux eine Jogginghose geliehen, die weit über den Knöcheln endete, und ein gelbes T-Shirt, das einen Surf-World-Cup 97 pries. Abgesehen von seiner kühnen Garderobe verriet nichts in Lux' Haltung und Ruhe, dass er einen 400-Meter-Sprint und ein Bad in der Elbe hinter sich hatte.

Juha lehnte an der Wand und sah mit milder Aufforderung zum Diktiergerät, das er eingeschaltet auf die Nachttisch-Schrank-Kombination neben Krugers Bett gelegt hatte. Direkt nach den ersten Untersuchungen, die außer mehreren geprellten Rippen und einer leichten Gehirnerschütterung ohne Befund geblieben waren, war Juha nicht davon abzubringen gewesen, Kruger zu vernehmen. Die Ärztin hatte die Stirn gerunzelt und sich offenbar in der Pflicht gefühlt, dem älteren Herrn einen Moment der Ruhe zu erstreiten, doch nach Juhas knapper Aufklärung über den Grund ihres Vorhabens wurden sie durchgelassen. Sie hatte in Richtung von Krugers Krankenzimmer geschaut, in ihren Augen die Frage, ob dieser so hilflose Mann in ein derartiges Verbrechen verwickelt sein konnte. Aber vermutlich interpretierte Juha nur seine eigene bisherige Einschätzung in ihren Gesichtsausdruck.

Kruger schaute ebenfalls zum Diktiergerät und schnell wieder weg, als würde sich in dem Apparat eine unvermeidliche

Konsequenz manifestieren. Rechenschaft, Schuld, Reue. Juha wusste nicht, worauf er wartete, ahnte nur, dass es keinen Sinn ergab, Kruger in diesem Moment unter Druck zu setzen. Auf der anderen Seite spürte er seine eigenen Kräfte mit jeder verstreichenden Minute schwinden. Die Verfolgung und die Angst um Lux zehrten noch an ihm, und wenn Kruger nicht bald den Mund aufmachte, würde ihm sein stetig tiefer sinkender Adrenalinspiegel über kurz oder lang den Stecker ziehen.

Endlich durchbrach Krugers Stimme die Stille. «Ich denke, ich würde jetzt gerne ein Geständnis ablegen.» Er sprach so leise, dass Juhas Überraschung über seine Worte von der Sorge überlagert wurde, das Diktiergerät könnte sie nicht mitbekommen haben. Er bemühte sich, ruhig zu bleiben, ging mit langsamen Schritten zum Nachttisch und drehte das Rädchen für die Mikrofonempfindlichkeit hoch. «Ein Geständnis?» Er lugte auf den ausschlagenden Balken am Gerät. Das würde genügen.

Kruger nickte verhalten. Er wirkte auf einmal um Jahre gealtert, selbst seine Stimme hatte diese altershohe, aber klare Sanftheit eines Greises.

«Bitte.»

Kruger öffnete die PET-Flasche mit dem Krankenhausetikett, es knackte und zischte kurz. Sein spitzer Kehlkopf hüpfte zweimal auf und ab, als er trank. Dann begann er und beugte sich dabei ergeben zum Diktiergerät vor. «Ich habe den Jungen entführt und in einer Kiste im Wald eingesperrt. Ich habe die Entführung allein geplant und durchgeführt. Ich wollte Geld von den Eltern des Jungen erpressen.»

«Sie sprechen von Daniel Boysen?», fragte Lux, und Kruger nickte.

Juha wies mit einem Kopfnicken auf das Diktiergerät, und Kruger verstand. «Ich habe Daniel Boysen entführt.»

«Wieso haben Sie Daniel als Opfer ausgewählt?»

Kruger runzelte die Stirn, als überraschte ihn die Frage. Er schüttelte den Kopf. «Der stand einfach da. An einer Bushaltestelle. Ich habe ihm angeboten, ihn nach Hause zu fahren.»

«Also kannten Sie sich bereits?»

«Vom Sehen vielleicht.»

«Vielleicht?» Juha fing Lux' Blick auf. «Aber Daniel ist trotzdem sofort zu Ihnen ins Auto gestiegen?»

«Ja.»

«Was passierte dann?»

«Wir sind in den Wald gefahren, und ich habe ihn in der Kiste eingesperrt.»

«Die Kiste war also zu diesem Zeitpunkt bereits im Wald.»

«Ja, ich habe sie in meiner Werkstatt gebaut und im Wald vergraben.»

Juha nickte, ignorierte ein dezentes Räuspern von Lux, fuhr rasch fort. «Sie haben also die Kiste gebaut, weil Sie vorhatten, ein Kind zu entführen, sich aber noch keine Gedanken gemacht, wer das Opfer sein könnte. Und dann haben Sie Daniel an der Bushaltestelle gesehen und sich spontan für ihn entschieden. Ist das korrekt?» Wieder bemerkte Juha, dass Lux etwas sagen wollte, und hielt ihn mit einer kaum merklichen Handbewegung zurück.

«Ja, das ist korrekt», sagte Kruger entschieden und hielt Juhas Blick stand.

«Wussten Sie zu dem Zeitpunkt, dass Levent und Daniel sich kannten? Dass Ihr Sohn Levent bei den Boysens häufig zu Gast war?»

«Nein, das habe ich Ihnen doch neulich schon gesagt», sagte Kruger, ihm war jetzt Ungeduld anzumerken.

«Ein Zufall. Ich verstehe. Sie haben also Ihr Opfer, Daniel, in die Kiste gesperrt. Was taten Sie dann?»

«Ich habe die Familie angerufen und Lösegeld gefordert.»

«Woher hatten Sie die Nummer?»

«Was?» Kruger war verwirrt.

Lux schaltete sich jetzt doch von der Seite ein. «Eine ganz einfache Frage. Woher hatten Sie die Telefonnummer der Familie Boysen?»

«Aus dem Telefonbuch, wahrscheinlich.»

«Sie haben also Ihr Opfer noch nach seinem Namen gefragt und dann im Telefonbuch die Nummer seiner Eltern nachgeschlagen.»

«Genau.»

«Welche Summe haben Sie gefordert?»

Kruger kniff erschöpft die Augen zusammen, als zermarterte er sich den Kopf. «So genau weiß ich das nicht mehr. Fünfzigtausend, sechzig.»

Juha versuchte, so sachlich wie möglich zu sprechen, obwohl er das Bedürfnis hatte, seinem Ärger Luft zu machen, und gleichzeitig die Erschöpfung ihn mit aller Kraft zu übermannen drohte. «Was haben Sie mit dem Geld gemacht?»

«Ausgegeben.»

«Und warum haben Sie Ihr Opfer, Daniel Boysen, ein vierzehnjähriges Kind, anschließend nicht freigelassen, sondern ihn in der Kiste elendig verrecken lassen?» Lux machte einen Schritt auf Juha zu, wollte etwas sagen. Doch Juha bedeutete ihm mit einem einzigen Blinzeln, dass er wusste, was er tat. «Antworten Sie auf die Frage. Warum haben Sie, als Sie das Geld hatten, das Kind nicht freigelassen, sondern Ihr Opfer stattdessen auf grausamste Weise sterben lassen?»

«Juha», flüsterte Lux, doch Juha wusste, dass er seine Unerbittlichkeit noch einen kurzen Moment aufrechterhalten musste. Nicht, um Kruger zu quälen, sondern um die offensichtliche Lüge unwiederbringlich zu vernichten und Kruger keine Chance zu geben, sie später noch einmal hervorzuholen, wenn er sich gefasst und einen Plan zurechtgelegt hatte. «Warum haben Sie ein vierzehnjähriges Kind getötet und damit unsägliches Leid über die Familie gebracht? Sie haben doch Ihr Geld bekommen. Hatten Sie Angst, Daniel Boysen könnte Sie wiedererkennen?»

Krugers Atem wurde schneller, und als Juha glaubte, der Mann sei tatsächlich kurz davor, eine Panikattacke erleiden, ging er zu ihm, hockte sich an das Bett und streckte ihm seine offenen Hände entgegen. «Geben Sie mir mal Ihre Hände.» Kruger tat, was Juha verlangte. Seine Hände kamen zitternd wie Espenlaub unter der Bettdecke hervor, und Juha hielt sie fest. «Ganz ruhig. Sie lügen, und das machen Sie offen gestanden nicht sehr gut. Darum sagen Sie mir jetzt bitte, warum Sie lügen.»

«Levent ist kein schlechter Mensch.»

«Sie denken, Ihr Sohn hat Daniel Boysen entführt?»

Kruger nickte, sein Kinn bebte.

Juha fühlte Hilflosigkeit in sich aufsteigen, und am liebsten hätte er Krugers Hände zur Seite gewischt und geschrien, dass Levent ein Kind auf dem Gewissen hatte, was ihn sehr wohl zu einem schlechten Menschen machte. Doch das Diktiergerät lief noch, und er wusste, dass er Kruger jetzt an einem Punkt hatte, an dem er zum ersten Mal offen sprechen würde. Also sagte er: «Wollten Sie ihn schützen, indem Sie die Schuld auf sich nehmen?»

Kruger starrte Juha an, noch immer hielten sie sich an den Händen. Nicken. «Ja.»

«Warum, glauben Sie, hat er das getan?»

Jetzt schaute Kruger auf. «Ich weiß es nicht. Vielleicht hat er einfach Aufmerksamkeit gewollt.»

Juha musste unwillkürlich an Charlotte Kobayashi denken. Sie hatte auch Aufmerksamkeit gewollt und sich dafür selber entführt. Doch sosehr Juha auch glauben wollte, dass Levent kein böser Mensch war, so kam er doch nicht über den Gedanken hinweg, dass das, was Charlotte getan hatte, eben etwas völlig anderes gewesen war. Es gelang ihm einfach nicht, sich vorzustellen, wie ein Kind – und Levent war genau das gewesen, ein Kind – ein anderes entführte und in ein Verlies sperrte, um dann Lösegeld von den Menschen zu erpressen, die zuvor so gut zu ihm gewesen waren. Auch wenn sie ihn letztlich verstoßen hatten. Das Grauen, das ihn befiel, wenn er sich diese beiden Jungen zusammen im Wald vor Augen rief, war unerträglich.

Er beschloss, den Gedanken vorerst aus seinem Kopf zu verbannen. Das Einzige, wozu er sich in diesem Moment imstande fühlte, waren klare, sachliche Fragen. Das war keine Kapitulation, keine Schwäche, sondern reiner Selbstschutz und seine Pflicht als Polizist.

«Hat er es Ihnen erzählt? Bevor er untergetaucht ist? Wohin wollte er? Er ist nicht in Afrika, oder?»

Das waren offensichtlich zu viele Fragen auf einmal gewesen, und Kruger wusste nicht, worauf er zuerst antworten sollte. Jetzt erst ließ er Juhas Hände los, sein Atem hatte sich etwas beruhigt. Er bemühte sich, eine entspanntere Haltung einzunehmen, doch es gelang ihm schwerlich, also verschränkte er ungelenk die Arme. «Ich habe nur einen Brief von ihm bekommen.»

Juha zog seinerseits die Hände zurück, erhob sich, seine Knie schmerzten. «Einen Brief?» Er bemerkte, wie Lux hinter ihm die Ohren spitzte.

Kruger nickte und schien es dabei belassen zu wollen.

Juha musste nachhaken. «Verstehe ich das richtig, dass Sie Ihren Sohn seitdem nicht mehr persönlich getroffen, sondern lediglich einen Brief von ihm erhalten haben?» Wieder bestätigte Kruger mit einem Nicken, und Juha musste weiterfragen. «Wie kam der Brief? Per Post?» Kurz haftete Juha der Hoffnung an, es könnte sich vielleicht ein Poststempel auf dem Kuvert befunden haben, der Aufschluss über Levents Aufenthalt geben konnte, wurde aber enttäuscht.

«Nein, es war einfach ein gefaltetes Blatt im Briefkasten, kein Umschlag.»

«Und haben Sie diesen Brief noch?» Juha kam einfach nicht darüber hinweg, dass Kruger seinem Sohn nicht mehr begegnet war. Er hatte das Gefühl, dass diese Tatsache wichtig war, auch wenn er den Grund dafür noch nicht einkreisen konnte.

«Ich habe ihn aufgehoben. Dieser Brief ist das Letzte, was ich von meinem Sohn habe.»

Das war die Antwort auf die Frage, die Juha als Nächstes gestellt hätte, trotzdem wollte er sichergehen. «Sie haben also, nachdem Sie den Brief erhalten haben, nie wieder von Ihrem Sohn gehört?»

In Krugers Kopfschütteln lag nur Trauer über das Verschwinden seines Sohnes, nicht ein Funke von Argwohn darüber, dass Levent in all den Jahren nicht ein einziges Mal ein Lebenszeichen von sich gegeben hatte.

«Herr Kruger schüttelt den Kopf», sagte Juha für das Diktiergerät, bevor er weiterfragte. «Und wann genau haben Sie den Brief bekommen?» Kruger schaute an die Zimmerdecke und wollte gerade folgsam in seiner Erinnerung graben, als Juha seine Frage vereinfachte: «War es, bevor oder nachdem man Daniel Boysen gefunden hat?»

«Danach. Vielleicht ein paar Tage später.»

«Und Sie haben sich nicht gefragt, wo Levent steckt?»

Krugers Blick voller Scham war Antwort genug.

«Wir werden nach Levent suchen», sagte Juha und dann: «Wenn die Ärzte einverstanden sind, wird Sie ein Polizist nach

Hause bringen. Es ist gut, dass Sie uns die Wahrheit gesagt haben. Das war richtig.»

Kruger richtete sich in seinem Bett auf. «Was passiert jetzt mit mir?»

«In Bezug auf Levent: nichts. Er ist Ihr Sohn. Strafvereitelung zugunsten eines Angehörigen ist kein Verbrechen. Aber wir brauchen den Brief, bitte händigen Sie ihn dem Polizisten aus, der Sie begleiten wird. Außerdem einige weitere Handschriftproben von Levent. Haben Sie so etwas? Vielleicht ein paar alte Schulhefte?»

Kruger nickte. «Schulhefte. Bestimmt.»

«Gut.» Juha nickte Lux zu. Der verstand gleich und ging hinaus, um zu telefonieren. Der Brief musste schnellstmöglich in die Analyse.

«Was hingegen Ihre Aktion vorhin im Hafen angeht: Ich fürchte, da werden Sie nicht mit drei Punkten in Flensburg davonkommen.»

Juha und Lux saßen in der Kantine des Krankenhauses. Lux hatte Kaffee und zwei Sandwiches geholt. Juha nippte am heißen Kaffee, das Sandwich schob er zur Seite. Er bekam keinen Bissen runter.

«Okay, was ist da passiert?» Juha stellte seinen Becher ab, etwas zu schwungvoll, Kaffee schwappte auf den Tisch. Lux wischte ihn mit einer Serviette auf. «Danke. Weißt du, was ich mich die ganze Zeit frage?»

«Was?»

«Das Motiv. Was war Levents Motiv? Alles, was wir über ihn wissen, passt einfach nicht zu dieser Tat.»

«Eifersucht?»

Juha hob fragend die Augenbrauen, seine Gesichtshaut spannte.

«Auf Daniel», fuhr Lux fort.

Juha nickte. «Ja, das könnte sein. Er gerät zufällig auf ein Fest des Feuerwehrvereins, und Boysen wird auf ihn aufmerksam. Zum allerersten Mal findet er so etwas wie Anschluss. Sogar so etwas wie Familie, als Harm Boysen ihn zu sich einlädt und ihn fast wie einen Sohn behandelt. Aber Daniel ist Boysens wirklicher Sohn. Levent will seinen Platz einnehmen, wünscht sich nichts mehr, als zu dieser Familie dazuzugehören. Denk daran, was Meret Boysen sagte: ‹Parasit› hat sie ihn genannt. Er nistet sich bei den Boysens ein, bis sie es nicht mehr aushalten und ihn in die Wüste schicken. Seine ganze Wut entlädt sich auf Daniel, der in Levents Augen den Platz besetzt, den er gerne hätte.»

«Aber wo ist da die Logik? Er kann ja nicht Boysens Sohn entführen und dann einfach seinen Platz einnehmen», sagte Lux.

«Zorn handelt selten logisch. Er fühlte sich gedemütigt.» Lux nickte nachdenklich und blinzelte mehrmals. Nun kam offenbar auch bei ihm die Erschöpfung durch. «Aber du hast es selbst gesagt. Die Lösegeldforderung passt nicht ins Bild.»

Juha nickte zaghaft.

«Und vor allem erklärt es nicht, wieso bei Christoph Johannsen Spuren gefunden wurden.»

Wieder nickte Juha. «Und diese Tatsache wiegt noch schwerer», stöhnte er in seine Handflächen. «Wir übersehen was. Irgendwas verstehen wir nicht.» Er stand auf und warf seinen Kaffeebecher in den Mülleimer. «Was hast du eigentlich den Vormittag über gemacht? Warst du an Haders Alibi dran?»

«Nein.» Lux stockte kurz. «Ich musste was Privates erledigen. Tut mir übrigens leid, dass ich heute Morgen so komisch drauf war. Ich hab mich da wohl doch etwas verrannt.»

«Schon okay. Wir sind überhaupt nur so weit gekommen,

weil du einem Gefühl nachgegangen bist, das im Widerspruch zu den vermeintlichen Fakten stand. Verlier das bloß nicht.»

Lux unterdrückte sichtlich ein Lächeln. «Aber die Sache mit Hader hat sich durch die neuen Entwicklungen ja jetzt erledigt, wie es aussieht.»

«Ja.» Juha unterdrückte ein Gähnen. «Sieht so aus.»

Sie gingen durch die langen Krankenhausflure, die überall gleich waren, und Juha fiel ein, dass er Wally besuchen musste. Doch heute brauchte er nur noch Schlaf. Morgen würden sie die Suche nach Levent hochfahren.

34

A m nächsten Morgen platzte Hauke Thompson von der Öffentlichkeitsarbeit in ihr Büro. Er war groß, schlaksig und hatte komische Haare. Die Jahrzehnte, in denen er den Großteil seines Arbeitstags vor dem Rechner verbrachte, hatten ihn mit einem regelrechten Buckel belohnt. Trotz seines Schreibtischjobs wirkte er immer außer Atem und gehetzt, als würde er sich besonders viel und nicht im Gegenteil ungesund wenig bewegen. Türen riss er grundsätzlich mit Schwung auf, allerdings ohne die Klinke vorher durchgedrückt zu haben. Deshalb erschien er jedes Mal mit einem Knall, so auch jetzt. Er ignorierte Juha und Selma, die für die weitere Suche nach Levent mit ihnen das Büro teilte, und hielt Lux sein Handy viel zu nah vors Gesicht. «Schau dir das an, Junge!»

Lux runzelte die Stirn, als hätte er am liebsten gesagt: «Nenn mich nicht Junge, Alter!» Aber dann hellte sich seine Miene auf und zeigte ein fast kindliches Grinsen.

Hauke überließ ihm das Telefon und drehte sich nun doch stolz zu den anderen um. «Ich checke jeden Tag die Posts, in denen die Hamburger Polizei getaggt ist. Aber so was Geiles hab ich dabei noch nie gefunden!»

Es hätte auch weniger gereicht, um Juha vom Sofa hochzukriegen, auf das er gerne umgezogen war, um Platz für die junge Kollegin zu machen. Selma kam ebenfalls auf Lux' Seite des Schreibtischs.

«Momentchen, ich zeig's euch auf dem Rechner», sagte Hauke, schob Lux ungefragt zur Seite und tippte auf dessen Tastatur herum. Lux war viel zu begeistert und abgelenkt von dem, was er sah, um sich zu beschweren. Dann war das Bild da.

Ein Video, verwackelt war Asphalt zu sehen, ein Motor heulte auf. Die unruhige Kamera schwenkte auf einen roten Pick-up, der gerade mit einem auffällig gut gekleideten Mann auf der Ladefläche durch ein Metalltor raste. Wenige Sekunden später stürzte der Wagen von einer Brücke, und der Mann sprang ins Wasser. Sofort begann das Video wieder von vorne.

«Die meisten in den Kommentaren sind sich nicht sicher, ob das wirklich echt ist oder ob es sich um Dreharbeiten zu einem Film handelt. Wie damals bei *Drei Engel für Charlie*, als wir Anrufe bekamen, dass ein SUV mit aufgesetztem Maschinengewehr durch die Stadt fährt. Nur umgekehrt. Wisst ihr noch?» Hauke war außer sich vor Euphorie.

«Das hat einer von uns geteilt», sagte Juha. «Der Idiot hat mir selber erzählt, dass er das Ganze gefilmt hat. Aber der kann das doch nicht einfach veröffentlichen!» Er gab seinem über den Vormittag aufgestauten Frust freien Lauf. «Ich lasse mir jetzt von Uwe den Einsatzplan von gestern geben. Der kriegt 'nen Einlauf! Das Video muss da sofort verschwinden.»

Hauke hob beschwichtigend die Hände, die Augen noch immer voller Euphorie, bemühte er sich dennoch um eine ruhige Stimme. «Momentchen mal, Juha. Was meinst du, wie oft die Polizei Hamburg positive Medienpräsenz hat? Kann ich dir genau sagen, ist nämlich mein Job: ungefähr nie! Und schau mal, wie viele Likes das Video schon hat. Fast hunderttausend! Weißt du, wie viele Likes unsere eigenen Posts im Schnitt bekommen? Kann ich dir genau sagen, ist nämlich mein Job: zwölf!» Hauke drehte sich noch mal zu Lux. «Junge, du hast das Zeug zum Star. Ich weiß, wovon ich rede.» Er war schon an der Tür, als ihm einfiel, dass Lux noch sein Telefon hatte. Dann war er genauso schnell wieder verschwunden, wie er aufgetaucht war.

«Der hat doch irgendwas eingeworfen», meinte Selma, Lux kicherte.

Dann widmeten sie sich wieder der zermürbenden Suche nach Levent. Juha fühlte sich eigenartig kaltgestellt. Die reine Büroarbeit – Recherche am Rechner und Telefon – war überhaupt nicht sein Ding. Berichte schreiben, ja, das war ein nötiges Übel, das er hinnahm, aber das hier grenzte an Qual. Alle drei kauerten sie über ihren Rechnern, wie Schachspieler bei einer Partie, die schon aussichtslos verloren schien. Dennoch blieben sie hartnäckig dabei, bis Selma am frühen Abend aufstand und verkündete, sie müsse jetzt in die Uni. «Straftheorien und Ablauf der Strafverfolgung. Vielleicht kann ich mich ja inspirieren lassen.» Sie packte ihren Laptop ein und schulterte ihren Rucksack, der vor Büchern fast aus den Nähten platzte. «Ich bin für den Rest der Woche leider raus. Pflichtseminar. Wenn ich das verpasse, war das letzte halbe Jahr für die Katz. Aber könnt ihr mich bitte trotzdem auf dem Laufenden halten?»

«Klar», sagte Lux, und Juha nickte stumm in seinen Laptop.

An der Tür machte sie kurz halt. «Macht übrigens richtig Spaß mit euch.»

«Selma?»

«Ja?»

«Du bist uns eine große Hilfe, vielen Dank.»

Sie lächelte, und weg war sie.

«Verdammte Scheiße ... der kann doch nicht einfach vom Erdboden verschwunden sein!» Juha verlor endgültig jegliche Form und rutschte so tief in die Sofakissen, dass er aussehen musste wie ein Fernsehen guckender Teenager und nicht wie ein arbeitender Kriminalhauptkommissar. Lux schaute schweigend und etwas bedröppelt aus dem Fenster. «Vielleicht müssen wir in eine andere Richtung denken.» Juha sah zu Lux auf. «Vielleicht müssen wir ganz neu denken.»

«Aber nicht mehr heute», sagte Lux, ging zum Schrank und

nahm eine Sporttasche heraus. «Ich gehe jetzt schwimmen, heute ist mein Schwimmtag.»

«Du warst doch gestern erst schwimmen.»

Lux bedachte den mittelmäßigen Scherz mit einem müden Blick.

«Schwimmen also, ja? Im Schwimmbad?»

«Wo sonst?»

«Na gut, gehen wir schwimmen.»

«Du willst mitkommen?»

«Warum nicht? Ich gehe auch manchmal schwimmen, in der Elbe, wie du. Allerdings mit Absicht.»

An der Kasse kaufte Juha eine Badehose und ein Handtuch, da seine Badesachen natürlich noch draußen im *mökki* waren. Kurz überlegte er, ob er noch so eine Schwimmbrille dazukaufen sollte – Lux hatte sicher eine –, ließ es aber dann sein. Sie gingen durch das Drehkreuz und dem Chlorgeruch entgegen.

«Okay. Lass uns noch mal überlegen», sagte Juha durch die Wand der Umkleidekabine zu Lux, der nebenan war. «Levent hat Daniel Boysen entführt. Was war sein Motiv?»

Lux antwortete durch die Wand: «Bisher gingen wir davon aus, dass es dem Entführer um Geld ging.»

«Aber Levent ging es nicht um Geld. Er fühlt sich zurückgewiesen und sucht nach einem Weg, Boysen zu beeindrucken. Er will sich beweisen und zeigen, was er kann.» Juha zog sich aus und drapierte seine Sachen auf dem Mehrzweckkleiderbügel mit Netztasche.

«Indem er etwas baut. Eine eigene Konstruktion. So wie Boysen es ihm beigebracht hat», hallte es dumpf von nebenan.

«Ja, er kopiert Boysens Schutzbunker, einen unterirdischen Raum, unter Berücksichtigung aller lebensnotwendigen Faktoren. Wasser, Licht, Luft, Nahrung, Unterhaltung; alles, was einen guten Bunker eben so ausmacht. Und zum Beweis, dass er funktioniert, sperrt er Daniel dort ein. Einen Schutzraum – das war es, was er bauen wollte. Kein Gefängnis.»

«Und dann verlangt er Lösegeld?», fragte Lux.

«Sind Sie Krimischreiber?», kam es aus der Kabine auf der anderen Seite.

Juha drehte sich um. «Ja, wir sind Krimischreiber.»

«Ich liebe ja Krimis», antwortete die Wand. «Also ich denke, das mit dem Lösegeld ist plausibel. Warum sonst sollte man jemanden entführen?»

«Juha, ist da jemand bei dir?», fragte Lux von rechts.

«Nee, links von mir.» Juha wandte sich wieder der anderen Seite zu. «Dafür kann es viele Gründe geben, finden Sie nicht? Eifersucht zum Beispiel.»

«Nee, das klingt total unrealistisch. Wenn ich jemanden entführe, dann verlange ich auch Lösegeld. Würde ich mich einfach nur rächen wollen, dann würde ich denjenigen umbringen, ich denke da zum Beispiel an eine Bombe. Oder mit dem Auto anfahren. Etwas mit mehr Action eben.»

«Das ist nicht gerade hilfreich.»

«Wenn Sie meinen. Sie sind die Krimischreiber.»

«Kannst du mir mal dein Duschgel leihen?», fragte Juha Lux, als sie wenig später unter der Dusche standen. Lux reichte es ihm.

«Okay, spinnen wir das trotzdem mal weiter und vergessen die Problematik mit dem Lösegeld», begann Lux, während Juha sich einseifte. «Levent präsentiert Harm Boysen sein Werk. Aber etwas Schreckliches ist passiert. Seine Konstruktion ist fehlgeschlagen, und Daniel ist qualvoll erstickt. Und denk an den Obduktionsbericht, die post mortem gebrochenen Rippen.»

Juha spülte sich den Schaum aus dem Gesicht. «Es passt. Boysen versucht, seinen Sohn wiederzubeleben.»

«Es passt nicht.» Lux tastete mit geschlossenen Augen und Shampoo im Haar nach dem Duschknopf. «Immerhin hat es einen Anruf in Anwesenheit der Polizei gegeben, bei dem Boysen und seine Frau zugegen waren. Levent entführt Daniel, aus Rache und Geltungssucht. Dann verlangt er Lösegeld, die Geldübergabe glückt, und anschließend gibt er sich Boysen gegenüber als Täter zu erkennen? Der aber wiederum behält das für sich, weil …?»

«Ich habe keine Ahnung.»

Sie zogen sich ihre Badehosen wieder an und gingen in Richtung Schwimmbecken.

Juha hielt seinen Fuß ins Wasser, während Lux bereits einen eleganten Köpper vom Startblock hinlegte, einige Meter unter Wasser zurücklegte, bevor er wieder auftauchte und mit kräftigen Zügen loskraulte.

Juha ließ sich ins Wasser gleiten und schwamm in gemächlichem Tempo los. Ungefähr in der Mitte der Bahn kam Lux ihm wieder entgegen.

«Was, wenn wir ganz falschliegen und es nicht Levent war?»

Lux drosselte sein Tempo etwas, um antworten zu können. «Was meinst du damit? Levent hat Daniel gar nicht entführt?» Er wechselte kurz in die Rückenlage. «Wir haben ein Geständnis von Levent.»

Juha wartete am Ende der Bahn, bis Lux ihn wieder eingeholt hatte. «Haben wir das wirklich?»

Lux schaute Juha fragend an.

«Wir haben nur einen Brief, in dem jemand sagt, er habe etwas Schlimmes getan, und der mit dem Namen Levent unterschrieben ist. Den kann theoretisch jeder geschrieben haben.»

«Aber warum? Um Levent etwas in die Schuhe zu schieben?» Lux machte eine Rollwende und war wieder unterwegs.

Juha war bereits ziemlich aufgeweicht, und seine Hände sahen schon ganz runzelig aus. Er hatte fast zwanzig Minuten im Whirlpool nachgedacht und auf Lux gewartet, bis der endlich aus dem Becken stieg. Lux trocknete sich das Gesicht ab und stieg zu Juha in den Pool. «Oh ja, das ist gut.» Er atmete lange mit geschlossenen Augen aus und ließ sich bis zum Hals in das brodelnde Wasser sinken.

«Also, ich habe nachgedacht. Was wäre passiert, wenn Kruger den Brief von Levent nicht heute, sondern schon damals zur Polizei gebracht hätte?», fragte Juha.

Lux öffnete die Augen. «Oder vielmehr, was wäre nicht passiert?»

«Genau das. Man hätte Levent für den Täter gehalten, allerdings nie gefunden.»

«Du meinst, die ganze Aktion, Johannsen falsche Beweise unterzuschieben, liegt allein darin begründet, dass der ursprünglich geplante Sündenbock nicht erwischt wurde?»

Juha kniff die Augen zusammen. «Ich bin der Täter. Ich brauche einen Sündenbock. Ich weiß von Levents besonderem Verhältnis zu Boysen und wie es auseinanderging. Ich fälsche einen Brief, in dem ich in Levents Namen gestehe, die Entführung begangen zu haben. Den Brief schicke ich an Levents Vater Heiner Kruger. Aber Kruger geht nicht zur Polizei, die Polizei ermittelt weiter und kommt mir immer näher. Mein Plan, Levent die Sache in die Schuhe zu schieben, scheint nicht aufzugehen, also wird es Zeit für Plan B. Ich warte auf eine Gelegenheit, irgendjemandem, fast egal wem, Spuren unterzuschieben. Und zwar jemandem, der sich nicht mehr wehren kann. Kurz mal angenommen, es war doch jemand aus dem

Verein, dann hätte es doch an Gelegenheiten nicht gemangelt. Irgendein armer Kerl wie Christoph Johannsen stirbt und wird spontan zum Sündenbock gemacht, indem man einfach einen Teil des Geldes und eine Packdecke mit ein paar Haaren von Daniel daran in dessen Wohnung deponiert. Nach einem Todesfall, ob nun Suizid oder tragischer Unfall, gehen doch viele Leute ein und aus. Und ein Feuerwehrmann begegnet ständig solchen Situationen. Er muss nur warten, bis sich die Möglichkeit ergibt, und die Sachen in einem unbeobachteten Moment platzieren. Die Beweise werden bei einem Toten gefunden; Fall gelöst, keiner fragt mehr nach.»

«So plausibel das klingt, die Sache hat leider einen gewaltigen Haken.» Lux schaute Juha mit trägem Blick an.

«Und welchen?»

«Du hast es eben selbst gesagt. Du schiebst die Tat einem in die Schuhe, der sich nicht mehr wehren kann, einem verstorbenen Christoph Johannsen.»

«Und?»

Lux richtete sich auf, und sein Blick wurde wieder fokussierter. «Wenn der ursprüngliche Plan darin bestand, Levent die Tat in die Schuhe zu schieben ...» Lux machte eine kurze Pause, und Juha verstand. «Dann müsste er davon ausgegangen sein, dass auch Levent sich nicht mehr hätte verteidigen können.»

Einen Moment schwiegen sie und hingen im warmen Wasser ihren Gedanken nach. Dann sagte Juha: «Aber es ist doch so.»

«Was?», fragte Lux.

«Levent kann sich nicht mehr verteidigen.»

«Weil wir nicht wissen, wo er ist.»

«Ja, eben.»

Lux stieß sich von der Bank hoch, ließ sich in die Mitte des

Pools treiben und paddelte dort ein bisschen. «Das heißt, wenn jemand den Plan hatte, Levent die Entführung in die Schuhe zu schieben, dann muss dieser jemand davon ausgegangen sein, dass Levent seine Unschuld nicht mehr beteuern, geschweige denn beweisen kann.»

«Ich muss also sicher sein, dass niemand Levent findet und Levent auch nicht von sich aus zur Polizei gehen wird. Indem ich ihn zum Beispiel besteche. Hau ab, nach Afrika, und komm niemals wieder.»

«Besteche oder erpresse.»

«Herrje.»

«Damit wären wir wieder an exakt dem Punkt, an dem wir heute Morgen waren: dass wir herausfinden müssen, wo Levent ist.»

Juha ließ sich mit geschlossenen Augen unter Wasser sinken. Dann tauchte er wieder auf. «Sauna.»

«Ist nicht so meins. Ich gehe immer nur schwimmen.»

Juha wischte sich die Haare aus dem Gesicht. «Trotzdem, wir gehen jetzt saunieren, ich zeig dir, wie's geht.»

«Man sitzt einfach da. In der Hitze. Oder?»

«Im Wesentlichen, genau.»

Juha ging schnurstracks auf die finnische Sauna zu, 100 Grad. Lux folgte ihm zögerlich. Juha setzte sich auf die oberste Bank und drehte die Sanduhr um. Lux setzte sich neben ihn und wirkte bereits jetzt einigermaßen verstört.

Juha schloss die Augen und lehnte sich zurück. Maria und er hatten überlegt, ob sie ins *mökki* eine kleine Sauna einbauen oder so eine Fasssauna auf der Wiese aufstellen sollten. In diesem Moment fand Juha die Idee noch besser als damals, als sie darüber gesprochen hatten. Die Entspannung, die ihn nun durchflutete, war genau das, was er gebraucht hatte. Doch mit jedem Stück Ballast, das von ihm abfiel, überkam ihn mehr und mehr eine wohlige Trägheit, und Juha dachte, dass er auch einfach ewig hier sitzen bleiben könnte.

Dann sagte er mit noch immer geschlossenen Augen: «Oder umbringe.»

«Was?»

«Besteche, erpresse oder umbringe», sagte Juha langsam.

«Levent?», fragte Lux flüsternd.

«Ja. Was, wenn Levent tot und vergraben wäre? Dann könnte ich ganz sicher sein, dass er niemals entlastet würde. Ich schreibe den Brief, und alle Welt glaubt, er sei in Afrika.»

Die Brisanz dieser These wurde von der drückenden Hitze der Sauna überwältigt.

«Hättest du Levent getötet?»

Ihre Worte wurden immer zäher und drohten in der warmen Luft stecken zu bleiben.

«Vielleicht. Ja. Und dann hätte ich ihn so gut versteckt, dass ihn niemals jemand findet.»

Die Suche nach einer seit über fünfzehn Jahren verschollenen Leiche, die niemand vermisst, war nichts anderes als die Suche nach einer Nadel im Heuhaufen, ohne zu wissen, ob die Nadel überhaupt da war. Dieser Gedanke machte Juha Angst, und in diesem Moment glaubte er, nachfühlen zu können, was in Werner vorgegangen war. Im schlimmsten Falle suchte man ewig und käme nie zum Ziel. Und wenn man irgendwann abtrat, nähme man diese Leerstelle mit ins Grab. Genau so war es Werner ergangen. Juha fürchtete, dass es ihm selbst auch so ergehen könnte. Natürlich war er jünger, bis zur Pensionierung hatte er noch Zeit. Es war vielmehr eine diffuse Angst, dass die Ergebnislosigkeit seiner Seele Schaden zufügen könnte.

«Wenn es so war, dann finden wir ihn niemals. Und dann haben wir alles getan, was wir tun konnten. Wir haben es wahrscheinlich mit einem Täter aus dem Umfeld der Boysens zu tun. Und dieses Umfeld wurde von einer Soko genauestens überprüft. Alle haben stichhaltige Alibis, und es gibt keinen Hinweis auf ein glaubhaftes Motiv. Nur kommt für uns noch hinzu, dass alle Spuren kalt sind. Eiskalt. Über-fünfzehn-Jahre-her-kalt. Vielleicht ist das der Moment, in dem wir uns geschlagen geben sollten. Immerhin haben wir Christoph Johannsen entlastet.» Juha schlug die Augen auf und sah, dass Lux ihn anstarrte. Aus der Verständnislosigkeit in seinem Blick wurde etwas, das Juha wie das Auflodern von Zorn vorkam.

«Bist du jetzt von allen guten Geistern verlassen, oder was? Wir entlasten also einen Toten, um es dem nächsten Toten in die Schuhe zu schieben, von dem wir glauben, dass er es auch nicht getan hat? Willst du dich damit zufriedengeben?» Nun wurde Lux sogar laut, was Juha nicht von ihm kannte. «Genau wie euer Chef damals?» Jetzt schrie Lux fast und Juha sah das Adrenalin in seinen Augen flackern.

«Psst», zischte es aus einer Ecke.

Lux flüsterte weiter, was seine Worte aber nicht weniger dringlich klingen ließ. «Wenn du auch nur einen Funken Spirit des Mannes in dir hast, von dem du immer so voller Bewunderung sprichst, dann zeigst du jetzt Cojones, und wir machen das Ding fertig. Werner hat sein Leben für diesen Fall gegeben, und du willst jetzt einfach aufhören? Weil du …» Er setzte noch einmal ab, um seinen Worten mehr Kraft zu verleihen, Schweiß rann ihm übers Gesicht. «… keinen Bock mehr hast? Echt mal! Verdammte Scheiße!»

«Ist ja gut. Kurzer Anfall von Schwäche», sagte Juha beschämt und stand auf. «So, das waren zwanzig Minuten, reicht für den ersten Gang.» Dann drehte er sich zu Lux um, der sitzen geblieben war. «Sag mal, geht's dir gut? Du bist ja ganz … blass. Fast weiß, wenn ich das so sagen darf.»

«Juha, ich glaube, ich habe gleich einen Herzstillstand.»

«Na, so schnell geht das nicht.» Er half Lux auf, der wirklich sehr wackelig auf den Beinen war und vor Schweiß nur so triefte. «Kühlen wir dich mal ein bisschen ab, was?»

Juha ließ das kalte Wasser aus dem Schlauch über Arme, Waden, dann die Oberschenkel und schließlich die Brust laufen. «Morgen fahren wir zu Johannsens Mutter. Wenn wir Glück haben, kann sie uns einen Hinweis darauf geben, ob jemand und, wenn ja, wer die Gelegenheit hatte, falsche Spuren in der Wohnung ihres Sohnes zu legen.»

«Das klingt schon besser», sagte Lux und rang nach Atem, als er sich das eiskalte Wasser über den muskulösen Körper laufen ließ, der inzwischen wieder etwas Farbe bekommen hatte.

Als sie frisch geduscht zum Auto zurückgingen, sagte Juha: «Wir brauchen das Ergebnis vom Schriftabgleich. Wenn nicht Levent den Brief geschrieben hat, haben wir Gewissheit.»

35

Juha war überrascht, als sie die Adresse der Johannsens erreichten. Aus irgendeinem Grund hatte er geglaubt, einem prekären Ambiente zu begegnen. Einem Arbeiterhaus aus den Siebzigerjahren, vielleicht sogar einer kleinen Wohnung in einem unscheinbaren Häuserblock. Da Penelope Johannsen von Beruf Floristin war, hatte er unwillkürlich eine schlichte, bescheidene Frau vor Augen gehabt, die in ihrem kleinen Laden stand und Sträuße band. Stattdessen hatte die Zufahrtsstraße sie zwischen stattlichen, umzäunten Gewächshäusern hindurch und schließlich zu einem Tor mit der Aufschrift «Kolonialbotanik Johannsen» geführt.

Dem Wohnhaus war ein erdiger Platz mit Dutzenden Mulden ausgetrockneter Pfützen vorgelagert. Nicht das, was man bei einem Gärtnereibetrieb erwartet hätte. An der Tür hing ein kleines Schild mit der knappen Anweisung: «Bin nicht im Haus, bitte anrufen.» Darunter stand eine Handynummer.

Juha zog sein Telefon aus der Tasche und wählte die Nummer. «Hallo. Spreche ich mit Frau Penelope Johannsen? Fein. Wir sind von der Polizei und würden uns gern mit Ihnen unterhalten. Gerade stehen wir vor dem Haus. Sind Sie in der Nähe?» Die Anweisungen erfolgten in fast unhöflicher Kürze, dann wurde aufgelegt. «Sie sagt, sie sei hinter Gewächshaus C. Wir sollen dahin kommen. Links entlang.»

Als sie Gewächshaus B erreichten, nahmen sie kurzerhand eine Abkürzung geradewegs durch die tropische Botanik, anstatt das riesige gläserne Gebäude zu umrunden. Winzige Wassertropfen trübten die Luft. Weit konnte man in dem künstlich angelegten Dschungel nicht sehen. Der Klang ihrer Schritte wurde von grotesk großen Blättern gedämpft. Juha hatte den Eindruck, dass die riesenhaften Gewächse auf ihre Anwesenheit reagierten und sich neugierig über den schmalen Pfad beugten, den sie entlanggingen. Er rechnete damit, dass jeden Augenblick eine Schlingpflanze ihre Ranken um seine Knöchel legte und ihn in den feuchtwarmen Nebel zog.

«Man kommt sich vor wie eine winzige Amphibie in einem Feuchtbiotop», witzelte Lux.

Juha versuchte sich in einem Lächeln. «Oder in einem Horrorfilm mit Killerpflanzen.»

Er hatte die ganze Fahrt gegrübelt, wie sie das hier angehen sollten, um in ihrem Fall weiterzukommen. Und wie sie einer Mutter beibringen konnten, dass ihr Sohn, den sie über fünfzehn Jahre lang für einen Mörder gehalten hatte, aller Wahrscheinlichkeit nach vollkommen unschuldig war. Was im ersten Moment eine gute Nachricht war, konnte auf den zweiten Blick auch einen Schock bedeuten. Juha war bereits beklommen zumute, wenn er daran dachte, dass einem Unschuldigen, der sich nicht mehr verteidigen konnte, fälschlicherweise eine solche Tat zur Last gelegt wurde. Ein Mann, der vor allen Dingen als Täter in Erinnerung geblieben war. Wenn schon ihm diese Tatsache naheging, wie mochte es dann erst der Mutter gehen?

An so einer Annahme haftete auch immer ein Stück eigene Identität. Wie wenn ein Elternteil stirbt und einem plötzlich der Konterpart fehlt, der dauernde Konflikt, der zeitlebens einen Teil der eigenen Identität bestimmt hat. Fällt der auf einmal weg, verliert man unter Umständen mehr von sich selbst, als man zunächst angenommen hat.

Frau Johannsen war kurz angebunden gewesen, als er ihr am Telefon sagte, dass sie Polizisten seien, fast ruppig. Wer konnte es ihr verübeln, hatte sie doch vermutlich mehr mit der

Polizei zu tun gehabt, als es einem lieb sein konnte. Juha war nervös, und zusätzlich machte ihm die hohe Luftfeuchtigkeit das Atmen schwer. Er fühlte, wie sein Hemd an seinem Körper klebte. Plötzlich zischte es irgendwo in der Halle, das Geräusch breitete sich aus, als würde es sie umzingeln, und legte sich dann wie eine Glocke über sie.

«Oh, oh», sagte Lux und blickte mit zusammengekniffenen Augen nach oben. Aber da waren sie schon klitschnass. Ein tropischer Monsun ergoss sich über sie. Lux rannte los, und Juha folgte ihm, ebenfalls im Laufschritt. Nicht weil er glaubte, dann weniger nass zu werden, sondern weil er die irrationale Befürchtung hatte, aus dem Dschungel nicht allein hinauszufinden.

«Hier», rief Lux. Sie schoben sich durch eine Wand aus riesigen Plastiklamellen, die aussah wie ein Duschvorhang für Elefanten, und traten ins Freie.

«Na großartig», schnaubte Juha und schüttelte ein paar Tropfen von seiner Jacke, was aber nichts am Grad ihrer Durchweichung änderte.

«Ist was?» Lux schaute ihn amüsiert an.

«Nee, alles super.»

Frau Johannsen stand an einem großen Tisch unter freiem Himmel, vor sich Dutzende von kleinen Töpfen, in die sie Setzlinge pflanzte. Sie schien kurz zu schmunzeln beim Anblick der durchnässten Polizisten. Dann kehrte gleich die Geschäftigkeit zurück.

«Sehr witzig», rief Juha, als er auf sie zuging.

«Zeitschaltuhr, selbst schuld. Sie hätten ja außen herumgehen können», sagte sie, ohne von ihrer Arbeit aufzuschauen.

Juha versuchte, sich zu entspannen und das Gespräch mit der gebotenen Ruhe zu beginnen, was ihm in Anbetracht der Sonne, die ihn blendete, zugegebenermaßen schwerfiel. Er holte tief Luft, als nähme er Anlauf. «Frau Johannsen», begann er, «wir müssen Ihnen etwas mitteilen, das Sie vielleicht sehr überraschen wird. Wollen wir vielleicht an einen ruhigeren Ort gehen?»

Wieder blieb sie offenbar vertieft in ihre Aufgabe. «Was ist denn für Sie ein ruhigerer Ort als dieser hier?»

«Vielleicht gehen wir ins Haus oder ...» Doch Juha merkte, dass sein Vorschlag keinen Anklang finden würde, und sah ein, dass sie im Grunde recht hatte. «Na schön. Frau Johannsen, ich sage es einfach frei heraus: Es gibt Hinweise darauf, dass Ihr Sohn mit der Entführung von damals nichts zu tun hatte. Ehrlich gesagt sind wir uns sogar sicher, dass er unschuldig ist.»

Frau Johannsen zuckte kurz zusammen, als sie das Wort «unschuldig» hörte. Als hätte ihr jemand unvermittelt die Wange getätschelt. Doch sofort hatte sie sich wieder unter Kontrolle und drückte weiter stoisch Erde in die Töpfe.

«Wir gehen davon aus, dass ihm jemand die Beweise untergeschoben hat. Wir wollen herausfinden, warum jemand so etwas gemacht haben könnte, und vor allen Dingen, wer.»

«Woher soll ich das wissen?», entgegnete sie, als ginge sie die ganze Sache nichts an.

Juha war irritiert, und auch Lux wusste offenbar nicht, wie er auf das Desinteresse der Frau reagieren sollte. «Ich glaube, Sie verstehen nicht ganz, was mein Kollege Ihnen gerade gesagt hat. Ihr Sohn ist unschuldig. Interessiert Sie das gar nicht?»

Juha fuhr fort: «Es muss niemand sein, den Sie gut kennen oder kannten. Vielleicht ein fremdes Gesicht. Handwerker, die etwas repariert haben. Vielleicht hat der Hund nachts zu einer ungewöhnlichen Zeit gebellt. Irgendeine Außergewöhnlichkeit. Sie könnten uns helfen. Und Ihrem Sohn.»

Sie hantierte weiter an ihren Setzlingen herum. Ihre Bewegungen waren immer energischer, fast trotzig geworden. «Wir haben keinen Hund. Mein Sohn ist tot. Er braucht Ihre Hilfe nicht mehr und ich auch nicht.»

Juha machte einen Schritt auf sie zu und baute sich dabei wohl bedrohlicher auf, als er es beabsichtigt hatte, denn ihre Lider flatterten kurz, und sie wich etwas zurück. «Ich kann Sie auch einfach mitnehmen, wenn Sie sich jeglichem Entgegenkommen so renitent verweigern. Was ich im Übrigen nicht im Ansatz nachvollziehen kann.» Das stimmte nicht. Er verstand es sehr wohl. Doch etwas in ihm war von der Kette gelassen, und sein mahnendes Gewissen wurde von einem plötzlichen Zorn übermannt, den in den Griff zu kriegen er knapp verpasste. Also sagte er mit viel zu lauter Stimme: «Sie sind seine Mutter, können Sie wenigstens so tun, als wäre es Ihnen nicht scheißegal, ob er ein unschuldiges Kind auf dem Gewissen hat?»

«Hey, Juha, komm mal runter», sagte Lux leise, der von hinten an ihn herangetreten war.

Frau Johannsen wirkte plötzlich um Jahre gealtert. Wie ein runzeliger Ballon, der an Luft verloren hatte. Ihre Gesichtszüge entglitten, und ihr Körper sackte in sich zusammen. Sie atmete flach und schaute die beiden Polizisten an, während sie stumme Worte mit ihren Lippen formte, die zwar rauswollten, aber keine Laute fanden.

Juhas Zwerchfell verkrampfte sich. Es fühlte sich an, als hätte er jemanden, den er eigentlich sehr mochte, mit Absicht vor den Kopf gestoßen. Der Frust, der ihn am Morgen ergriffen und ihn erst mit Kraftlosigkeit geschlagen hatte, entlud sich nun auf diese Frau, die von allen am wenigsten dafür konnte. «Tut mir leid, ich wollte nicht so heftig sein.» Seine Entschuldigung schien wirkungslos von ihr abzuprallen. «Wir kommen gerade nicht weiter. Und ich habe sehr gehofft, dass Sie uns helfen können. Bitte.»

«Aber wie kann ich das denn?», fragte sie tapfer.

«Zeigen Sie uns bitte, wie Sie die Schultasche und das Geld gefunden haben?»

Sie zog die Arbeitshandschuhe aus, nickte ergeben und ging los, während sie sich mit einem Lappen die Erde von den Unterarmen wischte.

Etwas abseits vom Haus standen ein paar Baracken, die zwar neuer als das Haupthaus, aber dennoch in einem desolaten Zustand waren. Unwillkürlich stellte Juha sich vor, dass sie bereits damals genauso ausgesehen hatten.

36

LUX

ch wollte gar nicht rein in seine Wohnung. Aber im Haus gab es nur Kinderfotos von Christoph, und das war mir peinlich. Deswegen bin ich dann doch rüber, hab versucht, Fotos von ihm als Erwachsenem zu finden. Wir brauchten ein Bild für die Trauerfeier.»

Frau Johannsen musste sich gegen die Tür stemmen, Lux griff über sie hinweg und half ihr, sie vollends aufzudrücken. Die Tür schleifte knirschend über den Fliesenboden und schob Staub und von der Decke gerieselten Putz vor sich her. Die Fenster waren bis zur Hälfte mit Sichtschutzfolie beklebt und verliehen dem ohnehin schon trist anmutenden Gebäude etwas Morbides. Sichtschutzfolien, der Jägerzaun des Junkies, dachte Lux. Schon immer hatten diese Folien, die häufig an den Fenstern von Erdgeschosswohnungen klebten, einen verstörenden Eindruck auf ihn gemacht, und er war stets froh, dass er draußen vor dem Fenster war, im Freien, und nicht auf der anderen Seite.

Sie folgten Frau Johannsen hinein. Die Außentür führte direkt in ein Wohnzimmer, das nach Christoph Johannsens Tod augenscheinlich nicht verändert worden war. Die Decke war niedrig, und Lux' Blick fiel auf die Gasheizung und die maroden Rohre, die an den Wänden entlangführten. Er blickte kurz zu Juha, der seinem Blick gefolgt war und bestätigend nickte. Die morbide Umgebung begann, leichten Druck auf Lux' Stimmung auszuüben, nicht weil sie gefährlich wirkte, aber weil etwas daran störte. Wie die berühmte wunde Stelle im Mund, über die man immer wieder die Zunge fahren ließ, um sich zu überzeugen, dass sie noch da war, auch wenn man den Schmerz damit nur verstärkte. Er nahm die maroden Rohre dankend zum Anlass, sich an Frau Eisenbergs Worte zu erinnern, die nicht an einen Suizid Johannsens glaubte. Und er erinnerte sich an Lexis Frage, ob er selbst noch suizidale Gedanken hatte. Die Vorstellung, Christoph Johannsen könnte die Fenster verschlossen, bewusst irgendein Ventil geöffnet und auf dem Sofa sitzend darauf gewartet haben, dass er einschliefe, jagte Lux einen Schauer über den Rücken. Eine dunkle Erinnerung klopfte an, und Lux beschloss, sie nicht hereinzulassen. Er riss sich aus seinen Gedanken.

Das Mobiliar wirkte zusammengewürfelt; IKEA, Sperrmüll, Ausgemustertes. Eine eingefallene Couch und ein Fliesentisch, ebenfalls von einer zarten Schicht aus Staub und Bröckchen von Putz bedeckt. Der Couch gegenüber stand ein großer Röhrenfernseher. Rechts befand sich ein helles Eichenregal mit einigen Fantasybüchern und sorgsam platzierten Erinnerungsstücken: ein kleiner Football, die hölzerne Fluke eines Wals, ein futuristisch anmutender Dolch, ein leeres Terrarium, das mit großen, dunklen Holzspänen ausgelegt war. Es roch nach Feuchtigkeit in den Mauern und moderndem Isolationsmaterial unter dem Holz der vertäfelten Decke. Es war dieser typische kalte und gleichzeitig schwere Geruch verlassener Gebäude. Hinter einer halb geöffneten Tür vermutete Lux das Schlafzimmer. Der Raum war dunkel, die Fensterläden waren offenbar geschlossen.

Beiläufig hob Frau Johannsen ein Comicheft vom Tisch auf und stellte es in das Regal. Hatte das über all die Jahre geduldig dort gewartet, bis jemand es wieder zu den anderen legte? Dann ging sie in das dunkle Schlafzimmer, schaltete das Licht an und öffnete einen Schrank.

«Ich hab überall nachgesehen, war nicht ganz bei mir. Aber da stand sie, hinter seinen Wanderschuhen unter seinem Regenmantel.» Sie zeigte in den Schrank, in dem sogar noch Kleidung lag. «Ich hab noch gedacht: Das ist nicht Christophs Tasche. Sie sah zu neu aus, und ich war mir sicher, dass Christophs alte Schultasche aus braunem Leder war. Fast sicher. Man kommt ja auch durcheinander bei den Kindern ...»

«Sie haben hineingeschaut?», fragte Juha.

Sie nickte vor sich hin und leckte sich langsam über die Lippen, wie ein Schulkind, das zum ersten Mal in seinem Leben ein Gedicht vor der Klasse aufsagen soll. Dann schaute sie fragend auf. «Was?»

«Sie haben in die Schultasche hineingeschaut.»

«Nein, ich hab sie einfach stehen lassen. Sie kam mir hier falsch vor. Es mag Ihnen eigenartig erscheinen, aber die Tasche hat mich abgestoßen. Er hat sie dann rausgezogen, als ich in der Kommode nachgesehen habe, und meinte, dass die aber schwer sei für eine Schultasche. Oder Tornister, ich weiß nicht mehr, was er gesagt hat.»

Juha wollte gerade nachhaken.

«Und dann hat er sie aufgemacht und die Decke rausgezogen, und Geld ist auf den Boden gefallen ...»

«Ihr Mann hat das Geld gefunden?»

Sie schüttelte den Kopf, doch es dauerte, bis sie antwortete. «Mein Mann war gar nicht dabei. Er war auf Geschäftsreise in Gott-weiß-wo.»

«Frau Johannsen. Von wem sprechen Sie dann?»

«Der Bestatter ... Darum ging es doch: um ein Foto für die Beerdigung. Mir war es gar nicht recht hierherzukommen, aber er hat förmlich darauf bestanden, wegen des Fotos. Ich hab mir damals nichts dabei gedacht. Auch nicht, als er die Schultasche aufgemacht hat.»

«Denken Sie, dass der Bestatter die Schultasche platziert haben könnte?»

«Ich weiß es nicht.» Sie ließ sich abrupt auf das Bett fallen, blieb stumm sitzen. Lux wollte zu ihr eilen, blieb aber stehen, als er bemerkte, dass nichts weiter passiert war. Er wollte die Unterhaltung zwischen Frau Johannsen und Juha an dieser Stelle nicht stören. «Er hat mir auch gesagt, dass ich damit zur Polizei sollte. Dass er es sonst melden muss. Aber ich wollte nicht, dass da noch mehr Menschen mit reingezogen werden. Und ich wollte auch nicht, dass dieser Mann sich noch weiter in unser Leben einmischt. Darum bin ich selbst hingefahren. Mit der Tasche und dem Geld.»

«Deswegen taucht der Bestatter auch nicht in den Polizeiakten auf», bemerkte Lux.

«Wie hieß der? Wie hieß der Bestatter?», fragte Juha, seine Ungeduld offensichtlich nur mit Mühe im Zaum haltend.

«Das weiß ich nicht mehr.»

Juha drehte eine explosive Pirouette und sah sich dann fast hilfesuchend nach Lux um. Der hob beschwichtigend die Arme und schaute an Juha vorbei zu Frau Johannsen. Sie schien es nicht mitbekommen zu haben und starrte weiter vor sich hin.

«Mir geht es nicht so gut», sagte sie leise. Ihre Augen waren glasig.

Juha ging langsam zwei Schritte auf sie zu, hockte sich zu ihr und fragte überraschend sanft: «Meinen Sie, es gibt vielleicht irgendwo, im Schreibtisch, in einem Ordner, in einer Kiste oder wo auch immer, eine Rechnung von diesem Bestatter, eine Visitenkarte oder Ähnliches?»

Frau Johannsen sah ihn mit einem kümmerlichen Blick an und nickte zaghaft. «Ja, vielleicht.»

Sie gingen hinter Frau Johannsen, die sich nicht helfen lassen wollte, zum Haus. Sie wandelte tranceartig wie eine

Schwerverwundete über ein Schlachtfeld. Zwischen den Gewächshäusern hindurch. Vor dem Büro bat Frau Johannsen die beiden Polizisten zu warten und ging allein hinein. Die Minuten zogen sich. Erinnerungen an Johannsens letzte Bleibe huschten durch Lux' Gehirn und färbten seine Wahrnehmung düsterer, als ihm lieb war. Er lehnte sich zu Juha hinüber, verschränkte seine Arme und atmete tief durch, was ihm ein Gefühl von Geborgenheit gab.

Es dauerte beinahe zehn Minuten, bis Frau Johannsen wieder aus der Tür kam und Juha eine Prospekthülle mit einer Rechnung überreichte. Er schlug sie auf, und ein kurzes, heiseres Lachen entfuhr ihm, als er den Namen auf dem Briefkopf las.

«Hilft Ihnen das weiter?», fragte Frau Johannsen, die Juhas Reaktion offenbar nicht deuten konnte.

«Ja, Frau Johannsen.» Juha schaute sie mit leuchtenden Augen an. «Das hilft uns sogar sehr viel weiter.»

37

JUHA

st hier nicht beim letzten Mal noch ein Feld gewesen?»

«Was meinst du? Hier ist ein Feld.»

«Nein, ich meine Pflanzen. Irgendwelche. Man konnte da nicht durchgucken.»

«Kann sein.»

Lux schaute über die brachliegende Ebene aus Stoppeln und schien für einen Moment in dem Anblick zu versinken, während Juha schon zum Haus weiterging.

Sie hatten den Wagen dieses Mal auf der schmalen Straße etwa hundert Meter entfernt geparkt, um ihrem Besuch wenigstens ein geringfügiges Überraschungsmoment zu verleihen. Dann hatten sie noch eine ganze Weile in der Sonne und dem lauen, spätherbstlichen Wind gestanden, um ihre Kleider zu trocknen, die von der Dusche im Gewächshaus trotz Sitzheizung und aufgedrehter Klimaanlage noch immer klamm waren.

Zwar rechnete Juha kaum damit, dass Hader angesichts ihres Kenntnisstandes abstreiten würde, was sie ihm vorwarfen, aber sollte er es doch tun, wollten sie ihm keine Gelegenheit geben, sich auf eine Konfrontation vorzubereiten.

«Hoffentlich ist er zu Hause», sagte Lux, als er den Klingelknopf drücken wollte.

«Warte mal!»

Erlend Haders Name auf der Rechnung des Bestattungsunternehmens hatte alles mit einem Schlag geändert. Sie hatten die einzelnen Teile schon beisammengehabt und herausgefunden, was sie jeweils miteinander verband. Boysen und Hader: der Unfall. Levent und Boysen: eine Demütigung. Levent und Hader – das war die Lücke, die geschlossen werden musste, um alle drei Figuren zu einem sinnigen Dreieck zusammenzuschließen. Daran waren sie bisher gescheitert. Die Tatsache, dass Hader während der Entführung auf einem Schiff gewesen war, später aber die Beweise bei Johannsen deponiert hatte, ließ nur den einen Schluss zu, dass die Verbindung zwischen Hader und Levent eine Komplizenschaft gewesen war. Der Zorn auf Boysen hatte die beiden vereint, und sie hatten gemeinsame Sache gemacht. Doch was war dann passiert? Wo war Levent jetzt? Juha sah zwei Möglichkeiten. Entweder Levent war tatsächlich untergetaucht, und sie hatten ihn bisher nicht gefunden. Oder Levent war tot. Es passte nicht zu dem Bild, das Juha von Hader hatte, aber er wusste, wie häufig man sich in Menschen täuschte, gerade in denen, die zum Töten fähig waren. Vielleicht hatte Levent, nachdem die Entführung so fürchterlich schiefgegangen war, die Nerven verloren und wollte die Reißleine ziehen, zur Polizei gehen. Das hatte Hader nicht zulassen können, also hatte er Levent aus dem Weg geschafft. So war es schlüssig, es passte, und doch wurde Juha das Gefühl nicht los, dass das noch nicht alles war. Er stand vor der richtigen Tür, zu der ihm nur der Schlüssel fehlte. Es half nichts; er musste Hader konfrontieren, notfalls provozieren, und sehen, wie er reagierte.

«Was ist los?» Lux schaute ihn an, die Hand immer noch an der Klingel.

«Lass uns hintenherum. Geh du links, ich geh hier lang.»

Juha ging rechts um das Haus herum und öffnete ein hüfthohes Eisentor, das sich vor rankendem Bewuchs kaum bewegen ließ. Auch der Graspfad, der um das Haus führte, erweckte den

Anschein, als hätte dort seit mehreren Sommern keiner mehr einen Fuß hingesetzt, geschweige denn einen Rasenmäher und eine Astschere bemüht. Und wieder ein Dschungel, dachte Juha. Der Schatten dieses Urwaldes hatte sogar noch etwas Nachtfeuchte bewahrt, und seine Schuhspitzen waren dunkel verfärbt, als er das raspelkurz gemähte Rasenstück betrat, das dem Dickicht abrupt ein Ende setzte und ihn mit dem Geruch von geschnittenem Gras empfing. Ein schmaler Streifen Grün, mehr Weg als Wiese, mäanderte in Bögen verschiedenster Radien um mannshoch bewachsene Inseln, wie in einem Labyrinth. Durch die geöffnete Terrassentür strömte der Geruch von Kaffee.

Lux erschien auf der anderen Seite und schaute Juha fragend an. Der zeigte weiter in den Garten hinein.

Er folgte dem grünen Pfad, vorbei an einer Gruppe verrosteter Gartenstühle, die halbkreisförmig in die Wildnis eingelassen und vom Licht-und-Schatten-Spiel des Blätterdachs in wohlige Behaglichkeit getaucht war. Juha bekam Lust, sich niederzulassen.

«Ganz schön großer Garten», raunte Lux, der zu ihm aufgeschlossen hatte.

Juha nickte nur und legte den Zeigefinger auf die Lippen. Er wollte Hader überraschen, ihn ein wenig aus der Fassung bringen. Schon eine leichte Verunsicherung half oft in solchen Situationen.

Hinter einer Biegung sahen sie Erlend Hader und seine Frau an einem Gartentisch sitzen. Sie trank aus einem Wasserglas, das er ihr hinhielt. Zu Juhas Enttäuschung wirkte er gar nicht überrascht, als sie sich bemerkbar machten.

«Hallo, Herr Hader. Schöner Garten. Möchten Sie uns nicht ein wenig herumführen?»

Hader setzte das Glas seiner Frau behutsam ab und erhob

sich. «Ich komme gleich wieder», sagte er leise zu ihr, die die Anwesenheit der Kommissare nicht bemerkt zu haben schien.

Hader ging voraus, als seien sie gar nicht da.

Sie folgten ihm, schlenderten durch die Windungen zwischen den Beeten, die in diesem Teil des Gartens gepflegter und weniger wild waren.

«Wir haben etwas herausgefunden, Herr Hader», sagte Juha.

«Und was?» Hader zupfte im Vorbeigehen ein paar welke Blätter vom Zweig eines jungen Birnbaums. «Der hat hier zu wenig Platz zum Wachsen.»

«Stimmt», sagte Juha. «Am besten setzen Sie ihn um, solange er noch klein ist.»

Hader betrachtete den kleinen, knorrigen Baum. «Ja, hätte ich längst machen sollen.»

«Besser spät als nie.»

Hader schaute zu Juha. «Was haben Sie denn herausgefunden?»

Als wüsste er es nicht schon längst. Als hätte er es nicht die ganzen Tage schon geahnt, seitdem Juha das letzte Mal bei ihm gewesen war. Wirklich beunruhigt schien er nicht zu sein.

«Dass Sie bei den Johannsens zu Hause waren, kurz nach Christophs Tod. Sie haben die Beerdigung vorbereitet.»

Hader schaute wieder den Birnbaum an. «Ja, das stimmt. Meine Frau und ich hatten ein Bestattungsunternehmen.»

Juha erinnerte sich, dass Hader von der gemeinsamen Firma gesprochen hatte, und in der Tat war ihm sofort wieder entfallen, um was für eine Art Unternehmen es sich dabei gehandelt hatte. «Sie haben Daniels Schultasche dort deponiert und dann Frau Johannsen überredet, in Christophs Wohnung nach Bildern zu suchen.»

«Ja, das stimmt auch.» Hader fixierte den Birnbaum, der

sich von der endlich enthüllten Wahrheit unbeeindruckt zeigte. Es schien fast, als beneide Hader ihn darum.

Juha merkte, dass es in seinem Hinterkopf knisterte. Die Unruhe war wieder zurück. Hader schwieg, als wartete er darauf, dass jemand anderes für ihn antwortete. Seine Unruhe, diese Ungeduld zerrte an Juhas Stimmbändern und presste die Luft aus seiner Lunge. Mit Lautstärke würde er hier nicht weiterkommen. «Wo ist Levent?», fragte Juha bemüht ruhig. Das war der Augenblick, den er fürchtete. Als Hader die Lippen bewegte, hoffte er noch, er würde sagen: «Irgendwo in Afrika.» Aber das sagte er nicht.

«Er liegt in einem Baggersee, in einem zugeschweißten Fass mit Senkblei.» Haders Stimme klang brüchig, und seine Augen wirkten auf einmal glasig.

«Und in welchem Baggersee?» Juha fühlte einen schwer erträglichen Druck auf der Brust, wurde aber die Ahnung nicht los, dass da noch etwas war. Als würde es nicht schon reichen, dass ein weiteres junges Leben ausgelöscht worden war.

«Ich weiß nicht, welcher Baggersee. Irgendein Baggersee in der Nähe halt.»

«Sie haben ihn doch dort hineingeworfen, oder? Sie müssen uns jetzt sagen, wo Sie seine Leiche hingeschafft haben.»

«Was?» Seine Stimme war nur noch ein Hauch.

«Levent Kruger, Sie haben ihn getötet, oder?»

«Nein, natürlich nicht, warum sollte ich das denn tun?» Haders Verwirrung wirkte echt.

Juha wurde schlecht, trotzdem sprach er weiter. «Gut, also noch mal von vorne. Boysen hatte eine Affäre mit Ihrer Frau. Und er hat den Unfall verursacht. Aus Vergeltung haben Sie dann seinen Sohn entführt und Levent dabei zu Ihrem Lakaien gemacht, damit Sie ein Alibi haben.» Hader schüttelte nur den Kopf. Juha spürte, wie sein Hals trocken wurde, und er fürchtete, jeden Moment husten zu müssen. «Doch Daniel starb, er ist erstickt, weil Sie – oder Levent – einen Fehler bei der Belüftungsvorrichtung gemacht haben. Damit kam Levent nicht zurecht, konnte nicht damit leben. Wollte er zur Polizei gehen? Sie beide verraten?»

Hader schüttelte weiter den Kopf, doch Juha ließ ihn nicht zu Wort kommen. Er sprach schneller. «Also haben Sie Levent aus dem Weg geschafft und dann noch den Brief an seinen Vater geschrieben, damit der nicht nach ihm suchen würde. Oder hatten Sie gerade gehofft, dass er zur Polizei gehen würde, damit Levent allein für die Tat verantwortlich gemacht wird? Das würde erklären, warum ein anderer den Kopf hinhalten musste, nachdem Levents Vater eben nicht zur Polizei gegangen war, nämlich Christoph Johannsen.»

Haders unablässiges Kopfschütteln vermischte sich mit einem Zittern, und er hob seine Hände. «Nein, nein, Sie irren sich, das ist ein ganz, ganz schrecklicher Fehler, den Sie hier gerade machen.» Juha zuckte zurück, als Hader ihn an den Schultern fasste, in seinen Augen sah er nackte Verzweiflung. «Herr Korhonen, er will mir das jetzt in die Schuhe schieben, aber so ist es nicht gewesen.»

Juha verstand nicht und brachte keinen Ton heraus. Sein Hals, seine Zunge, sein ganzer Mund waren so trocken wie Staub, doch Lux stand ihm zur Seite. «Herr Hader, ganz langsam. Wer will Ihnen was in die Schuhe schieben?»

38

HADER

Beim Aufwachen hatte er ihre Seite des Bettes leer vorgefunden. Die Sonne sendete als Vorboten ihres Aufgangs ein Glimmen über den Horizont, und Vögel zwitscherten vor den beschlagenen Fensterscheiben. Als er ein Geräusch aus der Küche hörte – oder war es an der Hintertür? –, da gab er sich kurz der Idee hin, das alles sei nur ein böser Traum gewesen, ein Albtraum, aus dem zu erwachen ihm nun endlich gelungen war. Er stellte sich vor, wie sie in der Küche sitzen, ihn in der Tür bemerken und lächelnd sagen würde: «Guten Morgen. Hab ich dich geweckt?» Wie früher.

Er zog sich die Hausschuhe an, denn obwohl die Heizung bereits lief, war der Steinboden kalt. Als er in den Flur kam, sah er dann, dass die Hintertür zum Garten nur angelehnt war. In der Küche wurde ein Stuhl über den Boden geschoben. Sosehr er sich gewünscht hatte, es sei seine Frau, so hatte er doch schon gewusst, dass sie es nicht sein konnte. Natürlich war ihre Seite des Bettes leer gewesen, denn sie lag weit weg, in einem Krankenbett, in einem Koma, das so tief war, dass nicht feststand, ob sie jemals daraus zurückfinden würde. Ihr Erwachen aus dem Koma und sein Erwachen aus diesem Albtraum gingen Hand in Hand. Aber noch war es keinem von ihnen vergönnt. Also griff er sich das kleine Beil, das neben der Gartentür mit vielerlei anderem Werkzeug an der Wand lehnte. Sie hatte sich immer über seine Angewohnheit beschwert, das Werkzeug nicht gleich wieder in den Schuppen zu räumen. Er hatte geantwortet, dass er es dann wegräumen würde, wenn er sich eben sicher war, es nicht mehr zu brauchen.

Und so stand Hader nun im Schlafanzug und mit dem Beil in der Hand in der Küchentür, erkannte die Person, die da am Küchentisch saß, und wusste in dem Moment, dass er noch mittendrin war, tief gefangen in seinem schlimmsten Albtraum.

«Na? Willst du mich erschlagen? Nur zu, ich habe nichts dagegen.» Boysen sah aus wie ein Gespenst. Sein Gesicht war fast weiß und schweißnass, obwohl es draußen kalt war und er unter seinem weit geöffneten Mantel, der ihm fast von den Schultern rutschte, nur ein dünnes T-Shirt trug. Die Flecken am Kragen und auf der Brust waren braun, wie von Erde, und fast schwarz unter den Armen, vom Schweiß. Boysens Atem ging schnell und flach. «Was ist los? Hat es dir die Sprache verschlagen?»

Hader wusste nichts darauf zu antworten. Das Beil fiel ihm wieder ein, als es ihm beinahe aus der Hand rutschte, und seine Finger schlossen sich fester darum. Ob er ihn erschlagen wolle, hatte Boysen ihn das eben gefragt? Warum eigentlich nicht? Er könnte einfach sagen, er habe einen Einbrecher ertappt und nicht erkannt, dass es Boysen war. Hader schaute auf das Beil in seiner Hand, dann zu Boysen. Der nickte ihm aufmunternd zu, doch Hader blieb regungslos stehen.

«Hätte mich auch überrascht.»

«Was willst du?», fragte Hader.

Boysen wandte sich plötzlich ab, und sein Gesicht verzog sich zu einer undeutbaren Fratze, die Hader Angst machte. «Mein Sohn», rief er.

«Daniel? Der ist nicht hier. Was zur Hölle willst du bei mir?»

«Er ist tot. Mein Sohn ist tot.»

Boysens Stimme brach, als er es aussprach, und Hader war

sich nicht sicher, ob er ihn richtig verstanden hatte. «Was? Daniel ist tot?»

«Ja!», keuchte Boysen und begann mit seiner Faust rhythmisch auf den Tisch zu pochen, während er sein Gesicht in der anderen Hand vergrub. Hader legte das Beil auf die Küchenplatte und machte ein paar unsichere Schritte auf Boysen zu, der nun laut schluchzte.

«Aber was ist denn passiert?»

Boysen rang um Fassung, doch es gelang ihm nicht. «Levent ...» Seine Hand fiel wie Blei von seinem Gesicht auf den Tisch, seine Augen waren voller Tränen und Zorn, er atmete heftig. «Er hat ihn umgebracht. Eingesperrt hat er ihn, in einer Kiste im Wald. Mein Sohn ist erstickt.»

Hader schlug die Hände unwillkürlich an den Kopf. «Großer Gott. Wart ihr schon bei der Polizei?»

Boysen schüttelte nur den Kopf, ohne zu antworten.

«Aber dann müssen wir zur Polizei gehen. Wo ist Levent jetzt?»

Wieder schwieg Boysen und schüttelte nur lethargisch den Kopf, als hätte er ihn nicht gehört.

«Um Gottes willen, Harm. Wir müssen zur Polizei. Sofort!»

Kopfschütteln, Starren, Schweigen.

Hader setzte sich an den Tisch, Boysen gegenüber. «Harm?» Dann leiser: «Harm, was hast du getan?»

Erneut schlug Boysen die Hand vors Gesicht, zog sie aber gleich wieder weg. «Ich hab ihn umgebracht. Ich hab ihn erschlagen.»

«Harm.» So wie Boysen vor ihm saß, glaubte er ihm jedes Wort, doch er wollte es nicht glauben. «Das meinst du nicht ernst.»

«Ich konnte nicht anders. Er hat meinen Jungen getötet. Ich konnte nicht anders.»

«Was machen wir denn jetzt?» Hader verstand selbst nicht, warum er diese Frage stellte, warum er nicht einfach aufstand und die Polizei rief. Dieser Mann hatte ihm nur Leid beschert. Doch wie er nun dasaß, dieser große, stolze Mann, empfand Hader nichts als Bedauern für ihn. Ein Kind zu verlieren, war wohl das Schlimmste, was einem widerfahren konnte. Niemand, wirklich niemand sollte dieses Schicksal erleiden. Auch Boysen nicht.

«Du musst mir helfen», sagte Boysen jetzt und wirkte auf einmal wieder gefasster.

«Wie ...?» Hader schüttelte unsicher den Kopf. «Wie kann *ich* dir helfen?»

Boysens Augen waren weit aufgerissen und seine Worte nicht viel mehr als ein Flüstern. «Du *wirst* mir helfen.»

Noch immer verstand Hader kein Wort. «Wie? Sag mir, was ich tun kann.»

«Du und ich.» Jetzt sah Boysen ihm fest in die Augen, und Hader merkte, wie er Angst bekam vor dem, was er als Nächstes sagen würde. «Wir werden es aussehen lassen wie eine Entführung. Wir müssen dafür sorgen, dass die Polizei glaubt, Levent sei geflohen. Er hat meinen Sohn entführt, hat ihn sterben lassen, und dann ist er untergetaucht. Das ist es, was die Polizei herausfinden wird. Und dabei wirst du mir helfen.»

Hader starrte Boysen an, und es dauerte einen Moment, bis er Worte fand. «Harm. Das kann ich nicht tun.»

«Das ist keine Bitte.»

Hader stand auf, und der Stuhl rutschte geräuschvoll über den steinernen Küchenboden. «Harm, das wäre Beihilfe zum Mord. Ich werde das nicht tun», sagte er energisch.

«Doch, das wirst du. Weil du keine Wahl hast.»

Hader verstand nicht, doch die Finsternis, die nun in Boysens Augen lag, ließ ihn erschaudern. Boysen griff nach seinem

Arm. «Du wirst mir helfen, Erlend, weil ich es sonst deiner Frau sage. Ich werde ihr sagen, was du getan hast.»

Hader wollte widersprechen, doch er brachte kein Wort heraus. Die Angst schnürte ihm den Hals zu.

Boysen nickte und hielt Hader noch immer am Arm fest. «Ich werde ihr alles sagen.»

«Meine Frau liegt im Koma, vielleicht wird sie nie wieder wach.»

«Und das ist deine Schuld. Willst du riskieren, dass sie aufwacht und erfährt, dass du es bist, der dafür verantwortlich war?»

«Woher weißt du ...?»

«Oh, ich wusste es nicht.» Boysen ließ seinen Arm los, und in seinem Gesicht tat sich hinter dem dichten Schleier der Trauer etwas auf, das Hader wie Triumph vorkam. «Ich wusste es nicht. Aber jetzt weiß ich es. Und bald werden es alle wissen – wenn du mir nicht hilfst.»

39

JUHA

D er Unfall.» Lux blickte von Juha zu Hader. «Sie haben
den Wagen manipuliert und den Unfall verursacht. Aus
Eifersucht. Und Boysen hat das herausgefunden.»

Haders Schweigen war Antwort genug. Dann sagte er: «Sie
hatten eine Affäre, und ich konnte das nicht ertragen. Sie hat
darüber nachgedacht, mich zu verlassen. Wegen diesem ... wegen ihm.» Dann fiel ihm etwas ein, und er schaute rasch auf.
«Aber ich wusste nicht, dass meine Frau in dem Wagen mit-
fährt. Das denken Sie doch nicht, oder?»

«Aber sie ist mitgefahren. Und damit tragen Sie die Schuld
an ihrem Leiden.»

Hader schnaubte. «Und Harm Boysen hat keine Schramme
abbekommen. Als er bemerkte, dass die Fußbremse versagte,
zog er die Handbremse und lenkte das Fahrzeug so, dass nicht
seine, sondern die Beifahrerseite gegen die Bäume prallte.»

«Ob man das bewusst reflektieren kann, in dieser Situation?», bemerkte Lux.

«Darin zeigt sich der Instinkt dieses Mannes.» Haders
Worte waren scharf. «Der grenzenlose Selbsterhaltungstrieb.
Was für ein Mensch inszeniert sonst so eine Geschichte, um
seinen Kopf aus der Schlinge zu ziehen?»

Juha ließ Haders Aussage unkommentiert stehen. «Die Amnesie Ihrer Frau ...»

Hader setzte sich vorsichtig wieder in Bewegung, und die
Kommissare folgten ihm. Sie gingen weiter durch den Garten.
«Meine Frau wusste nicht mehr, warum sie in dem Auto geses-

sen hatte. Sie wusste nicht einmal mehr, was sie überhaupt mit Boysen zu tun hatte. Sie machte sich selbst Vorwürfe, obwohl ich sie verdient hatte. Ich habe mich so geschämt.» Im letzten Satz drehte er sich zu den Polizisten um.

«Also ließen Sie sie in dem Glauben, dass es ein Unglück war.»

«Das Einzige, was ich für sie tun konnte, war, sie zu pflegen, zu behüten und nie mehr von ihrer Seite zu weichen. Das war ich ihr mehr als nur schuldig. Der Gedanke daran, wenn sie wüsste, dass ich für ihren Zustand verantwortlich bin, war mir schier unerträglich. Das ist er bis heute.»

«Und dann kam Boysen.»

«Er hätte alles verlangen können, ich hätte es gemacht.»

«Also halfen Sie Boysen. Und wie?»

«Ich sollte die Fähre nach Schweden nehmen und dafür sorgen, dass es Zeugen geben würde. Wir haben ein Haus bei Ystad, und das muss sowieso um die Zeit herum winterfest gemacht werden, hab ich ja schon erzählt. Boysen wollte derweil seinen Sohn als vermisst melden. Dann sollte ich anrufen und den Entführer spielen. Er ging davon aus, dass die Polizei den Anruf zurückverfolgen würde, also bin ich zuvor mit dem Auto zurück nach Deutschland gefahren, war fast den ganzen Tag unterwegs, habe mit Bargeld getankt. Ich stieg in den Zug und machte den Anruf.»

Die beiden Kommissare sahen sich an. Es war exakt so abgelaufen, wie Lux vermutet hatte. Bis hin zu der Tatsache, dass die Entführung bereits einen Tag zuvor stattgefunden hatte, was zunächst natürlich ein absurder Gedanke zu sein schien. Boysen hatte sich natürlich nicht im Tag geirrt, aber er hatte ihn mit Absicht falsch angegeben.

«Und die Lösegeldübergabe?»

«Das war der gefährlichste Teil. Ich habe gesagt, er soll das

Geld einfach irgendwo deponieren und dann behaupten, der Entführer hätte es mitgenommen. Doch Boysen wollte, dass alles echt wirkt. Darum hat er sich die Sache mit der Zugfahrt ausgedacht. Ich stand wirklich da auf dem Feld und habe sogar mit einer Kamera ein Blitzlicht verursacht, damit andere Fahrgäste sich später daran erinnern würden. Boysen warf die Tasche aus dem Zug, und ich habe sie in einer alten Scheune in der Nähe deponiert. Beim nächsten Halt wurde Boysen von der Polizei erwartet, aber das Geld war weg und der vermeintliche Entführer über alle Berge. Er hat euch an der Nase herumgeführt.»

«Aber damit war es noch nicht vorbei.»

«Nein. Ich hatte die Sache schon beinahe erfolgreich verdrängt, da kam er wieder zu mir. Sein Plan, dass die Polizei Levent für den Entführer hielt, war nicht aufgegangen. Darum wollte er jetzt, dass ich die Schultasche und das Geld nehme und diese Decke. Ich hab gedacht, jetzt wäre er durchgedreht. Der Tod seines Sohns hätte ihm den Verstand geraubt, hab ich gedacht. Bis ich verstanden hab, was ich damit machen sollte. ‹Wie soll ich das anstellen?›, habe ich gefragt, und er sagte, das wäre meine Sache, ich sollte mir etwas einfallen lassen, ich wisse ja, was sonst passieren würde.»

«Was haben Sie gemacht, nachdem Sie Christoph Johannsen die Beweise untergeschoben haben?»

«Nichts. Das war's. Ich bin weg. Die Frau habe ich erst bei der Beerdigung wiedergesehen. Ich wollte gar nicht hin, aber unser einziger Angestellter war in der Woche krank. Also musste ich. Ich werde nie die Augen dieser Frau vergessen. Sie wirkte stark, hatte immer diese aufrechte Haltung, diesen geraden Rücken. Aber ich konnte sehen, dass tief in ihr etwas gebrochen war. Ich hätte das alles am liebsten rückgängig gemacht, doch wie? Es ging ja auch um meine Frau. Und der arme Mann war doch sowieso tot.»

«Aber seine Mutter musste fortan in der Annahme leben, dass ihr Sohn ein Kind auf dem Gewissen hatte.»

«Glauben Sie, ich weiß nicht, dass das falsch war? Trotzdem war ich nicht imstande, das Richtige zu tun. Boysen hat gesagt: ‹Deine Frau lebt noch, aber mein Kind ist tot.› Ich solle dankbar sein für das, was mir geblieben ist. Er müsse durch die wahre Hölle gehen. Ich hatte eine unbändige Wut auf den Mann, aber diese Hölle wünschte ich nicht mal ihm.»

«Auch Frau Johannsen hat ein Kind verloren. Sogar zweimal. Erst als Christoph sich das Leben nahm. Und ein weiteres Mal, als sie dachte, ihr Sohn sei ein Mörder.»

Es war Hader anzusehen, dass ihn all das mit tiefer Scham erfüllte. «Ich habe den Gedanken verdrängt. Wissen Sie, Verdrängung ist ein Segen, wenn sie gelingt. Wie ein böser Traum, den man am nächsten Morgen vergessen hat. Ein Albtraum, an den man sich nicht erinnert, hat nie existiert.»

«Und Sie hatten keine Angst, dass man die Leiche von Levent finden würde?»

«Er sagte, er hätte sie versenkt. Im Baggersee. Niemand würde sie jemals finden.»

Juha nickte. «Okay.»

Er wollte sich gerade zum Gehen umwenden, da hielt Hader ihn zurück. «Was passiert jetzt mit mir?»

Juha wusste nicht, wie er auf diese Frage antworten sollte. Dann sagte er: «Sie werden sich dafür verantworten müssen. Aber nicht heute.»

Erlend Hader blieb beim Birnbaum stehen, während sie den Pfad zurückgingen.

«Sollten wir ihn nicht verhaften?», fragte Lux leise und blickte zurück zu Hader.

Juha dachte kurz nach, bevor er antwortete: «Ja. Die sollen einen Wagen herschicken.»

Lux lief vor zum Auto, während Juha kurz bei Frau Hader stehen blieb. Sie hatte sich zu ihnen gedreht, als Lux losgelaufen war, und schaute ihm nun in die Augen. In ihrem Blick lag auf einmal etwas Waches, und Juha fragte sich unwillkürlich, wie es um ihre Amnesie bestellt war. In ihren Augen las er etwas, das ihm plötzlich wie ein Flehen vorkam, als würde sie ihn bitten, Milde walten zu lassen.

«Bestell sie wieder ab», sagte Juha, als er sich in den Fahrersitz fallen ließ.

«Hab gar nicht angerufen.» Lux lächelte leicht. Er lächelte wie jemand, der sich gerade verletzt hat und versucht, den Schmerz zu überspielen.

«Scheiße», sagte Juha.

«Ja», stimmte Lux ihm zu. «Was für eine Scheiße.»

Dann studierte er Google Maps auf seinem Handy. «Es gibt hier keinen Baggersee in der Nähe. Nicht einmal in der weiteren Umgebung. Gewässer ja, einige, aber warum sagt Boysen dann explizit Baggersee? Warum verrät er Hader das überhaupt?»

«Gute Frage. Schau mal ins Handschuhfach, da dürfte so ein großer gefalteter Zettel drin sein. Sieht aus wie Google Maps, nur eben auf Papier.»

«Sehr witzig.» Lux holte die Straßenkarte aus dem Handschuhfach und entfaltete sie mühsam. «Wo zoomt man denn da rein?»

Juha musste lachen, obwohl ihm eigentlich nicht danach zumute war. Lux ging es wohl ähnlich. Sein Grinsen erstarb so schnell, wie es gekommen war, er faltete die Karte zu einem handlichen Quadrat, das Moorstedt und die Umgebung zeigte.

«Hier.» Er zeigte auf ein hellblaues Oval, etwa vier Kilometer südlich der Gemeinde. «Das ist bei Google Maps nicht zu sehen.»

«Dann fahren wir da hin», sagte Juha und wendete den Wagen mitten auf der Landstraße.

Als sie an der Stelle ankamen, wo der Baggersee auf der alten Straßenkarte eingezeichnet war, spürte Juha, wie jene Kraftlosigkeit, die er zuvor nur mühsam hatte überwinden können, erneut von ihm Besitz ergriff.

«Was für eine Enttäuschung.»

«Das kann man wohl sagen.»

«Ich hatte ja tatsächlich gehofft, dass wir wenigstens den Hauch einer Chance hätten, die Überreste einer Leiche zu finden. Über fünfzehn Jahre in einem Fass im Wasser, da kann man schon noch Skelettreste finden, wenn man lange genug sucht. Aber so …»

Sie standen auf einem alten Deich am Rande eines Neubaugebiets, das den typischen Charme eines Fertighausparks der späten Nullerjahre versprühte. Formgleich aufgeschüttete Konglomerate aus hellrotem Backstein, Garagenauffahrt, Hecke, Kiesbett, Schaukel, kamen im Rudel daher. Dazwischen die Spielstraße mit Geschwindigkeitshügeln und Zickzackzwang. Hier konnte der Ball gefahrlos auf die Straße rollen. Zarte Rauchfahnen mit Fleischaroma erfüllten die milde Nachmittagsluft. Es wurde abgegrillt.

«Also falls hier mal die Überreste einer Leiche im Schlick lagen, dann sind sie jetzt für alle Zeiten unter Beton begraben.»

«Damit steht Aussage gegen Aussage. Boysen braucht nur abzustreiten, etwas mit dem Verschwinden von Levent zu tun zu haben. Wir haben keinen Beweis. Das reicht nicht mal für einen Haftbefehl.»

«Wir fahren trotzdem zu ihm, ich will mit ihm reden.»

«Juha, das bringt nichts.»

«Ich muss.» Juha drehte sich um und hastete halb den Deich herunterrutschend in Richtung Auto.

«Warum, was willst du damit erreichen?»

Juha fuhr zu Lux herum, der noch oben auf dem Deich stand, und hob fragend die Arme. «Warum?», schrie er. «Weil das alles sonst keinen Sinn macht.»

Er ließ die Arme sinken und schaute sich um, als fände er die Antwort zwischen Deich, Straßen und weiten Feldern, und kam sich plötzlich mutterseelenallein vor. Er war so wütend. Auf die hämische Stille, in der sein Schreien verhallte, auf Lux, der nichts dafür konnte, und am meisten auf sich selbst.

«Was macht das denn alles für einen Sinn, wenn wir die Verbrecher finden, aber nicht fangen können?», sagte er leise zu sich selbst.

Als sie die Straße nach Moorstedt mit leicht überhöhter Geschwindigkeit entlangfuhren, hatte Juha noch immer keine Ahnung, was er sagen würde. Er saß auf dem Beifahrersitz, starrte wie so oft aus dem Fenster und hoffte, dass ihm schon irgendwie die richtigen Worte einfallen würden. Lux hatte recht, diese Maßnahme war eigentlich zwecklos. Boysen war nicht zu belangen; rechtlich gesehen. Nein, das hier war was zwischen ihm und Boysen. Er konnte ihm nichts anhaben, aber er wollte zumindest, dass Boysen sich über eines im Klaren war: dass Juha es wusste. Dass Juha wusste, was Boysen getan hatte. Und er wollte Meret Boysen ins Gesicht sehen, wenn er es ihnen sagte. Das war die kleine Vergeltung, die Juha üben wollte. Für Levent, für sich selbst, für Christoph Johannsen und nicht zuletzt für Werner.

40

Hinter ihm begann ein Auto zu hupen. Sein Blick fiel auf den Tacho, und er stellte fest, dass er 65 fuhr. Er hob entschuldigend die Hand, sodass der andere Fahrer es durch das Rückfenster sehen konnte, und beschleunigte wieder auf die erlaubten 100.

Ihm fiel auf, dass er keine Erinnerung an die Fahrt aus der Stadt hierher hatte. An die Entscheidung, zu Boysen zu fahren, daran erinnerte er sich. Dass er schon das Telefon in der Hand gehabt hatte, um Tatjana anzurufen, sich dann aber entschieden hatte, zuerst diese andere Sache zu erledigen.

Wie viel Zeit ihm noch bliebe, hatte er den Arzt gefragt. Der hatte den Kopf geschüttelt und gesagt, angesichts seiner starken Symptome sei es schon sehr weit fortgeschritten. Im Darm und längst gestreut. Im Kopf. Und Werner hatte geglaubt, dieser Fall sei es gewesen, der sich in seinem Kopf eingenistet hatte.

«Du hast dich so verändert», hatte Tatjana gesagt. Und er hatte gedacht, ja, ich bin nicht mehr derselbe. Seit ich dieses Kind aus der Kiste gezogen habe, bin ich nicht mehr derselbe.

«Und du trinkst so viel und schläfst so wenig.»

Ja, weil ich besessen bin. Weil ich an nichts anderes mehr denken kann.

Dann irgendwann war er überzeugt gewesen, ein Wahnsinn sei da in ihm herangewachsen. Seltsame Auren umgaben ihn auf seinen nächtlichen Wanderungen. Fremde Ängste und Empfindungen, die ihn denken ließen: Fühlt es sich so an, eine

Psychose zu kriegen? Und er glaubte, es wäre das tote Kind. Dabei war es vielleicht einfach der Krebs, der auf irgendeine Stelle im Gehirn drückte und ihn durcheinanderbrachte.

«Wie viel Zeit?», hatte er die Frage wiederholt.

«Wenn wir sofort mit einer Behandlung starten, vielleicht noch ein Jahr.» Der Arzt hatte gar nicht erst versucht, zuversichtlich zu klingen.

«Und ohne Behandlung?»

«Ein paar Wochen.»

An diesem Punkt begann für Werner eine neue Zeitrechnung.

Er nickte und steckte die Hände in die Hosentasche. In diese dummen, alten Jeans. Zum ersten Mal seit jenem Tag fühlte er sich unwohl in diesen Klamotten, die er seitdem immer trug. Er legte das Sakko ab, dessen Schwarz zunehmend von einem rostfarbenen Schimmer marmoriert wurde. Eine seltsame Hitze begann in ihm aufzusteigen.

«Wie geht es Ihnen?», fragte der Arzt.

Werner atmete schwer, aber es war nicht die Angst, es war diese unerträgliche Hitze.

«Ich brauche Medikamente. Solche, die mich bei Bewusstsein halten. Und gegen die Schmerzen.»

«Vorhin sagten Sie, sie hätten keine Schmerzen.»

«Das war gelogen, ich habe Schmerzen, seit Wochen. Starke Schmerzen.» Die Hitze kroch seinen Hals hinauf, und Schweiß bildete sich auf seiner Stirn. «Ich brauche die volle Dröhnung, damit ich weiter funktioniere, verstehen Sie? Den Nachbrenner.» Die Hitze war nun von seinem Zentrum zur Haut vorgedrungen und ließ sie brennen.

«Herr Swoboda, ich verstehe diese Reaktion. Aber die beste Perspektive haben Sie, wenn wir sofort mit einer Chemo und Bestrahlung anfangen. Gleichzeitig werden wir feststellen, ob es möglich ist, die beiden aggressivsten Tumore operativ zu entfernen.»

Ohne zu antworten, zog Werner sein T-Shirt über den Kopf und entblößte seinen alten, sehnigen Körper, der ihn so stark hatte sein lassen, der ihn getragen hatte, der immer ein unerschütterliches Gefäß gewesen war. Dann sah er den Arzt an und hielt ihm seine Unterarme hin. «Keine Therapie. Nur die Symptome im Zaum halten, mit allen Mitteln, die Sie zur Verfügung haben.»

Er verließ die Klinik unter dem überforderten Blick eines Pflegers und warf im Vorbeigehen Sakko und T-Shirt in einen Mülleimer.

Er trat hinaus auf eine belebte Straße, gleich nebenan war die Europa Passage. Ein paar Leute sahen sich zu ihm um, doch die meisten hielten ihn wohl für einen verrückten Obdachlosen und beachteten ihn gar nicht. Wenn er einen Anzug trug, hatte ihm seine wilde Frisur manchen Vergleich mit Rod Stewart oder Ron Wood von den *Stones* eingebracht, aber mit nacktem Oberkörper und in Jeans war er einfach nur ein geistesgestörter Penner, der durch die Hamburger Innenstadt streifte. Er betrat die Passage und ging zu dem großen Geschäft für Herrenmode, in dem er früher gerne eingekauft hatte, wenn er einen neuen Anzug wollte, Tatjana aber nicht einverstanden war, dass er sich einen maßgeschneiderten leistete. Den gab es dann zu Weihnachten.

Ein parfümierter Mitarbeiter fing ihn flink ab. «Kann ich Ihnen helfen?»

«Ich brauche etwas zum Anziehen.»

«Ja, sieht so aus.»

«Einen Anzug, dunkelblau, Größe 106, dezentes Innenfutter, weißes Hemd, hellbraune Monks.»

«Sehr gern! Und das hier ...», ergänzte der junge Mann und griff von einem Tisch ein schrill bedrucktes T-Shirt, «... ziehen Sie bitte kurz über. Ich bringe Sie dann in die Lounge, mache Ihnen einen Espresso und stelle Ihnen zwei Outfits zusammen. Sie können sich das T-Shirt doch leisten, oder?»

«Ja.»

Eine halbe Stunde später saß Werner im Auto und hielt das Lenkrad fest, ohne loszufahren. Die Hitze in ihm hatte endlich nachgelassen. Doch das Gefühl in seinem Kopf war noch da. Dieses Gefühl, dass ... als wäre er vor einer ganzen Weile, in einem Moment, den er nicht wahrgenommen hatte, eingeschlafen und führe sein Leben seitdem auf einer anderen Bewusstseinsebene fort. Als könnte er die Welt anhalten, wenn er nur fest daran glaubte, dass all das lediglich in seinem Kopf geschah und er die Allmacht über Zeit und Raum hatte. Wie in einem luziden Traum.

Halt! Du steigst aus dem Auto und die Welt ist stehen geblieben. Alle Leute und Autos sind in ihren Bewegungen eingefroren, die Tauben hängen wie ausgestopft in der Luft, und die Schwärme ihrer weit entfernten Kameraden werden zu chaotischen Schattenrissen vor dem weißen Himmel. Eine perfekte Stille umgibt dich.

Jetzt weißt du, wie allein du bist, du todgeweihter Mann.

Wieder hupte es hinter ihm, diesmal fuhr er rechts ran und ließ das Auto vorbeifahren. Er stellte den Motor ab, und als er gerade an Tatjana dachte, klingelte sein BlackBerry, das auf dem Beifahrersitz lag. Er hatte sie nach der ersten Untersuchung angerufen und ihr erzählt, dass er krank sei und dass er auf Ergebnisse warte. Warum er das getan hatte, wusste er nicht. Aber als sie sich besorgt zeigte, hatte ihm das Trost gespendet, obwohl sie nicht mehr zusammen waren.

Er schaute nur kurz auf das Display, das ihren Namen anzeigte, dann fuhr er weiter.

Er wusste nicht, was er sagen würde, wenn er bei Boysen war. Und als er sein Auto geparkt hatte, zur Tür gegangen war und die Klingel drückte, wusste er es immer noch nicht.

41

JUHA

Boysen öffnete die Tür und wirkte entspannt. «Herr Korhonen, schön, Sie zu sehen. Wie geht's?» Dann bemerkte er Lux, der ein paar Meter hinter Juha stehen geblieben war. «Herr Adisa. Was kann ich für Sie tun?»

Juha versuchte seinen schweren Atem zu beruhigen, was ihm nicht gelang. Er war nervös, und Boysen war es nicht. Er musste sich zusammenreißen. «Können wir kurz reinkommen?»

Die Bitte, «kurz reinkommen» zu dürfen, war nicht gerade der fulminante Auftakt, mit dem Juha die Zurschaustellung seiner Überlegenheit hatte beginnen wollen.

«Jetzt passt es nicht gut. Wir wollten gerade los.» Boysen sah zurück ins Haus, Juha versuchte einen Blick zu erhaschen, konnte aber nichts erkennen. «Aber wir können gerne für morgen einen Termin vereinbaren.» Boysens Freundlichkeit war wie ein Schutzschild, das jemand anlegte, der ahnte, dass ein Angriff bevorstand.

«Es dauert nicht lange, Herr Boysen.»

Wieder drehte Boysen sich prüfend um, öffnete dann, seinen Widerwillen überspielend, die Tür. «Würde es Ihnen etwas ausmachen, die Schuhe auszuziehen? Ich habe vorhin den Boden gewischt. Ich weiß, das ist etwas unhöflich, entschuldigen Sie.»

«Nein, kein Problem.» Die Polizisten zogen ihre Schuhe aus, Juha musste sich dabei am Treppengeländer festhalten. Dann ging er an Boysen vorbei ins Wohnzimmer. Tatsächlich glänzte der Boden noch mehr als beim letzten Mal.

Juha trat an das große Fenster, während Lux sich zurückhaltend in einer anderen Ecke des Raumes postierte. «Was haben Sie da eigentlich für ein Loch gegraben neulich?»

«Sind Sie hier, um mich das zu fragen?», sagte Boysen und schaute in einem kurzen Versuch von Verbrüderung zu Lux, als würde der ihm verraten, was dieser blonde Kommissar eigentlich von ihm wolle. Doch Lux verzog keine Miene.

«Nicht nur, aber ich gebe zu, dass es mir keine Ruhe lässt. Immer, wenn es mir einfällt, denke ich eine Weile darüber nach.»

Boysen lächelte. «Und wenn ich es für mich behalten möchte, mache ich mich dann verdächtig?»

«Ich weiß nicht. Haben Sie denn eine Leiche in Ihrem Garten verbuddelt?»

«Wollen Sie nachsehen? Ich kann Ihnen gern einen Spaten leihen.»

«Vielleicht später.»

Boysen stand auf und ging betont geduldig zum Tresen der offenen Küche. «Ich experimentiere mit diversen Verpackungsmaterialien und deren Haltbarkeit.» Er goss sich Wasser aus einer Karaffe in ein Glas. «Möchten Sie auch eins? Sie gucken so.»

Juha nickte, während Lux nicht reagierte. «Was kann ich mir darunter vorstellen? Was sind das für Experimente?»

Boysen reichte ihm das Glas mit Wasser. «Na ja, simpel gesagt, probiere ich aus, wie lange Vorräte in bestimmten Behältnissen halten, wenn sie in verschiedenen Bodenarten deponiert werden.»

«Das heißt, da liegt jetzt ein Sack mit Essen im Garten vergraben, und in einem Jahr graben Sie das wieder aus und gucken, ob's noch schmeckt?»

«Im Grunde ja. Nur, dass ich neulich nichts vergraben, sondern etwas ausgegraben habe. Eingelegte Pfirsiche, wenn Sie es genau wissen wollen. Haben vorzüglich geschmeckt. Können Sie jetzt wieder besser schlafen?»

«Nein», entfuhr es Juha ein wenig zu laut und er spürte, dass er aufpassen musste, sich unter Kontrolle zu halten. Er wollte sich nicht provozieren lassen. Das Glas in seiner Hand störte ihn dabei, und er stellte es, ohne getrunken zu haben, auf den Tisch. Boysen beäugte die Geste, sagte aber nichts dazu.

«Herr Korhonen, so bizarr unterhaltend ich Ihren Auftritt auch finde, ich komme da nicht ganz mit. Wollen Sie mir nicht erzählen, weswegen Sie hier sind? Dann kann ich mich dazu äußern. Wie ich schon sagte, meine Frau und ich wollten eben das Haus verlassen, als Sie kamen.» Boysen nahm einen Untersetzer vom Stapel und schob ihn unter Juhas Glas.

Juha wollte den Untersetzer wieder wegschieben. «Jetzt lassen Sie doch das Theater.»

«Nein!» Boysen stellte das Glas so energisch ab, dass ein paar Wassertropfen auf dem Tisch landeten. Seine Gelassenheit zeigte zum ersten Mal Anzeichen von Brüchen. «Sie machen hier die ganze Zeit irgendwelche Andeutungen, reden um den heißen Brei herum. Sie kommen sich vielleicht clever vor, Ihre Show wirkt aber, ehrlich gesagt, ziemlich stümperhaft und führt leider zu gar nichts, weil ich nicht den Hauch einer Ahnung habe, worum es überhaupt geht. Können wir uns bitte wie zivilisierte Menschen verhalten und ein sinnvolles Gespräch führen? Ich merke, dass Sie sehr aufgebracht sind, in Ordnung. Aber bitte! Ein bisschen konstruktives Verhalten, das muss doch wohl möglich sein.»

Boysen hatte recht, und das machte Juha nur noch wütender. «Wo ist Ihre Frau? Ich dachte, Sie wollten aus dem Haus gehen.»

Auf einmal sah Juha etwas in Boysens Blick, das ihm neu erschien. Ein merkwürdiges Zaudern und noch etwas anderes, das er bisher noch gar nicht an Harm Boysen gesehen hatte. Es sah aus wie Angst.

«Sie ist unten, sie wird jeden Moment hochkommen.»

«Holen Sie sie bitte her.» Juha machte einen Schritt in Richtung Diele. Boysen tat ebenfalls einen Schritt und stand jetzt zwischen ihm und der Tür. «Sie wird kommen, wenn sie so weit ist.»

«Das ist mir zu blöd», knurrte Juha und ging so schnell, wie es ihm in Strümpfen auf dem glatten Boden möglich war, an Boysen vorbei in Richtung der Treppe, die von der Diele nach unten führte. «Frau Boysen?», rief er am Treppenabsatz und wollte gerade um die Ecke biegen, als ihn etwas rammte und ihn aus der Kurve fliegen ließ. Juha begriff nicht, was ihn da erwischt hatte, er strauchelte mit seinen Socken über den glatten Steinboden, rutschte aus, griff nach dem Geländer und klammerte sich im letzten Moment fest. In sich verdreht, das Geländer umschlungen, sah er sich um und erblickte Boysen, dessen Augen Funken sprühten. Er sah aus, als würde er Juha jeden Moment angreifen. Juha war wie vom Donner gerührt, wehrlos in seiner halb hängenden Position.

Doch nichts geschah. Boysen stand nur da, wie angewurzelt, und jetzt sah Juha auch wieso. Lux stand hinter Boysen und hielt ihn in einem eisernen Haltegriff.

42

Mal abgesehen von dieser ziemlich fragwürdigen Festnahme: Ihr habt da wirklich gute Arbeit geleistet. Und auch wenn es keine Beweise gibt, klingt das alles absolut schlüssig. Ich würde einiges darauf setzen, dass es genau so gelaufen ist, wie ihr es euch zusammenreimt. Echt, ich bin beeindruckt, was ihr in so kurzer Zeit herausgefunden habt.»

«Kannst die Zeit, die Werner reingesteckt hat, noch obendrauf schlagen.»

«Aber trotzdem endet der Fall hier», schloss Uwe ab.

«Aber wir könnten noch ...», begann Juha.

«Ich sag dir, was der springende Punkt ist.»

Juha schaute Uwe fragend an.

«Selbst wenn, und ich betone, selbst *wenn* es irgendeine Möglichkeit gäbe, Boysen zu überführen, und es zu einer Anklage käme: Er würde auf Totschlag im Affekt plädieren. Das ist minder schwer. Die Vertuschung ist Makulatur. Das boxt jeder Provinzverteidiger locker durch.»

«Du meinst ...» Lux schluckte sichtlich.

«Na klar. Das ist verjährt. Boysen kommt in jedem Fall straffrei davon.»

Juha starrte Uwe düster an. Dann wandte er seinen Kopf in Richtung des Vernehmungszimmers, in dem Boysen saß. «Ich will mit ihm reden.»

«Du kannst es versuchen. Es steht ihm aber jederzeit frei zu gehen.»

Boysen war völlig ruhig. Er saß im Vernehmungsraum 3, aufrecht, die Hände auf dem Tisch ineinandergefaltet. Juha öffnete die Tür, schloss sie hinter sich und ging zum Stuhl, der Boysen gegenüberstand. Auf dem Weg vermied Juha es, ihn anzusehen; erst als er sich gesetzt, den Stuhl zurechtgerückt und sich in die exakt gleiche Position wie Boysen begeben hatte, schaute er auf, und ihre Blicke trafen sich.

Boysen begann. «Was ich getan habe, tut mir leid. Ich habe die Beherrschung verloren.»

Kurz war Juha irritiert, dann fiel ihm ein, dass Boysen natürlich den Angriff an der Treppe meinte. Er erinnerte sich, dass der stets ruhige Ausdruck, der auf Boysens Gesicht lag, bereits Sekunden nach dessen Ausbruch wieder zum Vorschein gekommen war. Als Lux ihn festgehalten und Juha sich langsam aus seiner Verknotung mit dem Treppengeländer gelöst hatte, da war er schon wieder der Alte gewesen; der furchteinflößende Zorn, der in seinen Augen gelodert hatte, war so schnell vergangen, wie er gekommen war. Aus Boysens Körper war jegliche Spannung gewichen, und Lux hatte seinen Griff gelockert. Sie hatten ihn festgenommen, und er war ohne ein Wort mit ihnen zum Auto gegangen. Auf der Fahrt hatten sie geschwiegen.

«Ich muss mich auch entschuldigen, ich habe mich in Ihrem Haus übergriffig verhalten.»

«Ich weiß Ihre Entschuldigung zu schätzen.»

«Also reden wir jetzt in Ruhe.»

«Ja, reden wir in Ruhe, Herr KHK Korhonen.»

Juha hätte gerne eine Akte zurechtgeklopft und irgendeine Notiz gelesen, wie er es sonst in Vernehmungen tat, um seinen Fragen eine gewisse Beiläufigkeit angedeihen zu lassen, doch in diesem Moment lag nichts vor ihm auf dem Tisch außer seinen Händen. Außerdem war jedwede Vernehmungstaktik bei Boysen verschenkte Liebesmüh. Also sprach er ohne Fallnetz und ließ seinen Blick in Boysens ruhen. «Levent hat Sie damals zu Ihrem Jungen geführt. Daniel war tot, Sie haben die Beherrschung verloren und Levent getötet.»

«Nein.»

«Wie ist es dann gewesen? Erzählen Sie es mir.»

«Sie haben Ihre eigenen Gefühle erforscht und den Schluss gezogen, dass ich so gehandelt habe, weil Sie so gehandelt hätten. Ein primitiver Affekt. Hätte ich den Menschen in die Finger bekommen, der meinen Sohn auf dem Gewissen hat ...» Er beugte sich vor und tauchte seine Augen in den Schatten, sodass sie fast schwarz wurden. «Ein schneller Tod wäre eine Erlösung gewesen.» Dann lehnte er sich wieder zurück, und das schwarze Glühen erlosch, ohne dass er seinen Blick abwandte.

Juha hielt ihm stand. «Mit welchem Recht entscheiden Sie über Leben und Tod?»

Kurz bevor Juha einzubrechen drohte, wandte sich Boysen ab. Juha musste sich beherrschen, seine Nervosität nicht überhandnehmen zu lassen, und bemühte sich, gleichmäßig zu atmen.

Boysen antwortete fast gelassen auf seine Frage. «Sie sprechen von Selbstjustiz? Wenn ich sie üben will, ist sie mir recht. Aber nicht aus Überzeugung, wenn Sie das meinen. Eine auf ethisch-moralischen Werten errichtete Gesellschaft hält dem Affekt des Individuums nicht stand. Deshalb gibt es das Gesetz. Das lebende Beispiel dafür sitzt gerade vor mir. Sie haben dem dringenden Wunsch nachgegeben, in mein Haus zu kommen, um mich und meine Frau zu terrorisieren, obwohl Sie nichts gegen mich in der Hand haben. Damit haben Sie eindeutig Ihre Kompetenzen als exekutives Element überschritten.»

«Belehren Sie mich nicht über das Gesetz. Ich kenne und achte es. Und ich verstoße nicht dagegen.»

«Aber das würden Sie gern, oder?»

«Ja.» Juha war jetzt an einen Punkt gelangt, an dem sein

Herz und seine Atmung sich von der angespannten Situation unbeeindruckt zeigten. Das waren die Überreste seiner Ausbildung, die noch irgendwo in seinem vegetativen Nervensystem schlummerten. Kurz vor dem Schuss war die Atmung flach und der Puls langsam. Ausatmen, Herzschlag, den Abzug drücken, Herzschlag. Darauf war sein Körper trainiert worden. Juha war jetzt ruhig.

«Das ist genau das, was ich meinte und eben gesagt habe. Sie hier, das affektgesteuerte Individuum, und dort ...», Boysen deutete zur Tür, «das Gesetz, das Sie an einer Tat hindert. Sehen Sie, Herr Korhonen, es bleibt bei der Fantasie. Genauso, wie die Blutrache am Mörder meines Sohnes reine Fantasie ist. Und glauben Sie mir, ich hege sie jeden verdammten Tag, seit achtzehn Jahren.»

«Ich war bei Erlend Hader. Er hat mir alles erzählt.»

Boysens Augen verrieten nichts. «Und was hat er Ihnen erzählt? Dass seine Frau sich mir an den Hals geworfen hat? Dass er völlig den Verstand verloren hat und mit einem Beil auf mich losgehen wollte? Ich war bei ihm zu Hause, wollte mit ihm sprechen, von Mann zu Mann. Plötzlich steht er mit einem Beil vor mir.»

Juha stockte; nur den Bruchteil einer Sekunde, aber Boysen merkte es natürlich.

«Ja, das hätte mich auch gewundert, wenn er Ihnen das erzählt hätte.»

«Warum haben Sie ihn nicht angezeigt?», fragte Juha, noch immer von den deutlichen Übereinstimmungen in Haders und Boysens Geschichte verunsichert.

«Ich konnte Verständnis für ihn aufbringen. Seine Ehe war vor dem Ende. Nicht meinetwegen. Ich war für seine Frau nur ein Katalysator. Genau darüber wollte ich mit ihm sprechen, und mich entschuldigen.»

Langsam gingen Juha die Ideen aus, falls er überhaupt welche gehabt hatte. Die Beschuldigungen gegen Boysen fußten einzig auf der Aussage Erlend Haders; des Mannes, den er selbst noch vor einigen Stunden für den Schuldigen im Fall Daniel Boysen gehalten hatte. Plötzlich kam er sich vor wie ein Anfänger und fragte sich unwillkürlich, ob Werner sich genauso gefühlt hatte, nachdem er Boysen auf den Kopf zugesagt hatte, wessen er ihn verdächtigte. Oder war Werner hier noch wild entschlossen gewesen, Boysen zur Strecke zu bringen? Juha jedenfalls fühlte in diesem Moment nichts als Hilflosigkeit und bereute, dass er nicht auf Lux gehört und, wenigstens zunächst, einen taktischen Rückzug angetreten hatte. Wenigstens bis zum nächsten Morgen hätte er sich gedulden müssen; sie hätten sich gemeinsam sortieren, besser vorbereiten und die ganze Sache noch einmal durchdenken können. So war er jetzt an genau demselben Punkt wie Werner vor beinahe zwanzig Jahren. Und er drohte an genau demselben Punkt zu scheitern. Er merkte, wie er Angst bekam, sein Gesicht fühlte sich heiß an.

«Erzählen Sie es mir», riss Boysen ihn aus seinen Gedanken. «Was hat Ihnen Erlend Hader für eine Geschichte aufgetischt?»

Juha fuhr wie auf Schienen, die Worte fielen ihm ungehindert aus dem Mund. «Er hat Teile des Lösegelds und Spuren von Daniel bei Johannsen deponiert. Zuvor haben Sie gemeinsam die Entführung Ihres Sohnes vorgetäuscht, um zu verschleiern, dass Sie längst wussten, wo er war. Und dass Sie ihn gefunden und Levent umgebracht haben.»

«Warum, zum Teufel, hätte Hader das tun sollen? Der Mann hasst mich wie die Pest.» Boysen wirkte fast belustigt.

«Weil Sie ihn erpresst haben.»

«Ach was. Und womit hätte ich ihn erpressen sollen?»

«Sie drohten ihm damit, seiner Frau zu sagen, dass er den

Unfall verursacht hat, der sie zum Pflegefall gemacht hat.» Juha hatte die letzte Minute wie in Trance auf den Tisch gestarrt, jetzt blickte er widerwillig auf, als Boysen nicht sofort antwortete. Und was Juha dann sah, entsprach genau dem Gesichtsausdruck, den er selbst wohl auflegen würde, wenn ihm jemand die Geschichte erzählte.

«Das hat er gesagt? Und Sie glauben das?» Juha antwortete nicht auf die Frage. «In einer Kurve war die Straße mit nassem Laub bedeckt, ich habe es zu spät gesehen, die Reifen blockierten. Da war überhaupt nichts manipuliert.» Boysen spuckte das Wort «manipuliert» wie einen Kirschkern in die Ecke und schaute Juha fast mitleidig an. «Merken Sie nicht selber, wie abstrus das ist?»

Juha wusste nicht mehr, was er glauben sollte. In Haders Garten hatte alles so plausibel und logisch geklungen. Jetzt kam es ihm lächerlich vor. Und er selbst kam sich lächerlich vor. Es blieb ihm nichts anderes übrig, als Harm Boysen für die Umstände, die er ihm bereitet hatte, um Verzeihung zu bitten und ihm einen guten Heimweg zu wünschen. Anschließend würde er sich mit Uwe und Lux zusammensetzen, und sie würden das alles noch einmal in Ruhe durchgehen. Sie mussten Hader noch mal auf den Zahn fühlen. Wer weiß, am Ende stellte sich heraus, dass der seinem Erzfeind einfach ans Bein hatte pinkeln wollen und ein dämlicher, dafür umso überambitionierterer Polizist ihm die Gelegenheit dazu geboten hatte. Vielleicht lachte Hader sich gerade darüber schlapp, was er dem Bullen für eine mordsmäßige Story aufgetischt hatte. Juha wusste überhaupt nichts mehr, und es war Zeit, das hier zu beenden. «Ich weiß, dass Sie Levent Kruger getötet haben, und ich werde es beweisen, das schwöre ich Ihnen.» Juha erschrak innerlich, nachdem die Worte aus seinem Mund gekommen waren. Das hatte er nicht sagen wollen.

Auch Boysen war kurz überrascht, fing sich aber sofort wieder. «Wissen Sie was, Herr Korhonen?» Er beugte sich vor und kam Juha ganz nah, seine Stimme war nicht viel mehr als ein Flüstern. «Vor vielen Jahren war ein anderer Polizist bei mir. Der hat genau dasselbe gesagt.»

In Juha zerbrach etwas, und er kämpfte plötzlich nicht mehr um seine Beherrschung, sondern darum, nicht vor hilfloser Wut ohnmächtig zu werden. «Ich werde jetzt gehen. Aber Sie können sicher sein, dass ich mir die Zeit nehme, die ich brauche, um zu beweisen, dass es so gewesen ist.» Seine Stimme klang zittrig.

«Bei Ihrem Kollegen Swoboda hat die Zeit ja nicht gereicht.»

«Ich habe sehr viel davon.»

«Kann ich dann jetzt bitte gehen?»

«Ja, Sie können gehen. Jemand wird Ihnen gleich Ihre Sachen bringen.»

Als Juha die Tür hinter sich schloss, fiel die Anspannung von ihm ab, und er spürte kurz ein Beben in seinem Hals, riss sich aber zusammen, als er Lux sah, der den Gang herunter auf ihn zukam. In der einen Hand hielt er den Beutel mit Boysens persönlichen Gegenständen, in der anderen ein Stück Papier, und Juha ahnte, worum es sich dabei handelte.

«Der Schriftvergleich ist da.» Lux hielt ihm das Stück Papier hin. Juha nahm es und las.

43

Lieber Vater,
ich habe was Schlimmes gemacht und du wirst es in der
Zeitung lesen. Aber es war nicht meine Absicht. Ich habe
nicht gewollt das es passiert. Ich muss jetzt für immer weg-
gehen und hoffe du kannst mir verzeihen. Vielleicht finde ich
irgendwo ein besseres Leben als hier aber ich bin dir nicht
böse. Als Mama gestorben ist sind wir beide auch gestorben.
Vielleicht gehe ich nach Afrika. Tut mir leid.
Levent

Juha schaute auf, wollte die Frage stellen, doch er sah die Antwort bereits in Lux' Augen.

«Er ist von Levent. Der Schriftabgleich hat ergeben, dass
der Brief mit 99-prozentiger Wahrscheinlichkeit von Levent
Kruger geschrieben wurde.» Lux legte ihm die Hand auf die
Schulter. «Tut mir echt leid, Juha. Wir haben die Suche nach
Levent bereits wieder aufgenommen und lassen Hader zur
Vernehmung aufs Präsidium bringen. Vielleicht machst du für
heute Schluss. Ich kann ab hier übernehmen, Selma kommt
später dazu, und morgen überlegen wir zusammen, wie es wei-
tergeht.» Lux zog die Hand von seiner Schulter und ging zu
Boysen ins Vernehmungszimmer.

Juhas Inneres sackte in sich zusammen, und eine unsagbare
Leere breitete sich in ihm aus. Warum hatte er nicht wenigstens dieses Ergebnis abgewartet? Derart verrannt in seine Idee,
hatte er dieses Detail völlig ausgeblendet, so sicher war er gewesen, dass der Brief nachträglich von Boysen geschrieben
worden war, um eine falsche Spur zu legen. So handelte kein

guter Polizist. Ein guter Polizist hätte sich zunächst versichert und dann gehandelt. Er hingegen war ganz offensichtlich ein Scheißpolizist.

Nun war das Ergebnis da, und es war eindeutig: Levent Kruger hatte den Brief selbst geschrieben. Nicht Boysen. Hatte Juha sich von Hader wirklich derart an der Nase herumführen lassen? Er wusste es nicht, wusste überhaupt nichts mehr, und eine unsägliche Müdigkeit überfiel ihn. Seine Hand, die den Brief hielt, den er die ganze Zeit angestarrt hatte, sank herab.

Hinter ihm ging die Tür auf, und Lux kam mit Boysen heraus. Schweigend gingen sie an ihm vorbei, doch Boysen drehte sich noch einmal zu ihm um. «Herr Korhonen, hilft es Ihnen, wenn ich es schwöre?»

Juha schaute auf, verstand nicht, was Boysen meinte. «Was?»

«Bei allem, was mir heilig ist, schwöre ich, dass ich noch nie in meinem Leben jemanden umgebracht habe.»

«Und was ist Ihnen heilig?», fragte Juha.

Boysen schaute ihn an, lächelte auf eine Weise, als wäre die Antwort auf die Frage selbstverständlich. «Meine Familie. Meine Familie ist mir heilig.»

Am Ende des Gangs wartete Meret Boysen auf ihren Mann. Sie küssten sich und verschwanden um die Ecke, ohne sich noch einmal umzublicken.

Juha ging zum Fahrstuhl. Dieses Mal würde er Lux' Rat befolgen und nach Hause fahren. Er nahm sich vor, nicht zum ersten Mal, jenes Verhalten zu reflektieren, das ihn immer wieder dazu verleitete, vorschnelle Entscheidungen zu treffen. Hätte er vor einigen Tagen bloß nicht stürmisch die Wohnung verlassen, sondern einmal durchgeatmet und gesagt: «Schatz, es tut mir leid. Ich liebe dich auch im Zorn. Wir hören jetzt auf zu streiten, holen uns zwei halbe Hähnchen und reden morgen weiter, wenn ich mir über meine Gedanken klarer geworden bin.»

Wenigstens eine kleine Geste seinerseits, die von seiner Fähigkeit gezeugt hätte, eine erwachsene Beziehung zu führen, das hätte doch möglich sein müssen. Stattdessen gekränkt eine Tasche zu packen und sich im *mökki* zu verkriechen, das war nicht das Verhalten, das Maria von einem Partner verdient hatte. Wie hatte er überhaupt so lange den Anschein erwecken können, ein gestandener Mann mit sämtlichen Befugnissen zur Teilnahme am Erwachsenenleben zu sein? Er gehörte an den Kindertisch, und wenn er ehrlich war, gefiel es ihm dort sowieso besser.

44

allo, Vadder.» Juha ließ sich auf den Stuhl neben Wallys Bett fallen und fühlte sich dabei fast so matt, wie sein Vater aussah.

Der war längst nicht mehr so verkabelt wie beim letzten Mal, nur noch an die nötigsten Überwachungsgeräte angeschlossen. Wally nickte ihm zerknirscht zu, wobei die Grimasse in seinem Gesicht kein Ausdruck von irgendwas war. So sah das halt jetzt aus. Musste man sich dran gewöhnen.

«Was schaust du denn so verkniffen, Vadder? Musst du aufs Klo?» Wally lachte, und es war lauter und kräftiger, als Juha erwartet hatte. «Hey, da bist du ja. Wie geht's, Vadder?»

Wally nickte und streckte den Daumen in die Höhe.

Juha lächelte ihm aufmunternd zu. «Die haben mir gesagt, dass es mit Sprechen gerade noch etwas schwierig ist, dass das aber bald besser wird.»

Wally setzte an, etwas zu sagen: «Ich hab ...», versuchte dann, die richtigen Worte zu greifen: «... Straßenbahn.» Das war danebengegriffen. Er schüttelte über sich selbst verärgert den Kopf. «Ich bin Straßenbahn.» Er sah Juha erwartungsvoll an und begriff offenbar erst einen Moment später, dass er wieder das falsche Wort gesagt hatte. Noch einmal schüttelte er den Kopf.

«Ist okay, Vadder, lass dir Zeit.»

«Straßenba ... Boah, Alter, scheiß die Wand an», rief er und merkte gar nicht, dass er einen sinnhaften und tadellos formulierten Satz gebildet hatte.

«Siehst du, das Wesentliche geht doch.»

«... gefangen», ergänzte Wally seinen ursprünglichen Satz.

«Du meinst, du bist gefangen?»

Wally nickte und deutete auf seine Brust.

«Du meinst, du bist in deinem Körper gefangen.»

Wieder nickte Wally.

«Ich weiß. Da kommt eine Menge Training auf uns ...» In diesem Moment blitzte etwas in Juhas Kopf auf, so kurz, dass es schon wieder weg war, als er den Gedanken festzuhalten versuchte. Was war das? Weg.

Wally bemerkte offenbar Juhas plötzlich eingetretene Abwesenheit und hob fragend das Kinn.

Juha schaute ihm angespannt in die Augen. «Nichts. Irgendwas fiel mir gerade ein, aber jetzt ist es weg.»

«Wenn es Straßenbahn ...» Wieder schüttelte Wally den Kopf, dieses Mal eher genervt als frustriert.

«Wenn es wichtig war, fällt es mir wieder ein, ne?»

Wally rollte mit den Augen und nickte.

Die Tür zum Krankenzimmer ging auf, und Juha drehte sich um, in Erwartung, ein Pfleger würde nach dem Rechten sehen. Doch es war kein Pfleger.

«Maria? Was machst du denn hier?»

Sie war offensichtlich genauso überrascht, ihn zu sehen.

«Ach! Hi! Ich hab hier nur ...», sie hielt einen kleinen Gegenstand in die Luft, «einen MP3-Player mit Musik. *Best of Urinstinkt*. Ich habe gelesen, das hilft.»

«Yeah, *Urinstinkt*.» Juha machte die Pommesgabel zu Wally, der erwiderte die Geste.

Juha und Maria küssten sich, sie setzte sich auf einen freien Stuhl und öffnete ihren Mantel. Ihr Duft begann, den Geruch von Krankenhausluft zu überstrahlen. Und sie hatte wieder geraucht. Wally roch es ebenfalls und machte eine auffordernde Geste, indem er die ausgestreckten Zeige- und Mittelfinger zum Mund führte.

Maria lachte hell auf. «Du spinnst ja wohl. Du kannst hier nicht rauchen. Außerdem bin ich Nichtraucherin.» Zum Beweis, dass sie keine Zigaretten dabeihatte, öffnete sie ihren Mantel wie eine Schwarzmarktverkäuferin.

«Vielleicht wäre das auch mal ein guter Vorsatz fürs neue Jahr für dich, Vadder. Perfekter Zeitpunkt zum Aufhören, findest du nicht?»

Wally verdrehte die Augen. Dann schaute er Maria mit einem Blick an, der fast etwas Flehendes hatte.

Fünfzehn Minuten später, es hatte Maria eine gute Portion ihres unwiderstehlichen Charmes gekostet, den Pfleger zu überzeugen, standen sie draußen vor dem Haupteingang. Wally in einem Rollstuhl und in eine dicke Decke gewickelt. Maria zündete zwei Zigaretten gleichzeitig an und steckte eine davon Wally in den Mund.

«Gib mir auch mal eine», sagte Juha und streckte die Hand aus.

«Sicher?»

«Ja, gib schon her.» Sie hielt ihm die Packung hin, und Juha nahm eine Zigarette, schirmte sie mit der einen Hand ab und zündete sie an.

«Wie ein Profi.» Maria lächelte, nahm Wallys Zigarette, um abzuaschen, und steckte sie ihm dann wieder zwischen die Lippen.

«Manches verlernt man nicht.»

«Schmeckt?»

Juha atmete den Rauch in die kalte Luft. «Oh ja! Ein bisschen zu gut.» Seine Stimme verengte sich vom Zigarettenrauch.

Wally knurrte mit der Kippe im Mund, ein Zeichen, dass Maria wieder die Asche abklopfen musste. Sie folgte der Aufforderung ergeben. «Was tut man nicht alles für die Familie, was?»

In dem Moment war er wieder da, der Gedanke von vorhin,

und diesmal gelang es Juha, ihn festzuhalten. Doch gleichzeitig wurde ihm bewusst, wie absurd dieser Gedanke war. So bizarr, dass er versucht war, ihn gleich wieder abzuschütteln. Obendrein hatte er sich vorgenommen, den Fall für heute aus seinem Bewusstsein zu streichen. Doch das hier war sein Unterbewusstsein, das miese, als Intuition getarnte Arschloch, das sich da bemerkbar machte. Ebenjener Teil von ihm, der ihn wieder und wieder in die Scheiße ritt, den er aber trotzdem nicht loswurde, sosehr er es auch versuchte.

«Ich …», begann Juha, schaute auf die Zigarette in seiner Hand. «… Straßenbahn. Leute, ich glaub, ich muss sofort los. Kann sein, dass es wichtig ist.»

«Okay», sagte Maria verständnislos, aber liebevoll. «Zigaretten kaufen?»

«Nein. Ich liebe dich.» Er küsste Maria auf den Mund und gab seinem Vater einen schnellen Kuss auf die Halbglatze.

Noch bevor er beim Auto ankam, rief er Lux an. «Lux? Hör mir jetzt genau zu. Ich bin auf dem Weg zu den Boysens, ich weiß jetzt, was passiert ist, und ich brauche dich. Sofort. Dich und Uwe und die Kavallerie.»

45

E r raste über die Landstraße. Das Bild, das sich vorhin im Krankenhaus in seinem Kopf geformt hatte, ließ ihn nicht los. Es war so unfassbar, so unvorstellbar, dass er kaum wagte, es länger als einige Sekunden vor seinem inneren Auge Gestalt annehmen zu lassen. Es ließ sein Herz schneller schlagen, in jedem Moment, da es sich aus dem Wust der auf ihn einprasselnden Gedankenfetzen schälte und bis ins Mark erschütterte. Seine Brust zog sich abwechselnd heiß zusammen, dann wieder öffnete sie sich weit, Sauerstoff im Akkord in Energie umsetzend, die Blutbahnen vom Adrenalin geflutet, sein ganzer Organismus auf Hochtouren. Er trat das Gaspedal bis zum Anschlag durch.

Als er das Auto mit quietschenden Reifen zum Stehen gebracht hatte, hielt er inne und verharrte hinter dem Lenkrad. Sein Herz wummerte wie nach einem Sprint.

Was tust du hier? Ist es möglich? Kann das sein? Oder ist das wieder so ein gemeiner Streich deines trügerischen Bauchgefühls? Was, wenn du falschliegst? Dann machst du dich auf jeden Fall auf Lebenszeit zum Affen. Aber war es dafür nicht ohnehin zu spät? Immerhin war die Kavallerie bereits unterwegs. Wo blieben die überhaupt? Sollte er warten? Er hielt Ausschau, ob sich irgendwo der flackernde Schein von Blaulichtern seinen Weg durch die Einöde bahnte. Doch nichts war zu sehen.

Entschlossen riss er seine Autotür auf und setzte einen Fuß auf die Straße, erstarrte dann im nächsten Augenblick, schon wieder zögernd. Das war die Angst vor dem letzten Schritt, der kurze Moment auf dem Zehnmeterbrett, in dem man sicher ist, sich zum Sprung entschieden zu haben, und dann doch stehen bleibt und sich am Geländer festkrallt. Die Angst drohte ihn zu überwältigten. Ein Zucken in seinem Arm verhieß ihm, dass sein Körper Anstalten machte, die Wagentür von alleine wieder zuzuziehen.

Nein. Levent hatte den Brief selbst geschrieben. Das konnte nur eines bedeuten, und der Gedanke jagte ihm aufs Neue einen Schauer über den Rücken, sodass er sich nun gänzlich aus dem Sitz erhob und die Tür hinter sich zuschlug.

Entgegen seiner Theorie, Boysen habe Levent aus Wut noch an Ort und Stelle das Leben genommen, musste er Levent die Zeit gegeben haben, diesen Brief selbst zu schreiben. Unter Zwang. Nicht im Wald, sondern woanders. Und wie hatte er gesagt? Ein schneller Tod sei eine Erlösung für diesen Menschen, der seinen Sohn auf dem Gewissen hatte. Damit hatte er Levent gemeint. Er hatte ihn nicht erschlagen. Er hatte ihn – Juha starrte ins Nichts und merkte, dass er jetzt kurz davor war zu springen –; er hatte ihn überhaupt nicht getötet. Dann ging er entschlossen auf die Haustür zu.

Dieses Mal würde er keinen Fehler begehen. Ein letztes Mal drehte er sich um und spähte in die Ferne.

Kein Lux, keine Lichter.

Dann drückte er die Klingel.

46

LUX

Er hörte Uwe am anderen Ende der Leitung schwer ausatmen und klemmte das Handy zwischen Ohr und Schulter ein, während er einen Gang hochschaltete.

Eine Gänsehaut breitete sich über seine Arme aus, als er wiederholte, was er eben von Juha erfahren hatte. Wie Juha war er sofort davon überzeugt gewesen, dass es genau so sein musste. Als wäre ein Vorhang zur Seite gerissen worden, sah auch er auf einmal das ganze Bild vor sich, in seiner ganzen Klarheit und in seinem ganzen Schrecken. Etwas war in seinem Kopf eingerastet und bewegte sich seitdem keinen Millimeter vom Fleck. Gewissheit.

Anders offenbar bei Uwe. «Ich weiß nicht. Ich meine, wie sicher ist denn das? Ich kann mir nicht vorstellen, dass ... Und ich hab auch keine Ahnung, wie schnell ich jetzt ein MEK mobilisiert kriege.»

«Wozu heißt es denn dann ‹Mobiles Einsatzkommando›? Die haben ja wohl verdammt noch mal mobil zu sein.» Lux legte auf und schnitt damit Uwes Satz ab. Er fuhr auf den Beschleunigungsstreifen, schaltete runter in den vierten Gang und jagte den Audi in den roten Drehzahlbereich.

«Komm schon, Juha, warte auf mich. Bitte warte auf mich», sagte er zu sich selbst.

47

BOYSEN

Harm? Deine Frau.»

Hartmut hielt den Telefonhörer hoch. Harm mochte es zwar nicht, wenn Meret ihn beim Stammtisch anrief, aber das mitleidige Grinsen konnte sich Hartmut gefälligst sparen. Es kam selten vor, darum musste schon was sein. Sorgen machte er sich trotzdem nicht.

«Hallo, Meret, was gibt es denn?»

«Daniel ist noch nicht zu Hause.»

Harm atmete angestrengt aus. «Er ist vierzehn, es ist Samstag. Er wird unterwegs sein. Besser, als wenn er in seinem Zimmer sitzt und Videospiele spielt.»

«Ich mache mir Sorgen. Er sollte vorm Abendessen noch Mathe machen, das hatten wir besprochen.»

«Vielleicht ist er bei einem Freund und hat die Zeit vergessen. Hast du schon bei seinen Freunden angerufen?»

Kurzes Schweigen am anderen Ende der Leitung. Dann kleinlaut: «Nein.»

«Dann mach das doch. Ich bin auch bald zu Hause. Bestimmt ist er vor mir da.»

«Ja, mache ich. Bis später.»

«Bis später.» Er wollte auflegen, bemerkte aber, dass Meret den Telefonhörer noch am Ohr hatte. «Hm?»

Er hörte sie tief durchatmen, bevor sie sagte: «Der Levent war da.»

Harms Augenbrauen zogen sich zusammen. «Was wollte er?»

«Keine Ahnung.» Meret suchte Worte. «Zu dir. Er wollte irgendwas von dir. Stand wieder draußen rum und hat über die Hecke geglotzt. Ich bin nur kurz raus und habe gesagt, du bist nicht da.»

«Gut. Und dann?»

«Dann hat er so komisch geguckt, mit diesem gruseligen, apathischen Blick, und ist weggegangen.»

«Ist doch gut.» Aber Harm merkte, wie er wütend wurde. Er wollte nicht mehr, dass Levent in die Nähe seiner Familie kam. «Wahrscheinlich war es jetzt wirklich das letzte Mal.»

«Hoffentlich.»

«Bestimmt.»

Er legte auf, hinter ihm murmelte jemand spöttisch: «Da steht wohl einer unterm Pantoffel, hehehe.»

Harm drehte sich um. Wer hatte das gesagt? Schlensag schüttelte genervt den Kopf, der brachte solche Sprüche sowieso nicht. Der Boeck grinste so bescheuert, ja, der war's gewesen. Boysen ging auf ihn zu, stellte sich hin und sagte ruhig: «Kann manchmal nicht schaden, seiner Frau Respekt entgegenzubringen. Hättest du auch mal probieren sollen, vielleicht wäre sie dann noch da.» Er setzte sich wieder an den Tisch, wo jetzt Totenstille herrschte. Boysen trank in aller Gemütsruhe sein Bier aus, stellte das Glas hin und legte beide Hände auf den Tisch. «Ich fahre dann mal nach Hause zu meiner Frau. Hat mich wie immer gefreut, wir sehen uns nächste Woche.»

«Tschüss, Harm», «Bis nächste Woche dann», raunte es am Tisch, Walter Boeck sagte nichts.

Harm verließ das Gasthaus und ging über den gekiesten Waldparkplatz, seine Schritte knirschten auf den Steinen. Die Sonne hatte bereits eine rötliche Färbung und blendete ihn. Deswegen erkannte er nur die Umrisse der Person neben seinem Auto.

«Daniel?», rief er und schirmte mit der Hand die Sonne ab, um die Gestalt besser erkennen zu können.

Ach herrje, nicht sein Sohn war das, sondern Levent. Der hatte ihm jetzt gerade noch gefehlt. Andererseits konnte er ihm so wenigstens deutlich machen, was er von solchen Besuchen bei ihm zu Hause hielt. Meret hatte sich klar ausgedrückt, als sie ihm sagte, dass er nicht mehr zu ihnen kommen könne. Und auch wenn es Harm ein wenig leidtat, das hatte Levent zu akzeptieren. Offenbar musste er einen anderen Ton anschlagen, damit der Junge es begriff.

«Levent!» Der Junge grinste ihn breit an. «Hör zu, das geht so nicht. Meine Frau hat dir gesagt, dass du nicht mehr zu uns kommen kannst, und ich sehe das genauso. Ich hoffe, wir verstehen uns da.»

Doch Levent hörte nicht auf zu grinsen und nickte auf eine Weise, die aussah wie Überheblichkeit. Oder Stolz. Verstand der Junge nicht, was er ihm sagte?

«Levent, ist das klar?»

Grinsen. Er war wirklich ein armer Kerl.

«Hör mal. Nächstes Wochenende gibt es ein Herbstfest im Verein. Da wird gegrillt, und eine Versteigerung gibt es auch. Du kannst vorbeikommen, da hat keiner was gegen. Aber bei uns zu Hause ist tabu. Ist das jetzt klar?»

«Ich hab was gebaut», rief Levent, als hätte er nichts von dem gehört, was Harm zu ihm gesagt hatte.

«Levent, ich ... was? Was hast du gebaut?»

«Ganz alleine.» Levent nickte mit hochgezogenen Augenbrauen, um seine Leistung zu unterstreichen.

«Das freut mich.» Harm rang sich ein kleines, anerkennendes Lächeln ab.

«Willst du es sehen, Harm?»

«Nein, ich ...» Instinktiv drehte er sich zur Gaststätte und dem Telefon um. «Ich muss nach Hause. Das Abendessen wartet.»

«Wenn du mitkommst, dann brauchst du dich nicht mehr um mich zu kümmern. Komm.» Levent machte eine etwas alberne Lockbewegung mit seinem Zeigefinger.

Harm unterdrückte ein Stöhnen und atmete angestrengt aus. «Ist es weit?» Er deutete auf den roten Geländewagen. «Bist du etwa wieder mit dem Auto von deinem Vater unterwegs? Ich war doch sehr deutlich, oder?»

«Nein, nicht weit. Nur ein bisschen zu Fuß in den Wald.»

Harm drehte sich wieder zur Gaststätte um, schaute dann auf seinen Autoschlüssel, den er schon die ganze Zeit in der Hand hielt. «Ja, gut. Aber nur wenn du mir versprichst, dass du dann nicht mehr zu mir nach Hause kommst. Das ist dann ein Geschäft. Einverstanden?»

«Einverstanden.» Levent marschierte mit großen Schritten los und drehte sich alle paar Meter zu Harm um.

Harm folgte ihm in den Wald hinein.

«Du wirst Augen machen, Harm», sagte Levent und kickte mit dem Fuß Laub in die Luft.

Zehn Minuten waren sie gegangen, und Harm ärgerte sich, dass er mitgekommen war. Aber vielleicht führte es ja wirklich dazu, dass Levent sie fortan in Ruhe ließ.

«Wir sind da», rief Levent, als sie auf eine Lichtung kamen.

Harm schaute sich um. «Wo sind wir?»

«Da.» Levent zeigte auf eine Holzplatte auf dem Boden, die mit einem dicken Schloss versehen war.

«Was ist das?», fragte Harm unschlüssig.

«Na, ein Schutzraum. So wie der, den wir bei dir zusammen gebaut haben. Ich habe jetzt einen eigenen.» Er machte sich daran, das Schloss zu öffnen, und Harm wurde mulmig. Er hatte dem Jungen diese Flausen in den Kopf gesetzt.

«Hör mal, Levent, das ist nicht ungefährlich. So was, mitten im Wald. Da kann leicht was einstürzen.»

Levent ächzte und ruckelte an dem Schloss. Er bekam es nicht auf.

«Wirklich, Junge, du darfst da nicht reingehen.»

Levent ruckelte fester an dem Schloss und begann, verärgerte Laute von sich zu geben. Die Sonne verschwand zwischen den Bäumen. Harm wurde es jetzt zu bunt.

«Du, Levent! Ich muss jetzt wirklich nach Hause. Ich sage deinem Vater Bescheid, dass du dich hier nicht alleine rumtreiben sollst. Und du versprich mir, dass du da nicht reingehst. Okay?»

«Nein», rief Levent zornig und rüttelte an dem Schloss. «Ich muss dir das jetzt zeigen.»

«Meret und Daniel warten mit dem Essen auf mich. Ich muss jetzt wirklich gehen, komm. Den Land Cruiser lässt du aber stehen, ich fahre dich nach Hause. Es wird auch schon dunkel.»

«Nein.» Levent zerrte am Schloss.

Harm drehte sich zum Gehen um. «Komm schon.»

«Nein!», schrie Levent jetzt, dann sprach er plötzlich in einem leisen, verschwörerischen Ton weiter, er war von der Anstrengung ganz außer Atem. «Daniel ist nämlich gar nicht zu Hause.»

Harm drehte sich wieder zu Levent um, der immer noch mit dem Schloss zugange war, aber aufgehört hatte, daran zu rütteln. «Was? Hast du Daniel gesehen?»

Levent nickte und grinste.

«Wann habt ihr euch getroffen? Weißt du, wo er ist?»

Levent nickte weiter, und das Grinsen auf seinem Gesicht wurde schelmisch breit.

Harm schaute auf die Klappe im Boden, dann zu Levent, dann wieder auf die Klappe im Boden.

Innerhalb einer Sekunde war er an der Klappe und stieß Levent mit solch explosiver Wucht zur Seite, dass der unkontrolliert ins Laub purzelte.

48

Juha erwachte aus einem Traum, den er, als er die Augen öffnete, vergessen hatte. Für einen Moment wusste er nicht, wo er war, spürte nur den kalten, harten Boden, auf dem er lag. Dann kam die Erinnerung zurück. Der Streit mit Maria, das verschlossene *mökki*. Die Keramikkatze. Hatte er getrunken? Das würde seinen wummernden Schädel erklären. All das kam ihm so weit weg vor, als hätte er tagelang im Koma gelegen oder einen sehr langen Traum gehabt.

Doch warum war es so dunkel? War etwa noch Nacht? Und warum war es so still? Totenstill.

Er schreckte hoch, als sich die Erinnerung an die letzten Momente vor seiner Bewusstlosigkeit in seinem Gehirn entblätterte und er begriff, was passiert war. Das Haus, Boysens Haus, er hatte an der Tür geklingelt. Boysen hatte geöffnet, und als er das Funkeln in Juhas Blick sah, gewusst, dass es vorbei war.

«Ich bin wegen des Spatens hier, den Sie mir leihen wollten. Und nein, ich ziehe meine Scheiß-Schuhe nicht aus.» Juha stieß Boysen ruppig zur Seite und eilte zu der Treppe, die nach unten führte. «Levent!», rief er, während er nach unten polterte. «Levent! Wo bist du?» Am Fuß der Treppe angekommen, führte ein Flur nach rechts und links. Links stand eine Tür einen Spalt offen, Licht fiel hindurch. Nein, nicht dort. Nach rechts. «Levent!» Er ging mit langen Schritten durch den Flur und hämmerte mit den Fäusten gegen die Wände in der wahnwitzigen Hoffnung, der Junge, nein, der Mann, der irgendwo dahinter war, würde ihn hören. «Wo bist du?» Seine Finger huschten über etwas an der Wand. Ein Lichtschalter, er tastete danach. Dann machte es klick, und das Aufflackern einer Neonröhre erhellte wie ein Stroboskop für Bruchteile einer Sekunde das Dunkel. Dort war es.

Vor Juhas blinzelnden Augen zeichnete sich ab, wonach er gesucht hatte. Eine Metalltür, deren Schwere und Massivität sich bereits auf den ersten Blick erkennen ließen. Sie war die ganze Zeit hier gewesen. Als Werner Boysen befragt hatte und jedes Mal, wenn er selbst oben im Wohnzimmer gestanden hatte. Immer hatte es diese Tür gegeben. Diese letzte Tür musste noch geöffnet werden.

Da wurde Juha klar, dass es schon wieder passiert war. Er hatte es versaut. Er drehte sich um, und im selben Moment wurde sein Blickfeld erschüttert und seine Stirn brühend heiß. Der Spaten, der ihn soeben getroffen hatte, vibrierte noch nach, in einem dumpfen, langsam ausklingenden Glockenton. Juha machte sich augenblicklich zum Kampf bereit und hob die Fäuste, da erschütterte ihn der zweite Schlag. Doch dieses Mal war es nicht der Spaten, der ihn traf, es war der Boden. Noch während er sich in Kampfstellung begeben hatte, war er schon auf dem Weg nach unten gewesen, ohne dass sein Gleichgewichtssinn ihn darauf aufmerksam gemacht hatte.

Meret Boysen stand ruhig da, und ihr Blick ließ keinen Zweifel daran aufkommen, dass sie, wenn nötig, ein zweites Mal zugeschlagen hätte. In einer Mischung aus Verbissenheit und Bedauern schüttelte sie den Kopf. Dann gingen bei Juha die Lichter aus.

Er setzte sich auf, hinter der Stelle auf seiner Stirn, wo ihn der Spaten getroffen hatte, pochte ein dumpfer Schmerz, der das Brennen der Platzwunde noch überdeckte. Licht. Er brauchte Licht.

Juha stand vorsichtig auf und streckte die Hände in die undurchdringliche Dunkelheit. Das Geräusch seines Atems war das Einzige, das er hörte, und es klang laut, nah und trocken. Dieser Raum war klein.

Vorsichtig bewegte er sich mit tastenden Händen vorwärts, bis er gegen eine Wand stieß. Okay. Er fuhr mit den Fingern an der Wand entlang und kam nach etwa zwei Metern an eine Ecke des Raums. Er bewegte sich weiter die Wand entlang und stieß gegen etwas, das wohl ein Bett oder eine Metallpritsche sein musste. Mit den Händen immer noch über den Putz fahrend, trat er zurück und führte seinen Weg über das Bett gebeugt fort. Da war die nächste Ecke. Er hatte etwa drei mal drei Meter abgeschritten, der Raum war also quadratisch. Er schloss die Augen, es machte in dieser absoluten Dunkelheit keinen Unterschied, half ihm aber, sich auf seine anderen Sinne zu konzentrieren.

Seine Beine stießen gegen etwas Hartes. Holz, ein Möbelstück, kniehoch und schmerzhaft. Die nächste Ecke. Das hieß, die letzte Wand lag nun vor ihm. Vorsichtig tastete er sich voran, darauf bedacht, die ganze Fläche zu erfühlen. Irgendwo musste doch ... und dann kam sie unter seine Finger. Die Tür. Sie schien keine Klinke zu haben, also fuhr er mit den Händen den Bereich um den Rahmen herum ab, in dem üblicherweise ein Lichtschalter installiert war. Er fand ihn und legte den Schalter um.

Das war es: Levents Verlies. Doch Juha war allein. Eine warme Glühbirne tauchte das Zimmer in ein behagliches Licht. Das Metallbett überraschte ihn nicht, wohl aber das Lowboard, an dem er sich das Schienbein gestoßen hatte. Darauf standen ein Flachbildfernseher und daneben eine PlayStation. In einem Karton lagen Spielehüllen. *FIFA 2014*, *Tekken 6*, *Killzone* und noch knapp zehn weitere Titel in Aufmachungen zwischen kindlich bunt bis martialisch finster. *FIFA* war ein Fußballspiel, der Rest sagte ihm nichts. Der Controller lag am Fußende der

Matratze. Eine Kiste Cola, halb leer. Ein verbeulter Spiegel aus Kunststoff, der so zerkratzt war, dass man sich selbst darin nur als verschwommene Fratze erkennen konnte. Wie auf dem Klo einer Kiezkneipe, nur ohne Aufkleber.

Hier lebte Levent. Seit über fünfzehn Jahren war das ein Ort, an dem ein Mensch seine Ewigkeit fristete. Eine unvorstellbar lange Zeit.

Sicher, fünfzehn Jahre, das kam einem in Juhas Alter vor, als wäre es gestern gewesen. Doch wenn er daran dachte, was in dieser Zeit alles passiert war, was er erlebt, gesehen, erfahren, gelernt, gewonnen und wieder verloren hatte, dann war dies doch eine schier endlose Fülle an Leben, die angesichts dieser Zelle der Unendlichkeit nahekam.

In dieser ganzen Zeit, in der Juha einunddreißig wurde und sich zum dritten Mal verliebte, in eine neue Wohnung zog und seine erste Stelle als Kommissar antrat, lebte; zweiunddreißig wurde und eine neue Freundin kennenlernte, lebte; dreiunddreißig wurde und zu viel trank; mit fünfunddreißig befördert wurde; mit sechsunddreißig in eine größere Wohnung zog, lebte; mit siebenunddreißig einen neuen Park entdeckte, den er fortan häufiger besuchte, beinahe einen Hund anschaffte, lebte; achtunddreißig wurde, sich trennte, trauerte, wieder zu viel trank, jedes Wochenende ausging, Drogen probierte, mit Frauen zusammen war, wieder Sonne tankte; vierzig wurde und alles sich änderte: eine lose Liebesbeziehung, doch es wurden fast zwei Jahre, Auszug aus der gemeinsamen Wohnung, Rückschläge, Leben, Beförderung; zweiundvierzig, Maria, unfassbares Glück und das, jetzt noch, in seinem Alter; Hauptkommissar, gemeinsame Wohnung mit Maria, noch mehr Glück, und die Zeit blieb stehen, obwohl sie eigentlich wie im Fluge verging, sechs Jahre, einfach so.

In dieser ganzen Zeit, in all den Jahren, warst du, Levent,

hier. Hier in diesem Raum. Und hast nicht gelebt. Bist nicht gealtert. Bist für immer siebzehn Jahre alt geblieben und allein. Vollkommen allein.

Juha ließ sich auf die Matratze sinken und versuchte, sich irgendwie eine Vorstellung von dem Leben zu machen, das Levent in diesem Raum achtzehn Jahre lang gefristet hatte.

Obwohl Juha niemand war, der das Leben konsequent, gewissenhaft und mit frohem Eifer in vollen Zügen auskostete, so war Levents Existenz hier, in diesem Gefängnis, ein Nichts im Vergleich zu dem, was er selbst in dieser langen Zeit erlebt hatte. Fast alles vergessen, die meisten Momente sind verschollen wie Wassertropfen im Meer, die letzten achtzehn Jahre werden nur getragen von einigen wenigen Säulen an Erinnerungen, die man sein Leben nennt. Alles dazwischen ist dunkle Materie. Zeit-Masse, unsichtbares Material, aus dem die Dauer besteht. Lebensdauer. Wie wertvoll kann sie jemandem erscheinen, der hier für immer eingesperrt ist? Was hast du im Fernsehen gesehen, Levent? Bis du siebzehn warst, hast du in einer Welt gelebt, die du kanntest. Alles, was danach in der Welt passierte, hast du durch das Glas eines Bildschirms erlebt. Dein einziges Fenster zur Welt.

Juha ließ seinen Blick über den Betonboden wandern. Den hast du selbst gegossen, diesen Boden, ohne zu wissen, dass du die nächsten Jahrzehnte auf keinem anderen mehr stehen würdest.

Dann wurde Juha klar, dass es gar keine Toilette oder wenigstens eine Waschmöglichkeit gab, und seine Sinne rekalibrierten sich. Wurde Levent rausgelassen, um auf die Toilette zu gehen? Einem Perfektionisten wie Boysen war kaum zuzutrauen, dass er ein manuelles System mit Eimern einsetzte, zumal dieser Raum ja ursprünglich zu einem anderen Zweck konstruiert worden war und Boysen selbst Unterschlupf hätte bieten sollen. Außerdem, was war mit Vorräten? Wenn dieser Betonbunker dem Zweck einer dauernden Zuflucht hatte dienen sollen, musste es ein Vorratslager und auch irgendeine Art von Wasserversorgung geben.

Juha erhob sich wieder von dem Bett und betrachtete die Wände eingehender. Dann sah er es – über dem Bett: eine Art Schalttafel mit drei unbeschrifteten Knöpfen. Er drückte den obersten, und tatsächlich schwang eine in die Wand eingelassene Tür auf, deren Farbe und Beschaffenheit dem Putz glichen, sodass er sie eben übersehen und auch bei seinem Tasten nicht bemerkt hatte. Nicht ganz *Star Trek*, aber für einen Privatbunker ganz schön ausgefuchst, musste Juha zugeben. Das Licht hinter der Tür schaltete sich von selbst ein und erleuchtete einen Raum, der exakt die Maße desjenigen hatte, in dem er aufgewacht war. Alle Wände bis auf die hintere waren bis zur Decke mit Regalen versehen, die zum größten Teil leer standen. Ein paar Konserven, Plastikfässchen mit Beschriftungen: «Reis», «Haferflocken», «Mehl», dazu jeweils das Datum der Verpackung. An der hinteren Wand war eine mobile Duschwanne aus Kunststoff installiert, wie man sie in manchen besonders billigen Budget-Hotels vorfand, und darin ein klappbarer Toilettensitz, der direkt an der Wand hing und kein eigenes Spülsystem hatte. Der kleine Duschkopf war offenbar die einzige Wasserquelle hier unten. Luxus sah anders aus, und Juha konnte sich lebhaft vorstellen, wie enttäuscht Boysen sein musste, dass er nie in die Lage gekommen war, diese asketische Zwangsresidenz selbst erdulden zu müssen.

Ihm fiel sein Handy ein, und er tastete sein Jackett ab. Es war noch da, weswegen Juha nicht überrascht war, dass er keinen Empfang hatte. Das Display zeigte 17.11 Uhr, vor etwa fünf Minuten war er aufgewacht. Er rechnete, wie lange er bewusstlos gewesen sein musste, und obwohl er den genauen

Zeitpunkt, zu dem er das Haus der Boysens betreten hatte, nicht kannte, dürften es nicht mehr als fünf, vielleicht zehn Minuten gewesen sein. Länger konnte man wohl auch nicht ausgeknockt sein, ohne eine schwere Verletzung davonzutragen. Fünf bis zehn Minuten also, um Levent aus dem Verlies zu holen und Juhas nicht gerade leichten Körper hineinzuschleifen. Etwas übel war ihm, vermutlich hatte er eine Gehirnerschütterung.

Tatsächlich war Juha davon ausgegangen, dass Boysen in dem Moment aufgeben würde, in dem er sich überführt sah. Diese Überzeugung war stark genug gewesen, seine Deckung komplett fallen zu lassen und nicht nur ohne Verstärkung, sondern auch ohne die gebotene Vorsicht in die Höhle des Löwen vorzudringen. Diesmal hatten ihn die Boysens nicht mit ihrer unbestreitbaren Cleverness geschlagen, sondern eindeutig mit einer kriminellen Energie (und einem Spaten), die Juha offenbar unterschätzt hatte. Was, wenn sie Levent nun doch etwas antaten? 17.14 Uhr. Wo blieb bloß Lux?

Juha ging zur Tür und legte sein Ohr daran. Doch sie war nur kalt und blieb stumm. Er schlug ein paarmal mit der Faust dagegen, doch das Geräusch war ernüchternd. Statt eines hallig-sonoren Donnerns war lediglich ein trockenes, dumpfes Klopfen zu vernehmen, als schlüge man gegen eine Mauer. Selbst wenn mittlerweile jemand oben im Haus war, würde er das kaum hören. Diese Tür war tatsächlich bombensicher.

Dann kam Juha ein Gedanke. Der ursprüngliche Zweck dieses Raums hatte nicht darin bestanden, dass man nicht hinaus-, sondern, dass niemand hineingelangen konnte. Wenn Boysen den vermutlich komplizierten Schließ- und Öffnungsmechanismus nicht mühsam umkonstruiert hatte, bestand die Möglichkeit, dass er von hier drinnen bedient werden konnte und die Verschließung von außen lediglich ein Provisorium war.

Oha, das wär jetzt echt peinlich, dachte Juha und drückte den zweiten Knopf auf der Schalttafel über dem Bett.

49

Die Tür klickte und sprang einen Spalt weit auf. Juha verdrehte die Augen. Er streckte gerade die Hand nach der Tür aus, als diese gänzlich aufschwang und Lux hereinkam. «Gott sei Dank, Juha!»

«Lux, schön dich zu sehen. Hast du gerade die Tür aufgemacht?»

«Ich versuche es seit fünf Minuten. Der klapprige Riegel war kein Problem, aber dann kam ich nicht mehr weiter. Und plötzlich macht es ‹klick›, und sie geht auf.»

«Hm, vielleicht eine Schaltzeituhr», murmelte Juha. «Wo sind Meret und Harm Boysen?», sagte er dann, entschlossen, vom Thema abzulenken.

«Harm Boysen ist weg! Keine Spur von ihm. Die Fahndung nach seinem Wagen läuft bereits.»

«Und Levent?»

«Ich hatte gehofft, dass er Levent hiergelassen hat und dass ihr zusammen in der Zelle hockt.»

«Dann hat er ihn mitgenommen.»

«Will er ihm etwas antun?»

«Ich weiß es nicht», sagte Juha und rieb sich mit Daumen und Zeigefinger die Augen.

«Du blutest übrigens, Juha.»

«Sieht es schlimm aus?»

«Eigentlich nicht. Was war das?»

«Ein Spaten. Lux! Können wir jetzt bitte unsere lustige Konversation mal einstellen und haarscharf nachdenken, wohin die Boysens Levent bringen würden?»

«Nur er, Meret Boysen ist oben.»

Juha stutzte. «Oben? Sie ist noch hier? Sag mal ...»

«Schon gut, sie kann nicht weg.» Lux räusperte sich ungelenk, und Juha bemerkte, wie sich in seinem Gesicht Schuldbewusstsein breitmachte.

«Du hast doch nicht etwa ...?» Juha schüttelte den Kopf und machte sich auf den Weg.

«Das wäre nicht nötig gewesen, wenn du endlich auf deine Alleingänge verzichten würdest», verteidigte sich Lux und folgte Juha die Treppe hinauf, der immer zwei Stufen auf einmal nahm.

Meret Boysen saß kerzengerade im Wohnzimmer auf einem Stuhl, ihre linke Hand war mit einer Handschelle am Heizungsrohr festgemacht. Juha wiederholte sein Kopfschütteln und bedeutete Lux mit einer unauffälligen Handbewegung, er solle sie losmachen. Lux befreite Meret Boysen, und sie rieb sich reflexartig das Handgelenk, obwohl die Handschelle offensichtlich nicht allzu eng gewesen war.

«Danke.» Sie schaute Juha nicht an, und ihre Worte waren eher ein Murmeln als ein Sprechen. «Und tut mir leid, wegen dem Spaten.»

Juha nahm sich einen Stuhl und setzte sich vor sie, um mit ihr auf Augenhöhe zu sein. «Ich werde darüber hinwegsehen, wenn Sie uns jetzt helfen.»

Noch immer ihr Handgelenk reibend, hob sie den Blick und schaute Juha an, aber nur kurz. «Ich kann niemandem helfen.»

«Doch», sagte Juha, und seine Stimme wurde eindringlicher, als er seine Hand vorsichtig auf ihre legte und damit das nervöse Reiben behutsam unterband. «Sie können allen helfen, indem Sie uns sagen, wo Ihr Mann Levent hinbringt. Sie können uns helfen, sich selbst, Ihrem Mann und Levent. Das ist es, was Sie jetzt tun müssen.»

Wieder hob sie den Kopf, und diesmal hielt sie seinen Blick länger, wirkte aber, als hätte sie die Frage nicht verstanden.

«Frau Boysen, wo ist Ihr Mann?»

«Ich weiß es nicht», rief sie fast vorwurfsvoll.

Noch immer ihre Hände haltend, drehte sich Juha zu Lux, der aber nur hilflos mit den Schultern zuckte. Juha versuchte es noch einmal. «Gibt es einen Ort, an den Ihr Mann gehen würde, eine Hütte, ein Versteck? Bitte denken Sie nach, Frau Boysen.»

«Ich weiß es nicht.» Mittlerweile schien es ihr selbst Angst zu machen, dass sie nicht wusste, wo ihr Mann war.

«Frau Boysen, wir müssen ihn finden.» Juha suchte ihren Blick, und plötzlich fand sie seinen, und ihre Worte kamen unzweideutig aus ihrem Mund.

«Wenn Harm nicht will, dass Sie ihn finden, dann finden Sie Harm auch nicht.»

Juha ließ ihre Hände los und lehnte sich auf seinem Stuhl zurück. Ihre Blicke blieben verbunden, wie durch ein Band. «Wenn Harm nicht will ...», murmelte Juha leise.

«Was?» Lux schien Juha schütteln zu wollen.

Juha erhob sich. «Ich glaube, ich weiß, wo er hin ist.» Ohne ein weiteres Wort ging er zur Tür.

«Wo? Juha, wo ist er?» Lux schien hin- und hergerissen zwischen dem Reflex, Juha zu folgen, und dem Bedürfnis, Meret Boysen nicht allein zurückzulassen. «Juha, rede mit mir.»

In der Tür drehte sich Juha noch einmal zu Meret Boysen um. «Ich muss noch eine Sache wissen, Frau Boysen.» Das Band zwischen ihnen hielt. «Wieso hat Ihr Mann Levent hierhergebracht und eingesperrt? Er hat sich doch nicht damals, als er Daniel im Wald gefunden hat, augenblicklich diesen wahnwitzigen Plan ausgedacht.»

Meret Boysens Blick wurde traurig, und Juha war sich nicht

sicher, ob es daran lag, dass er Daniels Namen laut ausgesprochen hatte, oder ob es der Anfang einer Antwort war. Dann schüttelte Meret Boysen den Kopf. «Nein. Er hatte überhaupt keinen Plan. Das Einzige, was er wollte, war Levent umbringen, ihn büßen lassen, dafür, was er unserem Kind angetan hat.» Wieder schüttelte sie den Kopf. «Aber er konnte es nicht. Nicht einfach so. Höchstens für mich. Er wollte, dass ich ihn darum bat. Er sagte, er brauche meine Verzweiflung, um es zu tun. Er brauchte meine ... Erlaubnis.»

Juha nickte und fragte sich, ob der Schmerz, den er jetzt in Meret Boysens Augen sah, der gleiche war, den Harm damals gesehen hatte. Und ob er ihn selbst wohl dazu gebracht hätte, demjenigen das Leben zu nehmen, der für den Tod seines eigenen Kindes verantwortlich war. Er fand keine Antwort auf die Frage, stattdessen sagte er zum Abschied: «Gut, dass Sie sie ihm nicht gegeben haben.» Dann riss er sich von ihrem Blick los, von ihren endlosen Augen.

Auf dem Weg zum Auto zückte Lux sein Handy. «Ich leite das MEK um, die müssten jeden Moment hier sein.»

Juha verharrte kurz und überlegte. «Nein, warte noch damit. Die sollen Meret Boysen festnehmen und auf Uwe warten. Wir brauchen einen kleinen Vorsprung.»

«Was?»

«Vertrau mir.»

«Das hat ja beim letzten Mal auch so super geklappt.»

«Diesmal klappt es.»

Sie stiegen ein und fuhren los.

50

Die Sonne war dem Horizont bereits entgegengesunken und warf ihr gelbes Licht durch die Bäume, als Juha und Lux sich durch den Wald schlugen.

«Wie weit ist es noch?», fragte Lux schwer atmend und war sichtlich irritiert darüber, wo Juha auf einmal eine derartige Kondition herzaubern konnte. Aber Juha wusste es ganz genau. Den Weg, den er ging, war Werner auch gegangen, angetrieben von der Hoffnung, rechtzeitig zu kommen, und gleichzeitig gegeißelt von der Angst, es nicht zu schaffen. Die Erinnerung ließ ihn schaudern und setzte Kräfte in ihm frei.

Plötzlich verharrte er und hielt eine Hand hoch, zum Zeichen, Lux möge ebenfalls stehen bleiben. Er sah sich um und nahm eine Gestalt wahr, die links hinter ihm in einiger Entfernung durch den Wald streifte. Die Gestalt hob die Hand, als sie sich näherte.

«Hi, wir wollten nicht rufen, um das Ziel nicht aufzuschrecken. Mann, Sie haben ja ein ganz schönes Tempo drauf.» Der Mann vom MEK machte mit dem Finger eine Drehbewegung in der Luft, und vier weitere Männer mit Maschinenpistolen und Schutzwesten glitten aus den Schatten der Bäume.

«Ihr wart aber auch schnell», bemerkte Juha mit einem Seitenblick auf Lux. Vor nicht einmal zehn Minuten, kurz bevor sie den Waldrand erreicht hatten, hatte Juha nachgegeben und Lux zugestanden, dem MEK das neue Ziel durchzugeben.

«Okay, wir machen das jetzt ein bisschen anders als sonst», sagte Juha. «Ich bin ja hier der Einsatzleiter, seh ich das richtig?»

«Sind Sie Hauptkommissar?»

«Ja.»

«Dann bestimmen Sie, wo's langgeht. Von Ihrem Vorgesetzten gab's keine konkreten Anweisungen. Wir sollen Ihren Arsch beschützen. Seine Worte. Außerdem sind wir nur die Bereitschaftsgruppe, in Poppenbüttel gibt's eine Geiselsituation.»

«Perfekt!»

Lux beäugte Juha argwöhnisch, und auch der MEK-Mann fragte sich offensichtlich, was an einer Geiselsituation perfekt sein mochte.

«Ich brauche euch auf der anderen Seite des Gebiets. Ihr müsst euch von hinten nähern, ohne dass die Zielperson es merkt. Macht also einen ausreichend weiten Bogen. Der Mann ist Mitte sechzig, etwa 1,90 groß, schlank, grauhaarig.»

«Bewaffnet?»

«Leider unklar, nicht auszuschließen. Bei ihm ist ein junger Mann, wir wissen nicht, wie der aussieht. Vielleicht lange Haare, Bart, Jesus-mäßig oder so. Und jetzt das Wichtigste: Egal, welche Situation wir gleich vorfinden – niemand gibt einen Rettungsschuss oder irgendeinen anderen Schuss ab außer mir, solange für euch selbst keine unmittelbare Bedrohung besteht. Geht das für alle in Ordnung?»

Das Team nickte achselzuckend, doch der Leiter hakte nach: «Das heißt, wir sollen nicht handeln, wenn *Sie* unmittelbar bedroht werden? Wann waren Sie denn das letzte Mal auf dem Schießstand?» Der Mann räusperte sich. «Tragen Sie überhaupt eine Waffe bei sich? Und haben wir es nicht eigentlich eilig?»

«Ich bin ausgebildeter Scharfschütze und nein und nein. Daher bräuchte ich bitte eine Waffe. Haben Sie ein Gewehr dabei?», fragte Juha und ließ seinen Blick über die Männer streifen.

«Sorry, nur Maschinenpistolen und Handfeuerwaffen. Wie

gesagt, Ersatztruppe. Sie haben uns mehr oder weniger vom Sofa geholt.»

«Okay, Maschinenpistole tut's auch.»

Der Leiter gab einem Kollegen ein Zeichen, der gab zähneknirschend seine H&K MP5 ab und zog eine Pistole aus dem Halfter. «Streifenwagen-Modell, hat nur Einzelschuss, aber das wissen Sie vermutlich.»

«Ich brauch ja höchstens einen Schuss.» Das MEK-Team warf sich Blicke zu, die wohl so etwas wie «Angeber» bedeuten sollten.

«Okay, gibt's irgendwelche Fragen?» Alle schüttelten knapp den Kopf. «Gut, dann los. Ich bin relativ sicher, wir kriegen das gewaltfrei über die Bühne, aber passt trotzdem gut auf euch auf.» Dann warf er dem Truppführer ein dankbares Nicken zu und setzte seinen Weg fort, die Maschinenpistole schussbereit, aber noch auf den Boden gerichtet. Lux folgte ihm.

«Lux, wir sind gleich an dem Ort, wo Daniel gestorben ist. Lass mir eine Minute Vorsprung, dann halte dich links und bleib auf Abstand.»

«Was hast du denn vor, Juha?» Lux zog seine Dienstwaffe.

«Das wirst du schon sehen. Das mit dem Nicht-Schießen gilt natürlich auch für dich.»

Lux schaute ihn unschlüssig an, und Juha meinte, etwas wie Sorge in seinem Gesicht zu sehen.

«Lux!»

Lux nickte. «Pass auf dich auf.»

Juha setzte sich in Bewegung.

Er kannte sein Ziel genau, war den Weg in seiner Erinnerung so oft mit Werner abgeschritten, dass es ihm vorkam, als kenne er jeden Baum. Erinnerungen waren unzuverlässige Gebilde, das wusste Juha besser als jeder andere. Doch dieser Weg, dieser Ort hatten sich in sein Gedächtnis gebrannt wie der Schulweg, als er sieben Jahre alt war. Er hätte ihn mit geschlossenen Augen gehen können.

Kurz bevor er die Lichtung erreichte, auf der er Boysen vermutete, stieg seine Nervosität, und er glitt vorsichtig von Deckung zu Deckung. Er wollte sein Kommen nicht unnötig ankündigen. Und was, wenn sie gar nicht hier waren? Einen anderen Anhaltspunkt gab es nicht. Sie mussten einfach hier sein. Sie mussten.

Boysen hatte ihn nicht nur erwartet, sondern längst bemerkt. Denn als Juha um den Stamm der dicken Buche spähte, sah er ihm direkt in die Augen.

*

Lux sah Juha hinterher und versuchte, im Kopf die Sekunden zu zählen. Als er bei vierzig war, verlor er Juha immer öfter zwischen den Bäumen aus den Augen und entschied sich loszugehen. Er hielt sich links, wie Juha gesagt hatte, und versuchte, eine angemessene Distanz aufzubauen, während er sich gleichzeitig selbst einen Weg durch das Dickicht bahnte. Immer wieder wurde die Vegetation so dicht, dass Lux einen Umweg suchen musste, nur um anschließend Juha in gut fünfzig Meter Entfernung wieder zwischen den Bäumen zu suchen, der sich ungehindert wie ein Schatten zu bewegen schien. Lux nahm die Arme vors Gesicht und drückte sich durch ein Gebüsch, stolperte beinahe, Äste knackten unter seinen Füßen. Er biss die Zähne zusammen, verharrte und hielt Ausschau nach Juha. Dann sah er ihn, als Juha gerade um den Stamm einer dicken Buche spähte. Ein plötzlicher Ruck ging durch Juhas Körper, er glitt aus der Deckung und brachte die Maschinenpistole in Anschlag. Geschmeidigkeit und Wucht, beides in einer einzigen Bewegung. Lux' Blick folgte der Richtung, in die der Lauf wies.

Inmitten der Lichtung stand Boysen hinter Levent, den er mit einer um den Hals gelegten Schlinge an sich zog. Die tief stehende Sonne warf letzte Strahlen durch die Bäume, die Lux immer wieder blendeten, während er sich so leise wie möglich von der Seite anpirschte. Wenigstens befand er sich in Hörweite.

«Levent!» Juhas Stimme hallte durch den Wald. «Ich bin Juha. Ich helfe dir.»

Lux hob die Hand gegen die Sonne und sah erst jetzt die kleine Handarmbrust, die Boysen Levent von hinten ans Genick hielt. Juha blieb stehen. Lux tat es ihm gleich, um kein Geräusch zu verursachen, das Boysen aufschrecken könnte. «Sind Sie schon wieder auf eigene Faust hier, Herr Korhonen?»

«Nein, diesmal nicht. Sie sind in diesem Moment umstellt», rief Juha. Lux erkannte ein schmales Lächeln auf Boysens Gesicht. «Sie bluffen. Ich weiß mittlerweile, was für ein Typ Sie sind. Arrogant, selbstherrlich und vor allem eins: unbelehrbar.»

Lux hätte sich ohrfeigen können, dass er sich auf Juhas Plan eingelassen hatte. «Nicht schießen», was war das nur für eine Strategie? Lux konnte sich nicht erinnern, ob er eben, als er seine Waffe gezogen, diese auch durchgeladen hatte. Er schob den Schlitten ein Stück zurück, leer. Lux biss die Zähne zusammen. Langsam zog er den Schlitten der Waffe durch und hörte die Patrone mit einem Klacken in die Kammer rutschen.

«Was denken Sie denn, wer mich aus Ihrem Bunker befreit hat?», sagte Juha laut genug, er wollte offenbar, dass er und auch die Männer vom MEK ihn hörten. Boysen war nun ganz auf Juha fixiert, und Lux witterte seine Chance, die Distanz weiter zu verkürzen. Boysen sagte: «Der Riegel war locker, und dass Sie den Knopf gefunden haben, traue ich Ihrem Genius gerade noch zu. So leicht kriegen Sie mich nicht.»

Von wegen Zeitschaltuhr, dachte Lux und drückte sich an den Stamm eines Baumes, der nur noch etwa fünfzehn Meter von der Lichtung entfernt war, auf der Boysen und Juha sich gegenüberstanden. Er lugte aus seiner Deckung. Auch Juha hatte sich Boysen weiter genähert, zwischen ihnen lagen keine zwanzig Schritte.

Da, wie als erwachte er aus einer tiefen Trance, hob Levent den Kopf, und zum ersten Mal konnte Lux sein Gesicht sehen. Er war ein schöner Mann. Lux hatte ein ausgemergeltes, langhaariges Gespenst erwartet. Aber Levent schien gesund und gepflegt zu sein, trug sogar passende, fast modische Kleidung. Ein Mann in seinem Alter und doch für immer siebzehn Jahre alt. Aber war er selbst das nicht auch? Noch immer siebzehn? Sein Dasein fristend in einem Gefängnis, das er sich selbst gebaut hatte? Wie oft war er selbst kurz davor gewesen aufzugeben? Levent musste, hier auf dieser Lichtung, da er zum ersten Mal das Gefängnis verlassen hatte, in dem er mehr als sein halbes Leben verbracht hatte, keinen größeren Wunsch verspüren als diesen einen: jetzt nicht zu sterben. Auch Lux wollte nichts dringender, als dass Levent die Gelegenheit bekam, endlich aus der ewigen Dunkelheit hervorzutreten und zu erkennen, wie wertvoll und schön das Leben war. In diesem Moment neigte Levent seinen Kopf und sah Lux genau in die Augen. Und was Lux da sah, überraschte ihn auf eine Weise, die ihn zutiefst berührte und gleichzeitig mit Scham erfüllte: Levent wusste es schon. In seinen Augen lag ein Lebenswille, so stark, dass nicht einmal das finsterste Verlies ihn hatte brechen können. Lux legte instinktiv den Finger auf die Lippen, und Levent wandte sich ab. Lux widerstand dem Impuls, ein weiteres Mal die Schussbereitschaft seiner Waffe zu prüfen, und umfasste den Kolben fest mit beiden Händen. Zentimeter für Zentimeter schob er sich um den Stamm herum. Eine Spinnwebe legte sich auf sein Gesicht, kitzelte ihn. Er wischte sie mit der Schulter weg, spürte den Schweiß auf der Stirn, hörte Juha: «Boysen, nehmen Sie bitte die Armbrust herunter. Ich ziele auf Ihren Kopf, und wenn ich schon sonst nicht viel kann, schießen kann ich ziemlich gut.»

Das haben wir ja auf dem Schießstand gesehen – meine Herren, dachte Lux und hoffte inständig, dass Juha nur hoch pokerte und nicht wirklich vorhatte zu schießen. Boysen schnaubte trocken. «Sie schießen nicht. Sie könnten den Jungen treffen.»

Allerdings, dachte Lux und hob seine Pistole. Er hatte definitiv das bessere Schussfeld. Boysen stand mit der Seite zu ihm und hielt Levent noch immer vor die Brust gepresst, die Armbrust an seinem Nacken.

«Wollen Sie es darauf anlegen?», rief Juha.

Nein! Unmöglicher Schuss, Juha, tu es nicht. Lux zielte, blinzelte aus dem Augenwinkel zu Juha, wartete auf irgendein Zeichen. Wo steckte eigentlich das verdammte MEK? Stumme Schatten glitten zwischen den Bäumen umher, gingen in Stellung.

«Bitte. Schießen Sie, dann muss ich den Mörder meines Sohnes nicht einmal selbst zur Strecke bringen», rief Boysen, und in seiner Stimme schwang Häme. Doch Juha ließ sich offenbar nicht aus der Ruhe bringen, sein Blick ruhte unverwandt auf Boysen, der Lauf der MP5 bewegte sich keinen Millimeter. «Levent hat genug gebüßt», sagte er.

«Nichts kann jemals genug sein für den Tod meines Sohnes.» Boysens Stimme klang merkwürdig feierlich.

Lux konnte sehen, wie Juha seinen Finger auf den Abzug legte. Er musste jetzt die Nerven behalten, ruhig werden. Noch einmal korrigierte er den Griff an der Waffe, seine Hände waren schweißnass, und er musste wieder und wieder nachfassen. Doch mit einem Mal fühlte es sich an, als verstumme der Wald um Lux herum. Sein Herzschlag verlangsamte sich, und auch sein Finger lag jetzt auf dem Abzug. Juha sagte etwas. «Sie haben nur einen Schuss.»

«Ich brauche nur einen», antwortete Boysen. Ruhig, viel zu ruhig.

Lux hatte noch nie auf einen Menschen geschossen. Jetzt könnte es gleich so weit sein. «Nicht schießen», hatte Juha gesagt. Das Korn seiner Pistole tanzte über Boysens Kopf. Ein Schweißtropfen bahnte sich den Weg durch seine Wimpern, Brennen, Blinzeln. «Nicht schießen.»

Da durchzuckte ein Blitz Boysens Körper. Mit einem plötzlichen Ruck riss er Levent zur Seite und richtete die Armbrust in einer fließenden Bewegung auf Juha. Freies Schussfeld. Schieß! Die Zeit gefriert für den Bruchteil einer Sekunde. Dann ein Geräusch, als würde ein Seil reißen, der Bolzen aus Boysens Armbrust durchschneidet mit einem hellen Surren die Luft. Lux schreit. «Juha!»

Das Geräusch hallte durch den Wald, durch die Stille und die Unendlichkeit des Augenblicks. Doch es war nur sein Ruf, kein Knall, kein Schuss. Lux' Finger ruhte noch immer auf dem Abzug.

«Alles gut!», rief Juha mit erhobener Hand und ließ die Waffe sinken.

Der Bolzen steckte in einem Baum, keinen halben Meter neben Juhas Kopf. Die Männer vom MEK kamen aus ihrer Deckung und drückten Boysen zu Boden.

Juha und er sahen sich an.

«Ich habe nicht geschossen», keuchte Lux, als er neben Juha stand. Der Satz klang, als stelle er sich selbst eine Frage.

«Gut», sagte Juha müde. Die Waffe baumelte an seinem Arm, als wöge sie schwer wie Blei.

Lux atmete tief ein, fasste Juha an der Schulter. «Mein Gott, Juha. Warum hast du nicht geschossen? Was, wenn er getroffen hätte?» Lux keuchte noch immer, doch jetzt war es Erleichterung.

Juha schüttelte den Kopf. «Er hat getroffen. Und keinen Zentimeter daneben.»

EPILOG

Juha stand vor der Hütte und atmete kalte Morgenluft, sog den Duft dunkler Nadelwälder ein, deren schneebedeckte Wipfel in der Mitternachtssonne funkelten. Eine Herde Rentiere trabte grußlos an ihm vorbei. Es kam Juha wie eine Ewigkeit vor, seit sein Großvater mit dem großen Eisbohrer in der Hand zum See gegangen war, um die Wasserkanister aufzufüllen. Juha wurde etwas mulmig zumute. Der Schnee verschluckte jedes Geräusch. Eine absolute Stille umgab ihn, die einen erbarmungslos der eigenen Innerlichkeit überließ. Wo blieb nur sein Großvater? Plötzlich sah Juha eine Bewegung hinter dem Stamm einer großen Fichte. Aus dem Schatten, durch den Schnee kam ein weißer Fuchs auf ihn zu und blieb einige Meter entfernt stehen. Mit seiner schlanken Gestalt und dem vom pudrigen Schnee verklebten Fell wirkte er etwas kümmerlich, doch seine tiefschwarzen Augen leuchteten wie geschliffener Obsidian, als er Juha interessiert beobachtete. Ob ihm wohl kalt war? Sollte Juha ihn hereinbitten, ihm einen Platz vor dem knisternden Ofen anbieten? Der Fuchs legte den Kopf schief und hob die Pfote zu einem zaghaften Schritt.

«Moin», sagte der Fuchs und riss Juha aus seinem Tagtraum. Da war kein Fuchs, sondern nur ein Rauhaardackel. Der alte Hundebesitzer von nebenan tauchte mit Kapitänsmütze hinter einem Busch auf und verknotete einen schwarzen Beutel.

«Moin», erwiderte Juha seinen Gruß. «Ob heute noch die Sonne rauskommt?»

Der alte Mann verkniff das Gesicht, murmelte etwas, das wie «Sabbelsnuut» klang, steckte den schwarzen Beutel grimmig in die Manteltasche und sagte: «Komm, Holger. Wir gehn ma weidä.»

Holger trottete seinem Herrchen ergeben nach, und beide verschwanden hinter der nächsten Hecke.

Es war dann doch nur die Ostsee geworden. Noch am selben Abend, nachdem Harm Boysen im Wald festgenommen worden war, hatte Juha bei Uwe Urlaub eingereicht und im gleichen Zuge darum gebeten, dass nicht er die Vernehmungen würde führen müssen. Lux hatte sich dazu bereit erklärt, und Juhas Urlaub wurde bewilligt.

Er hatte zu Maria gesagt, dass sie verreisen sollten, er verspüre eine Sehnsucht nach Lappland und nach der Stille der verschneiten Wälder hoch oben im Norden. Außerdem brauche er jetzt Ruhe und Zeit zum Nachdenken, und diese Zeit wolle er mit ihr verbringen. Während Maria Flüge, Bahn- und Busverbindungen nach Inari heraussuchte, hatte sich Juhas Gesicht in Anbetracht der nicht enden wollenden Reiseetappen zunehmend verfinstert. Bis er schließlich etwas kleinlaut vorgeschlagen hatte, doch einfach an die Ostsee zu fahren. Maria hatte verblüfft aufgeschaut und gesagt, dort könnten sie natürlich mit dem Auto hin. Ja, das sei besser, hatte Juha gesagt.

Er schaute über den Vorgarten hinweg auf das Wasser. Die Ostsee war grau, ruhig und schön. Der Geruch von Seetang wehte vom Strand herüber. Juha war nicht unglücklich darüber, dass sie doch nicht bis an den Polarkreis gereist waren. Seit sie vor fünf Tagen angekommen waren, hatten sie am Ofen gesessen, die kleine Sauna im Keller benutzt und waren lange am Meer entlanggewandert. Sie hatten mehrmals Fisch gekocht, einmal Spaghetti und einmal in einem Restaurant Grünkohl bestellt. Das war ein gutes, aber auch das maximale Programm gewesen, das Juha sich zu bewältigen imstande sah. Bis ihn gestern Abend etwas ergriffen hatte. Es war die Erkenntnis gewesen, dass er noch so lange in diesem Haus an der Ostsee Fisch braten, saunieren und am Wasser herumwandern konnte; er brauchte eine tiefgreifendere Form der Reinigung, um nach seinem Körper und seinem Geist auch seine erschöpfte Seele von den Lasten zu befreien, die dieser Fall mit sich gebracht hatte. Es war eine einmalige Ausnahme gewesen, dass er einen Fall nicht abgeschlossen, sondern sich nach der Auflösung direkt aus dem Staub gemacht hatte, in der Hoffnung, dadurch umso schneller auf andere Gedanken zu kommen, doch er hatte sich geirrt.

Als er am Vorabend Lux geschrieben und ihn gebeten hatte, ihm die Audiodateien der Vernehmungen von Harm und Meret Boysen zu schicken, war er noch nicht sicher gewesen, ob er sie sich anhören würde. Deswegen hatte er beschlossen, es davon abhängig zu machen, ob Maria ihn am nächsten Morgen wecken oder ihn schlafen lassen und alleine zum Einkaufen fahren würde. Der nächste Supermarkt, wo sie sich alle zwei Tage mit Fisch, Wein und Gemüse eindeckten, war ein gutes Stück entfernt, und Maria hatte das Auto stehen lassen. Er würde also etwas Zeit haben, um zumindest mal reinzuhören, denn, das hatte er sich vorgenommen, er würde sich höchstens so lange mit dem Material beschäftigen, bis Maria zurück war.

Juha zog sich drinnen eine Hose an, nahm Marias Sportkopfhörer und ging in den kargen Garten hinter dem Haus. Auf dem angrenzenden Grundstück standen ein paar Ziegen und kauten geräuschvoll auf Karotten herum. Als sie ihn bemerkten, meckerten sie und wanderten davon. Sind ja fast wie kleine Rentiere; eben auf eine liebenswürdige Weise trottelig, dachte Juha und ließ sich in den Liegestuhl sinken. Er verband die Kopfhörer per Bluetooth mit seinem Handy und startete das erste Audiofile. Ein zartes Rauschen verriet ihm, dass die

Aufnahme lief, kurz darauf gab Lux die Anwesenden zu Protokoll. «Erste Vernehmung Harm Boysen. Anwesend sind Kriminaloberkommissar Lucas Adisa, Kriminalkommissarin Selma Burg, der zu vernehmende Harm Boysen und dessen Rechtsbeistand, Dr. Rainer Becker.»

Dann stellte er die ersten Fragen. Als Harm Boysen zu sprechen begann, erkannte Juha seine Stimme kaum wieder. Er klang träge, unbeteiligt und sprach leise. Und obwohl er um eine nüchterne Sachlichkeit bemüht schien, lag keine Spur mehr von der distinguierten Strenge in seiner Stimme, die Juha bei ihm erlebt hatte.

Im Laufe der nächsten Stunde hörte er vieles, das er bereits wusste, und Harm Boysen bestätigte ebenfalls, was seine Frau in ihrem Haus zu Juha gesagt hatte. Er hatte Levent aus dem Wald mit nach Hause gebracht, weil er, um ihn töten zu können, ihre Einwilligung brauchte. Doch er hatte sie nicht bekommen. Stattdessen weinten sie zusammen, lagen sich verzweifelt in den Armen. Sie wollte, dass er ihren Jungen nach Hause holte, der tot in einer Kiste im Wald begraben lag, er wollte nun doch zur Polizei gehen. Was dann wäre, fragte sie ihn. Levent käme ins Gefängnis, für ein paar Jahre, wenn überhaupt, er sei ja selber noch ein halbes Kind. Und am Ende würde man ihn noch laufen lassen, weil ihm lediglich Freiheitsberaubung zur Last gelegt würde, Fahrlässigkeit mit Todesfolge, Jugendstrafe, so etwas. Er, Harm, wisse doch, wie das laufe. Ja, das wusste er. Also holte er den geprügelten Levent aus dem Kofferraum, und gemeinsam sperrten sie ihn in den halb fertigen Schutzraum im Keller, um sich Zeit zu verschaffen und zu überlegen, was sie als Nächstes tun würden. Anfangs war es ihnen egal, dass er schrie. Daniel hatte mit Sicherheit auch geschrien. Sollte Levent schreien, bis ihm die Stimmbänder rissen. Doch dann bekamen sie Angst, dass die Nachbarn etwas hören würden.

Also gaben sie Levent das gleiche Beruhigungsmittel, das auch Meret nahm. Es wurde wieder still im Haus.

Warum er seinen Sohn zurück in die Kiste gelegt habe, fragte Selma, und Lux ergänzte die Frage, ob Harm da schon den Plan mit der vorgetäuschten Entführung gefasst habe. Das habe er nicht, antwortete Boysen. Aber er war entschlossen gewesen, Levent zu töten und sich dafür nur vor sich selbst zu verantworten. Also wollte er seine Anwesenheit an dem Ort verschleiern, wo die Polizei seinen Sohn finden würde, und er wollte dafür sorgen, dass man Levent als Täter entlarvte, ihn aber niemals finden würde.

Harm hatte Erlend Hader aufgesucht und ihm die Pistole auf die Brust gesetzt. Die Boysens hatten ihren Sohn als vermisst gemeldet. Dann wurde Daniel Boysen gefunden, die Polizei begann zu ermitteln, und auf einmal hatte sich die Situation verselbstständigt.

Die Trauer der Boysens war ungebrochen, doch der Impuls, Levent das Leben zu nehmen, wurde von einem Funken Moral, der den unsäglichen Zorn und die Trauer überlebt hatte, unterdrückt. Levent aber der Polizei auszuliefern und ihn damit womöglich ungeschoren davonkommen zu lassen, auch das brachten sie nicht übers Herz.

Harm schwieg eine Weile, die Aufnahme rauschte geduldig vor sich hin. Dann sagte er mit gebrochener Stimme: «Ich glaube nicht an ein Rechtssystem, das auf Vergeltung beruht. Aber den Gedanken, dass Levent ein Leben in Freiheit führt, während meinem Sohn das Leben so früh genommen wurde, diesen Gedanken konnte ich nicht ertragen.» Und so vergingen Wochen, ein Monat. Bis Meret es nicht mehr ertrug, dass der Mörder ihres Sohnes unter ihr schlief, während sie selbst die ganze Nacht wach lag.

«Schaff ihn weg, Harm, bring ihn in den Wald, er hat es verdient», hatte sie gerufen. Doch jetzt war es Harm gewesen, der den Kopf schüttelte. Meret hatte das Haus verlassen und war nicht zurückgekommen. Im darauffolgenden Monat hatte Harm den Schutzraum fertig gebaut. Mit Levent hatte er dabei kein einziges Wort gesprochen.

Ein Jahr später hatte er vergessen, die Tür zuzumachen, und Levent war die Flucht gelungen. Bis in den Garten war er gekommen und hatte sich dort auf einen Stuhl gesetzt und in die Bäume gestarrt. Harm hatte ihn gefunden, ihn wieder ins Haus geholt und ihm am Abend die PlayStation mitgebracht.

Einige Monate später war Meret zurückgekehrt. Harm hatte die Tür geöffnet, und da hatte sie gestanden. Sie hatten sich umarmt, und von da an hatte Meret wieder das Essen in den Keller gebracht.

Levents Wunsch, Teil dieser Familie zu sein, war auf eine absonderliche Art und Weise in Erfüllung gegangen.

Maria war inzwischen zurückgekommen. Sie hatte Juha im Garten sitzen sehen, ihn geküsst und die Einkäufe ins Haus getragen, ihn machen lassen.

Juha öffnete eine weitere Datei und skippte durch die Vernehmung von Erlend Hader. Sein Anwalt hatte ihm offenbar geraten, den Anschlag auf Boysen zu leugnen, was Hader um seiner Frau willen tat; keiner würde ihm die Manipulation des Wagens beweisen können. Die Verschleierung der Entführung hingegen war ein Thema für eine juristische Doktorarbeit. Hader hatte sich der Vortäuschung einer Straftat schuldig gemacht, indem er sich als Entführer von Daniel Boysen ausgab, obwohl er wusste, dass diese Entführung nicht mehr im Gange war und von jemand anderem begangen worden war. Allein das war ein juristisch komplexer Sachverhalt, allerdings bereits verjährt. Dann aber hatte er vorsätzlich einen Mord gedeckt oder glaubte zumindest, ein Tötungsdelikt gedeckt zu haben. Dass er damit Beihilfe zur Freiheitsberaubung Levents geleistet hatte, wusste er nicht. Damit griff der Paragraf Irrtum über Tatumstände. Was das in diesem Falle bedeutete, würde ein Gericht klären müssen. Doch Juha war sich sicher, dass Hader kaum für die Deckung eines Mordes bestraft würde, der niemals stattgefunden hatte.

Er legte sein Handy beiseite und zog die Kopfhörer aus den Ohren. Er dachte an den Abend im Wald, als Boysen den Bolzen aus seiner Armbrust in den Baum direkt neben Juha geschossen hatte. Es war still geblieben, keiner hatte geschossen, so wie er es seinen Kollegen aufgetragen hatte. Lux hatte ihn immer wieder gefragt, woher er denn hatte wissen können, dass Boysen nicht auf ihn schießen würde, wie er derart leichtsinnig hatte sein können. Damit lag Lux richtig, er war sehr leichtsinnig, doch eben auch sicher gewesen, dass Boysen ihn nicht hatte töten wollen. Trotzdem war er überrascht, regelrecht erschrocken gewesen, als Boysen auf ihn angelegt und den Bolzen in seine Richtung abgeschossen hatte. Er hatte später darüber nachgedacht und war zu der Erkenntnis gelangt, dass Boysen in dem Moment zwar nicht ihn, möglicherweise aber sich selbst hatte töten wollen, um die Sache ein für alle Mal zu beenden und sich aus der in seinen Augen ausweglosen Situation zu befreien. Er hatte wohl gehofft, dass Juha in dem Augenblick schießen würde, wenn er seine Waffe hob. Also hatte er Levent aus der Schussbahn gezogen, die Armbrust hochgerissen und den Bolzen in den Baum gefeuert. Doch als es still blieb, hatte er gewusst, dass es vorbei war. Boysen hatte sich widerstandslos festnehmen lassen. Ein weiteres Mal.

Trotzdem wusste Juha, dass er sich auch hätte irren können. Hätte er sich ein weiteres Mal in Boysen getäuscht, wäre es sein letztes Mal gewesen. Der Gedanke ließ ihn schaudern, und er stand auf. Er ging zum Haus und schaute durch das Fenster in der Tür. Drinnen stand Maria und schälte Kartoffeln.

Seit sie in den Urlaub gefahren waren, hatten sie nicht wieder darüber geredet, über ihren Streit, nach dem er damals die Wohnung verlassen und sich im *mökki* verschanzt hatte. Dass er ausgerechnet am darauffolgenden Tag in einen Fall wie diesen, ja, man konnte sagen, taumeln würde, war ihm damals wie ein bitterer Scherz vorgekommen. Jetzt dachte er, dass es vielleicht doch Fügung gewesen war. Als Levent da im Wald gestanden hatte, war etwas in seinem Blick gewesen, das Juha mit Optimismus, sogar einer gewissen Euphorie erfüllt hatte. Ein Feuer, eine Lebendigkeit, die ihn daran erinnert hatte, wozu Menschen fähig waren, wenn es um ihr Leben ging, dass es nichts Wertvolleres gab als ebendieses Leben. Selbst die größte Angst und die tiefste Trauer konnten den Funken des Lebens bis zuletzt nicht löschen.

Als er die Terrassentür öffnete, nahm er den Geruch wahr; diesen schweren, salzigen Rauchgeruch, der aus dem Ofen stieg und bereits die ganze Küche eingenommen hatte.

Maria hörte ihn und drehte sich um. «Na, bist du fertig?»

«Ja, fertig.» Er blieb in der Tür stehen.

«Rat mal, was ich gekauft habe.» Sie strahlte ihn erwartungsvoll an. «Weißt du noch, der urige Laden, wo wir ganz am Anfang mal Stremellachs gegessen haben?»

Er antwortete: «Ich will es auch. Lass uns ein Kind bekommen.»